정숙한 과부들을 위한
발칙한 야설클럽

정숙한 과부들을 위한 발칙한 야설클럽

ⓒ 들녘 2022

초판 1쇄	2022년 6월 24일		
지은이	발리 카우르 자스월		
옮긴이	작은미미·박원희		
출판책임	박성규	펴낸이	이정원
편집주간	선우미정	펴낸곳	도서출판 들녘
편집진행	이수연	등록일자	1987년 12월 12일
표지디자인	피포엘	등록번호	10-156
본문디자인	고유단		
편집	이동하·김혜민	주소	경기도 파주시 회동길 198
마케팅	전병우	전화	031-955-7374 (대표)
멀티미디어	이지윤		031-955-7381 (편집)
경영지원	김은주·나수정	팩스	031-955-7393
제작관리	구법모	이메일	dulnyouk@dulnyouk.co.kr
물류관리	엄철용		

ISBN 979-11-5925-738-4 (03840)

값은 뒤표지에 있습니다. 잘못된 책은 구입하신 곳에서 바꿔드립니다.

정숙한 과부들을 위한
발칙한 아섈클럽

발리 카우르 자스윌 지음
작은미미·박원희 옮김

들녘

1

왜 언니는 중매결혼을 하려 할까?

니키는 민디가 이메일에 첨부한 프로필을 들여다보며 생각했다. 프로필에는 이름, 나이, 키, 종교, 음식 취향(가끔 피시앤칩스를 먹을 때 빼고는 채식주의) 등의 신상 정보가 나열되어 있었다. 그녀가 선호하는 남편감은 대체로 다음과 같았다. 지적이고 다정하며 건강한 가치관을 가졌고 미소가 멋진 남자. 깨끗하게 면도하는 사람은 당연히 합격. 턱수염과 콧수염을 깔끔하게 다듬었다면 터번 쓴 사람도 합격. 안정적인 직업이 있으면서 외적, 내적으로 자기계발할 수 있는 취미를 세 개는 가진 사람. 민디가 작성한 바에 따르면 딱 민디 자신 같은 사람이었다. 자기처럼 정숙하고(니키는 순 내숭이라고 생각했지만) 경제 관념이 잘 잡혀 있고(깔아보자면 이건 자린고비) 가정적이어야 한다고 했다(니키는 즉시 아이를 갖고 싶다는 이야기로 해석했다). 여기까지는 그렇다 쳐도 가장 참을 수 없는 부분은 민디가 프로필 제목을 마치 슈퍼마켓에서 파는 향신료 이름처럼 써놓았다는 점이었다.

민디 그레왈, 동서양의 혼종(East-West Mix).

침실에서 주방으로 이어지는 좁다란 복도의 마루는 살짝만 디뎌도 삐걱거려서 서성거리기에도 적당하지 않은 수준이었다. 그럼에도 불구하고 니키는 생각을 정리하기 위해 종종걸음으로 그 위를 왔다 갔다 했다. 언니는 도대체 무슨 생각일까? 그래, 언니는 전통을 따르는 편이지. 언젠가 로티*를 완벽하게 동그란 모양으로 미는 방법 동영상을 열심히 시청하는 걸 본 적도 있었다. 하지만 신랑감을 찾기 위해 광고를 내겠다니! 이건 너무하잖아?

민디에게 여러 차례 전화했지만 매번 음성 사서함으로 넘어갔다. 드디어 그녀가 전화를 받았을 때는 초저녁 안개가 짙어 햇빛이 어스름했고, 니키는 막 오라일리스 펍으로 출근하려는 참이었다.

---

* 로티(Roti). 남아시아에서 주식으로 먹는 납작한 통밀빵. -역주

"네가 무슨 말 할지 알아." 민디가 말했다.

"안다고? 무슨 일을 벌이고 있는 건지 머릿속으로 그려져?"

"응."

"그렇다면, 미친 거네."

"스스로 결정한 거야. 나는 전통적인 방식으로 남편을 찾고 싶어."

"왜?"

"내가 그렇게 하고 싶으니까."

"그러니까 도대체 왜?"

"그냥."

"내가 언니 프로필을 봐주길 원한다면 좀 더 그럴듯한 이유를 대봐."

"치사해. 너 집 나갈 때 난 네 편 들어줬잖아."

"언니가 나보고 이기적인 년이라고 했던 건 기억 안 나?"

"엄마가 너 사는 데 찾아가서 다시 데리고 오라고 했을 때, 널 그냥 놔두라고 말한 사람이 누구였는지는 기억 안 나니? 나 아니었으면 엄마는 절대로 네 결정을 받아들이지 않았을 거야. 이 제는 다 지나간 일이지만."

"아마도, 라고 하자." 니키가 지적했다. 엄마의 분노는 시간이 지나면서 닳고 올 나간 스웨터처럼 늘어져갔다. 여전히 엄마는 니키가 사는 방식을 심히 불만스러워한다. 하지만 독립생활이 얼마나 위험한지 일장연설을 늘어놓는 것은 포기했다. "결혼도 안 한 딸을 독립시킨다니, 네 할머니라면 절대 허락 안 하셨을 거다." 엄마는 허풍과 과장이 적절히 섞인 목소리로 자신이 얼마나 진보적인 여성인지 강조하곤 했다. 이것도 동서양의 혼종.

"나는 우리 문화를 따르는 거야. 내 영국 친구들은 온라인이나 클럽에서 남자들을 만났는데, 적당한 사람을 찾은 것 같지는 않더라고. 그렇다면 중매결혼이라고 안 될 게 뭐야? 우리 부모님도 중매로 결혼하셨는데."

"그때와 지금은 다르잖아. 언니는 엄마가 언니 나이였을 때보다 훨씬 기회가 많다고."

"난 교육받았고, 간호사 자격증도 땄고, 직업도 있어. 이건 그다음 단계야."

"단계가 되어서는 안 되지. 지금 언니는 그저 좋은 남편감을 따내려고 하는 거잖아."

"그런 게 아니야. 나는 그저 남편을 찾기 위해 도움을 좀 받고 싶을 뿐이야. 결혼식 날 처음 남편될 사람을 만나는, 뭐 그런 식이 아니라고. 요즘 커플들에게는 서로를 알아갈 수 있는 시간이 보다 많이 주어지거든."

니키는 '주어진다'는 말에 멈칫했다. 왜 언니는 데이트할 자유를 남에게 허락받아야 한다고 생각하는 거지?

"언니 삶에 안주하지 마. 여행도 하고, 세상 돌아가는 것도 좀 봐."

"나는 이미 충분히 봤어." 민디가 콧방귀를 뀌었다. 지난여름 민디는 친구들과 테네리페섬으로 여행을 다녀왔다. 그곳에서 그녀가 알게 된 거라곤 갑각류 알레르기가 있다는 사실뿐이었다. "게다가 키르티도 적당한 남자를 찾고 있다고. 이제 우리 둘 다 정착할 때야."

"키르티가 언니보다 먼저 적당한 남자를 찾는 일은 없을 거야. 그 남자가 키르티네 창문으로 날아들지 않는다면 말이지. 나라면 키르티를 경쟁 상대로 여기지도 않을 텐데."

메이크업 아티스트이자 피부 관리사인(명함에 적힌 바에 따르면) 언니의 절친 키르티와 니키는 사이가 그리 좋지 않았다. 작년 민디의 스물다섯 번째 생일 파티에서 그녀는 니키의 옷차림을 세심히 살피며 말했다. "그래도 예뻐지려면 노력이 필요하지 않겠니?"

"언니가 사는 게 지루해서 이러나 보다."

"그게 뭐 어때서? 지루하다는 이유로 인생의 반려자를 찾으면 안 된다는 법이라도 있니? 너는 독립하고 싶어서 집을 나갔잖아. 나는 누군가의 일부분이 되고 싶어서 결혼할 사람을 찾고 있는 거야. 나는 가정을 원한다고. 너는 모르지. 넌 아직도 어리니까. 직장에서 긴 하루를 보내고 집에 오면 나랑 엄마뿐이야. 나는 누군가가 나를 기다리는 집으로 가고 싶다고. 누군가와 함께 그날 하루 동안 있었던 일을 이야기하고, 저녁을 먹고, 앞으로의 삶을 계획하고 싶어."

니키는 이메일에 첨부된 파일을 열었다. 사진 두 장이 들어 있었다. 사진 속 민디는 안녕하세요, 라고 말하는 것처럼 밝게 미소 짓고 있었고 굵은 머리카락은 어깨선 아래로 내려와 있었다. 가족사진도 있었다. 엄마, 아빠, 민디, 니키가 지난 휴가 때 찍은 사진이었다. 제일 잘 나온 사진도 아니었다. 모두 눈을 찡그리고 있는 데다, 풍경에 비해 인물들이 너무 작게 나왔다. 사진 속 아빠는 이듬해 돌아가셨다. 심장마비가 밤사이에 마치 도둑처럼 아빠의 숨결을 앗아가버렸다. 죄책감에 속이 뒤틀리는 것 같았다. 니키는 이메일을 닫았다.

"가족사진은 쓰지 말아줘. 내 사진이 중매쟁이들한테 들어가는 건 싫어."

"그럼 도와주는 거다?"

"내 원칙에 어긋나는 행동인데." 니키는 검색창을 열어 '중매결혼에 대한 갑론을박'이라고 입력했다. 그리고 첫 번째 검색 결과를 클릭했다.

"그래도 도와줄 거지?"

"중매결혼은 여성이 자신의 운명을 결정할 권리를 망쳐놓는 결함 있는 제도다." 니키는 검색 결과를 소리 내어 읽었다.

"프로필 좀 그럴듯하게 만들어봐. 난 이런 데 영 소질이 없다니까."

"내가 말한 거 듣긴 했어?"

"급진적인 쓰레기에 불과해. 난 '망쳐놓는'에서부터 귀를 닫았어."

니키는 다시 프로필 파일을 클릭해서 문법적인 오류가 있는지 살폈다. 소울메이트를 찾고 있습니다. 누가 제 소울메이트일까요? 한숨이 절로 나왔다. 민디는 마음을 단단히 굳힌 게 틀림없었다. 이제 니키만 결정하면 된다. 이 일에 관여할 것인가, 말 것인가.

"좋아. 이따위 프로필로는 얼간이들만 꼬일 게 뻔하니까 도와주는 거야. 도대체 왜 재미있는 걸 좋아한다고 쓴 거야? 세상에 재미있는 걸 안 좋아하는 사람이 어디 있어?"

"그럼 네가 고쳐서 결혼 게시판에 붙여줄래?"

"결혼 게시판은 또 뭐야?"

"사우스홀에 큰 사원이 있는데, 거기 가보면 있어. 자세한 건 문자로 보낼게."

"사우스홀? 장난하는 거지?"

"네가 사는 데에서는 훨씬 가까워. 난 이번 주 내내 이교대 근무라고."

"난 언니가 결혼정보업체 사이트에다 올릴 줄 알았어."

"시크메이트닷컴이랑 펀자브사랑도 생각해보긴 했어. 그런데 거기 있는 인도 남자들은 온통 비자 쉽게 받을 생각뿐이야. 사원 게시판에서 내 프로필을 보는 남자라면 적어도 런던에 산다는 거잖아. 사우스홀은 유럽에서 가장 큰 구르드와라*가 있는 곳이니 엔필드 게시판에 올리는 것보다 훨씬 낫지."

"있잖아, 언니. 나 되게 바빠."

"오, 니키, 제발. 우리 중에 네가 가장 시간이 많잖아."

니키는 그 말에서 묻어나는 비난조를 애써 무시했다. 엄마와 민디는 풀타임 바텐더를 제대로 된 직업으로 여기지 않았다. 오라일리스 펍에서 일하면서 소명을 가지고 임할 만한 일을 찾는 중이라고 설명해도 소용없었다. 스스로 변화를 만들 수 있고, 가치 있으면서 보람을 느낄 만한 일 말이다. 하지만 실망스럽게도 그런 일들은 씨가 마른 데다 불황으로 상황이 더 나빠졌다. 심지어 니키는 여성 비영리 단체 세 곳의 자원봉사직에도 불합격했다. 그들은 모두 기록적으로 많은 지원자가 몰렸기 때문이라고 사과하는 어조로 설명했다. 반쪽짜리 법학 학위를 가진 스물두 살짜리를 위한 자리가 남아 있을까? 현재의 경제 상황으로 미루어보면(다른 때의 경제 상황에서도 마찬가지겠지만), 없다.

"수고비를 줄게."

"언니한테 돈 받지 않을 거야." 니키는 반사적으로 말했다.

---

* 구르드와라(Gurdwara). 시크교식 사원을 통칭하는 단어. -역주

"잠깐만. 엄마가 할 말이 있다고 하시는데." 수화기 너머에서 뭔가 중얼거리는 소리가 들렸다. "창문 잘 잠그래." 어젯밤 뉴스에 주거 침입 범죄 보도가 있었다.

"나 사는 데 훔쳐 갈 것도 없다고 해."

"네 순결을 지켜야 한대."

"너무 늦었어. 순결 따위는 이미 사라진 지 오래야. 11학년 댄스파티 마친 뒤 앤드류 포레스트네 파티에 갔을 때였지." 민디는 그 말에 대꾸하지 않았다. 잡음만이 지직거렸다.

통화를 마치고 출근할 준비를 하면서 니키는 수고비를 주겠다는 민디의 제안을 곱씹어보았다. 니키는 펍 건물 바로 위층에 살고 있었는데, 월세를 낼 수 있냐 없냐는 닥쳐서야 결정되는 추가 근무 여부에 달려 있었다. 민디는 동생을 생각해서 수고비를 주겠다고 했겠지만, 니키의 문제는 경제적인 게 아니었다. 바텐더 일은 어디까지나 임시직이었다. 원래대로라면 지금쯤은 일생을 걸 만한 일을 하고 있었어야 하는데. 주변 사람들은 하루하루 앞으로 나아가는데 자신만 멈춰 서 있는 느낌이었다. 지난주 니키는 기차역에서 예전에 같은 반이었던 친구를 보았다. 한 손에는 서류 가방을, 다른 손에는 커피를 든 채 기차역 출구를 향해 걸어가는 모습이 어찌나 바쁘고 멋져 보이던지. 그때 자신이 아직도 자기 자리를 찾아가려고 애쓰고 있는 런던의 아웃사이더일 뿐임을 자각했다. 그날 이후 니키는 깨어 있는 동안 째깍째깍 제

박자에 맞춰 흘러가버리는 시간이 두려워졌다.

대입 시험을 치르기 바로 전 해, 니키는 부모님과 함께 인도에 있는 사원에 갔다. 그곳에서 탁월한 지침을 내려준다는 종교 지도자들을 만났다. 그중 한 명은 니키에게 자기가 기도하는 동안 원하는 직업에 종사하고 있는 모습을 머릿속으로 그려보라고 했다. 비전을 실현하기 위한 방법이랬다. 순간 그녀는 멍해졌다. 아마 신에게 전달된 것은 텅 빈 도화지뿐이었을 것이다. 큰아버지의 초대를 받아 고국 인도로 여행을 떠날 때마다 니키는 해서는 안 될 행동에 대해 엄하게 다짐을 받았다. 욕하지 말 것, 남사친에 대해 말하지 말 것, 말대꾸하지 말 것. 펀자브어로 말할 것(여름 내내 수업을 받으며 문화적 뿌리가 잘 자랄 수 있도록 해주신 것에 대한 감사의 표현으로서). 그날 저녁 식사를 하면서 큰아버지는 사원의 권위자들을 찾아간 일은 좀 어땠느냐고 물었다. "사기꾼 자식들…. 차라리 우리 반 미치와 바자에게 손금 좀 봐달라고 하는 게 더 낫겠던데요." 니키는 이렇게 대답하고 싶은 마음을 참기 위해 혀를 깨물어야 했다.

그래서 니키 대신 아빠가 대답했다. "니키는 아마도 법학을 전공할 것 같아."

그때 니키의 미래는 봉인되었다. 아빠는 모두에게 그녀가 미래가 보장되고 존경받는 직업의 세계에 발을 담그게 되었다고 선언했다. 동시에 그 밖의 다른 모든 가능성은 고려할 가치도 없는 것으로 만들어버렸다. 하지만 니키는 대학 입학 후 첫날 수업에서부터 뭔가 잘못되었다는 것을 느꼈는데, 불안감은 해가 가면서 더 심해졌다. 2학년 때는 한 과목이 거의 낙제할 지경에 이르렀다. 담당 교수는 니키에게 말했다. "이게 너랑 안 맞나 보다." 그는 자신이 가르치는 과목에 한해서 말한 것이었지만, 그녀는 모든 것에 적용되는 말이라고 생각했다. 지루한 강의와 시험, 팀 프로젝트, 제출 기한 등 모든 것이 다 자신과 맞지 않았다. 결국 그날 오후 그녀는 자퇴했다.

부모님께 학교를 그만두었다고 말할 수는 없었기에 니키는 매일 아침 낡은 가죽 책가방을 들고 집을 나서 런던 이곳저곳을 걸어 다녔다. 잿빛 하늘과 고리짝에 지은 첨탑이 어우러진 도시는 절망적인 기분에 완벽하게 걸맞은 배경이었다. 대학을 그만둔 것이 다행스럽기도 했지만 이제 앞으로 무엇을 해야 하나, 라는 걱정이 엄습했다. 일주일 동안 목적 없이 방황하고 난 뒤, 그녀는 가장 친한 친구인 올리브와 함께 집회에 참가하는 것으로 매일 오후 일과를 채우기 시작했다. 올리브는 UK 페미니즘 파이터라는 기관에서 자원봉사를 하고 있었다. 분개할 일이 한두 가지가 아니었다. 윗옷을 걸치지 않은 모델들이 여전히 《더 선》* 세 번

---

* 　더 선(The Sun). 영국 아일랜드에서 발행되는 일간 타블로이드. 영국에서 가장 발행 부수가 많은 신문. 지나치게 상업적이고 선정적이라는 비판을 받는 대표적인 황색 언론. -역주

째 면을 장식하고 있었다. 정부는 새로운 예산 정책을 내놓으며 여성 센터를 위한 보조금을 반이나 삭감했다. 해외 전쟁 지역에서 활동하는 여성 언론인들이 추행과 모욕으로 고난을 당하고 있었다. 일본에서는 고래들이 무분별하게 남획되고 있었다. (여성 문제는 아니었지만 고래들이 너무나 안타까웠던 나머지 니키는 모르는 사람들에게 다가가서 그녀가 상정한 그린피스 청원에 서명해달라고 부탁했다.)

그러던 어느 날, 아빠 친구가 니키에게 법률 사무소 인턴 자리를 소개해줬다. 니키는 결국 자퇴했다는 사실을 자백해야만 했다. 아빠는 소리를 질러대는 타입은 아니었다. 그저 거리를 두는 것으로 실망감을 표현했다. 그 시절 아빠와 니키는 각기 다른 방에 처박혀 있었고 엄마와 민디는 둘 사이를 공전하듯 서성였다. 물론 둘이 큰 소리를 내며 거의 한 판 뜰 지경이 되었던 적도 있었다. 아빠가 니키가 법조인이 되어야 하는 이유를 나열했을 때였다.

"잠재력이 충분하고 기회도 많았는데 넌 무엇 때문에 그걸 다 내던져버린 거냐? 절반은 이루었는데 말이지. 이제 네 계획은 뭐냐?"

"모르겠는데요."

"모른다고?"

"전 법학에 열정이 없었을 뿐이에요."

"열정이 없다고?"

"절 이해하려고 하시지도 않네요. 그저 말꼬리만 잡고 계시잖아요."

"뭐? 말꼬리만 잡아?"

"아빠, 진정하세요."

"나는 절대로…."

"모한, 당신 심장 조심해요." 엄마가 염려하며 끼어들었다.

"아빠 심장에 무슨 문제 있어요?" 니키가 걱정스러운 눈빛으로 아빠를 바라보았지만 그는 눈도 마주쳐주지 않았다.

"부정맥이 있어. 심각한 것은 아니야. EKG(심전도)는 괜찮지만, 혈압이 140에서 90 사이야. 조심해야 하는 수준이지. 그리고 DVT(심부정맥 혈전증) 가족력이 있어서 걱정이긴 해." 당시 간호사로 일한 지 일 년 된 민디가 말했다. 그때까지는 그녀가 집에서 의학용어를 쓰는 것이 참신하게 느껴졌다.

"그게 무슨 소리인데?" 니키는 참지 못하고 물었다.

"딱히 뭐라고 말할 수는 없어. 다음 주에 검사를 더 받아보셔야 해."

"아빠!" 니키가 황망히 다가갔지만 아빠는 손을 들어 막으며 말했다.

"네가 다 망쳐놨어."

아빠가 니키에게 건넨 마지막 말이었다. 며칠 뒤, 부모님은 인도행 비행기 티켓을 예약했다. 인도에 다녀온 지 불과 몇 달밖에 되지 않았는데 말이다. *아빠가 가족과 함께 있고 싶어 해,* 엄마는 말했다.

어렸을 때, 부모님은 니키가 무언가를 잘못하면 인도로 보내버리겠다고 협박하곤 했다. 이제는 대신 본인들이 직접 인도로 가버린다. "우리가 돌아올 때쯤엔 너도 정신을 차리겠지." 엄마의 말은 찌르는 듯했지만, 니키는 다시는 싸우지 않으리라 결심했다. 대신 차분히 짐을 쌌다. 셰퍼드 부시*에 있는 올리브의 아파트 근처 펍에서 마침 바텐더를 구하고 있었다. 부모님이 인도에서 돌아오실 때쯤 그녀는 집을 떠날 것이다.

그런데 아빠가 돌아가셨다. 의사들이 생각했던 것보다 심장 상태가 좋지 않았던 것이다. 인도에 전해 내려오는 도덕률에 따르면 말 안 듣는 자녀를 둔 부모는 걱정이 많아서 심장병, 악성 종양, 탈모 등 각종 질병에 시달린다고 한다. 나 때문에 아빠가 심장마비에 걸렸다고 생각할 만큼 어리석진 않지만, 니키는 아빠가 인도로 급히 떠나느라 미뤘던 추적 검사를 제때 받았다면 살수 있었을 것이라고 생각했다. 죄책감이 밀려들어 슬퍼할 틈도 없었다. 장례식장에서는 울고 싶었지만 눈물이 나오지 않았다.

아빠가 세상을 떠난 뒤 이 년이 지났다. 니키는 여전히 의문

---

*   셰퍼드 부시(Shepherd's Bush). 칵테일바와 펍, 라이브 공연장이 즐비한 런던의 다문화 지역. -역주

스러웠다. *과연 나는 옳은 선택을 한 걸까?* 가끔 남몰래 고민하기도 했다. *다시 대학으로 돌아갈까?* 사례 연구집에 코 박고 있거나 잠이 쏟아지는 지루한 강의를 듣는 건 상상만 해도 싫지만. 어쩌면 열정보다는 안정적인 삶이 우선일지도 몰라. 만약 중매결혼을 하게 된다면 그녀는 지금 당장 사랑할 수는 없겠지만, 일단 열정을 있는 대로 끌어모은 다음에 사랑이 찾아오기를 기다릴 것이다.

아침, 집을 나서자 빗줄기가 얼굴을 강타했다. 니키는 인조털이 달린 후드를 덮어쓰고 우울한 기분으로 기차역까지 십오 분 거리를 걸어갔다. 그녀가 좋아하는 사첼백이 엉덩이에 통통 부딪쳤다. 역에 도착해 신문 가판대에서 담배를 사는데, 주머니 속 휴대폰이 진동했다. 올리브가 메시지를 보낸 것이었다.

– 어린이 서점에서 사람 구하네. 너한테 딱이야! 어제 신문에서 봤어.

감동이었다. 올리브는 니키가 오라일리스 펍이 곧 망할 것 같다고 염려하기 시작했을 때부터 줄곧 그녀를 위해 구인 광고를 살펴주고 있었다. 오라일리스 펍의 운명은 얼마 남지 않은 듯했다. 오래된 인테리어는 너무 우중충했고 옆에 새로 생긴 세련된 카페와 비교했을 때 메뉴 경쟁력도 없었다. 사장인 샘 오라일리는 산더미 같은 영수증과 청구서에 둘러싸인 채 매장 뒤편에 있는 작은 사무실에 처박혀 있었다.

- 나도 봤어. 오 년 이상 경력자를 원하던데. 경력을 쌓기 위해서는 일이 필요한데, 일을 구하려면 경력이 필요해. 장난하나?

답신은 오지 않았다. 중등 교사 연수생인 그녀와 일과 중에 제대로 의사소통하기란 쉽지 않은 일이었다. 니키는 교사 준비를 해볼까 하다가도 올리브가 전해주는 말썽꾸러기 학생들의 이야기를 들을 때면, 오라일리스 펍에 이따금씩 출몰하는 취객들만 상대하면 된다는 것에 감사하게 되었다.

니키는 메시지를 하나 더 보냈다.

- 오늘 밤 펍에서 볼까? 내가 어디 가는지 알면 깜짝 놀랄걸? 사우스홀이라고!

그러고는 담배를 비벼 *끄고* 출근하는 사람들로 가득 찬 기차에 몸을 실었다.

기차 안에서 니키는 멀어져가는 런던을 바라보았다. 기차가 서쪽으로 달려가자 바깥 풍경은 폐기물 처리장과 산업 단지로 바꿰었다. 예전에 벽돌 건물들이 있었던 자리다. 노선의 종착역인 사우스홀을 알리는 표지판은 영어와 펀자브어로 쓰여 있었다. 펀자브어가 먼저 눈에 들어왔다. 구불구불 꼬여 있는 그 글씨가 친근하게 느껴진다는 게 놀라웠다. 언젠가 인도에서 들었던 여름 수업에서 니키는 구르무키* 문자로 읽고 쓰는 법을 배웠다. 훗날 그것은 술집 냅킨에 영국 친구들의 이름을 펀자브어로 써주고 공짜 술을 얻어먹는 수법으로 아주 유용하게 쓰이게 된다.

　사원 가는 버스 창문 밖으로 두 언어로 쓰인 간판이 점차 많이 보이기 시작했다. 살살 머리가 아파왔다. 영국 그리고 인도, 두 부분으로 쪼개진 느낌이었다. 사원에서 열리는 결혼식에 참석하거나 신선한 커리 향신료를 사기 위해 가족끼리 사우스홀에 종종 놀러 오곤 했다. 엄마 아빠가 인도인들과 함께 지내는 것에 대해 애증 어린 대화를 나누었던 것이 떠올랐다. *펀자브 출신끼리 모여 지내도 괜찮은가? 아니, 그럴 거면 애초에 왜 영국으로 이민을 와?* 부모님이 런던 북부 지역을 삶의 터전으로 여기게 되면서 사우스홀에 가는 일이 줄어들었고, 인도에 대한 기억도 희미해졌다. 바로 옆 차선 차에서 방그라** 베이스 비트가 크게 울려퍼졌다. 사리를 입은 마네킹이 행인들에게 점잖은 미소를 보내

---

*　구르무키(Gurmukhi). 펀자브어에서 사용하는 문자. -역주
**　방그라(Bhangra). 펀자브 지방의 전통 음악과 서양 팝 음악이 혼합된 대중음악 양식. -역주

고, 채소 가게는 보행로까지 침범해가며 상품을 늘어놓았다. 길 한 모퉁이에 있는 사모사* 행상의 리어카에서 후끈한 김이 모락모락 피어올랐다. 예전과 달라진 게 없었다.

정류장에서 중고등학생쯤 되어 보이는 여자아이들이 우르르 버스에 탔다. 그들은 서로 수다를 떨면서 킥킥대다가 버스가 급정거하자 합창하듯 괴성을 지르며 버스 앞쪽으로 밀려왔다. "씨발!" 한 아이가 내지르자 다른 아이들이 웃음을 터뜨렸다. 하지만 니키 건너편에 앉은 터번 쓴 남자 두 명이 쏘아보자 아이들은 서로 옆구리를 찌르며 조용히 하라고 눈치를 줬다.

"다른 사람도 생각해야지." 누군가가 말했다. 한 나이 지긋한 여성이 경멸 어린 눈으로 쳐다보자 아이들은 시선을 피했다.

니키를 포함하여 승객들 대부분은 사원에서 내렸다. 그곳은 화강암색 구름과 대비되는 번쩍이는 금빛 돔형 건물로, 2층은 밝은 사파이어색과 주황색이 어우러진 소용돌이 문양의 스테인드글라스로 장식되어 있었다. 사원을 둘러싸고 있는 빅토리아식 테라스는 이 거대한 흰색 건물과 비교하면 장난감 같았다. 담배를 피우고 싶었지만 이곳엔 보는 눈이 너무 많았다. 버스 정류장에서 사원의 아치형 입구를 향해 천천히 걸어나가는 흰 머리 성성한 아줌마들을 앞지르자 등에 꽂히는 시선이 느껴졌다. 어렸을

---

* 사모사(Samosa). 세모 모양의 인도식 튀김만두. ―역주

땐 이 대단한 건물의 천장이 끝도 없이 높아 보였는데. 물론 지금도 처다보고 있노라면 현기증이 날 만큼 높다. 기도실에서 희미한 기도 소리가 울려 퍼졌다. 니키는 가방에서 스카프를 꺼내 머리 위에 주름을 잡아 올렸다. 몇 년 전 마지막으로 방문한 이후 보수공사를 했기 때문에 사원의 로비에 있다는 공지 게시판을 바로 찾을 수 없었다. 잠시 돌아다녀봤지만 결국 도움을 청할 수밖에 없었다. 언젠가 길을 묻기 위해 이슬링턴*의 한 교회에 들어간 적이 있다. 거기서 길을 잃었다고 말했다가 무려 사십오 분 동안 영혼에게도 길을 찾아줘야 한다는 설교를 들었다. 끝내 어디서 빅토리아선 지하철을 타야 하는지는 알 수 없었다.

마침내 니키는 랑가르홀** 입구 주변에서 공지 게시판을 찾았다. 게시판 두 개가 벽면 하나를 거의 꽉 채우고 있었다. 결혼 그리고 지역 게시판. 지역 게시판은 휑했지만 결혼 게시판은 전단들로 넘쳐났다.

안뇽? 잘 지냉, 자기?ㅎㅎ 넝담이야! 난 느긋한 성격의 남자양. 하지만 분명 선수는 아니라규. 내 삶의 목표는 '즐겨라, 언젠가는 이룰 것이니, 시시한 일에 땀 빼지 말아라'야.ㅎㅎㅎㅎ 젤 중요한 건

---

* 이슬링턴(Islington). 런던 북부에 위치한 번화가. –역주
** 랑가르홀(Langar hall). 시크교 사원에서 운영하는 주방을 일컫는다. 방문객들에게 무료로 음식을 제공한다. –역주

대접받을 만한 나의 공주님을 찾는 거쥐.ㅎㅎㅎ

훌륭한 혈통의 자트 가문 시크교도 남자가 같은 문화적 배경을 공유하는 시크교도 여자를 찾고 있음. 호불호가 비슷해야 하고, 가족에 대한 가치관이 같아야 함. 대체로 개방적이지만 비채식주의자와 짧은 머리는 수용할 수 없음.

시크교도 전문직 신부를 찾습니다.
아마르딥은 최근 회계학 학사를 마치고 꿈에 그리던 반쪽을 찾고 있습니다. 그는 졸업과 동시에 런던 최고 회계 법인의 제일 좋은 일자리를 차지했습니다. 신부도 회계, 마케팅, 경영 분야의 학사 출신으로 반드시 전문직에 종사해야 합니다. 우리 가족은 직물업에 몸담고 있습니다.

우리 오빠는 내가 여기에 이 글을 붙이는 걸 모르지만 한 번은 이렇게 해봐야 할 것 같아요! 우리 오빠로 말하자면, 나이는 스물일곱 살, 싱글이고, 지금 당장 결혼할 수 있어요. 똑똑하고(석사 학위가 두 개!!!), 재밌고, 착한데다 공손하기까지 하답니다. 무엇보다 우리 오빠는 핫해요! 여동생인 제가 이렇게 말하는 게 좀 이상하게 들릴 수도 있지만 사실인걸요. 진짜랍니다! 오빠 사진이 궁금하시면 제게 이메일을 보내주세요.

이름: 산딥 싱

나이: 24

혈액형: O+

교육 사항: 기계공학 학사

직업: 엔지니어

취미: 스포츠, 게임

용모: 하얀 피부, 173cm, 잘 웃는 편임. 사진을 참고할 것.

"말도 안 돼."

니키는 게시판을 등지고 중얼거렸다. 아무리 옛 방식이 좋다고 해도 그렇지 이런 사람들을 만나기에는 언니가 너무도 아까웠다. 니키가 고친 프로필 속 민디는 전통과 현대성 사이에서 알맞게 균형을 잡고 있는, 다정하고 자신감 넘치는 싱글 여성이었다.

나는 사리를 입을 때도, 청바지를 입을 때도 편안함을 느껴. 이상형은 미식을 즐기고 자기 일에 대해서도 호탕하게 웃을 수 있는 사람이야. 난 다른 사람들을 돕는 일에서 진정한 기쁨을 느끼기에 간호사라는 직업을 택했어. 하지만 내 남편은 자립심이 강한 사람이면 좋겠어. 난 자립에 중요한 가치를 두거든. 발리우드 영화도 좋지만 평소에는 로맨틱 코미디나 액션 영화를 즐겨 봐. 여행을 안 해본 건 아니야. 하지만 아직 세상에서 경험하지 못한 많은 것을 보는 일은 미뤄놓겠어. 삶이라는 내 인생의 가장 중요한 여행에 함께할 동반자를 찾기 전까지는 말이야.

니키는 오글거리는 마지막 문장에 마음이 불편했지만 민디는 바로 그 부분이 심오한 지점이라고 생각했다. 니키는 다시 한 번 게시판을 샅샅이 훑어보았다. 만약 니키가 이 프로필을 붙이지 않고 되돌아갔다는 사실을 민디가 알게 된다면, 다시 가서 붙이고 오라고 니키를 떠밀며 내내 징징거릴 것이다. 하지만 이곳에 프로필을 붙인다면 민디는 여기 있는 남자 중 한 명과 엮이고 말 것이다. 담배를 피우고 싶었다. 니키는 엄지손톱을 잘근잘근 씹다가 결국 결혼 게시판에 프로필을 붙였다. 게시판을 가득 채운 전단들에 가려져 결국 보이지도 않을 가장 귀퉁이 쪽이었지만 어쨌든 임무를 완수한 셈이었다.

그때 뒤에서 헛기침하는 소리가 들렸다. 돌아보니 머리숱이 별로 없는 남자가 서 있었다. 그는 마치 어떤 질문에 답을 하듯 어색하게 어깨를 으쓱해 보였다. 예의 바르게 목례하고 시선을 돌렸지만 그는 니키에게 말을 건네기 시작했다.

"그러니까… 찾고 있나 봐요…." 그는 수줍게 손을 들어 게시판 쪽을 가리키며 말을 이었다. "남편감?"

"아니요." 니키는 빠르게 대답했다. "제가 아니에요." 그가 언니의 전단에 관심 가지는 것이 싫었다. 그의 팔은 이쑤시개처럼 앙상했다.

"아." 그가 말했다. 민망해하는 기색이 역력했다.

"지역 게시판을 보고 있었어요. 봉사 활동이나 뭐 그런 거요." 니키는 남자를 등지고 잠깐 고개를 끄덕여가며 광고 하나하나를 새겨 읽는 척했다. 자동차 판매와 셰어 하우스 광고가 보였다. 결혼 소식지도 몇 개 있었는데, 니키가 이미 걸러낸 구혼자들보다 딱히 더 나아 보이지 않는 사람들이었다.

"그럼 봉사 활동 모임에 들어가셔야겠어요." 남자가 조심스럽게 말을 건넸다.

"가봐야겠네요." 니키는 더 이상 말을 섞고 싶지 않아 서둘러 가방을 챙겨 입구 쪽으로 홱 돌아섰다. 그때 한 전단이 시선을 사로잡았다. 니키는 그 자리에 멈춰 서서 단어 하나하나를 천천히 응시하며 조용히 광고문을 읽었다.

글쓰기 수업: 지금 바로 등록하세요!
글을 쓰고 싶으셨다고요? 새롭게 개설된 글쓰기 워크숍에서 서사를 전개하고 등장인물과 화법을 설정하는 기법을 배워보세요. 당신이 하고 싶은 이야기를 써보세요! 워크숍에서 쓴 글 중 우수작을 엮어 모음집을 만들 예정입니다.

인쇄된 글 밑에 손으로 휘갈겨 쓴 글씨가 보였다.

여성 전용 강좌. 강사 모집 중. 주 2회 수업. 급여 지급. 시크교 협회의 쿨빈더 카우르에게 연락하세요.

자격이나 경력 요건을 언급하지 않았다는 사실이 용기를 줬다. 니키는 휴대폰을 꺼내 광고에 쓰인 전화번호를 저장했다. 그리고 자신에게 말을 건넸던 남자의 호기심 어린 시선을 무시하고 랑가르홀에서 쏟아져 나오는 신도들의 무리에 섞여 들었다.

내가 글쓰기 수업을 이끌 수 있을까? 이전에 UK 페미니즘 파이터 블로그에 델리와 런던에서의 캣콜링 경험을 비교한 글을 실었는데, 3일 동안 최다 조회 게시물이 되었다. 사원을 드나드는 여성들에게 글쓰기 팁 정도는 알려줄 수 있겠지. 우수작 모음집이라. 편집자 타이틀로 텅 빈 이력서를 채울 수 있을지도 모른다. 가슴에서 희망이 펄럭였다. 이것이야말로 스스로 즐길 수 있고 자부심을 느낄 만한 일이다 싶었다.

구름이 몰려와 해를 모두 가려버리기 전 마지막 햇빛이 사원의 큰 창을 통해 흘러 들어와 바닥에 은근한 온기를 남겼다. 사원을 막 떠나려는 순간 올리브의 답장이 도착했다.

– 사우스홀이 어딘데?

니키는 깜짝 놀랐다. 올리브와 친구로 지내온 세월이 몇 년인데 사우스홀에 대해 이야기한 적이 없었다니. 둘은 중학교에서 만났다. 그즈음 부모님이 이 펀자브 마을 마실을 번거로워하기 시작했기에 망정이지, 그러지 않았다면 올리브는 주말마다 니키가 환상적인 토요일을 질 좋은 고수 가루와 겨자씨를 구하는 데 낭비하고 있다며 징징거리는 소리를 견뎌야 했을 것이다.

니키는 멈춰 서서 주변을 돌아보았다. 온통 머리를 덮은 여자들뿐이었다. 급히 아이의 뒤를 쫓는 여자, 길을 걸으며 눈인사하는 여자, 보행기에 구부정하게 기대어 걷는 여자. 모두가 자기만의 이야기를 가지고 있겠지. 그녀는 이런 펀자브 여성들로 가득 찬 공간에 있는 자신을 그려보았다. 카미즈*의 화려한 색감과 옷감 바스락거리는 소리, 연필 두드리는 소리, 향수와 강황 냄새가 감각을 자극했다. 목적이 분명해졌다. '영국엔 이곳 사우스홀을 아예 모르는 사람들도 있잖아. 한번 바꿔보자고.' 분개하여 눈에 불을 밝힌 여성들이 그들의 이야기를 집필할 것이다. 온 세상이 읽을 바로 그런 이야기를.

---

*   카미즈(Kameez). 서남아시아인들이 입는 긴 셔츠같이 생긴 옷. -역주

2

이십 년 전, 쿨빈더 카우르는 라벤더향이 나는 영국제 야들리 비누를 구입했다. 영국인이 되고자 했던 처음이자 마지막 시도였다. 원래 쓰던 님* 비누가 조각 나버려서 새 비누를 구매한 것뿐이라고 둘러댔지만 말이다. 남편 사립이 서랍장에 인도에서 가져온 물건들(치약, 헤어 오일, 브릴크림**, 터번 스타치***, 비누, 샴푸로 오해하고 사버린 여성청결제 몇 병)이 가득 있지 않냐고 의아해했을 때도, 쿨빈더는 논리 정연하게 설명했다. 모국에

---

*   님(Neem). 항균 효과가 뛰어나 만병통치약으로 여겨지는 인도의 나무. 잎은 피부, 헤어, 치약 제품 등에 주로 사용된다. -역주

**   브릴크림(Brylcreem). 1928년에 만들어진 포마드 브랜드 -역주

***   터번 스타치(Turban Starch). 터번에 뿌려 빳빳하게 하는 전분. -역주

서 가져온 그 세면 용품들도 언젠가는 다 사라지지 않겠냐고. 나는 단지 그 불가피한 상황을 대비했을 뿐이라고.

다음 날 아침, 그녀는 일찍 일어나 딸 마야에게 울 타이즈와 플랫 스커트, 점퍼를 입혔다. 아침 식사 때는 새 교복에 음식을 흘리지 않도록 얌전히 앉아서 먹으라고 신신당부했다. 쿨빈더가 직접 만든 로티를 아차르*라는 망고 피클에 찍어 먹다 보면 손가락은 노랗게 물들고 냄새가 뱄다. 쿨빈더가 아차르를 건네자 마야는 그 시큼한 냄새에 코를 찡그렸다. 아침을 다 먹은 뒤 쿨빈더는 새로 산 비누로 자신과 마야의 손을 문질렀다. 손가락 사이, 손톱 아래, 특히 그들의 미래를 보여줄 손금 부분을 더욱 열심히 씻었다. 그렇게 영국 정원 같은 향을 풍기며 둘은 초등학교 접수 데스크로 갔다.

젊은 금발 여성이 자신을 미스 틸이라고 소개하며 마야의 눈 높이에 맞게 몸을 낮췄다. "좋은 아침이야." 그녀가 웃으며 인사하자 마야도 수줍은 미소로 화답했다. "이름이 뭐니?"

"마야 카우르요."

"아, 차란프리트 카우르의 사촌인가 보구나. 널 기다리고 있었단다." 미스 틸이 말했다. 쿨빈더는 긴장했다. 종종 이런 오해가 생겼다. 카우르 성을 가진 사람들은 모두 친척이라고 생각해

---

* 　아차르(Achar). 남아시아의 절임 발효 음식. 망고, 당근, 호박 등의 온갖 채소에 마살라를 버무려서 만든다. 일명 남아시아의 김치. -역주

버리는 것이다. 보통은 쿨빈더가 직접 나서서 해명하지만, 오늘은 어쩐지 영어 단어들이 떠오르지 않았다. 그녀는 마야가 막 들어서려고 하는 이 새로운 세계에 이미 압도되어 있었다. "선생님께 말씀드리렴." 쿨빈더가 마야에게 편자브어로 말했다. "그러지 않으면 나를 이 학교 모든 편자브 아이들의 보호자로 생각하실 것 같구나." 마야를 데리러 학교에 갔다가 처음 보는 시끄러운 아이들과 다 함께 집으로 돌아오게 되는 끔찍한 장면이 머릿속에 떠올랐다.

"차란프리트는 제 사촌이 아니에요." 마야가 한숨을 쉬며 말했다. "제가 믿는 종교에서 모든 여자의 성은 카우르고 모든 남자의 성은 싱이거든요."

"하나의 큰 가족이죠. 신의 자식들이고요." 쿨빈더가 덧붙였다. "모두 시크교도랍니다." 그러면서 엄지를 척 들어 올렸다. 마치 좋은 세제 브랜드라도 추천하듯이. 이건 바보 같잖아.

"그것 참 흥미롭군요. 마야, 카니 선생님을 만나볼까?" 미스 틸이 말하자 카니 선생이 다가왔다. "눈이 참 사랑스럽구나." 그녀가 다정하게 말했다. 쿨빈더는 그때까지 꽉 잡고 있던 마야의 손을 슬그머니 놓았다. 내 딸을 보살펴줄 사람들은 이런 사람들이군. 사실 쿨빈더는 마야를 학교에 보내는 오늘에 이르기까지 내내 걱정하고 있었다. 애들이 마야의 인도식 억양을 놀리면 어떻게 하지? 학교에서 위급 상황이라고 전화해왔는데 못 알아듣는다면?

카니 선생이 쿨빈더에게 작성할 서류들을 건넸다. 쿨빈더는 가방에서 같은 서류들을 꺼내며 말했다. "이걸로 드릴게요." 전날 밤 남편 사럽이 미리 작성해둔 서류였다. 그의 영어 실력은 쿨빈더보다는 나았지만 여전히 글자를 읽는 데 시간이 오래 걸렸다. 단어 하나하나를 펜으로 따라가며 읽는 그를 보며 쿨빈더는 이 낯선 나라에서 아이처럼 알파벳을 배워야 하는 자신이 얼마나 하찮은 존재인지 실감했다. "곧 있으면 마야가 다 통역해줄 거야." 사럽은 강조했다. 쿨빈더는 그가 그런 식으로 말하지 않았으면 했다. 자식이 부모보다 더 많은 것을 알아서는 안 되는 법이다.

"준비가 철저하시네요." 미스 틸이 말했다. 쿨빈더는 선생님에게 좋은 인상을 남겼다는 것이 기뻤다. 미스 틸은 쿨빈더가 건넨 서류를 넘겨 보다가 멈추고 말했다. "여기 전화번호 쓰시는 걸 깜빡하셨네요. 말씀해주시겠어요?"

쿨빈더는 영어 숫자를 공부했기에 전화번호를 말할 수 있었다. "팔, 구, 육⋯." 그런데 거기까지 말하고 얼굴을 찡그렸다. 갑자기 배가 당겨왔기 때문이다. "팔, 구, 육, 오⋯." 이제 그녀는 완전히 얼어버렸다. 아침에 먹었던 아차르가 가슴에서 부글거리는 것 같았다.

"팔구육에 팔육오인가요?" 미스 틸이 물었다.

"아니요." 쿨빈더는 손을 자동차 와이퍼처럼 내저었다. 마치 미스 틸의 기억에서 이 순간을 깨끗하게 지워버리려는 것처럼. "다시… 말씀드릴게요…." 목이 꽉 막히며 뜨거워졌다. "팔, 구, 육, 팔, 오, 오, 오오오, 오오오." 그들의 전화번호에는 오가 그처럼 많이 들어가지 않았지만 그녀는 고장난 레코드처럼 오라는 말을 반복했다. 당장이라도 올라올 것 같은 트림을 참느라 온 신경을 곤두세우고 있었기 때문이다.

미스 틸이 인상을 썼다. "숫자가 너무 많은 것 같은데요."

"잠시만요, 다시 한 번만요." 쿨빈더는 끽끽거리며 말을 이어갔다. 처음 세 자리를 말하는 데 성공했다! 하지만 그 순간, 목구멍에서 폭발음이 터져 나왔다. 트럼펫 같은 소리가 테이블을 가로질렀고, 공기는 역겨운 냄새와(쿨빈더의 과장된 기억 속에서는 말이다.) 울퉁불퉁 사마귀 같은 갈색 물거품으로 가득 찼다.

쿨빈더는 다시 폐에 공기가 차는 것을 느끼며 급하게 남은 숫자들을 토해냈다. 선생님들은 웃음을 참느라 거의 눈알이 튀어나올 지경이었다. (이건, 예상치 못한 반응이었다.) "고맙습니다." 미스 틸은 코를 찡그린 채 쿨빈더를 향해 고개를 끄덕였다. "다 된 것 같네요."

쿨빈더는 굴욕감에 휩싸여 급히 그들을 떠났다. 마야의 손을 잡으려 했으나 딸은 곁에 없었다. 마야는 조금 떨어진 곳에서 그네를 타고 있었다. 빨간 곱슬머리를 곱게 땋은 여자애가 마야가 탄 그네를 밀어주고 있었다.

몇 년 뒤, 쿨빈더가 사우스홀로 이사 가겠다고 말했을 때 마야는 완강하게 거부했다. "내 친구들은 어쩌고요?" 마야는 통곡했다. 여기서 친구들이란 작업복을 입고 스스로 머리를 자르는 ("정말 끔찍하지 않니?" 쿨빈더는 중의적인 표현을 사용하여 말했다.) 빨간 머리 소녀와 금발 소녀를 의미했다. "그 동네로 가면 더 좋은 친구들을 사귈 수 있을 거야. 다들 우리랑 비슷한 사람들이거든." 쿨빈더는 말했다.

요즘 쿨빈더는 역류성 식도염 때문에 아차르를 거의 먹지 않는다. 영어 실력은 더 좋아졌지만 사우스홀에서는 영 쓸 일이 없었다. 최근에는 시크교 협회의 교민사회 발전 담당자로 뽑혀 문화센터에 사무실을 얻었다. 먼지 구덩이 사무실에는 싸그리 버려버리고 싶은 서류들이 잔뜩 쌓여 있었지만, 그녀는 버리지 않기로 했다. '건물 규정'과 '회의록'이라고 라벨 붙은 그 서류들이 약간 사무실다운 느낌을 주기도 했기 때문이다. 그런 인상은 방문객들에게도 중요했다. 시크교 협회 대표 구르타지 싱 같은 사람에게 말이다. 지금 그녀의 사무실에서 전단지에 대해 캐묻고 있는 이 인간 말이다.

"이걸 어디에 붙였던 거요?"

"사원 게시판요."

"무슨 수업이오?"

"글쓰기 수업이에요. 여성을 위한 수업입니다."

참자, 참자. 지난 회의에서 구르타지 싱은 그녀의 예산 요청을 묵살했다. "그런 수업에 쓸 돈은 1원도 없습니다." 쿨빈더가 존경받는 시크교 인사들이 많이 참석한 자리에서 싸움을 건 것도 아니었는데 말이다. 구르타지 싱은 매번 그런 식으로 그녀를 무시하는 데서 쾌감을 느끼는 듯했다. 어쩔 수 없이 쿨빈더는 상기시켜주어야 했다. 시크교 센터는 사원의 영역 안에 있으므로 이곳에서 거짓말하는 건 신 앞에서 거짓말하는 것이라고. 그래서 지금 그들이 터번과 두파타*로 머리를 가리고 있는 게 아닌가! 그것은 신성한 신이 그들 가운데 임재하고 있다는 뜻이었다. 구르타지 싱은 쿨빈더의 의견에 마지못해 동의하며 노트 위에 펜으로 뭔가를 갈겨 썼다. 그 모습을 보며 쿨빈더는 여성들을 위해 예산을 받아내는 것이 그리 어렵지 않겠다고 생각했다.

그런데 지금 그는 마치 처음 들어보는 것처럼 질문을 퍼붓고 있다. 쿨빈더가 이렇게 곧바로 강사 모집 공고를 낼 줄은 몰랐던 것이다. 쿨빈더가 전단지를 보여주자 그는 돋보기를 꺼내 쓰고 헛기침을 해대면서 시간을 질질 끌었다. 전단지를 읽으며 중간중간 마치 인도 영화에 나오는 악당처럼 쿨빈더를 자꾸 곁눈질하기도 했다. "그래서, 강사는 구했습니까?"

---

* 　두파타(Dupata). 머리 위에 쓰는 커다란 인도식 스카프. −역주

"이따 면접이 있어요. 곧 도착하겠군요." 쿨빈더가 말했다. 니키라는 여자가 어제 전화했었다. 원래대로라면 십오 분 전에 도착했어야 하는데. 다른 지원자가 있었다면 아무 걱정 없었겠지만 전단지를 붙이고 일주일이 지나도록 지원자라고는 니키가 유일했다.

구르타지는 전단지를 다시 한 번 따지듯이 쳐다보았다. 제발 단어 하나하나씩 들어 무슨 뜻이냐고 따져 묻지 않기를. 그 전단지는 퀸 메리 지역 문화센터에 붙어 있는 것 중 그럴듯해 보이는 걸 골라 복사한 것이었다. 쿨빈더는 그 아래에 손글씨로 몇 가지 사항을 추가한 뒤 문나 카우르의 아들이 일하는 복사집으로 가지고 갔다. "몇 장 더 복사해줘." 여드름이 잔뜩 난 그 녀석에게 모르는 영어 단어들의 뜻을 알려달라고 하고 싶었지만 지 아빠처럼 계산적인 놈이라면 절대 공짜로 알려주지 않을 것이었다. 정확하게 일하는 건 중요하지 않았다. 쿨빈더는 그저 수업을 열고 싶었다. 아무 수업이나, 빨리, 지금 당장.

"흥미를 보이는 수강생들은 있소?" 구르타지 싱이 물었다.

"그럼요." 쿨빈더는 한 명 한 명 찾아다니며 수업에 대해 알렸다. 주 2회 강의고 무료니까 많이들 참석해달라고. 주요 타깃은 나이 지긋한 과부들이었다. 그들이 랑가르홀에서 가십거리를 나누는 것보다 가치 있는 시간을 보내게 하고 싶었다. 대부분 참석하겠다고 했으니, 수업은 성공적으로 보일 것이다. 그럼 쿨빈더에게도 시간을 보다 주도적으로 쓸 수 있는 기회가 늘 것이다. "종국에는 여성들에게 더 많은 것을 제공할 수 있으리라 생각합니다." 그녀는 참지 못하고 말했다.

구르타지 싱은 책상에 전단지를 올려놓았다. 그는 키가 작아서 항상 바지를 허리선보다 높이 추켜 입고 다녔다. 마치 그러면 짜리몽땅한 체형을 감출 수 있으리라는 듯이. "쿨빈더, 마야한테 일어난 일에 대해서는 모두들 유감이라고 생각해요."

순간 쿨빈더는 칼에 찔리기라도 한 것처럼 숨이 끊어지는 고통을 느꼈다. 하지만 빠르게 정신을 부여잡고 구르타지 싱을 바라보았다. *진짜 무슨 일이 일어난 건지 아무도 모르잖아요. 아무도 진실을 찾도록 도와주지 않을 거잖아요.* 그 말을 진짜로 내뱉으면 그는 어떻게 반응할까, 쿨빈더는 궁금했다. "감사합니다. 하지만 이건 제 딸과 상관없는 일입니다. 우리 지역 여성들은 배우고 싶어 합니다. 저는 협회직에 오른 유일한 여성으로서 그들을 대표하는 거구요." 그녀는 그렇게 말하고 책상 위에 널브러진 종이들을 정리하기 시작했다. "제가 오후에 굉장히 바빠서요, 미팅은 이 정도로 마무리할까요?"

구르타지 싱은 눈치를 차리고 자리를 떴다. 그의 사무실은 새로 보수공사한 건물에 있었다. 협회 다른 남성 간부들의 사무실도 모두 거기에 있었다. 단단한 목재 바닥과 주변 집들의 정원이 한눈에 내려다보이는 널찍한 창문을 갖춘 곳이었다. 쿨빈더만

이 오래된 2층짜리 빌딩에 사무실을 배정받았다. 멀어져가는 구르타지의 발소리를 들으면서, 쿨빈더는 매번 "안 돼."만 달고 사는 인간들에게 왜 그토록 넓은 공간이 필요한 건지 궁금해했다.

깨진 창문 사이로 바람이 들어와 서류 더미를 흐트러뜨렸다. 쿨빈더는 종이를 눌러놓을 문진을 찾다가 예전에 사은품으로 받았던 바클레이 은행 다이어리를 발견했다. 그 속에는 몇 개의 이름과 전화번호가 적혀 있었다. 현지 관할 경찰, 변호사, 심지어 사설 탐정까지. 하지만 결국 그 누구에게도 전화를 걸지 못했지. 벌써 열 달이나 지났지만 여전히 그녀는 숨가쁘도록 절박해지곤 했다. 딸이 죽었다는 말을 듣던 바로 그 순간처럼. 쿨빈더는 다이어리를 덮고 찻잔을 감싸 쥐었다. 손바닥이 뜨거워졌지만 손을 댄 채 가만히 있었다. 열기가 피부 속으로 파고 들어왔다. 마야, 내 마야.

"삿 스리 아칼.* 늦어서 죄송합니다!"

쿨빈더는 깜짝 놀라 컵을 떨어뜨렸다. 걸쭉한 차이가 책상을 가로질러 서류 사이로 스며들었다. 젊은 여성이 문 앞에 서 있었다. "두 시까지 온다고 하지 않으셨나요?" 쿨빈더는 서류를 닦으며 말했다.

"제시간에 오려고 했는데 기차가 연착돼서요." 여자는 가방

---

*   삿 스리 아칼(Sat sri akal). 시크교도들의 인사말. −역주

에서 냅킨을 꺼내더니 쿨빈더를 도와 종이에 번진 차 얼룩을 닦아내기 시작했다. 쿨빈더는 잠시 멈춰 그녀를 살펴보았다. 비록 아들은 없지만 즉각적으로 위기에 대처하는 순발력을 보아 이 여자애에게 며느리감으로서 높은 점수를 줄 수 있을 것 같았다. 어깨까지 오는 머리를 하나로 묶어 넓은 이마가 드러나 보였다. 이목구비가 뚜렷한 얼굴은 나름대로 인상적이었지만 화장할 생각은 없는 모양이다. 손톱을 물어뜯는 역겨운 버릇이 있구나. 허리춤에 매달려 있는 저 네모난 가방은 우체부 아저씨 것이 분명해.

니키는 쿨빈더의 시선을 의식했다. 쿨빈더는 거만하게 헛기침을 한 뒤 종이들을 정리해 책상 한쪽 끝에 두었다. 니키가 자신을 바라봐주길 원했으나 그녀의 시선은 이미 엉망진창인 책장과 깨진 유리창을 향해 있었다.

"이력서 가지고 왔어요?" 쿨빈더가 물었다.

니키가 우체부 가방에서 종이를 꺼내 건넸다. 쿨빈더는 훑어보기 시작했다. 까다로울 필요가 없었다. 지금 상황으로서는 영어를 읽고 쓸 수만 있다면 바로 합격이다. 그러나 이 여자아이의 쏘아보는 듯한 눈빛이 쿨빈더로 하여금 자꾸만 더 깐깐해지게 했다.

"전에도 가르쳐본 적 있나요?" 쿨빈더가 펀자브어로 물었다.

니키가 급하게 영어로 답했다. "저도 제가 경험이 많지 않다는 건 인정합니다만 저는 정말 열심히…."

쿨빈더가 손을 들어 그 말을 막으며 말했다. "펀자브어로 답해주세요. 가르쳐본 적이 있나요?"

"아니요."

"그럼 왜 이 수업을 진행하고 싶어 하나요?"

"어… 저는… 뭐라고 말씀드려야 할까요…. 저는 여성들을 돕는 일에 열정이 있어요. 그러니까 저는…."

"흠…." 쿨빈더는 대충 끄덕였다. 과연 니키가 건넨 이력서에서 가장 빼곡한 항목은 사회활동이었다. 그린피스 탄원인, 여성 지원 단체 자원봉사, UK 페미니즘 파이터 자원봉사. 뭐 하는 곳들인지 당최 알 수 없었지만 마지막 UK 페미니즘 파이터만은 어딘가 눈에 익었다. 마야가 같은 이름이 적힌 자석을 집에 가지고 온 적이 있었다. 여성의 권리와 관련 있는 단체라는 것 정도만 어렴풋이 알고 있었다. *재수도 되게 없네,* 그녀는 생각했다. 그녀는 지원금을 따내기 위해 닫힌 문 뒤에 숨어 있는 구르타지 싱 같은 놈들과 싸워야 했다. 그런데 이렇게 대놓고 여성의 권리를 부르짖는 영국 태생 인도 여자애들은 죄다 이기적인 것들뿐이었다. 과연 그들은 알기나 할까? 그들의 무신경하고 까다로운 태도 때문에 문제가 더 심각해지고 있다는 것을? 그녀는 마야를 향해 분노했다. 그러나 이내 슬픔이 밀려들어 혼란스러워졌다. 정신을 차렸을 때, 니키는 여전히 말하고 있었다. 펀자브어 사이에 간간이 영어를 조미료 치듯 섞어대고 있었지만, 자신감이 많이 떨어진 것 같았다.

"…저는 모든 사람에게는 자기만의 이야기가 있다고 생각합니다. 펀자브 여성분들을 도와 이야기를 만들고 그걸 책으로 엮어내는 건 정말 보람찬 일이 될 거라고 생각합니다."

쿨빈더는 그저 그녀의 이야기를 따라 고개를 끄덕일 뿐이었다. 왜냐면 이제는 그녀가 횡설수설하는 말이 거의 이해되지 않았기 때문이다. "당신, 책을 쓰고 싶은 거예요?" 쿨빈더는 조심스럽게 물었다.

"그분들이 쓴 이야기 모음집이 되겠지요. 그쪽 방면에 경험은 많지 않지만, 저는 글 쓰는 걸 좋아합니다. 열정적인 독서가이기도 하고요. 제가 그분들의 창의력을 더욱 빛나게 해줄 수 있을 거라고 생각합니다. 물론 그 과정에서 가이드 역할도 할 거고요, 필요하다면 편집을 할 수도 있겠지요."

쿨빈더는 그제야 전단지에 그녀가 채 이해하지 못한 단어들이 쓰여 있었다는 것을 깨달았다. 슬쩍 전단을 들여다보았다. 회고록, 내러티브 기술. 무슨 뜻인지는 모르겠지만, 니키는 여기에 꽂힌 듯했다. 쿨빈더는 서랍을 열어 등록 확정 인명부를 꺼냈다. 이름들을 쭉 훑어보다가 미리 일러둬야겠다 싶어 고개를 들고 말했다. "수강생들이 그리 숙달된 작가들은 아니에요."

"아, 그럼요. 이해합니다. 저는 그들을 도우려고 하는 거니까요."

깔보는 듯한 말투가 호감의 여지를 앗아갔다. 아무것도 모르는 어린애로군. 그녀는 웃고 있었지만 가늘게 뜬 눈은 마치 쿨빈더와 그녀의 지위를 가늠해보는 듯했다. 하지만 전통파 여성이(청바지나 입고 펀자브어도 제대로 구사하지 못하는 이 싹수없는 날라리말고!) 이 수업의 강사로 들어올 가능성은 희박했다. 니키가 뭘 가르칠지는 기대하지 말자. 수업은 당장 열려야 한다. 안 그러면 구르타지 싱이 모든 걸 취소시킬 것이고, 쿨빈더는 여성 관련 의제를 입에 올릴 수 있는 기회를 영영 잃어버릴지도 모른다.

"수업은 목요일에 시작합니다."

"이번 주 목요일이요?"

"네, 목요일 저녁."

"좋아요. 몇 시부터인가요?"

"몇 시든 당신이 좋은 시간에요." 쿨빈더는 자신이 구사할 수 있는 가장 유창한 영어로 답했다. 니키가 놀란 듯 고개를 들었지만 못 본 척했다.

3

집으로 들어가는 길목에서 진한 향신료 냄새가 났다. 열쇠로 현관문을 열고 들어가니, 거실 텔레비전에서는 퀴즈쇼 〈일 분 안에 이겨라〉가 나오고 있었고 엄마와 민디는 부엌에서 야단법석을 떨고 있었다. 저녁 식사를 준비하는 동안 아빠는 항상 뉴스를 봤다. 누군가 의자에 누비 담요를 가져다 놓고 아빠가 의자 옆 테이블 위에 올려놓은 위스키 잔을 치우곤 했다. 너무나도 사소한 일상이었지만 그 소소한 변화에 아빠의 부재가 더욱 크게 느껴졌다. 니키는 BBC로 채널을 돌렸다. 그러자 엄마와 민디가 고개를 쏙 내밀었다.

"우리 그거 보고 있었는데." 엄마가 말했다.

"미안." 니키는 그렇게 말했지만, 굳이 채널을 바꾸고 싶진 않았다. 앵커의 목소리가 향수를 자아냈다. 그녀는 열한 살 때로 돌아가서 저녁 먹기 전에 아빠와 뉴스를 보고 있다. "넌 어떻게 생각하니? 정당한 것 같니? 저 말이 뭘 의미할까?" 아빠는 그렇게 물을 것이다. 이따금씩 엄마가 와서 저녁상 차리는 걸 도우라고 외쳐대겠지만, 아빠는 니키에게 한쪽 눈을 찡긋해 보이며 소리쳐 대답할 것이다. "니키 지금 바빠."

"뭐 도울 것 없어요?" 니키는 엄마에게 물었다.

"달* 좀 데워봐. 냉동실에 있어." 엄마가 말했다. 냉동실을 열었지만 달 같은 것은 어디에도 없었다. 빛바랜 라벨이 붙은 아이스크림통이 쌓여 있을 뿐이었다.

"달은 바닐라 호두 맛 아이스크림통에 들어 있어." 민디가 말했다.

니키는 그 통을 꺼내 그대로 전자레인지에 넣었다가 플라스틱 아이스크림통이 달에 녹아 들어가는 공포스러운 장면을 목격하고 말았다. 니키는 허겁지겁 전자레인지를 열고 통을 꺼냈다. "아직 다 안 데워졌을걸." 민디가 말했고 플라스틱 타는 지독한 냄새가 부엌에 퍼져 나갔다.

"아이고, 이 바보야. 전자레인지용 그릇에 덜어서 돌렸어야

---

*　달(Dal). 인도인들이 주식으로 먹는 콩으로 만든 커리. -역주

45

지." 엄마가 말했다.

"엄마가 전자레인지용 그릇에 넣어서 보관했어야죠. 아이스 크림통에 넣으면 헷갈린단 말이야." 그간 느꼈던 좌절감에서 비롯된 말이었다. 어릴 적 간식거리를 찾아 냉장고를 뒤지다가 과자 상자 안에서 얼린 카레 덩어리를 발견하고 실망한 적이 몇 번이던가.

"좋기만 하구만. 무엇보다 공짜고."

달과 아이스크림통 둘 다 회생 불가였다. 니키는 모두 쓰레기통에 던져버리고 부엌 구석 쪽으로 자리를 옮겼다. 아빠 장례식을 마친 날 저녁에도 이곳에서 서성거렸었지. 그날 엄마는 몹시 피곤해했다. 관료적인 행정 기관의 절차를 통과해 아빠의 시신을 인도에서 런던으로 모셔 오는 것은 끔찍하게 힘든 일이었다. 니키가 식사 준비를 돕겠다고 나섰지만, 엄마는 밀쳐냈다. 니키는 아빠의 임종에 대해 물었다. 아빠가 자신에게 화가 난 채로 돌아가시지 않았다고 믿고 싶었다.

"아무 말씀도 하지 않으셨어. 침대 위에 계셨지." 엄마가 말했다.

"하지만 잠들기 전에는 무슨 말이라도 하셨을 거잖아요?" 어쩌면 아빠가 마지막으로 남긴 말에서 니키를 용서했다는 증거를 찾을 수 있을지도 모른다.

"기억이 안 나네." 엄마의 양 볼은 상기되어 있었다.

"엄마, 한번 잘 생각해봐…."

"나한테 그런 거 묻지 마." 엄마가 일축했다.

니키는 용서는 물 건너갔음을 깨닫고 방으로 돌아와 짐을 싸기 시작했다. "여전히 떠나려고 하는 거야, 정말로?" 민디가 방문 앞에 서서 물었다.

니키는 침대 밑으로 튀어나와 있는 상자의 모서리를 바라보았다. 방 안에 더미를 이루었던 책들은 마트 장바구니 안에 처박혀 있었고 문 뒤에 걸려 있던 후드 재킷은 돌돌 말린 채 여행 가방 안에 들어가 있었다.

"난 더 이상 여기서 살 수 없어. 내가 펍에서 일하고 있다는 사실을 엄마가 알게 된다면 싸움이 끊이지 않을 거야. 항상 똑같은 걸로 말싸움하겠지. 아빠가 날 무시하는 건 견뎠지만, 엄마까지 냉랭하게 구는 건 못 견디겠어."

"이기적인 년."

"난 현실적인 것뿐이야."

민디는 한숨을 쉬었다. "엄마가 겪고 있는 일들을 좀 봐. 너만 생각하지 말고 때로는 무엇이 모두를 위해 최선인지 고민해보라고."

니키는 그 말을 듣고 일주일간 더 집에 머물렀다. 하지만 엄마가 이것저것 집안일을 하다 니키의 방에 들어온 어느 날, 방은 텅 비어 있었고 침대 위에는 쪽지 한 장이 놓여 있었다. 엄마, 미안. 난 나가야겠어요. 그 밑에는 새 주소가 적혀 있었다. 니키는 언니가 엄마의 부족한 부분을 채워주리라 믿었다. 이 주 뒤, 니키는 조바심 내며 엄마 집으로 전화를 걸었다. 놀랍게도 엄마는 전화를 받았다. 비록 니키의 말에 단답으로 딱딱하게 대꾸하긴 했지만("어떻게 지내요?" "살아는 있다.") 대답해준다는 것만으로도 긍정적인 신호였다. 하지만 다음에 전화를 걸었을 때 엄마는 폭발했다. "지밖에 모르는 멍청한 년." 그렇게 말하며 엄마는 흐느껴 울었다. "인정머리라고는 눈곱만치도 없지." 엄마의 한마디 한마디가 니키를 위축시켰다. 아빠도 그녀에게 그런 식으로 말한 적은 없었다. 항변하고 싶었지만 틀린 말이 아니지 않은가? 니키는 엄마와 민디가 세상에서 가장 힘들 때 그들을 떠났다. 어리석고, 이기적이며, 몰인정하게도. 엄마는 한바탕 화를 쏟아내고 나서야 제대로 된 문장으로 말을 이어가기 시작했다.

이제 주방은 향신료 냄새 물씬 풍기는 연기로 자욱했다. 저녁 식사는 다 준비됐다. 니키는 병아리콩과 시금치 커리가 가득 담긴 접시를 식탁으로 날랐다. 모두가 자리에 앉자 민디가 말문을 열었다. "새로 구한 일에 대해 좀 말해봐."

"여성들이 자신의 이야기를 쓸 수 있도록 멘토링하는 거야. 주 2회 수업이고, 학기 말에는 그렇게 쓴 이야기들을 엮어서 문집을 만들 거야."

"멘토링이라. 가르치는 일 같은 건가?" 민디가 물었다.

니키는 고개를 내저었다. "가르친다기보다는 환경을 조성해 준다고 할 수 있지."

엄마는 헷갈려했다. "네가 수강생들을 돕는 역할이면 선생님은 따로 있는 건가?"

"아니," 이쯤되니 인내심이 바닥났다. "배운다고 자기 목소리를 찾을 수 있는 건 아니죠. 전통적인 방식의 수업에서는 더더욱 그렇고요. 학생들은 글을 쓰고 전 그들을 지도할 뿐이에요." 니키는 민디와 엄마가 피식 웃는 것을 보며 덧붙였다. "나름 어려운 일이라고요."

"좋네, 좋아." 엄마가 중얼거렸다. 그녀는 로티를 접어 접시에 있는 병아리콩을 퍼 올렸다.

"응. 아주 좋은 기회야. 이력서에 넣을 만한 편집 이력을 쌓을 수 있을 테니까요."

"선생님이 되고 싶은 거야, 편집자가 되고 싶은 거야?" 민디가 물었다.

니키는 그저 어깨를 으쓱했다.

"선생님이 되는 것과 출판업에 몸담는 건 너무나 다른 영역인 듯한데? 넌 쓰는 것도 좋아하잖아. 네가 쓴 이야기도 문집에 실을 계획이야?"

"왜 그렇게 딱 정해둬야 하는데? 아직 내가 뭐가 되고 싶은지 모르겠지만 노력해보는 거야. 이렇게 말하면 좀 안심이 돼?"

민디는 항복한다는 듯 두 손을 들었다. "나는 뭐라도 괜찮지. 그저 네가 하고 있는 일에 대해 더 알고 싶었어. 그게 다야. 그렇게 방어적으로 나올 필요 없잖아."

"난 여성들의 권리를 신장하는 일을 하는 거야."

그 말에 엄마가 고개를 들어 민디를 보았다. 둘은 서로를 마주 보며 걱정스러운 눈빛을 교환했다. "아, 또 그 표정…. 무슨 문제 있어?"

"수강생 대부분이 사원에 드나드는 여자들이라고?" 민디가 물었다.

"그게 뭐?"

"그럼 조심해야겠네. 뭐 단순히 초심자를 위한 글쓰기 수업 같지만, 네가 그들의 개인사를 들여다보면서 삶을 바꿔놓을 생각이라면 말이지…." 민디는 그렇게 말하면서 고개를 저었다.

"언니, 언니는 문제가 있어." 니키가 반박하려고 나서자 엄마가 말했다. "됐다, 그만해." 그 서늘한 눈빛에 니키는 항변할 엄두를 낼 수 없었다. "넌 아주 가끔 오면서 어째 올 때마다 말싸움이니. 네가 새 일에 만족하고 있다면 우리도 만족한다. 적어도 네가 더 이상 클럽에서 일하지 않아도 된다는 거니까."

"클럽이 아니고 펍이에요." 니키는 말했다. 적어도 이 부분은 엄마가 틀렸으니까. 앞으로도 계속 오라일리스 펍에서 일할 거라는 말은 굳이 하지 않기로 했다. 글쓰기를 통해 여성들에게 힘을 불어넣어주는 일만으로는 생활비를 감당할 수 없었다.

"안전하게, 조심해서 다녀라. 저녁 수업이랬지? 몇 시에 끝나니?"

"엄마, 문제없을 거예요. 사우스홀이라고요."

"사우스홀에서는 범죄가 일어나지 않는다는 법 있니? 카리나 카우르 일을 기억하는 사람은 나밖에 없나 보다. 〈영국의 미결 사건〉 프로그램 광고에서 본 적 있지? 응?"

니키는 한숨을 쉬었다. 십사 년 전 벌어진 살인 사건 이야기를 하면서 자기 말을 들으라니.

"범인은 끝내 잡히지 않았지." 엄마는 말을 이었다. "아마 아직까지도 밤에 혼자 걸어 다니는 펀자브 소녀들을 노리고 있을 거야."

엄마가 과장된 어조로 말하자 민디조차 당황스러운 듯 눈동자를 굴리며 말했다. "엄마 좀 과해요."

"맞아요, 엄마. 펀자브 출신 여자들만 살인을 당하는 게 아니잖아. 런던에 있는 모든 여자가 마찬가지라고요." 니키도 거들었다.

"그걸 말이라고 하는 거니?" 엄마가 말했다. "자식 먼저 보낸 부모는 평생 고통받으며 살아가야 한다고."

저녁을 먹고 엄마가 거실에서 텔레비전을 보는 동안 민디와 니키는 설거지를 했다. 민디가 먼저 말문을 열기 전까지 둘은 침묵 속에서 접시만 문질러댔다. "기타 아줌마가 괜찮은 신랑감을 몇 명 추천해줬거든. 아줌마 선에서 세 명으로 추린 뒤에 내게 그 남자들 이메일 주소를 줬어."

"어." 기타 아줌마라는 말에 니키는 뭐라 할 말이 없었다. 기타 아줌마는 같은 마을 윗동네에 사는 엄마 친구인데, 아무 연락도 없이 불쑥 찾아와 남의 사생활 이야기들을 풀어놓곤 했다. 그때마다 그녀의 양 눈썹은 위아래로 꿈틀거렸다. "뒷담화는 아니고… 그냥 소식 전하는 건데 말이지…." 아줌마는 항상 그렇게 말했다.

"그중 괜찮아 보이는 남자에게 몇 번 이메일을 보내봤어."

"잘됐네. 내년 이맘때엔 다른 부엌에서 설거지하고 있겠네."

"아, 비꼬지 말고." 민디는 잠시 뜸을 들인 후 말했다. "이름은 프라빈이야. 어때? 괜찮은 이름 같아?"

"평범하네."

"금융 계통에서 일한대. 한 번 통화했어."

"나는 게시판에 언니 프로필 붙이러 그 힘든 길을 갔는데 언니는 기타 아줌마를 중매쟁이로 섭외했다 이거지?"

"사원에 붙인 프로필을 보고 연락한 사람은 한 명도 없었어. 확실히 결혼 게시판에 붙인 거 맞지?"

"그럼."

민디는 니키의 표정을 곰곰이 살피고는 말했다. "거짓말."

"언니가 하라는 대로 했어!"

"뭘 했는데?"

"결혼 게시판에 올렸다고. 언니 프로필이 별로 눈에 띄지 않았나 보지. 언니 것말고도 다른 전단들이 많더라고."

"뻔하지." 민디가 중얼거렸다.

"뭐?"

"너는 별로 노력하지 않았을 거야."

"일부러 사우스홀까지 갔다고. 노력하지 않았다고 볼 수는 없지." 니키도 쏘아붙였다.

"하지만 거기서 일을 구했으니 이제 정기적으로 가겠지. 그건 되고, 나를 위해서 가는 건 힘든 길이라고? 네 필요를 위해 사우스홀에 가는 건 아무렇지 않다는 거잖아."

"나만을 위해서가 아니야. 여성들을 돕기 위해서야."

민디는 코웃음을 쳤다. "돕는다고? 니키, 이건 마치 네가 하던 다른 버전의 그…." 민디는 거기까지 말하고는 마치 허공에서 단어를 찾아내려는 듯 손짓을 했다. "페미니즘 운동이네."

"페미니즘이 뭐 어때서?" 니키는 반문했다. "자기 이야기를 하고자 하는 여성들에게 관심을 기울이겠다는 거야. 남편감 찾는 광고 내느라 시간을 죽이는 것보다 훨씬 가치 있는 일이라고."

"네가 하는 일이 다 그렇지. 너는 소위 네가 말하는 열정을 따른다지만 그게 다른 사람들의 삶에 어떤 결과를 초래할지는 전혀 고려하지 않지."

또 이렇게 부딪치다니. 가족을 욕보인 딸내미로 사느니 차라리 법에 따라 기소된 범죄자로 사는 게 훨씬 수월할 것이다. 범죄자는 딱 정해진 만큼만 형을 살면 되지만, 이 죄책감의 여정은 언제 끝날지 가늠조차 되지 않는다.

"내가 대학을 그만둔 게 다른 사람들의 삶에 어떤 결과를 초래했다는 건데? 그건 내 선택이었어. 그래, 당연히 아빠는 더 이상 인도에 있는 친척들에게 내가 변호사가 될 거라고 자랑할 수 없게 됐어. 무시무시한 일이야. 하긴, 아빠가 여기저기 뻐길 수 있다는데 내가 불행하게 사는 것쯤 뭐 그리 대수라고?"

"뻐기다니. 그런 얘기가 아니잖아." 민디가 말했다. "넌 의무를 다하지 못한 거라고."

"언니는 벌써 인도 가정주부처럼 얘기하는구나."

"넌 아빠에 대해 의무를 다하지 못한 거야. 아빠는 평생 너를 최고로 만들어주기 위해 헌신했다고. 그 모든 학교 토론 대회와 웅변대회를 생각해봐. 아빠 친구들과 정치 얘기를 할 때도 널 끼워줬지. 네가 엄마와 말싸움을 할 때도 아빠는 네 주장에 일리가 있다고 생각되면 널 말리지 않았어. 아빠는 그렇게나 널 믿었다고." 어딘가 상처받은 듯한 목소리였다. 아빠와 엄마는 민디가 대입 시험을 치르기 전에도 그녀를 인도로 데려가 종교 지도자들을 만나게 했다. 부모님은 민디가 의과 대학에 진학하기를 바랐다. 그러나 이후 그녀가 받은 성적은 잘해봤자 간호 대학에 갈 수 있는 수준이었다. 아빠는 눈에 띄게 실망했고, 결국 열정을 새로이 불태우며 관심을 민디에서 니키로 옮겼다.

"아빠는 언니도 자랑스러워했어. 내가 언니처럼 더 실용적인 안목을 가지길 원했지." 평생 형과 비교당하면서 살아온 아빠는 두 딸에게는 그러지 않으려고 항상 노력했다. 하지만 니키가 대학을 그만두고 난 뒤 페어플레이 따위는 내던져버렸다. "민디를 봐라. 민디는 열심히 하잖니. 민디는 안정적인 삶을 추구한단다. 넌 왜 그렇게 못하니?" 아빠는 그렇게 말하곤 했다.

갑자기 짜증이 밀려들었다. "언니도 알겠지만, 아빠는 항상 모순적이었어. 네 꿈을 좇아라, 그게 바로 우리가 영국에 온 이유 아니겠냐, 하다가도 태세를 싹 바꿔서 입에 풀칠하려면 앞으로 이렇게 해라, 저렇게 해라 했지. 아빠는 나를 통해 자기 꿈을 이루려고 했던 것 같아."

"아빠는 네게서 법조인으로서의 잠재력을 본 거야. 너는 그 분야에서 성공할 기회가 있었다고. 그런데 지금 뭐 하고 있니?"

"난 다양한 선택지들을 살펴보고 있을 뿐이야."

"제대로 했으면 지금쯤 따박따박 월급 받을 수 있었잖아."

"나는 언니처럼 돈이나 물질적인 것들에 대해 신경 쓰지 않아. 그 중매결혼이란 것도 온통 돈과 관련된 거잖아, 아니야? 월급 빵빵하게 받는 괜찮은 직장인을 펍에서 만날 수 있을 것 같지는 않으니까, 대신 인도 의사나 엔지니어 프로필 몇 개 훑어보면서 장단점을 더하고 빼고 재다가 남는 게 없다 싶으면 바로 제끼고 있잖아."

민디는 수도꼭지를 잠그고 분노에 찬 눈빛으로 니키를 쳐다봤다. "너 지금 내가 마치 꽃뱀이라도 된 것처럼 말한다? 나갈 돈이 많다고. 넌 떠났으니 알 길이 없지."

"다른 동네로 이사 간 것뿐이야. 그걸 가지고 가족을 버렸다고 하면 억지지. 영국에 사는 젊은 여자들은 다 이렇게 성인이 되면 분가를 한다고! 독립하는 거야. 이게 우리 문화라고."

"엄마가 경제적으로 어려울 거라고는 생각 안 해봤어? 엄마라고 위원회 일 일찌감치 그만두고 삶을 즐기고 싶지 않겠냐고! 하지만 집에 고쳐야 할 건 많고, 생각지도 않은 고지서가 도착하지. 차 수리비도 밀렸어. 이 모든 걸 신경 쓰는 사람은 나뿐이야. 다음에 독립에 대해 지껄일 때는 이런 걸 생각하라고."

니키는 마음 한구석에서 죄책감을 느꼈다. "난 아빠가 모아둔 돈이 좀 있는 줄 알았어."

"그랬었지. 하지만 아빠 돈은 지금 회사 스톡옵션에 묶여 있어. 주가가 곤두박질친 이후로 회복이 안 되고 있지. 그리고 아빠가 손님용 화장실을 개조할 때 대출을 받았는데, 그 이자가 지금은 두 배가 됐어. 그래서 진작 다 끝났어야 하는 집수리를 지금까지 미루고 있는 거야. 커튼, 붙박이 신발장, 부엌 싱크대 상판….

엄마는 체면이 상할까 봐 걱정하고 있어. 앞으로 만나게 될 사돈에게 우리 집이 어떻게 보일까 심히 걱정하고 있다고. 엄마가 지참금이나 호화로운 결혼식을 준비할 수 없을 때 그들이 뭐라고 할지는 말할 것도 없고 말이야."

"언니, 그런 줄은 전혀 몰랐어."

"엄마한테 나는 그렇게 예의 없는 가정에서 자란 남자와 결혼하지 않을 거라고 했지. 그랬더니 그럼 결혼할 펀자브 남자가 없을 텐데, 라고 하더라. 물론 농담이었지만." 민디는 미소 지었지만 눈은 걱정으로 가득 차 있었다.

"나도 도울 수 있어."

"너 혼자 살기도 빠듯하잖아."

"새 일을 하면 추가 수입이 생기니까, 내가 이 주에 한 번씩 돈을 좀 보낼게." 내가 방금 뭐라고 한 거지? 니키는 잠시 주저했다. 추가로 생기게 될 수입은 오라일리스 펍이 망했을 때를 대비해 저축할 생각이었다. 집세를 내려면 돈이 필요할 것이고, 다시 본가로 들어가는 것은 너무나도 수치스러운 일이었으니까. "많지는 않겠지만." 니키는 덧붙여 말했다.

민디는 기뻐 보였다. "노력은 인정해줄게. 네가 이렇게 나올 줄은 몰랐네. 책임감 있는 행동이었어. 고마워."

다른 방에서 엄마가 텔레비전 소리를 높였다. 바이올린으로 인도 음악을 연주하는 날카로운 소리가 집 전체에 울려 퍼졌다.

민디는 다시 수도꼭지를 틀었다. 니키는 민디가 접시를 세차게 문지르는 것을 옆에 서서 지켜보았다. 세제 거품이 공중을 날았다. 니키는 상판에 떨어진 거품을 손가락으로 닦아냈다.

"행주를 써. 손자국이 남잖아." 민디가 말했다. 니키는 군말 없이 언니가 시키는 대로 했다.

"그래서 프라빈은 언제 만날 거야?"

"금요일에."

"엄마가 기대하겠는데?"

민디는 어깨를 으쓱하더니 부엌 입구를 통해 엄마 눈치를 살피고는 목소리를 낮춰 말했다.

"그렇지 뭐…. 근데 어젯밤에 프라빈이랑 통화를 했거든?"

"근데?"

"나보고 결혼하고 나서도 일할 거냐고 묻더라고."

"그러면 그렇지." 니키가 행주를 싱크대 위에 던지고 민디를 돌아보며 말했다. "그래서 뭐라고 했어?"

"하고 싶다고 했어. 맘에 들어 하는 것 같지는 않더라."

"언니, 그래도 그 남자 만날 거야?"

"얼굴 보고 이야기하기 전에는 모르는 거야, 안 그래?"

"사원에 붙어 있는 프로필만 봐도, 난 그 남자들에게 한순간도 내주고 싶지 않던데."

"그건 너고." 민디가 말했다. "너랑 네 잘난 페미니즘." 그렇게 찰나에 니키와 니키가 추구하는 모든 것을 하찮은 것으로 치부해버렸다.

또다시 말싸움을 하고 싶지는 않았다. 그래서 니키는 묵묵히 설거지를 했다. 담배를 피우기 위해 뒷마당으로 빠져나왔을 때야 다시 숨통이 트이는 것 같았다.

다음 날 니키는 수업을 준비하기 위해 일찍 센터를 찾았다. 교실은 딱 쿨빈더 카우르의 사무실처럼 수수했다. 책상과 의자가 텅 빈 화이트보드를 향해 두 줄로 정렬되어 있었다. 니키는 책상과 의자를 이리저리 옮겼다. 올리브가 책상을 말발굽 모양으로 놓으면 아이들이 더 활발하게 이야기를 주고받는다고 했던 말이 떠올랐기 때문이다. 자기 서사를 쓰는 여성들로 가득 찬 교실이라니, 상상만으로도 짜릿했다.

첫 번째 수업인 만큼 입문자를 위한 과제를 준비했다. 단순한 문장 열 개로 하나의 장면에 대해 쓰고, 자기가 쓴 문장을 다시 보며 대화와 묘사 등을 삽입하여 구체화하는 것이다.

니키는 저녁 일곱 시 십오 분까지 교실 안을 서성거렸다. 두 번 정도 텅 빈 복도로 나가 어슬렁거리기도 했다. 그러다 교실로 돌아와 칠판을 다섯 번쯤 닦았다. 텅 빈 의자들을 응시하며 니키는 아마도 이 모든 것이 정교하게 고안된 몰래카메라일지도 모르겠다고 생각했다.

책상을 원래대로 돌려놓으려는 순간, 발걸음 소리가 들렸다. 그 크고 느린 소리에 새삼 자신의 심장박동이 또렷하게 느껴졌다. 이 허름한 건물에 내내 혼자 있었던 것이 실감되었다. 니키는 혹시 모를 상황에 대비해 자기 앞에 놓인 의자를 끌어당겼다. 여차하면 이거라도 던져야겠다 싶었다.

문 두드리는 소리가 들렸다. 창문 너머로 머리에 스카프를 두른 여성이 보였다. 나쁜 사람은 아니고 그냥 길 잃은 할머니였나 보다. 그녀가 교실로 들어와서 자리에 앉기 전까지 니키는 그녀가 자신의 학생일 것이라고는 생각조차 하지 못했다.

"글쓰기 수업을 들으러 오셨나요?" 니키는 펀자브어로 물었다.

"네." 나이 지긋한 여인이 고개를 끄덕였다.

니키는 "영어 할 줄 아세요?"라고 물으려다가 무례하게 들릴 수 있을 것 같아 포기했다.

"오늘 오신 수강생은 여사님뿐이네요. 그럼 시작하죠." 니키가 칠판을 향하려는데 여자가 말했다. "아니요, 다른 사람들도 오고 있어요."

수업 시작 이십오 분 뒤 한 무리의 여자들이 물밀듯이 들어와 자리에 앉았다. 지각한 것에 대해서는 전혀 양해를 구하지 않았다. 니키는 목소리를 가다듬고 말했다. "수업은 일곱 시 정각에 시작합니다." 여자들이 깜짝 놀란 표정으로 니키를 올려다보았다. 그제서야 이 자리에 모인 나이 든 여자들은 자기보다 어린 여자애한테 질책받아본 적이 없었겠구나, 라는 생각이 들었다. "버스 시간이 잘 맞지 않으면 아예 수업을 삼십 분 늦게 시작할 수도 있겠네요." 니키가 한 발 물러서자 몇몇이 고개를 끄덕였다. 수긍하는 듯 중얼거리는 소리도 들렸다.

"우리 빨리 자기소개를 해볼까요? 저 먼저 시작할게요. 제 이름은 니키입니다. 전 글쓰기를 좋아하고 여러분께 제가 좋아하는 글쓰기를 가르쳐드릴 생각에 무척 설레요." 니키는 그렇게 말하고 나서 첫 번째 여자를 향해 머리를 살짝 끄덕여 보였다.

"프리탐 카우르예요." 다른 여자들처럼 그녀도 하얀 살와르 카미즈*를 입고 있었다. 과부임을 보여주는 의상이었다. 끝단을 하얀 레이스로 마무리한 스카프로 머리카락을 감추었고 다리 옆에는 라벤더 무늬를 인쇄한 지팡이가 놓여 있었다.

"왜 이 수업을 신청하셨죠, 프리탐?"

프리탐은 그 말에 움찔했다. 다른 여자들도 놀란 듯했다.

"아가씨, 비비** 프리탐이라고 해야죠." 그녀가 딱딱하게 말했다. "아주머니 아니면 선생님이라고 하거나."

"아, 그렇겠네요. 죄송합니다." 니키가 말했다. 그녀들은 니

---

* 살와르 카미즈(Salwar kameez). 남아시아 여성들이 입는 전통적인 긴 상의와 바지 세트. -역주
** 비비(Bibi). 원래는 유럽 여성에 대한 경칭이나, 인도인들에게는 가정주부를 높여 부르는 명칭. -역주

키의 학생인 동시에 펀자브 출신 노인이었다. 니키가 적절한 호칭을 사용했어야 했다.

프리탐은 고개를 끄덕여 사과를 받아들이고는 말했다. "난 글쓰기를 배우고 싶어요. 캐나다에 있는 손자들에게 이메일을 보낼 수 있으면 좋겠어요."

이상했다. 이 수업은 편지나 이메일을 쓰는 수업이 아닌데? 니키는 다음 차례 여자에게 고개를 끄덕였다.

"타람팔 카우르입니다. 글을 쓰고 싶어요." 그녀는 간단하게 답했다. 굳게 닫힌 작은 입술에서 더 이상 한마디도 하지 않겠다는 의지가 느껴졌다. 니키는 타람팔 카우르를 한참 바라보았다. 다른 노인들처럼 그녀도 온통 흰색으로 휘감았지만 얼굴엔 주름 하나 없었다. 사십 대 초반 정도로 보였다.

타람팔 옆에 있는 여자도 다른 사람들보다 훨씬 젊어 보였다. 머리카락에 적갈색으로 브릿지를 넣었고, 핸드백 색에 맞추어 분홍색 립스틱을 발랐다. 그녀가 입고 있는 민무늬 카미즈의 크림색과 대조되어 도드라져 보이는 색감이었다. 그녀는 인도 억양이 거의 느껴지지 않는 영어로 자신을 소개했다. "저는 시나 카우르예요. 전 펀자브어와 영어를 말하고 쓸 수 있지만, 좀 더 글을 잘 쓰고 싶어요. 그리고 만약 당신이 저를 아주머니나 비비라고 부르면 그냥 죽어버릴 거예요. 아마 제가 많아봤자 당신보다 고작 열 살 내지는 열다섯 살 정도 위일 것 같거든요."

니키는 미소 지으며 말했다. "시나, 만나서 반갑습니다."

그다음 나이 지긋한 여성은 키가 크고 호리호리했고 턱에 큰 점이 있었다. "아르빈더 카우르입니다. 난 모든 종류의 글쓰기를 배우고 싶어요. 이야기, 편지 등 전부 다요."

"만지트 카우르입니다." 그다음 여성은 시키지도 않았는데 말하기 시작했다. 그녀는 니키를 바라보며 밝게 미소 지었다. "기본 회계도 가르쳐주나요?"

"아뇨."

"나는 글을 쓰고 싶고 청구서 처리하는 것도 배우고 싶어요. 청구서가 너무 많아요." 중얼중얼, 여인들이 일제히 동의했다. 청구서라니!

니키는 손을 들어 조용히 하도록 했다. "전 회계에 대해 아는 것이 하나도 없어요. 전 창의적인 글쓰기 워크숍을 운영하고자 여기에 온 거랍니다. 독창적인 글들을 모아 책을 만들 거고요." 여자들은 멍한 표정으로 니키를 바라보았다. 니키는 목소리를 가다듬었다. "여러분 이야기를 들어보니 영어 실력이 자신 있게 글을 쓸 수 있을 정도에 못 미치는 분들이 계시는 것 같네요. 그렇죠? 영어에 자신 없는 분 계신가요?" 니키가 그렇게 말하며 먼저 손을 들자 시나를 제외한 모든 과부가 손을 들었다.

"괜찮습니다. 만약 펀자브어로 글 쓰는 것이 편하시다면 그렇게 맞추도록 하겠어요. 번역 과정을 거치다 보면 몇몇 부분은 달라질 수도 있지만요." 그들은 그저 니키를 빤히 쳐다볼 뿐이었다. 니키는 어쩐지 그 눈빛들이 불편했다. 마침내 아르빈더가 손을 들었다.

"니키, 질문 있어요. 어떻게 우리가 이야기를 쓸 수 있죠?"

"좋은 질문이에요." 니키는 책상에 쌓여 있던 종이 뭉치를 안아 들었다. "좀 지체하긴 했지만 바로 지금이 수업을 시작할 타이밍인 것 같네요." 그녀는 종이를 나누어주고 과제를 안내했다. 여자들은 가방에서 펜과 연필을 꺼냈다.

니키는 다음 수업을 위한 공지 사항 몇 가지를 쓰기 위해 칠판 쪽으로 몸을 돌렸다. *다음 수업은 화요일 저녁 일곱 시 삼십 분~아홉 시 정각. 시간 엄수 요망.* 펀자브어로도 옮겨 썼다. 스스로 꽤나 사려 깊고 유연하게 대처하고 있다고 생각하며 다시 학생들을 향해 몸을 돌렸다. 책상에 코를 박은 채 열심히 뭔가를 끄적이고 있을 것이라는 예상과는 달리 그들은 그저 가만히 앉아 있었다. 만지트와 프리탐은 펜으로 책상을 두드리며 서로를 바라보고 있었다. 타람팔은 누가 봐도 짜증난 기색이 완연했다.

"무슨 문제 있나요?" 니키가 물었다.

침묵.

"왜 아무도 글을 쓰지 않는 거죠?" 니키는 재차 물었다.

보다 긴 침묵이 이어졌다. 마침내 타람팔이 입을 열었다. "우리가 어떻게 글을 쓰겠어요?"

"무슨 말씀이시죠?"

"우리가 어떻게 글을 쓰냐고요." 타람팔이 되풀이했다. "아직 선생님한테 배운 게 하나도 없잖아요."

"물론 전 여러분에게 글쓰기를 가르치려 하고 있어요. 하지만 아무것도 하지 않고 시작할 수는 없겠죠? 글쓰기가 어렵다는 것은 압니다만 먼저 여러분들이 글을 쓰셔야 제가 도와드릴 수 있어요. 다만 몇 문장이라도요…."

니키는 프리탐의 모습을 보고 말을 흐렸다. 프리탐은 처음 크레용을 잡아보는 아이처럼 펜을 쥐고 있었다. 그제서야 모든 것을 분명하게 이해할 수 있었다. 그때 아르빈더는 가방을 챙기기 시작했다.

"처음부터 다 알고 계셨던 거죠?" 니키는 쿨빈더가 전화를 받자마자 쏘아붙였다. 삿 스리 아칼, 인사말을 생략했다는 것도 개의치 않았다. 예의 차릴 기분이 아니었다.

"알고 있었다니, 무슨 말씀이죠?"

"그분들이 글을 못 쓴다는 거요."

"당연하죠. 그래서 그분들을 가르치려고 선생님이 온 거잖아요."

"그분들은요, 글자를, 전혀, 못, 쓰신다고요." 니키는 쿨빈더의 차분한 태도 때문에 더 화가 났다. "절 완전 속이셨어요. 전 창의적인 글쓰기 워크숍을 진행하면 된다고 생각했다고요. 어른들을 위한 문해 교육이 아니라요. 그분들은 심지어 자기 이름 철자도 모른다고요."

"그러니까 당신이 그분들을 가르쳐야 하는 거죠." 쿨빈더가 같은 말을 반복했다. "글쓰기를 가르치고 싶다고 말했었잖아요."

"그건 창의적인 글쓰기, 이야기 쓰기일 때 얘기죠. 알파벳 쓰기가 아니라!"

"그러니까 어떻게 쓰는지를 가르치면 그분들은 글을 쓸 거예요. 무엇이든 그들이 쓰고자 하는 이야기를요."

"그게 얼마나 오래 걸릴지 생각이나 해보셨어요?"

"수업은 일주일에 두 번이잖아요."

"일주일에 두 번 가지고는 어림도 없어요. 아시잖아요."

"다 능력이 뛰어난 분들이세요."

"지금 농담하시는 거죠?"

"선생님도 태어날 때부터 글을 쓴 건 아니잖아요? 당신도 처음엔 알파벳부터 배우지 않았나요? 가장 간단한 것부터요. 아닌가요?"

이쯤되면 나를 무시하는 게 분명해. "저기요, 쿨빈더 선생님. 제게 애써 하시려는 말씀의 요지는 알겠어요. 너는 배운 여자니까 뭐든 네 마음대로 할 수 있겠지, 이거 아닌가요? 그럼요, 할 수 있고말고요!"

일을 그만두겠다고 말하려 했지만, 그 말만은 목구멍에 탁 걸려 입밖으로 터져 나오지 못했다. 돈에 쪼들려 속이 뒤틀리는 것 같은 감각은 이미 익숙했다. 하지만 이 일을 관두면 엄마와 민디에게 아무것도 해줄 수 없다. 무엇보다 니키가 꼴랑 한 번 수업해보고 포기했다는 것을 그들이 알게 된다면, 니키는 제대로 하는 것이 하나도 없고 책임감을 피해 떠돌아다닐 뿐이라는 그들의 생각이 옳다는 것을 증명해줄 뿐이었다. 니키는 다 쓰러져가는 펍을 떠올렸다. 샘이 온몸에 영수증을 둘둘 만 채 다가와 미안한 목소리로 이제 그만두라고 말하는 모습이 눈앞에 생생하게 그려졌다.

"잘못된 구인 광고였어요. 항의하겠어요." 결국 그렇게 말하는 데 그쳤다.

쿨빈더는 코웃음을 쳤다. "누구한테 항의한다는 거죠?" 니키를 도발하는 말이었지만 그녀는 할 말이 없었다. 쿨빈더의 메시지는 분명했다. 니키는 발을 헛디뎌 넘어지며 쿨빈더의 영역에 들어오게 되었고 이제는 그녀의 법을 따를 수밖에 없게 됐다.

겨울이 되면 낮의 모습은 일찌감치 사라진다. 쿨빈더가 오늘 있었던 일을 생각하면서 집으로 돌아오는 동안 거리는 그림자와 신호등 불빛으로 흐릿해졌다. 니키를 기만한 것은 그리 자랑할 만한 일이 아니었지만, 그녀와의 대화를 생각하면 할수록 화가 스멀스멀 올라왔다. 바락바락 대드는 태도에 짜증이 치밀었다. 마치 이렇게 말하는 것 같았다. *어떻게 그런 멍청한 것들을 가르치라고 하는 거야?*

안셀 로드에 있는 쿨빈더의 집은 벽돌로 지은 이층집이었다. 화창한 오후에는 침실 창문으로 사원의 거대한 돔형 지붕이 보였다. 오른쪽 집에는 어린아이가 둘 있는 젊은 부부가 살았다. 그 집 아이들은 현관 계단에 앉아 아빠가 집에 오기를 기다리며 깔깔거리곤 했다. 왼쪽 집에는 부부와 그들의 십 대 아들이 살았다. 그 집에서 기르는 큰 개는 매일 아침 주인들이 집을 떠나고 나면 몇 시간이고 길게 울어댔다. 쿨빈더는 이웃들에 대해 시시콜콜한 것까지 다 꿰고 있었지만, 길 건너에 있는 그 집에 대해서는 생각조차 하지 않으려고 했다.

"나 왔어." 쿨빈더가 외쳤다. 그녀는 멈춰 서서 사랍이 반응하기를 기다렸다. 때때로 사랍은 깊은 침묵에 잠긴 채 신문을 넘기지 않고 한참 동안 들여다보고 있었는데, 그 모습을 볼 때마다 그녀는 가슴이 아팠다. "사랍?" 그녀는 계단 끝에 서서 다시 한 번 불렀다. 그러자 쿵, 하는 소리가 돌아왔다. 그녀는 짐을 내려놓고 저녁 식사를 준비하기 위해 부엌으로 갔다. 그녀는 곁눈질로 사랍이 거실 커튼을 움직였는지 살폈다. 아침에 그는 신문을 읽는다며 햇빛이 들어오게 커튼을 열자고 했다. "열지 마." 쿨빈더는 말했다. "직사광선을 쐬면 머리가 지끈거려." 하지만 두통의 원인은 영국의 희미한 햇빛이 아니라 16번지 그 집이라는 것을 그들은 알고 있었다.

쿨빈더는 접시와 달이 담긴 그릇을 꺼냈다. 그리고 냉동실에서 아차르를 꺼내 상을 차렸다. 영국에서 긴 세월 사는 동안 단출한 펀자브 음식만큼 그녀에게 위안을 주는 것은 없었다. 사랍이 자리에 앉았고 그들은 조용히 식사를 했다. 식사를 마친 뒤 사랍은 텔레비전을 켰고 쿨빈더는 설거지를 했다. 마야가 있을 때는 설거지를 돕곤 했는데, 하루는 이렇게 물었다. "왜 아빠는 요리랑 청소를 전혀 하지 않는 거예요?" 어린 시절 쿨빈더도 똑같은 것을 궁금해했다. 하지만 그 생각을 아버지나 남자 형제들 앞에서 입밖으로 꺼냈다면 아마 얻어맞았을지도 모른다. 쿨빈더는 마야를 거칠게 안아서 부엌으로 향했다.

집안일을 마친 쿨빈더는 거실로 가서 영국 TV 쇼를 보고 있는 사랍 옆에 앉았다. 텔레비전 볼륨이 작았지만, 잘 안 들려도 상관없었다. 어차피 쿨빈더는 그들의 웃음 포인트에 전혀 공감할 수 없었다.

그녀는 사랍 쪽으로 몸을 돌려 앉으며 말했다. "오늘 요상한 일이 있었어. 우리 센터에서 하는 내 수업 중 하나가 엉망진창이 됐어." 그녀는 잠시 말을 멈추었다. *내 수업.* 듣기 좋은 말이었다. "내가 여자애 한 명을 고용했는데 걘 본인이 회고록이나 쓸 법한 여자들을 가르치는 줄 생각하고 있었지 뭐야? 하지만 사실 수강생들은 자기 이름도 못 쓰거든. 물론 내가 창의적인 글쓰기 수업이라고 광고했고 수강 신청할 때부터 그분들이 이름 철자도 잘 모르는 사람들이라는 것을 알았지만 어쩌겠어? 그냥 돌려보낼 수도 없고. 아무튼 이 수업은 우리 지역 여성들을 위한 거니까."

틀린 말은 아니었다. 쿨빈더는 수강생들이 이 수업에서 정확히 무엇을 배우게 될지 명확하게 말하지 않았다. 수강신청서를 나눠주면서 그녀는 말했다. "읽고, 쓰고 뭐 그런 거 배우는 거예요."

사랍은 텔레비전 화면을 쳐다보며 영혼 없이 고개를 끄덕였다. 그녀는 여느 날과 마찬가지로 벽시계를 흘끗 쳐다보며 잠이 오기 전까지 몇 시간이나 더 흘려 보내야 하나 생각했다. 어느새 보슬비가 그쳤다. "산책하러 갈까?" 그에게 묻는 것이 이리도 어색하다니, 한때는 저녁 산책이 우리의 일상이었는데. "소화도 시킬 겸." 덧붙여 말하는 즉시 부질없는 짓이라고 생각했지만, 오늘은 정말로 그가 함께해주길 바랐다. 니키와의 설전이 마야와의 말싸움을 떠올리게 했기 때문이었다.

하지만 사랍은 쳐다보지도 않고 대꾸했다. "당신이나 다녀와."

쿨빈더는 안셀 로드를 따라 걷다가 긴 형광등으로 불을 밝힌 작은 상점들이 줄지어 있는 번화가 쪽으로 방향을 틀었다. 샨티의 웨딩 부티크에서 한 무리의 젊은 여성들이 팔찌를 차고 손목을 들어 빛에 비춰보고 있었다. 그 옆집 마살라 가게 주인은 손님으로 온 영국인 부부를 참을성 있게 응대하고 있었다. 그들은 빨갛고 노란 가루가 들어 있는 병들을 몹시 마음에 들어 하는 것 같았다. 공터에는 벙벙한 검정색 재킷을 걸친 청소년들이 쭈그리고 앉아 있었다. 그들이 내뱉는 말과 웃음소리가 공기 중으로 흩어졌다. *그래. 하! 이 멍청한 놈아.*

쿨빈더는 이따금 지나가는 펀자브 여성 몇 명에게 인사를 건네기도 했지만, 대부분은 그냥 지나쳤다. 마야가 죽기 전 그녀는 길 가던 아줌마들과 곧잘 수다를 떨었고, 저녁 산책은 긴 사교 모임이 되어버리곤 했다. 남편들도 함께였다면 그들은 사랍을 데리고 따로 한 무리를 이루었을 것이다. 집으로 돌아오면서 사랍과 각자 어떤 이야기를 했는지 비교하다 보면 아줌마들이나 아저씨들이나 같은 주제의 이야기를 나눴다는 것을 알 수 있었다. 누가 누구랑 결혼했는지, 식료품 가격과 주유비는 얼마나 올랐는지, 우리 동네에서 어떤 스캔들이 있었는지. 이제 그녀는 길에서 수다 떨지 않는 것이 편했다. 요즘엔 그럴 일도 거의 없었다. 가끔 사람들이 길에서 그녀와 사랍에게 다가올 때는 조의를 표하려는 경우뿐이었기 때문이다. 대부분은 눈을 돌렸다. 이제 쿨빈더와 사랍은 아웃사이더였다. 과부, 이혼녀, 자기 부모님을 욕보인 자와 같이 사람들이 '나는 저렇게 되지 말아야지' 하는 부류 말이다.

쿨빈더는 신호등 앞에서 멈춰 섰다. 모퉁이를 도니 벤치가 보였다. 주변에 있는 노점상에서 달콤한 잘레비* 냄새가 피어올랐다. 그녀는 사포처럼 거칠거칠한 발꿈치를 주무르며 니키를 떠올렸다. 분명 이곳 출신이 아니겠지. 그렇지 않고서야 그렇게 버릇없이 굴 수는 없다. 그녀의 부모님은 분명 도시 출신일 것이다. 델리나 봄베이 같은. 사우스홀에서 목욕재개하는 펀자브 사람들을 깔보는 자들일 터다. 쿨빈더는 나머지 런던 시민들이 사우스홀을 어떻게 생각하는지 잘 알았다. 그녀와 사랍이 크로이던**에서 사우스홀로 이사하기로 결정했을 때 귀에 못이 박히게 들었으니까. 촌뜨기들이 런던에 미니어처 펀자브 왕국을 지었다더군. 온갖 잡스러운 사람들을 다 모아들이고 있다던데. 하지만 사랍은 사우스홀에 와 마지막 이삿짐 상자를 풀며 말했다. "인생 최고의 결정이야." 인생 최고의 결정, 쿨빈더도 같은 생각이었다. 향신료 시장, 발리우드 영화관, 시크교 예배당, 사모사 노점상이 있는 중심가. 익숙한 환경이 선사하는 행복감에 심장이 터질 지경이었다. 마야는 그 모든 것을 의심의 눈초리로 바라보았지만, 그녀도 적응할 것이라고 확신했다. 언젠가 마야에게 아이가 생긴다면 그녀 역시 이곳에서 키우고 싶어 하리라.

눈물이 고여 시야가 뿌얘졌다. 그때 버스 한 대가 그녀 앞에 천천히 멈춰 섰다. 버스 기사가 어서 타라는 눈빛으로 바라봤지

---

*　　잘레비(Jalebi). 인도의 튀김 디저트. 달콤함의 극치. -역주
**　크로이던(Croydon). 런던의 지역. -역주

만 쿨빈더는 고개를 내저으며 손을 흔들었다. 목 안에서 흐느끼는 소리가 새어 나왔지만 이내 떠나는 버스 엔진 소리에 묻혀버렸다. 왜 그녀는 항상 이런 식으로 자신을 고문하는 걸까? 때때로 쿨빈더는 감정에 휩쓸려 마야가 살아 있었다면 지금쯤 누리고 있었을 일상의 작은 순간들을 상상해보곤 했다. 식료품 가게에서 계산을 하고 텔레비전 리모컨 배터리를 바꾸는 것과 같은 평범한 일들…. 더 세세하게 그 장면들을 그려낼수록 마야가 다시는 그런 일들을 할 수 없다는 생각에 마음이 아팠다. 마야의 이야기는 끝나버렸다.

공기가 차졌다. 그녀는 눈물을 훔치고 몇 번 심호흡을 했다. 이제 좀 괜찮아진 것 같았기에 자리에서 일어나 집 쪽으로 향했다. 퀸 메리 로드를 반쯤 건넜을 때 그녀의 시야에 한 경찰관이 들어왔다. 순간 얼어붙었다. 어쩌지? 돌아갈까? 그냥 계속 갈까? 신호등 불빛이 빨간색으로 변하고 차들이 경적을 울려댈 때까지도 그녀는 길 한가운데 그대로 서 있었다. 이제 상황은 더 안좋아졌다. 사람들이 멈춰 서서 그녀를 쳐다보기 시작한 것이다. 경찰관은 이 난리통의 원인이 무엇인지 알아보려고 주위를 살피다가 그녀를 발견했다. "아무 일도 아니에요. 괜찮아요." 그녀는 힘없이 외쳤다. 경찰관은 길 안쪽으로 뛰어들어와 단호하게 수신호하여 차들을 멈춰 세웠다. 그리고 쿨빈더에게 자기 쪽으로 건너오라고 손짓했다.

"괜찮으세요?" 그가 물었다.

"네." 쿨빈더는 대답했다. 그녀는 그에게서 떨어져서 눈을 마주치지 않으려고 했다. 가게에서 몇몇이 우르르 나와 도보에 모여들었다. 그들을 쫓아내버리고 싶었다. *남의 일에 신경 꺼!*

"그냥 산책하러 나오신 거죠?"

"네. 그냥 산책 중이었어요."

"운동 좋죠."

쿨빈더는 고개를 끄덕였다. 그리고 자신을 쳐다보는 사람들을 훑어보려고 했다. 마야와 다르게 쿨빈더는 사우스홀이 갖가지 소문들의 온상이라고 생각하지 않았다. 대부분은 남에게 피해 주지 않는 선에서 자신이 본 것을 이야기할 뿐이었다. 하지만 이제 쿨빈더는 경찰과 대화 나누는 모습조차 남에게 보일 수가 없었다. 누군가가 이 장면을 보고 친구나 배우자에게 이야기한다면, 그리고 그들이 또 다른 누군가에게 말을 전한다면….

"정말로 괜찮으신 거 맞죠?" 경찰관이 그렇게 물으며 그녀의 눈을 쳐다보았다.

"아주 괜찮아요. 감사합니다." 머릿속에서 괜찮은 영어 단어를 하나 찾아내 덧붙였다. "끝내줘요(Splendid)."

"다음에 길 건너실 때는 조심하세요. 요즘 젊은 애들 중에 대로에서 속도를 잔뜩 내다가 번화가 쪽으로 확 꺾어 들어오는 놈들이 있거든요."

"알겠어요. 고마워요." 쿨빈더는 한 중년 부부가 자신에게 다가오는 것을 발견했다. 멀찍이 있었기에 누구인지 정확히 알 수는 없었지만, 쿨빈더가 길 한복판에서 경찰과 대화를 나누는 모습을 보고 오는 것이 분명했다. 만약 그들이 쿨빈더를 알고 있다면 마주 보며 이렇게 물을 것이다. *저 여자 지금 또 무슨 짓을 하고 있는 거야?*

"조심하세요." 경찰관이 급히 집으로 향하는 쿨빈더의 등 뒤에 대고 외쳤다.

집에 돌아왔을 때 사랍은 위층에 있었다. 그가 그녀를 배려하여 현관에 불을 켜두었다. 쿨빈더는 작고 둥근 불빛 아래에 서서 조용히 신발을 정리했다. 그런 다음 다른 정리할 것들이 없나 주변을 살폈다. 납작해진 소파 쿠션의 볼륨을 살려줘야 할 것 같았고, 아마 사랍이 물컵을 싱크대에 그대로 넣어두었을 것이다. 해야 할 일을 생각하니 마음이 차분해졌다. 모든 일을 마쳤을 때쯤, 그녀는 자신이 얼마나 신경질적으로 굴었는지 깨달았다. 누가 날 알아보면 어쩌지? 사우스홀은 그리 작은 곳이 아니었지만, 때때로 한없이 작게 느껴졌다. 누구를 마주치게 될지 미리 예측할 수도 없었다. 그녀는 이미 사람이 많이 다니는 길을 피하고 있었다. 언젠가 한 번 번화가에 있는 법률 사무소에 찾아갔다가 남의 눈에 띈 적이 있기 때문이다. (굳이 그런 곳에 갈 필요도 없었는데 말이다. 말이 엄청나게 빠른 그 변호사는 돈만 밝히면서 아무것도 보장할 수 없다고 했다.) 만약 마주치고 싶지 않은 사람을 볼 때마다 가던 방향을 바꿔야 한다면, 차라리 거실에 커튼을 치고 하루 종일 머무는 게 더 나을 판이었다.

하지만 바로 그날 밤, 사람이 가볍게 코를 골고 쿨빈더가 뜬 눈으로 지새웠던 그 늦은 밤에, 그녀의 휴대폰이 번쩍였다. 모르는 번호였다. 하지만 수화기 너머에서 들려오는 목소리는 쿨빈더가 너무나 잘 아는 음성이었다. "오늘 당신이 경찰관이랑 이야기하는 모습을 봤어. 한 번만 더 그러면 무척 곤란한 일이 생길 테니 각오해." 쿨빈더는 항변하고 싶었지만 항상 그렇듯 그녀가 뭐라고 말하기도 전에 전화는 끊겼다.

4

"런던에 괜찮은 남자가 한 명도 안 남았어." 올리브가 오라일리스 펍 입구에 앉아 지나가는 행인들을 한 명씩 살펴보다가 말했다. "씨가 말랐어." 그러는 동안 니키는 카운터를 닦으며, 음정도 안 맞는 축구 응원가를 한 시간 내내 반복해서 불러대는 것도 모자라 쓸데없이 윙크까지 날려대는 시끄러운 주정뱅이들을 저주하고 있었다.

"많아." 니키가 안심시키듯 말했다.

"쓸모없는 것들이야 많지. 내가 스티브와 데이트해도 괜찮다면 말이지."

"차라리 네가 평생 싱글로 사는 모습을 지켜보는 게 낫겠다." 니키가 말했다. 인종차별주의자의 손자 스티브는 펍의 단골 손님으로, "우리 할아버지는 이렇게 말씀하실 거야."로 시작하는 인종차별적 발언들을 늘어놓곤 했다. 그는 그렇게 말하면 인종차별을 정당화할 수 있다고 생각하는 듯했는데, 하루는 니키에게 말했다. "우리 할아버지라면 이렇게 말씀하실 거야. 네 피부는 원래 이런 색이니, 아니면 변색된 거니? 아, 물론 난 절대 그런 식으로 말하지는 않지. 하지만 할아버지는 카키색 바지를 '파키 바지'라고 말씀하시곤 했어. 카키라는 단어가 파키스탄 사람들의 피부색에서 유래한 거라고 생각하셨거든. 우리 할아버지, 끔찍한 사람이지?"

"저 남자 괜찮아 보이네." 니키가 모퉁이 테이블에 합류하려는 키 큰 남자를 바라보면서 말했다. 그는 자리에 앉더니 친구의 어깨를 탁, 하고 쳤다. 올리브는 학처럼 목을 빼 쳐다보고 나서 말했다. "나쁘지 않네. 라스처럼 생겼어. 기억나지?"

"너 라아시 말하는 거야? 우리에게 자기 이름 제대로 발음하는 법을 골백번은 알려줬잖아." 라시는 그들이 12학년 때 올리브네 가족과 함께 지냈던 스웨덴 교환학생이다. "그때 내가 너네 집에서 공부해야 한다고 엄청 우겼잖아." 그래야 부모님께 올리브의 집에서 저녁 시간을 보내는 것을 허락받을 수 있었다.

"운도 지지리 없지. 누가 벌써 채 간 것 같은데."

"내가 가서 좀 살펴볼게." 니키는 테이블 주변을 어슬렁거리다가 자연스럽게 그에게로 다가가 물었다. "뭐 필요한 것 없으신가요?"

"아, 네." 그가 주문할 때 니키는 그의 손가락에서 반짝이는 결혼반지를 보았다.

"실망스럽네." 니키는 올리브가 있는 곳으로 돌아와 올리브의 잔에 술을 부어주었다. 근무 시간이 끝났기에 올리브의 맞은편에 앉았다. 올리브는 한숨을 쉬며 말했다. "나야말로 중매결혼을 해야 하나 봐. 너네 언니는 데이트 잘했대?"

"끔찍했지. 내내 지 얘기만 하다가 가게에서 물에 레몬 조각을 넣어주지 않았다고 난리법석을 떨었대. 본인이 얼마나 대접받는 사람인지 보여주려고 일부러 그런 것 같아."

"꽤씸한데."

"실은 다행이야. 언니가 처음 만난 남자에게 안주해버릴까 봐 걱정했거든. 하지만 예의 바르고 단호하게 '노 땡큐' 하고 헤어졌다고 하네."

"너네 언니는 자기가 느끼는 것 이상으로 너한테 영향을 받고 있는 것 같아."

"나도 그렇게 생각해. 그런데 얼마 전 엄마가 말하길, 그 '괜찮은 젊은이'를 소개해준 기타 아줌마랑 마주쳤는데 퉁명스럽게 어깨를 으쓱했다더라고. 그 얘기를 듣고 언니는 왠지 미안한 마음이 들어서 사과 전화를 했대. 근데 글쎄 그 아줌마가 또 펀자브 단체 스피드 미팅에 언니를 엮었다지 뭐야. 언니한테 정말 안 어울리는 건데 해야 한대."

"야, 언니가 어디서 누구를 만날지 어떻게 알겠어? 내심 스피드 미팅에 기대를 걸고 있을지도 몰라. 하룻밤에 열다섯 명을 만난다니! 나도 끼고 싶다. 되게 재미있을 것 같아. 별것 없더라도 최선을 다했다는 데 의의가 있지. 언니가 나보다 훨씬 낫다."

"나한텐 그저 끔찍할 뿐이야. 신붓감을 찾는 펀자브 남자 열다섯 명이라니. 언니는 참가 신청할 때 자기가 어떤 카스트에 속하며 섭식 취향은 어떤지 써냈다고. 그리고 신앙은 얼마나 신실한지 1부터 10까지 적힌 척도에 동그라미를 쳐야 했대."

올리브는 웃었다. "종교에 관해서라면 나는 마이너스 3점 정도겠어. 최악의 맞선녀가 바로 여깄네."

"나도 마찬가지야. 민디는 6이나 7 정도 될 텐데 아마 자기가 원하는 남자를 만족시키기 위해서는 8이나 9 정도는 돼야 한다고 생각할걸. 언니가 기타 아줌마 같은 인간들을 만족시키기 위해 이렇게까지 해야 한다는 게 걱정스러울 뿐이야."

"일단 언니 걱정은 접어두고 네 걱정이나 해. 내일부터 할머니들한테 알파벳 가르쳐야 하잖아."

니키는 괴로운 듯 신음했다. "어디서부터 시작해야 할까?"

"내가 너한테 읽기랑 쓰기 책 빌려줄 수 있다고 했잖아."

"7학년용이겠지. 이 할머니들은 아주 기초부터 시작해야 한다고.”

“도로 표지판이나 뉴스 헤드라인도 못 읽는다고 했나? 여태까지 영국에서 어떻게 사셨대?”

“내내 남편 도움을 받았겠지. 적어도 펀자브어는 말할 수 있었으니까.”

“하지만 너희 엄마는 그렇게 의존적이지 않으셨잖아.”

“우리 부모님은 델리에서 대학을 다니다가 만났고 엄마는 전업주부가 아니었으니까. 이 할머니들은 줄곧 자기가 태어난 마을에서 자랐을 거야. 영어는 둘째치고 펀자브어로도 자기 이름 못 쓸걸.”

“나라도 그랬을까? 상상이 안 되네.” 올리브가 파인트 잔에 든 술을 벌컥벌컥 들이키며 말했다.

“우리 어릴 때 썼던 대문자랑 필기체 연습장, 기억나?” 니키가 물었다.

“줄 위에다 글씨 연습하는 책 말하는 거지?”

“응. 그런 게 좋을 텐데.”

“온라인에 있을 거야. 교과서 만드는 출판사들이 그런 거 잘 만들어. 내가 한번 찾아볼게.”

“내일 수업에 써야 하는데.”

“그럼 킹 스트리트에 있는 중고 상점에 가봐.”

영업 시간이 끝난 뒤에도 니키와 올리브는 가게에 머무르며 몇 잔 더 마셨다. 그러고는 마치 여학생들처럼 팔짱을 끼고 비틀거리며 반짝이는 거리로 나왔다. 니키는 주머니에서 휴대폰을 꺼내 낄낄거리면서 민디에게 메시지를 보냈다.

– 야, 언니! 꿈에 그리는 남편감은 아직 못 찾았냐? 스스로 터번 밑에 전분을 뿌리고 수염을 빗을 줄 아는 사람이길 바란다! 아님 그거 다 네가 해줘야 하잖아.

니키는 다음 날 오후가 되어서야 눈을 떴다. 어젯밤 숙취로 머리가 빙빙 돌았다. 휴대폰을 확인하니 민디로부터 메시지가 와 있었다.

– 주말 저녁에 한잔하셨구만? 그 시간에 어이없는 메시지를 보낸 걸 보니 말이지.

니키는 흐린 눈을 비빈 후 답장을 보냈다.

– 열폭하냐?

바로 답이 왔다.

– 이제 일어났니? 너나 열폭하지 마. 철 좀 들어라.

니키는 휴대폰을 가방에 던져 넣었다. 머리가 무거웠다. 침대에서 몸을 일으키는 데 평소보다 시간이 두 배는 걸렸다. 삐걱거리는 수도꼭지와 쏘는 듯한 물줄기에 움찔하며 샤워를 한 뒤 옷을 입고 옥스팜 중고 상점까지 걸어갔다. 상점에 들어서니 백만 년은 된 듯한 울코트의 퀴퀴한 냄새가 코를 찔렀다. 오래된 교과서와 워크시트는 니키가 자주 훑어보고 구매했던 유명 소설이 진열된 칸 바로 아래쪽에 있었다. 이제야 비로소 정신이 깨어나는 기분이었다. 책을 둘러보고 있으니 편안하고 안락한 기분이 들어 숙취가 풀리는 것 같았다.

스크래블 게임도 발견했다. 문자 타일이 몇 개 빠지긴 했지만 알파벳을 가르칠 때 유용할 것 같았다. 아까 살피던 책장으로 돌아가 쓸 만한 것이 있는지 다시 쭉 훑는데 책 한 권에 시선이 멈췄다. 『베아트릭스 포터: 편지』였다. 집에 같은 책이 있었지만 이 책의 부록인 『베아트릭스 포터의 일기와 스케치』는 구할 수 없었다. 대입 시험을 치르기 전 부모님과 인도에 갔을 때 델리의 한 중고 서점에서 딱 한 번 본 적이 있다. 니키는 그 책을 사고 싶었지만 부모님은 영 탐탁지 않게 여겼다. 입씨름을 했지만 결국 살 수 없었다. 니키는 그 기억을 떨쳐내기 위해 바로 앞에 있는 서고에는 어떤 책들이 있는지 들여다보았다. 책 한 권이 눈에 띄었다.

레드 벨벳: 여자들을 위한 황홀한 이야기. 니키는 그 책을 집어 들었다. 책장을 주르륵 넘겨보는데 몇몇 대목이 눈길을 잡아끌었다.

그가 천천히 그녀의 옷을 벗기기 시작했다. 처음에는 시선으로, 그다음에는 섬세한 손가락으로.

델리아는 아무것도 걸치지 않은 채 여름의 태양이 내리쬐는 정원에 서 있었다. 하지만 어디에선가 헌터는 그녀를 지켜보고 있었다.

"당신을 만나게 될지 몰랐네요." 오만하게 말하고 자리를 뜨려던 바로 그때, 그녀는 그의 바지 아래쪽이 성나 부풀어 오른 것을 보았다. 그는 그녀를 보기 원했다.

니키는 씨익 웃으며 그 책을 계산대로 가져갔다. 가게를 나서며 만약 자신이 이 책의 저자라면 앞머리에 어떤 말을 남길지 상상했다.

민디 언니에게.

난 언니만큼 철이 들지는 않았지만 어른들의 의식에 대해서는 좀 더 잘 알고 있어. 이 책은 언니와 언니가 꿈에 그리는 남편감을 위한 가이드북이야.

책이 든 가방을 교실까지 간신히 들고 와 책상 위에 올려놓는데, 책상이 원래대로 정렬되어 있고 그 위에 종이 한 장이 붙어 있었다.

니키 씨, 교실 책걸상 위치를 바꾸지 마세요.
– 쿨빈더

그때 뱃속에서 낮은 소리가 울려 퍼졌다. 그제서야 비로소 아직 아무것도 먹지 않았다는 사실을 깨달았다. 랑가르홀로 걸음을 옮기기 전, 니키는 책상을 원형으로 재배열했다.

달과 달콤한 잘레비 냄새, 식기 부딪치는 소리, 수다 소리가 공기 중에 뒤엉켜 있었다. 니키는 쟁반을 들고 줄을 서서 로티와 밥, 달과 요구르트를 배식받았다. 나이 지긋해 보이는 여자들이 줄지어 있는 곳 근처에 탁 트인 공간이 보였다. 열세 살 때 부모님과 함께 이곳보다 작은 엔필드 사원의 기도회에 참석한 적이 있다. 모든 시크교 사원이 그렇듯 남녀로 분리되어 식사를 하다가, 문득 차에 두고 온 물건이 생각나 아빠에게 자동차 열쇠를 받으러 갔다. 그랬더니 아빠와 함께 앉아 있던 다른 아저씨들이 어찌나 그녀를 뚫어지게 쳐다보던지. 마치 니키가 남성과 여성을 구분하는 보이지 않는 경계를 넘어선 것처럼 말이다. 실제로 그런 규율 같은 건 없는데, 도대체 민디는 니키 눈에는 전혀 보이지도 않는 것들을 어떻게 알 수 있는 걸까? 모든 여자가 결국 똑같은 결말을 맞이하게 되나 보다. 지쳐서 자기 발에 걸려 넘어지는 거지. 니키는 랑가르홀로 지친 듯 천천히 걸어 들어가는 여자들을 바라보았다. 그들은 스카프 매무새를 정돈하며 다른 신도들에게 인사를 건네기 위해 거의 매 순간 발걸음을 멈추었다. 니키 옆에 앉아 있던 사람들은 홀에 여자들이 한 명씩 걸어 들어올 때마다 주제를 바꿔가며 이야기꽃을 피웠다. 그들은 모든 사람의 이야기를 다 알고 있었다.

"착코네 부인 말이에요, 안됐지 뭐야. 얼마 전에 수술을 받았잖아요. 당분간 못 걷는다네요. 장남이 간병하고 있어요. 내가 누구 말하는지 알죠? 아들이 둘 있잖아. 삼촌의 전기용품점을 인수한 그 아들 말이에요. 참 장해. 지난번에 공원에서 어머니 휠체어를 밀어주고 있는 것을 봤거든요."

"저기 있는 저 여자가 니슈의 막내 동생 맞죠? 그 집 식구들이 다 저렇게 이마가 넓더라고. 작년에 홍수 피해가 심했다고 하던데. 카펫을 다시 깔고 가구도 엄청나게 많이 버렸대요. 아까워라! 이제서야 새 거실 소파 세트를 들였다고 하네. 육 주 전쯤 말이야."

"저 사람 달빈더 맞지? 사촌 보러 브리스톨에 간 줄 알고 있었는데."

그 말들을 따라 니키의 눈동자가 이리저리 움직였다. 지나치게 세세한 정보의 급물살을 따라가기가 힘겨웠다. 그때 니키가 아는 사람이 홀 안으로 성큼성큼 걸어 들어왔다. 쿨빈더였다. 순간 여자들이 갑자기 숨죽이면서 목소리를 낮췄다. 쉿.

"저 여자 봐요. 자기가 마치 여기 주인이라도 되는 것처럼 걸어 들어오고 있네. 요즘 들어 잘난 척이 이만저만이 아니야." 한 중년 여성이 말했다. 뻣뻣한 천으로 만든 두파타를 너무 밑으로 끌어당겨서 얼굴은 거의 보이지도 않았다.

"에이, 요즘만일까 봐? 예전부터 전지전능한 여왕 마마였다고요. 어떻게 저럴 수 있는 건지 이해가 안 돼요."

니키는 쿨빈더를 좋아하지 않는 마음을 충분히 이해할 수 있었다.

"오, 너무 그러지 마." 주름 많은 여자가 금테 안경을 콧등 위로 치켜올리며 말했다. "힘든 일을 겪었잖아. 안쓰럽게 여겨줘야 해."

"그러려고 했는데 제 동정 따위는 원치 않더라고요. 저를 아주 깔본다고요." 초록색 두파타를 쓴 여인이 말했다.

"버피 카우르도 똑같은 일을 겪었어요. 그래도 그녀는 우리가 유감을 표할 때마다 고마워한다고요. 하지만 쿨빈더는 그러지 않죠. 하루는 그녀가 근처를 걸어가는 걸 보고 손을 흔들었는데 시선을 돌리고는 그대로 걸어가버리는 거 있죠? 어떻게 그런 사람을 친절하게 대할 수 있겠어요?"

"비슷한 일이지. 똑같은 일이 아니라." 안경 쓴 여인이 말했다. "그 집 딸내미는 트리니다드에서 남자 따라 도망갔지만 어쨌든 살아 있지. 쿨빈더 딸내미는 죽었잖아."

니키는 깜짝 놀라 고개를 들었다. 여자들도 갑작스러운 그녀의 반응을 눈치챈 것 같았지만 하던 이야기를 계속 이어나갔다.

"죽은 건 죽은 거지." 누군가가 말했다. "훨씬 끔찍한 일을 겪은 거야."

"말도 안 돼." 초록 두파타 여인이 코웃음을 치며 말했다. "엄마한테 수치가 되느니 차라리 죽는 게 나아. 요즘 젊은것들이 그걸 알아야 하는데 말이야."

니키는 어쩐지 이 모든 말이 자기를 두고 하는 말처럼 느껴졌다. 그래서 고개를 들어 방금 말한 여자를 도전적인 눈빛으로 쳐다볼 수밖에 없었다. 다른 여자들은 니키의 의도를 알아차린 듯 말끝을 흐렸다. 목으로 음식을 넘기기가 힘들었다. 니키는 물을 한 모금 들이키고 시선을 거두었다.

안경 쓴 여인이 니키와 눈을 마주치면서 말했다. "요즘 젊은 애들이 다 그렇게 엉망은 아니야. 사우스홀에 훌륭한 여자애들이 얼마나 많은데. 가정교육을 어떻게 받았느냐에 따라 다른 거지. 안 그래?" 그러면서 니키를 향해 아주 미세하게 고개를 끄덕였다.

"하여튼 요즘 것들은 이기적이야. 마야가 자기 가족에게 무슨 짓을 저지르고 있는 건지 알았다면 그런 일은 일어나지도 않았을 텐데." 초록 두파타 여인이 말했다. "타람팔 집에까지 손해를 입혔잖아. 집이 다 날아갈 뻔했다고."

이제 다른 여자들도 불편해하며 니키처럼 머리를 숙이고 식사에 집중하기 시작했다. 갑작스러운 침묵에 심장이 거세게 뛰었다. 타람팔? 글쓰기 수업을 듣는 타람팔 말하는 건가? 니키는 초록 두파타 여인이 하던 이야기를 마저 이어가기를 내심 바랐지만, 더 이상 주변에 들어주는 이가 없었기에 그녀도 곧 입을 닫았다.

교실이 있는 건물 안으로 들어서면서 니키는 생각에 잠겼다. 랑가르홀의 여인들은 죽음과 명예에 대해 너무나 단호한 자세로 이야기했다. 니키는 쿨빈더의 딸이 그 여자들 말처럼 위험천만한 일탈을 저질러 결국 어려움에 처했다는 걸 상상할 수 없었다. 하긴, 쿨빈더는 양보를 모르는 사람이니 딸이 반항할 수도 있었을 것 같다.

그때, 복도에 울려 퍼지는 웃음소리가 상념을 깼다. 이상하네. 이 시간에 다른 수업은 없는데. 교실로 향해 갈수록 시끌벅적한 소리는 점점 더 커졌다. 마침내 그녀는 누군가 또박또박 말하는 소리를 들을 수 있었다.

"그는 운전하는 그녀의 허벅지에 손을 올려놓았다. 그리고 조금씩 다리 사이로 움직여갔다. 더 이상 운전에 집중할 수 없었기에 그녀는 말했다. *잠시만, 갓길에 차를 세우게 해줘요. 그가 말한다. 기다릴 수 없다고.*"

니키는 문밖에서 얼어붙었다. 시나의 목소리였다. 다른 여자가 소리쳤다.

"치, 왜 그렇게 참을성이 없담? 갓길에 차를 댈 때까지 제 물건 간수할 자신도 없는가 보지? 여자가 벌 좀 줘야겠어. 주차장을 찾겠다며 계속 달려가는 거야. 그 쬐끄만 풍선에 바람 다 빠질 때까지."

여럿이 웃는 소리가 쏟아져 나왔다. 니키는 문을 박차고 교실 안으로 들어갔다.

책을 활짝 펼쳐 든 시나가 앞쪽 책상에 앉아 있고 다른 여자들은 그녀를 둘러싸고 있었다. 그들은 니키를 보고 서둘러 자기 자리로 돌아갔다. 시나의 얼굴이 창백해졌다. "미안해요. 선생님이 가져온 책을 좀 봤어요. 난 그냥 이야기 한 편 번역해주고 있었어요." 그녀 역시 책상 위에서 미끄러져 내려와 자기 자리로 갔다.

"이 책은 제 거예요. 사적인 물건이라고요. 딱 봐도 수업 때문에 가져온 게 아니잖아요." 니키는 힘을 짜내어 말했다. 그리고 가방에 손을 넣어 워크북을 꺼냈다. "여러분을 위한 건 이 책이라고요." 니키는 워크북을 책상 위에 올려놓고 손으로 머리를 감쌌다. 모두 조용했다.

"오늘은 왜 이렇게 일찍들 오셨어요?"

"일곱 시에 수업 시작한다면서요." 아르빈더가 말했다.

"저는 일곱 시 반이라고 말씀드렸는데요. 그 시간이 더 좋다고 하셔서요."

여자들이 따지듯 만지트를 쳐다보았다.

"지난주에 일곱 시라고 하셨던 걸로 기억하는데. 내 기억으로는 그래요." 만지트가 우겼다.

"다음번엔 보청기 켜." 아르빈더가 말했다.

"보청기 필요 없어요." 만지트는 그렇게 말하면서 스카프를 귀 뒤로 넘겨 일동에게 보청기를 보여주었다. "배터리를 넣은 적이 한 번도 없다고."

"필요 없는데 왜 보청기를 하고 계세요?" 니키가 물었다.

만지트는 당황해서 고개를 떨궜다. "과부룩의 완성이거든요." 시나가 설명했다.

"아." 니키가 말했다. 만지트가 무슨 말을 더 하지 않을까 기다렸지만 그녀는 그저 고개를 끄덕이며 자신의 손만 바라보고 있었다.

프리탐이 손을 들었다. "저기요, 니키. 우리 수업 시작 시간을 일곱 시로 되돌릴 수 있을까요?"

니키는 한숨을 쉬었다. "여러분 버스 시간 때문에 일곱 시 삼십 분이 더 낫겠다고 생각했죠."

"그렇긴 하죠. 하지만 삼십 분 일찍 끝내주시면 우리가 좀 더 좋은 시간에 집에 갈 수 있거든요."

"삼십 분 차이가 그렇게 중요한가요?" 시나가 물었다.

"아냐와 카필에게는 중요하지. 하지만 라지브랑 프리야아니 한테는 잘 모르겠네…." 프리탐이 말했다. 니키는 처음엔 프리탐이 손주들을 말하는 줄 알았다. 하지만 곧 드라마 주인공 얘기임을 알아차렸다. "답답한 인간들 이야기 좀 그만 봐요. 하루는 이 사람이랑 사랑에 빠졌다가, 그다음 날에는 하인이랑 사랑에 빠지고, 또 그다음 날에는 그놈이 다른 사람이랑 결혼하는 그런 뻔한 이야기일 거 아니에요?" 시나가 말했다. "니키, 시간 바꾸지 마요. 프리탐이 연속극 보려고 저러는 거예요."

"아니거든." 프리탐이 항변했다.

"그럼 전기를 낭비하고 있구만." 아르빈더가 꾸짖듯 말했다. "지난달 전기 요금이 얼마나 나왔는지 아니?" 프리탐은 어깨를 으쓱해 보였다. "당연히 알 길이 없겠지." 아르빈더가 툴툴거렸다. "모든 걸 다 가지고 있으니 모든 걸 낭비할 수밖에."

"두 분, 같이 사세요?" 니키가 물었다. 밝은 피부에 얇은 입술, 회색빛 도는 매력적인 갈색 눈까지. 그제서야 둘이 닮았다는 걸 알아챘다. "자매신가요?"

"모녀지간이에요." 아르빈더가 자신과 프리탐을 차례대로 가리키며 말했다. "열일곱 살 차이가 납니다만 나를 그렇게 어리게 봐줬다니 고맙군요."

"아님 프리탐이 늙어 보이는 거겠죠." 시나가 놀리듯 말했다.

"평생 함께 사셨던 거예요?" 니키가 물었다. 노년에 접어든 엄마와 평생 같이 살면서 정신줄을 놓지 않는다는 건 니키로선 상상할 수 없는 일이었다.

"남편이 죽은 이후로 쭉 같이 살았죠." 프리탐이 말했다. "하! 얼마나 오래됐냐고요?" 그녀가 갑자기 소리 높여 외쳤다. "석 달." 그러면서 두파타 끝자락을 잡아 눈가에 대고 눈물을 찍어냈다.

"오, 연기 그만둬." 아르빈더가 말했다. "삼 년 돼가요."

"하지만 아직도 생생하다구요." 프리탐이 울먹였다. "정말 그렇게 오래됐나?"

"너도 잘 알잖니." 아르빈더가 단호하게 말했다. "도대체 과부가 남편 얘기만 나오면 울면서 가슴을 쳐야 한다는 건 어디서 나온 건지."

"일일 연속극에서 배웠을 거예요." 시나가 말했다.

"그래. 내가 텔레비전을 없애야 하는 이유가 하나 더 늘었구만." 아르빈더가 말했다.

"전 프리탐이 귀여워 보이는걸요." 만지트가 말했다. "저도 그렇게 슬프면 좋겠어요. 장례식에서 기절했어요?"

"두 번." 프리탐이 자랑스럽게 말했다. "그리고 내 남편을 화장하지 말라고 애원했죠."

"기억나네요." 시나가 말했다. "기절하기 전에 난리를 치다가 깨어나서 다시 한 번 야단법석을 떨었잖아요."

그녀가 니키 쪽으로 눈을 굴렸다. "니키 선생님도 그렇게 해야 했을 거예요. 안 그러면 사람들이 피도 눈물도 없다고 욕한다니까요."

"그러게요." 니키가 말했다. 기타 아줌마가 아빠의 부고를 듣고 찾아왔을 때 그녀의 뺨은 마스카라로 온통 얼룩져 있었다. 아줌마는 엄마와 함께 눈물을 흘리며 애도하는 시간을 기대했는데 엄마가 마른 눈으로 그녀를 맞이하는 것을 보고 놀라움을 금치 못했다. 엄마는 혼자서 다 울고 난 뒤였다. 아줌마는 스토브 위에서 부글부글 끓고 있는 커리 냄비를 보고 분개했다. "음식이 입에 들어가? 난 남편이 죽고 난 다음에 아무것도 못 먹겠던데. 아들이 억지로 입에 넣어줘서 겨우 넘겼어." 압박감을 느낀 나머지 엄마는 커리를 먹지 못했다. 아줌마가 떠나고 나서야 허겁지겁 식사했다.

"그렇게라도 슬퍼할 수 있었다면 운 좋은 거예요." 만지트가 말했다. "나 같은 여자들은 장례식 같은 건 치러보지도 못해요."

"저런, 만지트. 자신을 그렇게 몰아세우지 마. 나 같은 여자라니. 그 인간 같은 남자면 몰라도." 아르빈더가 말했다.

"무슨 말씀이신지…." 니키는 의아했다.

"우리 공부를 하긴 할 건가요? 아님 오늘도 자기소개 시간인가요?" 타람팔이 끼어들며 니키를 불만스럽게 쏘아보았다.

"한 시간도 안 남았네요." 니키는 그렇게 말하며 여자들에게 책을 나눠주었다. "이 책으로 알파벳 쓰기를 연습할 수 있어요." 시나에게는 인터넷에서 찾아 출력해 온 편지 쓰기 연습지를 건네주었다.

남은 수업 시간은 천천히, 조용히 흘러갔다. 여자들은 집중하느라 얼굴을 찌푸리고 있었다. 어떤 여자들은 몇 번 끄적거리더니 지친 기색을 하며 연필을 내려놓았다. 니키는 과부들에 대해 더 알고 싶었지만 타람팔의 존재감이 그녀를 몰아붙였다. 여덟 시 삼십 분이 되자 니키는 수업을 마쳤음을 알렸다. 여자들은 보던 책을 책상 위에 둔 채 조용히 줄지어 교실을 빠져나갔다. 시나는 아무 말도 하지 않고 빠르게 니키 옆을 지나갔다. 쓰던 편지를 손에 쥐고 있었다.

다음 수업은 목요일이었다. 니키가 다른 중고 상점에서 건져 온 알파벳표를 들고 수업에 들어왔을 때 모든 여자가 제 시간에 맞춰 앉아 있었다. 니키가 "애플(apple)의 A."라고 말하면 학생들이 "애플."이라고 따라 말했다. "보이(boy)의 B." "캣(cat)의 C." 알파벳 M까지 오니 점점 따라 말하는 목소리가 작아졌다. 니키는 한숨을 쉬며 표를 내려놓았다.

"쓰기를 배우려면 어쩔 수 없어요. 일단 기본을 떼야 해요."

"내 손자들이나 이런 책이랑 표를 쓰지." 프리탐이 킁킁거리면서 말했다. "이렇게 배우는 건 모욕적이네요."

"다른 방법으로는 못 가르쳐드려요."

"선생님이잖아요. 성인들에게 쓰기를 가르치는 방법을 모른다는 거예요?"

"전 이야기를 쓰는 수업이라고 생각하고 왔어요. 이런 수업이 아니라." 니키는 다시 표를 집어 들고 문자 읽기 연습으로 돌아갔다. 지브라(zebra)의 Z에 이르렀을 때 그들은 한목소리로 우렁차게 따라 말했다. 한 줄기 희망이 보였다. 적어도 다들 노력하고 있구나.

"좋아요. 이제 단어가 어떻게 형성되는지 보면서 쓰기 연습을 해볼 거예요." 니키가 말했다. 워크북에서 단어를 몇 개 뽑아 칠판에 옮겨 적는데, 여자들이 급하게 속삭이는 소리가 들렸다. 하지만 니키가 다시 그들 쪽을 바라보면 소리는 사라졌다.

"단어의 철자를 배우는 가장 좋은 방법은 일단 소리 내서 말해보는 거예요. 우리 캣부터 해봅시다. 저를 따라 읽어보실 분 계신가요? 캣!"

프리탐이 손을 들었다. "네! 읽어보세요, 비비 프리탐."

"우리에게 어떤 종류의 이야기를 쓰게 할 참이었나요?"

한숨이 새어 나왔다. "여사님들, 우리가 이야기를 쓰려면 아주 많은 시간이 걸릴 거예요. 단어의 철자와 문법이 어떻게 적용되는지 이해하지 않으면 정말 어렵거든요."

"하지만 시나는 영어를 읽고 쓸 수 있어요."

"네. 그렇게 되기까지 연습을 많이 했을 거예요. 그렇죠, 시나? 언제 영어를 배우셨나요?"

"학교 다닐 때 배웠죠." 시나가 말했다. "우리 가족은 내가 열네 살 때 영국으로 왔어요."

"제 말은 그게 아니에요." 프리탐이 말했다. "우리가 시나에게 우리 이야기를 들려주면 시나가 그걸 글로 옮길 수 있지 않겠냐는 뜻이었어요."

"저는 할 수 있어요." 시나가 흥이 오른 표정으로 말했다.

"그런 다음 각자가 만든 이야기를 어떻게 발전시킬지 서로 조언해줄 수도 있고요."

"하지만 여러분이 글을 영영 못 배우면 어떻게 해요?" 니키가 물었다. "그게 여러분이 이 수업을 수강한 목적이잖아요."

여자들은 서로 눈빛을 교환했다. "우리는 시간을 때우려고 이 수업을 신청한 거예요." 만지트가 말했다. "글 쓰는 방법을 배우든, 스토리텔링을 하든 중요하지 않아요. 바쁘게 지낼 수 있는 거라면 뭐든 괜찮아요." 그렇게 말하는 만지트는 유독 슬퍼 보였다. 만지트는 니키가 자신을 쳐다보고 있다는 사실을 알아차리고는 재빨리 미소 지으며 시선을 피했다.

"차라리 스토리텔링을 하는 게 낫겠어." 아르빈더가 말했다. "여태까지 읽기 쓰기 못하고도 잘 살아왔는데 이제 와서 뭣 하러 그걸 배우냐고?"

여기저기서 웅웅거리며 동의하는 소리가 들렸다. 니키는 괴로웠다. 쓰기를 배우는 과정이 너무 지루해서 학생들의 의욕을 꺾어놓는다면 니키는 동기를 부여해주어야 했다. 스토리텔링은 재밋거리일 뿐이었다.

뒤편에서 타람팔이 소리쳤다. "전 그 의견 별로네요. 전 쓰기를 배우려고 여기 온 거라고요." 그녀는 팔짱을 끼고 있었다.

"그럼 당신은 알파벳 색칠공부나 해." 아르빈더가 니키만 들릴 정도로 작게 투덜거렸다.

"자, 그럼 이렇게 해보는 건 어때요?" 니키가 말했다. "쓰기와 읽기 연습은 매번 할 거예요. 그러다가 스토리텔링 시간을 갖고 싶으시면 시나와 제가 여러분의 이야기를 글로 옮길게요. 여기 있는 분들과 다 함께 이야기를 나눌 수도 있어요. 수업할 때마다 한 편씩요."

"오늘부터 하면 안 되나요?" 프리탐이 물었다.

니키는 시계를 쳐다보았다. "일단 모음을 좀 훑고요. 그리고 나서, 음, 좋아요. 스토리를 들어봅시다."

어떤 여자들은 이미 A, E, I, O, U를 알고 있었다. 하지만 타람팔 같은 학생들은 고전했다. 니키가 모음에 대한 퀴즈를 냈을 때 타람팔은 우겨댔다. "A랑 E 발음이 같잖아요." 다른 여자들은 타람팔이 남은 수업 시간을 잡아먹는다고 불평했다. 니키는 시나에게 자신이 타람팔과 씨름하는 동안 교실 뒤편에서 이야기 필사를 시작하라고 했다.

"영어는 멍청한 언어야. 말이 안 되잖아." 타람팔이 불평했다.

"새로운 언어라 힘드시겠지만, 점점 쉬워질 거예요." 니키가 그녀를 격려했다.

"새롭다니요? 난 런던에 이십 년 넘게 살았다고요!"

니키는 자신의 일생보다 더 오랜 시간을 이곳에서 살아온 여자들이 영어에 대해 거의 무지하다는 사실에 은근히 충격받았다. 타람팔이 낌새를 챈 듯 끄덕거리며 당당하게 말했다. "내가 왜 영어를 안 배웠는지 아나요? 영국 때문이에요. 내가 영어를 배우기 바랐으면 자기 나라나 문화가 친숙하게 다가오도록 만들었어야지. 지금 하는 아아, 우우 소리만 봐도 그래."

교실 뒤편에서 킬킬거리는 소리가 점점 커졌다. 이따금 꽥 소리를 지르기도 했다. 아르빈더가 시나의 귀에 대고 뭐라고 속삭이면, 시나는 등을 구부린 채 종이 위에 재빠르게 뭔가를 휘갈겨 썼다. 니키는 다시 타람팔에게 집중했다. 그리고 타람팔이 두 모음의 미묘한 발음 차이를 받아들일 때까지 여러 단어를 천천히 소리 내어 말해주었다. 두 사람의 실랑이가 끝날 즈음, 수업도 막바지에 이르렀다. 하지만 여자들은 여전히 교실 뒤편에 모여 낮은 목소리로 다급하게 무언가를 속삭이고 있었다. 시나는 이따금 적절한 표현을 떠올릴 때나 지친 손목을 잠깐 쉬게 할 때만 빼고 계속 무언가를 써 내려갔다. 아홉 시가 되었다.

"오늘 수업 마쳤습니다!" 니키가 그들의 등에 대고 외쳤다. 여자들은 듣지 못했는지 계속 이야기를 나누었고 시나는 성실하게 받아 적었다. 타람팔은 가방을 챙기기 위해 교실을 가로질러 갔다. 그녀는 다른 학생들을 향해 경멸하는 눈빛을 쏘아대며 니키에게 중얼거렸다. "안녕히."

학생들의 새로운 관심사로 인해 니키도 고양감을 느꼈다. 이런 방식으로는 읽기 쓰기를 배우지 못하리라. 하지만 분명 그들은 스토리텔링에 더 열을 올리고 있다. 니키가 학생들이 모여 있는 쪽으로 다가가자 그들은 갑자기 조용해졌다. 그들의 얼굴은 상기되어 있었다. 몇몇은 삐져 나오는 웃음을 애써 감추고 있었다. 시나가 돌아앉으며 말했다. "깜짝이야. 아직 못 보여드려요. 안 끝났거든요."

"교실문을 잠궈야 하는 시간이에요. 버스 놓치겠어요." 니키가 말했다.

여자들은 마지못해 일어나서 가방을 챙겼다. 그들은 무언가를 속닥이며 교실을 떠났다. 니키는 교실에 혼자 남아 쿨빈더가 하라고 했던 대로 책상을 원래 위치로 되돌려놨다.

쿨빈더는 사원 밖으로 걸어 나오다가 교실 불이 아직도 켜져 있는 것을 보았다. 걸음을 늦추며 잠시 고민했다. 아마도 니키가 불을 켜놓고 갔을 것이다. 내가 지금 올라가서 불을 끄지 않는다면 구르타지 싱은 여자들이나 듣는 수업이 전기를 낭비한다고 생각하겠지. 하지만 빈 건물에 들어가는 건 안전한 일이 못 되었다. 혼자 있을 때면 지난밤 걸려온 전화가 생각나 마음을 헤집어놓곤 했다. 그전에도 두 번 경고 전화를 받았다. 한 번은 그녀가 처음 경찰서를 방문했을 때였고, 다른 한 번은 마지막으로 경찰서를 찾았을 때였다. 경찰이 도움이 된 적은 거의 없었지만, 그럼에도 그자는 그녀에게 주의를 줄 필요가 있다고 여기는 것 같았다.

쿨빈더는 교실 불에 신경 끄기로 했다. 씩씩하게 버스 정류장으로 걸어가는데, 글쓰기 수업을 듣는 여자들이 옹기종기 모여 있었다. 쿨빈더는 마음속으로 출석을 불러보았다. 저기 아르빈더 카우르가 있군. 다른 사람 말을 들을 때 기린처럼 목을 구부려야 할 정도로 키가 큰 여자지. 그녀의 딸 프리탐은 레이스 달린 하얀 두파타를 끊임없이 고쳐 쓰고 있다. 자기 엄마와는 달리 화려하고 허영심이 가득해 보였다. 무리의 가장 바깥쪽에 있는 만지트 카우르는 엉큼한 미소를 지은 채 고개를 끄덕이며 이야기를 나누고 있다. 시나 카우르는 보이지 않았다. 아마 작고 빨간 자가용을 타고 휙 집으로 내달렸을 것이다. 타람팔 카우르도 이 수업을 신청했지만 무리 중에 섞여 있지는 않았다. 그녀가 보이지 않아 다행이었다.

쿨빈더는 재빨리 미소 지으면서 여자들에게 다가갔다. 여자들에게 왜 아직도 불이 켜져 있는지 물어보면 될 일이었다. 니키가 혹시 교실에서 연인과 즐거운 시간을 보내고 있는 것은 아닐까? 동네 젊은 애들이 몸의 대화를 나누기 위해 빈방을 무단으로 이용한다는 건 생소한 이야기가 아니었다. 그러나 그런 경우라 해도 불은 꺼져 있어야 했다. 그나저나 누가 알았겠는가? 요즘 애들이 이렇게 쾌락을 추구하는 세대가 될지.

"삿 스리 아칼." 쿨빈더가 합장하고 말했다. 그들도 합장하며 중얼중얼 답했다. "삿 스리 아칼." 가로등 불빛에 비친 그녀들의 표정은 어딘가 멋쩍어 보였다. 마치 도둑질하다 들킨 사람들처럼.

"여사님들 안녕하세요. 잘 지내시죠?"

"네, 안녕하세요." 프리탐이 말했다.

"글쓰기 수업은 재미있으신가요?"

"네." 입을 모아 답하는 모습이 어딘가 수상해 보였다.

"많이 배우셨나요?"

여자들 얼굴에 음흉한 표정이 스쳐 지나갔다. 그때 아르빈더가 입을 뗐다. "오, 그럼요. 오늘도 공부 많이 했어요."

여자들의 얼굴이 빛났다. 쿨빈더는 무슨 질문을 더 해볼까 궁리했다. 강좌가 열려 그들이 뭔가 배울 수 있게 된 것은 내가 나서서 의견을 냈기 때문이라고 일러두는 것도 좋겠다. 쿨빈더는 마야에게 말하곤 했다. *너를 위해서는 뭐든 할 수 있어.* 그녀가 자랑스러울 때도, 실망스러울 때도 그렇게 말했다. 여자들은 계속 수다를 떨 수 있도록 쿨빈더가 빠져주길 바라는 눈치였다. 그 모습을 보자 마야가 친구들과 한데 모여 은밀한 이야기를 나누며 낄낄거리던 장면이 떠올랐다. "뭐가 그렇게 재밌었니?" 나중에 쿨빈더가 묻자 마야는 웃음을 터뜨렸고, 쿨빈더도 따라 웃을 수밖에 없었다. 옛 기억을 떠올리니 가슴이 찌르는 듯 아팠다. 어떻게 해야 다시 마야의 웃는 얼굴을 볼 수 있을까? 쿨빈더는 여자들에게 인사하고 그 자리를 떠났다. 한 번도 그녀들과 가깝게 지낸 적은 없지만 그들이 할 일이 없어서 수업에 등록했다는 것은 알고 있다. 누군가를 다른 세상으로 떠나 보냈다는 점에서는 그들 역시 쿨빈더와 같았으나, 자녀를 잃는 것은 또 다른 문제였다. 아무도 모른다. 쿨빈더가 매일 느끼는 분노와 죄책감, 설명할 수 없는 깊은 슬픔에서 비롯되는 고통을.

번화가 가장자리 울창한 울타리 아래나 주차된 차 뒤편은 그림자가 군데군데 드리워 있어 범죄자가 쉽게 웅크려 숨을 수 있을 것이다. 사람에게 데리러 오라고 하려고 휴대폰에 손을 뻗었지만, 갑자기 멈춰 서는 게 더 위험할 것 같다는 생각이 들었다. 그래서 퀸 메리 로드 교차로 쪽으로 시선을 고정한 채 그저 앞으로 걸어나가기로 했다. 심장이 거칠게 뛰었다. 지난밤 전화가 끊어진 뒤, 그녀는 침대 위에 앉아 집 안에서 나는 소리와 온갖 기척에 촉각을 곤두세웠다. 결국 잠이 들긴 했지만, 다음 날 아침 그녀는 잔뜩 지친 채로 혼자 남아 어찌 된 일인지 이 모든 것을 마야 탓으로 돌리며 분노하고 있는 자신을 발견했다.

어딘가에서 폭죽처럼 웃음소리가 터졌다. 쿨빈더는 휙 돌아보았다. 아까 그 여자들이었다. 만지트가 손을 흔들었지만 못 본 척했다. 멀리 교실 창문에서 비치는 불빛이 불꽃을 연상시켰다. 쿨빈더는 휙 돌아서서 건물을 등지고 거의 뛰다시피 힘차게 걸어나가기 시작했다.

5

주차장 구석에 수업 들어가기 전에 숨어서 담배를 피울 만한 장소가 있었다. 니키는 담배를 꺼내 불을 붙였다. 지난밤 오라일리스 펍에서의 일과는 평소보다 길게 느껴졌다. 니키는 그만큼 오늘 밤 수업을 기대하고 있었다.

담배를 다 피우고 건물로 들어가는데 계단 앞에서 쿨빈더 카우르를 딱 마주쳤다.

"아, 안녕하세요." 니키가 말하자 쿨빈더가 코를 킁킁거렸다. "담배 피웠나요?"

"아, 담배 피우는 사람 옆에 있었거든요…."

"당신 엄마한테나 통할 변명이네요. 저는 당신 엄마와는 다

릅니다."

"제가 담배를 피우는 게 선생님이랑 무슨 상관인지 모르겠네요." 니키는 어깨를 펴며 말했다.

쿨빈더의 눈에 불꽃이 일었다. "강사의 행동거지는 저랑 아주 깊은 상관이 있습니다. 이곳 여성들은 당신을 선생님, 즉 인솔자로 생각합니다. 그들이 흡연자의 입에서 나오는 말을 받아들일 수 있을지 모르겠군요."

"저는 교실 안에서 제 의무를 다하고 있습니다." 그렇게 말하면서 니키는 쿨빈더가 교실을 급습할 경우에 대비해 스토리텔링에 할애하는 시간을 줄여야겠다고 생각했다.

"당연히 그러셔야죠." 쿨빈더가 말했다. 니키는 불편한 마음으로 그녀를 스쳐 지나갔다. 오늘도 여자들은 모두 제시간에 모여 있었다. 타람팔은 다른 이들과 눈에 띌 정도로 멀찍이 떨어져 있었다. "니키!" 시나가 불렀다. "나 이야기 썼어요. 모두들 도와줬어요."

"멋지네요."

"큰소리로 읽어줄 수 있어?" 프리탐이 시나에게 물었다.

"응, 니키가 읽어줘야 할 것 같아요." 시나가 말했다.

"잠깐만요. 비비 타람팔한테 과제만 좀 알려드리고요."

"나 때문에 일부러 안 그래도 돼요. 내 알파벳책으로 공부하고 있을게요."

"그거 배워서 뭐 하려고? 분위기 좀 깨지 마." 아르빈더가 말했다.

"나는 곧 영어로 글을 쓰게 되겠지만, 아주머니는 그때도 계속 까막눈이겠죠." 타람팔이 되받아쳤다.

니키는 의자를 끌어와 타람팔 옆에 앉았다. 책의 연결 모음과 자음을 다룬 대목을 펼쳤다. 알파벳 세 개로 이루어진 간단한 단어가 그림과 함께 나와 있었다. 캣, 도그(dog), 팟(pot). "난 몰라요." 타람팔이 불평했다. "안 가르쳐준 것도 있잖아요."

"일단 아시는 것부터 해보죠." 니키가 부드럽게 말했다. "그 다음에 다른 것들도 같이 해나가면 돼요."

시나가 건네준 종이를 읽으려는데 다른 여자들이 자신을 유심히 살피는 시선이 느껴졌다. 펀자브어 실력이 생각보다 녹슬어 있었다. 게다가 깔끔하게 인쇄된 활자에 익숙한 까닭에 시나가 급하게 갈겨 쓴 손글씨는 당황스러울 뿐이었다. "제가 이걸 읽을 수 있을지 모르겠어요, 시나." 니키가 눈을 가늘게 뜨고 종이를 바라보며 말했다.

"그럼 내가 읽을게요." 시나가 자리에서 일어나 니키로부터 종이를 건네받았다. 다른 여자들은 자리에 앉아 기대하는 얼굴로 시나를 바라보았다. 니키는 왠지 누군가가 자신을 골탕 먹일 것만 같다는 불길한 예감이 들었다.

시나가 이야기를 읽기 시작했다. "이 이야기는 한 남녀가 드라이브하면서 생긴 일이다. 남자는 키가 크고 잘생겼고 여자는 그의 부인이다. 그들에게는 아이가 없었기에 시간이 아주 많았다." 시나는 여운을 주기 위해 잠시 뜸을 들이고는 본격적인 이야기로 들어가기 전 니키의 얼굴을 슬쩍 바라보았다.

어느 날 그들이 한적한 길을 드라이브하고 있는데 기름이 거의 다 떨어졌다. 밖은 어두웠고 그들은 두려웠다. 춥기까지 해서 남자는 차를 멈추고 떨고 있는 여자를 안았다. 그녀는 사실 떠는 척하고 있었다. 남자의 몸을 느끼고 싶었기 때문이다. 물론 그의 몸이야 전에도 많이 느껴보았지만, 이렇게 어두운 차 안에서는 처음이었다.

남자는 아내를 지키는 영웅이 된 기분이었다. 그는 손을 그녀의 엉덩이로 가져가 꽉 쥐었다. 그녀는 그에게 가까이 다가가 키스했다. 그녀 역시 손을 아래로 가져가…

"잠깐만요, 거, 거기까지." 니키는 이야기를 끊고 시나에게서 종이를 빼앗은 뒤 자리로 돌아가 앉으라고 했다. 교실에 있는 모든 사람이 낄낄대고 있었다. 자기 책에 고개를 파묻고 있는 타람팔만 빼고. 니키는 종이의 나머지 부분을 흘끔 보았다. 문장 하나가 시선을 잡아끌었다. '고동치는 그곳은 색과 크기가 마치 가지 같았다. 그녀가 그것을 잡고 입으로 가져가자 그의 무릎이 환희로 덜덜 떨리기 시작했다.' 니키는 한숨을 쉬며 책상 위로 종이를 떨어뜨렸다.

이제 여자들은 대놓고 웃고 있었다. 웃음소리가 메아리 치며 복도에 울려 퍼졌다. 건물 입구에 서 있던 쿨빈더 카우르도 그 소리를 들었다. 그녀가 무슨 소리인지 좀 더 들어보려고 몸을 돌리는 순간 웃음은 멈췄다.

"왜 그래요?" 시나가 물었다.

"이건 제가 생각한 이야기가 아니에요." 니키가 말했다.

"놀라실 필요 없잖아요. 당신도 이런 이야기를 읽어봤을 거 아니에요. 이런 이야기로 가득한 책을 사 왔었잖아요." 만지트가 말했다.

"그 책은 우리 언니한테 장난치려고 산 책이었다구요!" 레드 벨벳. 중고 상점 할인 코너에 있다가 니키의 침대맡으로 넘어온 그 책. 버릴 생각도 전혀 못하고 있었다.

"무슨 장난이요? 원래 언니에게 사다 주기로 한 책이 아니었나 보죠?" 프리탐이 물었다.

"언니는 내성적인 편이거든요. 그런 책이 언니를 좀 눈뜨게 해주지 않을까 했던 것뿐이에요." 이 여자들이 지금 날 놀리는 걸까? 니키는 목소리를 가다듬었다. "일단 오늘 이야기는 이 정도로 마무리해야 할 것 같네요."

니키가 알파벳표를 꺼내자 여자들이 괴로운 소리를 냈다.

"오늘 우리는 자음을 복습할 거예요."

"아, 그 망할 것들 말구요." 아르빈더가 말했다. "A는 애플, B는 보이? 우리를 아기 취급하지 말아요, 니키."

"굳이 말하자면 A는 모음이에요. 기억하시죠? 다른 모음은 뭐가 있죠?"

아르빈더는 니키를 쏘아보며 입을 닫았다. 다른 과부들도 묵묵부답이었다.

"해보자구요. 이건 중요한 부분이에요."

"저번에 우리보고 스토리텔링을 해도 된다고 했잖아요." 프리탐이 툴툴거렸다.

"그랬죠. 근데 그러지 말았어야 했나 봐요. 저는 당신들에게 글 쓰는 법을 가르치라고 고용된 거예요. 저는 그 약속을 지킬 의무가 있어요." 그녀는 다시 한번 책상 위의 종잇장들을 바라보았다. 만약 쿨빈더가 이 사실을 안다면 여자들을 올바르지 않은 길로 꾀어냈다는 죄목으로 니키를 고소할지도 모른다.

"시나 이야기를 왜 좋아하지 않는 거죠? 난 요즘 여자애들은 당연히 오픈 마인드인 줄 알았네." 프리탐이 말했다.

"쟤도 다른 사람들이랑 똑같아. 그러니까 이런 이야기를 좋아하지 않는 거라고." 아르빈더가 말했다. "다들 그러잖아. *저 과부들은 무시해도 돼. 남편도 없잖아.*"

"저는 여러분을 그렇게 생각하지 않아요." 하지만 일리 있는 말이었다. 니키도 과부들은 쉽게 휘둘리는 사람들일 거라고 생각했다. 하지만 실제는 사뭇 달랐다.

"인도에서 우린 보이지 않는 존재들이에요." 아르빈더가 말했다. "영국에 있다고 해도 다르지 않아. 우리가 이런 이야기를 하는 게 부적절하다고 생각할 수도 있겠지. 우린 이런 것들을 생각해서도 안 되는 사람들이니까."

"여러분 이야기가 잘못되었다는 게 아니에요. 단지 예상치 못했을 뿐이에요."

"왜요?" 시나가 도전적으로 물었다. "우리 남편들이 죽었으니까? 니키, 이것만 알아줘요. 우리는 아주 경험이 많아요."

"우리는 항상 그런 이야기를 한다구요." 만지트가 말했다. "사람들은 우리가 외로운 밤을 가십으로 채울 거라 생각하지만 언제까지나 그런 얘기만 할 수는 없어요. 우리가 진정 그리워하는 것들에 대해 이야기하는 게 훨씬 재미있거든요."

"혹은 우리에게 애초부터 주어진 적 없는 것들에 대해서 말이지." 아르빈더가 무덤덤하게 말했다.

강의실에 웃음이 일며 물결처럼 퍼져 나갔다. 이번 웃음소리는 사무실에서 스도쿠 퍼즐을 풀고 있던 쿨빈더의 귀에 확실히 들어갔다.

"여러분, 목소리를 낮춰주세요." 니키가 간청했다.

"제발요, 니키 선생님." 프리탐이 절실하게 말했다. "재미있을 거예요. 내 머릿속에서 들끓고 있는 이야기도 있어요. 제가 제일 좋아하는 텔레비전 드라마의 결말을 더 만족스럽게 바꿔볼 거예요."

"카필이랑 아냐가 재결합하는 거예요?" 만지트가 물었다.

"그거야 당연하죠! 하지만 어떻게 다시 만나냐가 중요한 거 아니겠어요?" 프리탐이 말했다.

"나는 밤에 뜬눈으로 누워 있을 때마다 떠올리는 이야기가 있어요. 양을 세거나 수면제를 먹는 것보다 더 낫다니까요. 아주 편안한 기분이 되거든요." 만지트가 말했다.

"오, 확실히 그럴 것 같군요." 시나가 눈썹을 씰룩이며 말하자 여자들이 다시 한번 폭소를 터뜨렸다.

"분명 타람팔에게도 그런 이야기가 있을 거야." 아르빈더가 말했다.

"제발 전 빼줬으면 좋겠네요." 타람팔은 딱 잘라 말했다.

그때 강의실 문이 벌컥 열렸다. 쿨빈더 카우르가 팔짱을 낀 채 문가에 서 있었다. "무슨 일이에요? 제 사무실까지 소란스러운 소리가 들리던데."

여자들은 깜짝 놀라 잠시 아무 말도 하지 못했다. 이윽고 프리탐 카우르가 입을 열었다. "죄송해요. 제가 단어 하나를 제대로 발음하지 못해서 다들 웃고 있었어요."

"맞아요." 아르빈더가 거들었다. "니키가 *가지*를 뜻하는 영

112

어 단어를 말해줬는데 우리가 제대로 따라 하지 못했어요." 여자들이 다시 낄낄거렸다. 니키는 고개를 끄덕이며 '제가 어쩌겠어요?' 하는 눈빛으로 쿨빈더를 바라보았다. 책상 위에 놓인 종이를 손바닥으로 가리는 것도 잊지 않았다.

타람팔이 문가에 앉아 있어서 다행이었다. 널찍이 펼쳐진 그녀의 영어책은 매우 바람직해 보였다. 니키는 타람팔이 아무 말도 하지 말아주기를 바랐다. 타람팔은 여전히 나머지 여자들을 못마땅한 눈빛으로 바라보고 있었다.

"잠깐 밖에서 얘기 좀 하죠." 쿨빈더가 니키에게 말했다.

"그럼요." 니키가 말했다. "시나, 칠판에다 알파벳 좀 써줄 수 있나요? 돌아오면 쪽지 시험 볼 거예요." 니키는 시나를 짐짓 엄격하게 바라보고는 쿨빈더를 따라 밖으로 나갔다.

쿨빈더는 니키를 쏘아보았다. "나는 저 여자들을 가르치라고 당신을 고용한 겁니다, 농담 따먹기나 하라고 부른 게 아니라." 그녀가 말했다. "여기서 저 여자들이 정확히 뭘 하고 있는지는 모르겠지만 뭔가를 배우고 있는 것 같지는 않는군요."

창문 너머로 여자들이 칠판에 눈을 고정한 채 시나가 알파벳 쓰는 것을 열심히 지켜보는 모습이 보였다. 타람팔은 몸을 숙이고 종이 위에다 연필을 슥삭거리며 자신이 쓴 D의 곡선이 시나가 쓴 것과 비슷한지 비교했다. "그 누구도 배움이 재미없다고 한 적은 없습니다." 니키가 말했다.

"이 일에는 어느 정도 평판과 전문성이 필요합니다. 그런데 당신의 평판이 의문스럽군요. 당신은 사원 구역 안에서 담배를 피우는 사람이니까요. 전문성에 대해서도 의심이 많이 드네요."

"전 제 일을 제대로 하고 있다고 생각합니다. 당신이 요청한 바로 그대로요."

"그렇다면, 소음이 나지 않게 주의하라고 두 번 말하지 않아도 되겠군요. 아주 작은 실수 하나로도 이 수업이 바로 폐강될 수 있다는 걸 아나요? 그래서 매우 적은 수강생만 받은 거고요."

"저기요, 쿨빈더 선생님. 이 수업이 잘되길 바라시는 마음은 알겠어요. 하지만 이렇게 끊임없는 감시 속에서 일하게 될 줄은 몰랐네요. 여성분들은 제대로 배우고 있습니다. 그러니까 당신은 조금만 물러서서 제가 제 일을 하게 해주세요."

그러자 쿨빈더의 얼굴이 어두워졌다. 입술은 위협하듯 얇아졌다. "당신, 뭔가 굉장히 중요한 걸 잊고 있는 것 같은데." 그녀가 낮고 차분한 목소리로 말했다. "내가 당신 상사야. 내가 당신을 고용했다고. 그저 술 퍼마시는 것밖에 모르는 당신을 고용해 줬으면 고마워해야지. 이 정도 경고로 넘어가는 걸 다행인 줄 알아요. 난 당신이랑 수다나 떨자고 여기 온 게 아니라고. 당신에게 책임감을 일깨워주기 위해 온 거예요. 당신에게 치명적으로 결여되어 있는 그거 말이에요. 알아듣겠어요?"

니키는 겨우 침을 삼켰다. "…네." 쿨빈더가 예상했다는 듯 그녀를 바라보았다. "…그리고 감사합니다…." 니키는 속삭였다. 수치심에 뜨거운 눈물이 흘렀다.

니키는 몇 분 정도 혼자 복도에 서 있다가 교실로 들어갔다. 여자들은 놀라 눈이 휘둥그레졌다. 타람팔조차도 책에서 눈을 떼고 니키를 바라보았다.

"다시 공부합시다." 니키가 눈을 깜빡이며 말했다.

다행히 아무도 이의를 제기하지 않았다. 아르빈더, 타람팔, 프리탐, 만지트는 자음 연습을 했다. 시나는 논설문 쓰기 연습을 했다. 여자들이 공부에 집중하는 동안에도 니키의 머릿속에서는 아까 그 수치스러운 순간이 반복 재생되었다. 니키는 스스로를 타일렀다. 쿨빈더는 원래 모두에게 그런 식으로 화를 내는데 이번에는 하필 그녀가 내 약점을 건드려서 더 힘든 거라고. *술 퍼마시는 것밖에 모르지. 당신에게 치명적으로 결여되어 있는 그거, 책임감.* 니키가 문제를 일으키지 않고 이 여자들에게 글자를 가르치려고 얼마나 노력하는지 쿨빈더는 알까? 니키가 일을 제대로 하는지 안 하는지는 상관없었다. 쿨빈더에게는 무조건 잘못된 일이었다.

생각에 빠져 있는 동안 시간은 빠르게 흘러갔다. 엄마와의 싸움도 이토록 그녀를 무력감에 빠뜨리지는 못했다. 쿨빈더가 상사로서도 이럴진대, 반항기 넘치는 딸에게는 대체 어떤 엄마였을까? 니키는 시계를 쳐다보며 물었다. "다 하셨나요?"

여자들이 고개를 끄덕였다. 니키는 자음 학습지를 걷었다. 아르빈더의 비뚤비뚤한 H는 M처럼 보였지만 어쨌든 번개처럼 보이는 Z까지 써냈다. 프리탐의 글씨는 아르빈더보다 정확했지만 J까지밖에 쓰지 못했다. 만지트는 자음 쓰기라는 사실을 완전히 무시한 듯 지난 시간에 배웠던 A, E, I, O, U만 복습하듯 적어놓았다.

이 여자들에게 더 많은 학습지를 나눠주고, 더 열심히 암기시키는 것 외에 뭘 할 수 있을까? 알파벳이 빼곡히 적혀 있는 이 학습지는 과부들의 단조로운 일상만큼이나 활기 없어 보였다. 이 대로 계속 간다면 수업을 들으러 오지도 않을 거야. 니키는 벌써 그들이 지쳤다는 것을 느낄 수 있었다. 학습지를 바라보고 있자니 마음속에서 갈등이 일어났다. 분명 나는 영어를 가르친다는 명목으로 이곳에 왔다. 하지만 결국 계약서에 사인한 건 여성들의 힘을 북돋아주기 위해서였잖아? 과부들이 야한 이야기를 나누고 싶어 한다면, 내가 뭐라고 그걸 막아?

"오늘 모두 잘해주셨어요. 이런 연습들이 큰 도움이 될 거예요." 니키는 사람들에게 학습지를 다시 돌려주며 미소 지었다. "하지만 당신들의 이야기를 쓰는 게 더 나을 것 같군요."

여자들은 서로를 바라보며 씩 웃었다. 타람팔만이 팔짱을 낀 채 사람들을 노려보았다. "물론 읽고 쓰는 법도 계속 가르쳐드릴 거예요." 니키는 타람팔에게 말했다. "다른 분들은 자기 이야기를 가지고 오셔도 좋아요. 하지만 아주 조용히 하셔야 한다는 거, 잊지 마세요."

"화요일에 만나요." 시나가 나가면서 인사했다.

"네, 그날 만나요." 니키가 말했다. "아, 그리고 혹시 쿨빈더를 만나거든 고맙다고 전해줘요." *그리고 엿 먹으라고도요.*

다음 화요일, 니키는 시간을 충분히 두고 십 대 때부터 연습해서 완성한 담배 냄새 제거 루틴을 시행했다. 첫째, 담배를 피우기 전에는 냄새가 배지 않게 머리카락을 뒤로 틀어 올려 묶고 재 킷을 벗어 냄새가 배지 않게 한다. 둘째, 피운 뒤에는 아주 센 민 트를 씹고 진한 향수를 뿌린다.

니키가 향수로 샤워를 하고 있을 때 골목 안으로 얼굴 하나 가 쑥 들어왔다가 사라졌다. "아, 미안합니다." 남자가 말했다. 짧은 순간이었지만 니키는 귀엽다고 생각했다. 잠시 뒤 니키가 골목 구석에서 나왔을 때 남자는 벽에 기대 서 있었다.

"자, 이제 들어가도 돼요." 니키가 말했다.

"고마워요. 전화 좀 하려고요."

"그럼요. 저도 전화를 했어요."

"아닌데, 담배 피우셨잖아요. 몸에 안 좋다고요." 그가 담배 를 꺼내 불을 붙이며 말했다. "정말 피우면 안 되는 건데."

"그러는 당신은요?"

"그건 그렇죠. 근데 저만 이 구석에서 피우는 담배가 더 맛있나요?"

"훨씬 맛있죠." 십 대 때 니키는 집 뒤에 있는 공원에서 몰래 담배를 피우곤 했다. 건너편에 보이는 창문으로 엄마나 아빠의 형체가 어른거릴 때마다 어찌나 아드레날린이 치솟던지. "특히 부모님이 보일 듯 말 듯할 때."

"들킨 적 있나요?"

"아뇨. 당신은요?"

"있었어요. 엄청 힘들었어요." 그는 담배 연기를 깊이 삼키며 허공을 응시했다. 신비주의야, 뭐야. 느끼한 모습이었지만, 놀랍게도 마음에 들었다.

"난 니키예요."

"제이슨입니다."

니키가 눈썹을 까딱했다. "호오, 펀자브 출신 남자한테 미국식 이름이 붙었군요?"

"누가 나보고 미국 사람이래요?"

"아니면 캐나다인?" 니키가 말했다. 얼핏 그쪽 억양이 느껴지는 것도 같았다.

"미국인 맞아요." 제이슨이 말했다. "그리고 펀자브 사람이구요. 시크교도예요. 당연한 일이지만." 제이슨이 사원을 가리키며 말했다. "그쪽은요?"

"영국인, 펀자브인, 시크교도." 니키가 말했다. 이런 방식으로 자기 정체성을 설명하는 건 오랜만이었다. 과부들도 나를 이렇게 생각할까? 어느 요소의 지분이 더 높은지 따져보면서?

"본명은 뭐예요?" 니키가 제이슨에게 물었다.

"제이슨 싱 밤라." 제이슨은 그렇게 말하고는 눈을 가늘게 뜨고 니키를 보았다. "좀 놀라신 것 같은데…."

"흠, 마치 펀자브식 이름을 영어식으로 바꾼 것 같은데요."

"부모님이 미국 사람도 쉽게 발음할 수 있는 이름을 지어주셨어요. 그런 면에서는 진보적인 분들이었네요. 당신 이름도 그런 것 같은데요? 추측이지만요."

"오, 아니에요. 제 진짜 이름은 아무에게도 알려주지 않아요. 출생신고서에만 올라가 있죠. 아무도 절 그 이름으로 부르지 않아요."

"N으로 시작하나요?"

"절대 알 수 없을 거예요."

"나빈더."

"땡." 너무 나갔나, 니키는 벌써부터 거짓말한 것을 후회하고 있었다. 단지 재미있어 보여서 시작했을 뿐인데. 사실 '니키'는 작다는 뜻이다. 차녀로 태어났기에 그렇게 이름 붙인 것이다.

"나지팔."

"음, 사실은…."

"나긴더, 나브딥, 나린더, 닐람, 나우쉴, 나브홋."

"다 뻥이에요. 농담한 거예요. 진짜 이름 같은 건 없고, 저는 그냥 니키예요."

제이슨은 웃으며 담배를 하나 더 꺼냈다. "기회를 놓쳤네요. 이렇게 물으려고 했거든요. 맞히면 전화번호 주실래요?"

오, 이런. 진짜 느끼한데. "글쎄요, 이렇게 위험한 골목길에서 작업을 걸면 승산이 적을 것 같은데요."

제이슨이 니키에게 담뱃갑을 내밀었다. "한 대 더?"

"아뇨. 됐어요."

"그래서 전화번호는요?"

니키는 고개를 저었다. 본능적인 반응이었다. 그녀는 이 제이슨 밤라라는 사람을 모른다. 그녀는 다시 한 번 그를 흘끗 훔쳐보았다. 턱에 옴폭 들어간 틈이 있었다. 확실히 귀엽긴 했다.

"그게 원칙이에요." 그가 다시 한 번 물어봐주기를 바라며 니키는 설명했다. "우린 지금 사원에 있잖아요."

"이런. 원칙 있는 사람이군요."

"몇 개 더 있어요. 금연도 제 원칙에 추가할까 하는데 좀 어렵네요."

"불가능에 가깝죠." 제이슨이 동의했다. "몇 년 전에 금연하려고 했다가 대신 술을 끊기로 했어요. 하나의 악을 물리침으로써 흡연 포인트를 얻는 거죠."

"그래서 술은 안 드시나요?"

"딱 일주일 갔어요."

기회가 왔다 싶었다. 니키는 웃으며 말했다.

"셰퍼드 부시에 있는 오라일리스 펍에 가본 적 있어요?"

"아뇨. 그래도 사우스홀 번화가에 있는 펍은 가봤다고요. 거기서는 루피를 내도 되는 거 알아요?"

"오, 월급을 파운드로 받는 사람에겐 썩 유용하지 않네요."

"그건 그렇죠. 오라일리스 펍은 어때요?"

"루피는 아마 안 받을걸요. 저는 거의 매일 밤 거기 있어요. 아, 알코올중독자라는 건 아니고 일 때문에요."

제이슨의 얼굴에 미소가 번졌다. "이번 주에도 있나요?"

"저녁 타임에는 거의 있어요." 니키는 그렇게 말하고 자리를 떴다. 등 뒤로 그의 시선이 느껴졌다.

"니키." 제이슨이 불렀다. 니키는 뒤돌아보았다. "니키는 니콜을 줄인 말인가요?"

"진짜 그냥 니키예요." 그의 시야에서 멀어질 때까지 니키는 계속 미소 짓고 있었다. 마치 가벼운 안개 속을 걷는 것처럼 그들의 만남은 그녀의 살갗을 얼얼하게 했다.

"만지트의 이야기를 가지고 왔어요." 니키가 강의실로 들어서기 무섭게 시나가 말했다. "잠들기 전에 스스로에게 들려주는 이야기래요."

"굉장히 좋아요." 프리탐이 말했다. "예전에 시장에서 한 번 들은 적이 있거든요."

만지트는 사람들의 칭찬에 부끄러운 듯 손사래를 쳤다. 시나가 니키에게 종이 세 장을 건넸다. 빼곡한 글자들이 휘갈겨 쓰여 있었다. "맞선." 니키가 제목을 읽었다. "소녀의 …에 있는 납작하고 시커먼 점…?"

"스니타요. 스니타의 턱." 만지트가 정정해주었다.

"죄송해요." 니키는 종이에 적힌 구르무키 문자를 손가락으로 어루만졌다. 마치 그러면 그 글자들이 자동 해석되기라도 하는 것처럼. "스니타의 턱에 있는 납작하고 시커먼 그 점은 마치… 반바지처럼 보였다. 고양이로서 그녀는…." 이건 아니었다. 니키는 무력하게 여자들을 쳐다보았다.

"하아…." 프리탐이 고통스러운 듯 한숨을 쉬었다. "만지트 이야기에 무슨 짓을 하는 거예요?"

"읽기가 힘들어서…."

"아, 좀 봐줍시다. 니키 선생님이 구르무키 문자를 잘 읽을 거라고 기대하면 안 되지. 인도에서 온 사람이 아니잖아요." 시나가 말했다.

"그래도 말하는 건 조금 나아요, 쓰는 것보다." 니키가 말했다.

"솔직히 당신의 펀자브어 문법은 엉망진창이에요." 프리탐이 코를 훌쩍거리며 말했다. "저번에 알파벳 D를 설명할 때 개를 남성형 명사 꾸따라고 하지 않고 꾸띠라고 했잖아요. 그거 모욕적이었어. 계속 그렇게 말했다고, *꾸띠, 꾸띠*."

"마치 우리를 싸잡아서 비치(bitches)라고 부르는 느낌이랄까요." 시나가 영어로 설명해주었다.

"죄송해요…. 시나, 시나가 받아쓰셨으니 혹시 직접 읽어줄 수 있을까요?"

시나가 종이를 보더니 어깨를 으쓱했다. "너무 빨리 받아 써서 저도 잘…."

만지트가 머뭇거리며 손을 들었다. "제가 거의 외우긴 했거든요. 밤마다 생각했던 이야기라…."

"그럼 직접 이야기해주실래요?" 니키가 말했다.

만지트는 숨을 깊이 들이마시고 어깨를 폈다.

맞선

스니타의 턱에는 꼭 얼룩처럼 보이는 납작하고 시커먼 점이 있었다. 어렸을 때 부모님과 함께 만난 점쟁이는 그 점이 평생 짐이 될 거라고 했다. "큰 점은 제3의 눈 같은 거야" 점쟁이는 말했다. "저년은 왕성한 상상력을 가지게 될 거야. 쓸데없는 것에 잣대를 갖다 댈 거라고."

점쟁이는 과연 신통했다. 스니타는 곧잘 망상에 빠졌고 사람을 빠르게 판단했다. 스니타의 혼기가 차자 엄마 달프릿은 두 남편 후보 사이에서 스니타가 이 판단력을 한껏 발휘해주기를 기대했다. 첫 번째 후보인 달리왈 가족은 화요일에 스니타를 만나러 오기로 했다. 두 번째 후보 란다와즈 가족은 수요일에 방문하기로 했다. 그러나 달리왈 가족이 타기로 했던 기차가 막판에 연착되는 바람에 그들 역시 수요일에 도착하게 되었다. 달프릿은 충격에 빠졌다. 그들을 내칠 순 없었다. 그렇다고 란다와즈 가족에게 날을 다시 잡자고 하는 것도 무례한 짓이었다.

스니타는 엄마가 친한 이웃에게 투덜거리는 것을 엿들었기에 그녀의 고민을 이미 알고 있었다.

"내 딸이 좀 더 인기가 있었다면 내가 이렇게까지 힘을 뺐겠니? 근데 저놈의 점 때문에 아무것도 안 된다고. 두 가족이 어떻게든 서로를 알아차리지 못하게 해야 해. 다른 방도가 없어."

한마디 한마디가 상처였지만 스니타는 이해할 수 있었다. 그녀의 점은 정말로 못생겼으니까. 그 점 때문에 어린 시절 학교에서 못된 아이들의 놀림거리가 되었고, 꽤 괜찮은 몸매도 전혀 빛을 보지 못했다. 용돈을 죄다 미백크림 사는 데 탕진해도 소용이 없었다. 그녀의 유일한 희망은 레이저 시술을 해줄 수 있을 만큼 부자 남편을 만나는 것이었다. 그랬기에 스니타는 신랑감을 몇 명이든 만날 준비가 되어 있었다. 이번에도 가족의 손에 자신의 운명을 맡기지 않고 스스로 묘안을 생각해냈다.

"엄마, 우리 두 가족 다 만나봐요. 그들이 서로 다른 곳에 있게 하면 되죠. 란다와즈네는 거실에 앉히고 달리왈네는 부엌에 모시는 거예요. 엄마가 한쪽이랑 담소를 나누고 있으면 제가 다른 가족에게 차를 대접할게요. 그다음에 서로 역할을 바꾸면 되죠."

허술한 계획이었으나 어쩌면 먹힐 것도 같았다. 스니타의 집은 꽤 넓었고, 부엌과 거실에 놓인 테이블 역시 손님을 각각 모실 수 있을 만큼 충분히 컸다. 엄마는 다른 방도가 없었기에 그 제안에 찬성했다. 그녀는 딸을 결혼시키고 싶어 안달이 난 상태였다. 옛말에 남편 없는 여자란 자고로 화살 없는 활과 같다고 했으니까. 달프릿은 이 속담에 동의하면서도, 내심 부인 없는 남자가 더욱 문제라고 생각했다. 이웃집에 사는 저놈을 보라지. 머리가 희끗해져가는데 여전히 싱글이잖아. 사람들은 하루 종일 책을 읽는 그를 교수님이라고 불렀지만 달프릿의 눈에는 그저 미친놈으로 보였다. 어느 오후 그녀는 그가 옆집 2층 창문에서 빨래 너는 스니타를 훔쳐보는 것을 발견했다. 내 딸이 유부녀가 된다면 지가 감히 그딴 식으로 흘끔거릴 수나 있겠어?

드디어 결전의 날이 왔다. 달프릿은 스니타에게 모랫빛 피부색에 맞는 파우더로 점을 확실히 가리라고 단단히 일렀다. '그런다고 뭐가 달라질까?' 스니타는 생각했다. '결국엔 이 점을, 내 정체를 알게 될 텐데.' 그래도 그녀는 화장으로 점을 숨겼다.

침실 창문으로 달리왈 가족이 대문으로 들어오는 모습이 보였다. 스니타는 매의 눈으로 그 집 아들을 단숨에 찾아냈다. 그는 어깨가 널찍하고 수염이 가늘었지만, 그 목소리는 그쪽 엄마의 것인가 싶을 만큼 하이톤이었다. 스니타가 차를 준비하고 있을 때 두 번째 후보 란다와즈 가족이 현관으로 들어오는 소리가 들렸다. 스니타는 과자가 담긴 쟁반을 들고 거실로 나가며 두 번째 신랑 후보를 슬쩍 보았다. 회갈색 눈은 친절해 보였지만 몸이 너무나 앙상해서 여윈 어깨뼈가 당장이라도 옷을 뚫고 나올 것 같았다. 스니타가 원하는 남자다운 신랑감이 전혀 아니었다. 스니타는 란다와즈네에 예의 바르게 양해를 구하고 부엌으로 향했다.

"어때?" 엄마가 복도에서 스니타를 스쳐 지나가며 물었다. "어느 쪽이 더 맘에 드니?"

스니타는 미안한 마음이 들었다. 보는 것만으로는 가장 궁금한 것을 알아낼 수 없었다. 두 가족 사이를 바삐 오가느라 벌거벗은 몸이 맞닿았을 때 어떤 느낌일지 상상할 겨를이 없었던 것이다. 스니타의 판타지 속 맞선 자리는 완전히 달랐다. 벗은 가슴과 두 다리에 불끈 솟은 근육을 드러낸 채 그녀의 앞에 선 남자. 그녀는 그들에게 자신을 감동시킬 기회를 주고 싶었다. 따스한 입술을 그녀의 입술에 갖다 대고, 단단하고 능숙한 손가락으로 그녀를 흥분시키는 것…. 이것은 스니타가 매일 밤 그녀의 이웃을 보며 상상했던 것이기도 하다. 바로 그 교수님 말이다. 그녀는 그가 자신을 바라본다는 사실을 알고 있었다. 그 사실이 그녀를 더 안달나게 했다.

"둘 다 괜찮네요." 스니타는 말했다.

"괜찮다고? 그게 무슨 말이니? 어느 쪽이 더 맘에 드냐고?"

스니타는 뭐라고 답해야 할지 몰랐다. 엄마는 그녀가 수줍어서 대답을 피하는 줄 알고 일단 부엌으로 가라고 했다. 스니타는 달리왈네 아들 맞은편에 앉아 침착하게 바닥을 바라보았다. 배려심 있는 가족이라면, 스니타와 남편 후보가 은밀하게나마 서로를 쳐다볼 수 있는 기회를 줄 것이다. 다른 쪽을 쳐다보거나 아니면 아예 다른 이야기를 나누며 두 남녀가 시선을 교환할 수 있게 해주겠지. 스니타는 기다렸지만 기대하는 순간은 오지 않았다. 달리왈네 어머니는 수다 떠는 것을 그리 좋아하지 않는 듯했고 자기 아들 옆에 너무 꼭 붙어 있었다. 둘의 허벅지가 너무나도 딱 달라붙어 있어서 아직도 그녀가 아들에게 밥도 떠먹여주고, 엉덩이도 닦아주는 것은 아닌지 의심쩍을 지경이었다.

스니타는 란다와즈네가 있는 부엌으로 돌아가기 전 잠시 멈춰섰다. 그리고 눈을 타일에 고정한 채로 달리왈네 남자에 관한 판타지 속으로 빠져들었다. "키스해줘." 그녀는 그렇게 말한 뒤 집 근처 들판으로 그를 끌고 간다. 긴 풀 사이에 누우니 막 일군 땅의 신선한 흙냄새가 올라온다. 그가 그녀 위에 눕는다. 그의 혀가 입안으로 부드럽게 밀고 들어온다. 그의 손이 허리에서 가슴으로 올라오더니 부드럽게 주무르기 시작한다. 블라우스 단추가 열리고 유두가 드러난다. 그가 그것을 삼킨다. 가슴골 사이로 흐르는 땀을 핥는다. 그녀는 숨을 크게 내쉬며 그의 단단하고 불끈거리는 근육이 그녀의 다리 사이 벨벳처럼 보드라운 쿠션 속으로 들어오는 벅찬 감각을 느낀다.

"히히히!"

공상은 달리왈네 아들의 끔찍한 웃음소리에 깨져버렸다. 누군가 농담을 던졌나 보다. 모두 소리 내 웃고 있었지만 이놈 웃음소리가 가장 경박했다. 입속으로 엿보이는 앞니가 말의 것처럼 커다랬다. 저런 앞니로 부드러운 키스는 상상도 할 수 없다. "저 나귀 새끼랑은 결혼 안 할래요." 스니타는 복도에서 만난 엄마에게 말했다.

엄마는 안도한 듯 보였다. "그거 다행이네. 란다와즈네가 지참금을 덜 요구하니까, 나도 그쪽이 더 맘에 든다." 엄마는 그렇게 말하며 스니타를 거실 쪽으로 떠밀었다.

달리왈네 아들은 이미 마음에서 떠났다. 스니타는 이제 란다와즈네 아들 쪽으로 마음이 더 기울었다. 깡마른 것이 계속 마음에 걸렸지만 회색 눈동자만은 비 온 뒤 햇살을 받아 반짝반짝 빛나는 물웅덩이 같았다. 스니타는 그 눈빛을 닮은 아기를 품에 안는 상상을 했다. 물론, 일단 그 전에 아기 만드는 행위가 있어야겠지. 그녀는 다시 한 번 한낮의 망상 속으로 빠져들어갔다. 이번 장면은 그들의 첫날밤이었다. 그녀는 보석으로 장식한 빨간색 가운을 입고 있다. 그가 그것을 천천히 벗겨나간다. 이따금씩 살결이 보일 때마다 그는 손을 멈추고 그녀를 황홀하게 바라본다. 이윽고 나체가 된 그녀가 그의 앞에 선다. 그는 무릎을 꿇고 그녀의 신발을 벗겨낸다. 그리고 그녀를 공중에 붕 띄워 안은 다음 침대에 부드럽게 눕힌다. 그는 그녀에게 열정적으로 키스하면서 손가락으로 그녀의 한쪽 허벅지에 동그라미를 그린다. 그녀는 애가 탄다.

환상은 거기서 끝났다. 너무 많이 갔다. 이 말라깽이 녀석은 절대로 나를 침대까지 들어 옮길 수 없을 것이다. 나뭇가지처럼 딱딱한 손가락으로 푹푹 찔러대겠지. 비스킷을 차에 담그는 모습을 보면 알 수 있었다. 그는 여자를 달뜨게 하는 방법 따위 모를 것이다. 라디오를 켜듯 꼬집고 돌릴 뿐.

"둘 다 마음에 안 들어요." 두 가족이 떠난 뒤 스니타는 엄마에게 말했다. "누구와도 결혼하지 않겠어요."

불행 중 다행인 것은 두 가족 역시 스니타를 거절했다는 사실이었다. 달리왈네는 그녀가 허영심이 많아 보인다고 했다. "장차 시부모가 될 어른들을 모실 생각은 하지 않고 내내 매니큐어 바른 자기 발만 들여다보고 있더라구요, 예의 없게." 달리왈 부인이 그렇게 투덜댔다고 했다. 란다와즈네는 엄마가 스니타에게 지참금 어쩌구 하는 것을 넘겨듣고는 화를 냈다. 그들은 스니타의 욕망으로 이글거리는 시선을 돈에 대한 탐욕으로 착각했다.

"이제 어쩌라는 거냐!" 달프릿은 통곡하며 두파타로 눈물을 찍어냈다. "까다로운 딸년 때문에 내가 저주를 받은 게야. 넌 절대 결혼 따위 못할 거야!"

스니타는 엄마를 진정시킬 방법이 없다는 것을 깨닫고 지붕 위로 올라가 하늘을 바라보았다. 저 너머 어딘가에 내 남편감이 있겠지. 소년이 아닌, 진짜 남자 말이다. 그녀는 지붕 위에 등을 대고 누웠다. 과감한 행동이었다. 누군가 창문 밖을 바라본다면 젊은 여자가 혼자 어둠 속에 누워 있는 것을 볼 수 있으리라. 감히 세상에 대고 자신과 함께하라고 하는 것을 말이다. 들판에서 선선한 바람이 불어와 스니타를 감쌌다. 면 튜닉 자락이 윙크하듯 오르내렸다. 그녀는 손가락 끝을 최대한 길게 뻗었다. 충분하지 않았다. 이렇게 옥상에서 시간을 보낼 때면 항상 스니타는 갈비뼈가 늘어나기를, 그래서이 세상 전체를 휘감을 수 있기를 바라곤 했다.

순간 한 형체가 그녀의 뒷덜미 털을 곤두세웠다. 그녀는 허리를 세우고 앉아 주위를 둘러보다가 옆집 침실에 불이 켜진 것을 알아차렸다. 그림자 하나가 창문 앞을 슥 지나갔다. 스니타는 가슴이 뛰었다. 그녀는 교수가 그 집으로 이사 왔을 때부터 그의 존재를 인지하고 있었다. 소문에 듣기에 한때 결혼했지만 지금은 싱글이 되어 누나 집에서 살고 있다는 남자. 스니타는 한 번도 그의 얼굴을 제대로 바라본 적이 없었다. 엄마가 의심할 것이 뻔했기 때문이다. 하지만 넓은 보폭으로 자신 있게 걷는 걸음걸이를 보아 그가 경험 많은 남자임을 한눈에 알 수 있었다.

교수가 다시 한 번 창문 앞을 지나가기를 기다리며 스니타는 엄마가 땋아준 머리를 풀어헤치고 손가락으로 빗어 내려 머리카락을 어깨 위로 늘어뜨렸다. 눈에 칠할 아이라이너가 있었으면 좋겠다고 생각하며 입술을 깨물고 뺨을 꼬집어서 생기가 돌게 했다.

교수가 창문가에 다시 나타났다. 이번에는 그도 스니타를 발견했다. "어떻게 거기 올라간 겁니까?" 낮은 목소리가 스니타의 무언가를 떨리게 했다.

"어렵지 않아요." 그녀가 말했다.

"위험해 보이는데요. 무섭지 않습니까?"

그녀는 고개를 저었다. 머리카락이 앞뒤로 흔들렸다. 그의 시선을 느낄 수 있었다. 스니타는 용기를 얻어 미소 지었다. "난 그 무엇도 무섭지 않아요." 심장이 거세게 뛰었다.

그는 그녀의 미소에 답하며 창문 밖으로 나왔다. 그리고 가벼운 동작으로 지붕 위로 올라와 그녀 옆에 앉았다. 그는 근육질이었으나 발걸음은 조용했다. 바람이 마을 전체를 훑고 지나갔고 스니타는 부르르 떨었다. 그는 말없이 따스하고 단단한 자신의 몸 쪽으로 그녀를 끌어당겼다. 그의 체취에 취하는 기분이었다.

스니타는 지붕 위로 몸을 누이고는 눈을 감았다. 교수가 그 곁으로 다가와 그녀의 튜닉 안으로 손을 넣었다. 그러고는 그녀의 단단한 유두를 능숙하게 쓰다듬었다. 스니타는 등을 아치형으로 만들고 팔을 들어 그가 튜닉을 쉽게 벗길 수 있게 했다. 이번에는 손 대신 머리가 그녀의 가슴으로 다가왔다. 그는 한참 동안 그녀의 두 가슴을 혀로 애무했다. 이 친밀한 접촉이 그녀를 숨 가쁘게 했다. 느껴지는 것은 오직 살결에 닿는 따스하고 축축한 혀의 감촉뿐이었다. 나머지 신체는 녹아 내린 것 같았다. 그가 그녀의 살와르 허리끈을 풀기 시작하자 그녀는 다리를 넓게 벌렸다. 그가 놀란 듯 바라보았다. 아마도 젊은 여자가 이토록 적극적인 걸 본 적이 없는지도 모르겠다. 너무 앞서 나갔나 후회하던 찰나, 교수가 그녀의 다리 사이에 있는 은밀한 부위에 입을 가져다 댔다. 그곳은 움찔거리고 있었다. 그는 능숙한 혀 놀림으로 따뜻하게 젖어 있는 진주조개를 농락하더니 이내 그녀의 요동치는 닻 위에 안착했다. 처음 느끼는 쾌락이었다. 점점 숨이 가빠오는 이 긴장감. 가슴 위에서 느껴지는 그의 무게감이 그녀를 더욱 긴장하게 했다. 똑바로 앉고 싶었지만 동시에 이 상승하는 기분이 계속되기를 원했다. 이토록 상충하는 욕망이라니, 이런 적은 처음이었다. 배꼽 아래 일렁이는 불길을 느낄 수 있었고, 허벅지는 떨려왔다. 어깨가 뒤로 휘고 발가락이 안으로 오그라들었다. 마치 뜨거운 불길에 휩싸인 찬물에 빠져 있는 듯한 느낌이었다.

마침내, 그것이 폭발했다. 안도감이 번지며 온몸의 힘을 앗아갔다. 그녀는 교수의 머리카락을 부여잡고 신음했다. 그가 그녀를 올려다보았고 그녀는 난생처음으로 부끄러움을 느꼈다. 그래서 고개를 돌려 밤의 어둠 속에 자신의 얼굴을 숨겼다. 몇 초, 혹은 몇 시간이나 지났을까. 정확한 시간은 알 수 없었다. 어둠 속에 빨려든 이 들판에서의 시간은 망상 같은 것에 지나지 않았다.

마침내 그녀는 몸을 돌렸다. 교수는 보이지 않았다. 그녀는 허리를 세워 바로 앉았다. 혼란스러웠다. 살와르는 허리 위에 단단히 매여 있고 튜닉도 입은 상태 그대로였다. 모두 환상이었단 말인가? 그럴 리가 없다. 쾌락의 느낌이 너무나도 생생했다. 그녀는 지붕에 기대 옆집을 살펴보았다. 교수의 침실 창문은 닫혀 있었고 커튼도 드리워져 있었다.

스니타는 슬퍼하지 않았다. 아마도 그녀의 상상력이 너무나 강력한 나머지 이 환상이 잠시나마 현실처럼 느껴졌던 모양이다. 하지만 또한 그것은 이 모든 일이 다시 일어날 수 있다는 의미이기도 했다. 지붕에서 내려오며 그녀는 오늘 오후 거절했던 남자들과 그 가족들에 대해 떠올렸다. 그리고 그들의 다음번 맞선에 대해 상상했다. 그녀는 자신의 점을 어루만졌다. 땀을 흘리는 바람에 점을 덮었던 파우더는 이미 다 지워져 있었다. '다들 틀렸어.' 스니타는 생각했다. '세상을 내 방식대로 바라본다고 해서 불행해지지는 않아.'

여자들은 이야기에 사로잡혔다. 모두들 좀 더 듣고 싶은 듯 만지트를 향해 몸을 바짝 내밀고 있었는데 당장이라도 의자에서 미끄러져 떨어질 것 같았다. 만지트는 말하는 내내 몸을 똑바로 세운 채 스니타의 세계를 유영하듯 눈을 꽉 감고 있었다. 마침내 만지트가 눈을 뜨고 니키를 슬며시 바라보았다. "미안해요." 그녀가 속삭였다. "제가 좀 흥분했죠…."

"사과하실 필요 없어요. 아름다운 이야기였어요. 디테일이 훌륭했습니다."

"다 스니타의 상상에서 나온 이야기예요. 제 이야기가 아니라요." 만지트가 말했다.

"스니타가 만지트가 아니라고요?" 프리탐이 물었다. "만지트도 점이 있잖아요."

"아, 스니타의 점은 아름다운 점이구요… 내 건 그냥…." 만지트는 어깨를 으쓱했다. 니키는 만지트가 말하는 내내 턱을 손으로 감싸고 있는 것을 보았다.

"비비 만지트의 점도 아름다워요. 스니타의 점처럼요." 니키가 말했다.

만지트의 얼굴에 웃음이 번졌다. 그녀의 뺨이 수줍은 듯 발개졌다. "그런 말 안 해주셔도 괜찮아요. 우리 엄마는 이 점을 엄청 걱정했어요. 불운을 가지고 올 거고, 저는 아무랑도 결혼할 수 없을 거라구요."

"당신이 온통 남자랑 자는 생각뿐이라는 걸 아셨어야 하는데. 당신 엄마는 참 쓸데없는 걱정을 하셨네요." 타람팔이 비꼬았다.

"아무도 그쪽한테 우리 이야기 들어달라고 안 했거든." 아르빈더가 쏘아붙였다. "배움에 뜻이 깊으신 분은 우리 이야기에 신경 쓰지 말아줄래요?"

부끄러워서인지 화가 나서인지 타람팔의 얼굴이 붉어졌다.

"결국 어머님이 틀리셨네요. 남편을 만나셨잖아요." 니키가 말했다.

"그래요. 근데 지키지 못했잖아요, 그쵸?"

다른 과부들이 눈빛을 교환했다. "만지트, 자꾸 그렇게 생각하지 말라고 했잖아." 아르빈더가 강한 어조로 말했다.

"왜 안 되는데요?" 만지트가 되물었다. 눈에 눈물이 가득했다.

"무슨 일이 있었든 간에, 남편의 죽음 때문에 만지트가 비난받아서는 안 된다고 생각해요." 니키가 말하자 만지트는 갑자기 웃음을 터뜨렸다. "제 남편은 안 죽었어요, 니키. 아주 잘 살아 있는걸요. 도망갔을 뿐이죠. 심장마비가 일어났을 때 그를 돌봐주던 간호사랑요."

"아…." 니키는 탄식했다. 가엾은 만지트. 이제서야 시나가 '과부룩'이라고 말했던 것을 이해할 수 있었다. 과부처럼 차려입는 게 남편과 헤어졌다는 사실을 받아들이는 것보다 더 수월했던 것이다. "정말 죄송해요…." 니키가 말했다.

"사람들은 다 그래요." 만지트가 말했다. "그냥 죄송하다고만 하죠. 하지만 당신들이 잘못한 게 아닌데, 왜? 모든 잘못은 그 인간이 했죠."

"맞아. 다 그놈이 저지른 일이야. 그놈이랑 거지 같은 간호사 짓이지. 만지트가 아니고." 아르빈더가 말했다.

만지트는 고개를 저으며 코를 훔쳤다. "다시 인생을 살 수 있다면, 전 스니타처럼 살 거예요. 스니타는 자기가 뭘 원하는지 알고 있거든요. 그 간호사도 그랬죠. 자기가 뭘 원하는지 알고 그걸 쟁취한 거예요."

"하아, 이건 굉장한 비극이야…" 프리탐이 두파타 자락으로 눈가를 닦았다.

"프리탐은 도움이 안 돼요." 시나가 쏘아붙였다. "니키, 뭐라고 말 좀 해줘요."

니키는 뭐라고 해야 할지 몰랐지만 여자들은 기대에 찬 눈빛으로 그녀를 보고 있었다. 니키는 스니타가 지붕에 누워 남은 삶을 기대하는 모습을 상상해보았다. "비비 만지트 이야기의 교훈은 용기 있게 사는 것과 독기 있게 사는 것은 다르다 같아요." 그녀가 영어로 말하자 시나가 여자들에게 재빨리 펀자브어로 통역했다. "스니타의 용기는 훌륭하지만, 누군가의 남편을 빼앗는 건 타인에게 상처를 주는 욕심 많은 행동 같습니다."

"만지트도 용감해요. 그렇지 않았다면 이런 이야기를 들려주지도 못했을걸요." 시나가 말했다.

"사람들에게 남편이 한 짓을 알리기가 너무 두려워. 나 겁쟁이 같아, 그렇지? 인도 여행 갔다가 죽었다고 말하니까 아무도 더 이상 캐묻지 않더라고요. 심지어 나 캐나다에 사는 아들 집에

며칠 머물기까지 했잖아요. 그러면 사람들이 내가 남편의 장례를 치르는 줄 알 테니까."

"언제 일어난 일인가요?" 니키가 물었다.

"작년 여름이요."

"그럼 얼마 안 됐네요."

"그쵸. 그 인간들도 그걸 알아야 하는데. 글쎄 벌써 집도 같이 샀더라구요. 그 간호사는 시골 출신인데 우리 세대랑은 완전히 달라요. 얘네들은 결혼도 하기 전에 남자들이 원하는 걸 다 알더라구요." 만지트가 말했다.

"나 때는 결혼한 언니나 사촌들로부터 듣는 게 다였는데 말이지." 아르빈더가 말했다.

니키는 떠올렸다. 어리고 수줍음 많은 아르빈더가 사리 차림을 하고, 키득거리는 친척들에게 둘러싸여 인생의 지혜를 하나하나 얻어가는 장면을. 한편으로는 부럽기도 했다. 민디의 결혼식 전에 그들 자매는 결코 그런 순간을 나눌 수 없을 것이다. "근사하게 들리는데요. 서로 도왔군요."

"굉장히 유용했어요." 프리탐이 말했다. "내 사촌 딜짓은 조언해줬죠. *기*버터를 칠해두면 아래 물건을 세우기가 훨씬 수월하다.*"

---

*   기(Ghee). 인도 요리에 자주 사용하는 정제버터. -역주

137

"그거 내가 말해줬잖아!" 아르빈더가 말했다. "책에 나오는 오래된 기술이지."

시나가 웃음을 터뜨렸다. "니키 얼굴 좀 봐!" 그녀는 너무 웃긴 나머지 거의 울고 있었다. 이런, 당혹감을 숨기는 데 실패했군. 기버터, 하면 엄마가 뜨거운 타바* 위에 올려 녹이는 모습이 떠올랐는데, 이제는 완전히 다른 것과 연결되어버렸다.

"맞아요." 프리탐이 회상했다. "딜짓은 조심하라고 말해줬네요. 요리할 때 시어머니 몰래 기버터를 조금 덜어놓으라고 했어요. 커다란 기버터통을 다른 가족들에게 들키지 않고 방까지 들고 가는 건 엄청난 도전이거든요."

"작은 튜브로도 나오지 않나요?" 니키가 물었다.

"코스트코에서 대용량으로 싸게 파는데, 뭐 하러 쪼끄만 튜브를 사서 돈을 낭비해요?" 프리탐이 말했다.

"나는 생리 때 남편이랑 하는 방법도 배웠어요." 만지트가 말했다. "내 겨드랑이에 그걸 끼우는 거야. 그런 다음 이렇게…." 만지트는 팔을 위아래로 흔들었다.

"으악, 설마!" 시나가 소리 질렀다.

"진짜 해봤다니까." 만지트가 말했다. "꽤 좋아하던걸. 내 그곳이랑 느낌이 비슷하대. 털도 있고 따스하고."

---

*   타바(Tava). 인도 요리에 주로 쓰는 프라이팬. 납작한 빵을 굽거나 음식을 지지는 데 사용한다. -역주

웃음을 참기가 힘들었다. 그때 손으로 입을 막고 있던 시나와 눈이 마주쳤다. 시나의 옷소매를 타고 웃음이 흘러 나왔다.

"우리 때는 많은 여자가 첫날밤이 될 때까지 무슨 일이 일어날지 아무것도 몰랐어요. 다행히 난 아니었지만. 안 그랬음 어후, 얼마나 놀랐을까?" 프리탐이 말했다.

"흠, 넌 정말 다행이었어." 아르빈더가 말했다. "내가 모든 걸 알려줬잖니."

"정말요? 굉장히 앞서 나가셨네요." 니키가 말했다. 그러고 보니 아르빈더는 팔십 대치고 건강해 보였다. 니키는 엄마 세대 여자들이 섹스에 대해 이야기하는 걸 상상할 수 없었다. 남편과 쾌락을 나누는 아르빈더와 만지트의 창의적이고 대안적인 방안들을 다시 한 번 높이 평가하지 않을 수 없었다.

"그런가? 난 그게 중요하다고 생각했거든." 아르빈더가 말했다. "신만이 아시겠지, 뭐. 난 사실 진짜 오르가즘이 뭔지도 몰랐어. 누가 전자동 어깨 마사지기를 사주기 전까지는 말이야. 고거 물건이야. 아주 많은 곳의 긴장을 풀어주거든."

여자들은 웃음을 터뜨렸다. 니키는 조용히 하자고 말하려다가 만지트의 얼굴을 보고 그만두었다. 슬픔이 묻어 있던 눈가가 어느새 밝은 웃음으로 주름져 있었다. 만지트는 고맙다는 눈빛으로 과부들을 바라보고 있었다. 하얀 두파타가 어느새 어깨 위까지 내려와 있는 것도 개의치 않고서.

6

쿨빈더는 눈을 가늘게 뜨고 서류에 집중하려고 노력했다. 몇 분 전, 여자들의 목소리가 다시 커지면서 집중력을 흩트려놓았다. 교실로 쳐들어가볼까 생각했지만 쿨빈더가 의자에서 일어나기 직전에 다시 고요해졌다. 이제 그녀가 집중하지 못하는 것은 이 고요함 때문일지도 모르겠다. 방해물이 없다면 더 이상 새로운 영어 단어를 모른 척할 수가 없으니까. 인도 여행 비자 서류가 최근에 개정되면서 난처한 질문과 국가 안보에 관한 맹세 몇 줄이 추가되었다. 인도인이 인도에 입국하는 데 비자가 필요하다는 것도 당황스러운데, 이 복잡하기 그지없는 단어와 문법은 또 뭔지. 쿨빈더의 전속 여행사 럭키스타트래블 에이전시는 그녀가 영국 시민권자라는 사실을 이십 년째 인내심을 가지고 일러주고 있었다. "공식적으로, 당신은 인도인이 아닙니다." 여행사 직원이 말했지만, 쿨빈더는 여전히 납득할 수 없었다.

　돋보기를 집에 두고 온 터라 눈이 피곤했다. 아무래도 나머지 서류들을 보려면 돋보기가 필요할 것 같았다. 집으로 가는 막차를 이미 놓친 터였기에 쿨빈더는 빌딩을 나와 주차장을 가로질러 갔다. 그녀 뒤에 사원에서 나오는 사람들이 몇 명 있었지만 일단 이 대로를 벗어나면 창문 닫힌 집들만 보일 뿐 혼자가 될 것이다. 그녀는 멀리 있는 가로등을 바라보며 빠르게 걸어나갔다.

　동네 어귀에 들어설 무렵, 발을 끌며 따라오는 소리가 들렸다. 쿨빈더는 멀리 보이는 자신의 집을 주시하며 좀 더 빠르게 걸었다. 그러자 뒤따라오는 사람도 속도를 올렸다. 점점 가까워지는 게 느껴지자 목 뒤의 털이 바짝 서는 것 같았다. 따라잡히기 직전에, 쿨빈더는 뒤를 돌아보며 소리쳤다. "왜 따라오는 거죠?"

　그러자 추격자가 한 발자국 뒤로 물러섰다. 심장이 거칠게 뛰고 있었다. 뒤쫓아오던 사람이 타람팔 카우르라는 사실을 깨닫기까지는 그리 오래 걸리지 않았다.

　"나랑 얘기 좀 해요." 타람팔이 말했다.

　"뭐에 대해서요?"

　"내가 겪고 있는 갈등에 대해서요." 타람팔이 시선을 떨구었다. "당신이 뭐라고 할지 모르겠지만요."

몸이 뻣뻣하게 굳는 것 같았다. 타람팔이 어딘가 찔리는 데가 있는 모양이었다. 쿨빈더는 뭔가를 잡으려는 것처럼 손을 움켜쥐었다 풀기를 반복했다. 심장박동이 다시 빨라졌다. 그녀는 길 한복판에서 타람팔과 이런 대화를 나눌 준비가 되어 있지 않았다. "혹시…." 쿨빈더는 말끝을 흐렸다. 마야와 타람팔이 연관되어 있다는 생각을 떨쳐버리려고 얼마나 노력했던가. 서로에게 마야의 이름을 꺼낸 적조차 없었다.

"글쓰기 수업 말이에요, 다른 여자들이 그렇게 열심히 공부하지 않아요." 타람팔이 말했다.

"아." 쿨빈더는 마치 한 방 맞은 것처럼 자기도 모르게 날카로운 한숨을 내뱉었다. 안도감과 실망이 중첩되어 거의 속삭이다시피 했다. "강의 말씀이시군요." 당연한 일이었다. 타람팔이 마야에 대해 이야기할 리가 없다. 뭘 기대했는가? 눈물이 차올랐다. 그림자 속에 서 있다는 사실이 새삼 감사했다.

"저는 쓰기랑 읽기 연습에 집중하고 있는데요, 다른 여자들은 그냥…." 타람팔은 잠시 머뭇거렸다. "장난만 치고 있어요."

그렇군. 여자들은 낄낄거리다가 서로 친해졌고, 타람팔은 소외감을 느꼈구나. 왜 스스로 해결하지 않고 나한테 이런 하찮은 불평을 늘어놓는 거지? "그들에게 직접 말씀하셔야죠. 아니면 니키한테 하시거나."

타람팔은 팔짱을 꼈다. "강의에 대해 불만을 말할 수 있는 거 아닌가요? 저는 구르타지 싱에게 찾아가서 수업이 별로 생산적이지 않다고 말할 수도 있어요. 하지만 당신을 심란하게 만들까 봐 이러는 거예요."

"그러기엔 이미 늦었어요." 채 생각할 시간도 없이 말이 튀어나왔다.

타람팔은 상처받은 듯 보였다. 그녀는 다시 시선을 떨구었다. "우리가 다시 친구로 지냈으면 좋겠어요."

절대로 그럴 일은 없을 거야, 쿨빈더는 생각했지만 이번에는 그 생각을 겉으로 드러내지 않도록 조심했다. 타람팔은 우정 따위에는 관심이 없다. 그저 쿨빈더를 가까이서 주시하고 싶을 뿐이다. 그녀가 단지 그러한 이유로 강의를 신청했다 해도 놀랄 일이 아니었다.

침묵은 한순간이었지만 아주 길게 느껴졌다. 타람팔과 마주칠 때마다 시간은 항상 그렇게 느껴졌다. 차라리 그녀에게 솔직하게 말하는 게 나을지도 모른다. *나 포기했어요. 아무것도 입증할 수 없어요. 경찰과 변호사도 그렇게 말해요. 이제 저는 산책만 해도 협박 전화를 받는다고요.* 하지만 쿨빈더는 그러지 않았다. 때때로 그녀는 바클레이 은행 다이어리를 열어 세부 사항을 되새기며 단지 뭔가를 놓치고 있는 것뿐이라며 희망을 갖기도 했다. 하지만 시간을 되돌릴 수는 없었다.

그녀는 여전히 경찰의 말을 믿지 않았다. 그렇게 간단할 리가 없다. 이건 그녀의 딸 마야에 관한 일이었다. 죽기 일주일 전, 마야는 직장에서 승진했다. 콘서트 티켓도 샀다. 도서관에서 책을 예약하고, 친구들과 약속을 잡고, 만들어보고 싶은 요리 레시피도 찾아놓았을 것이다. 쿨빈더가 마지막으로 보았을 때, 그녀는 차도 위를 돌아다니던 옆집 개와 놀고 있었다. 그 개가 달려들어 마야의 얼굴을 핥아대는 바람에 마야는 거의 넘어질 뻔했다. 쿨빈더가 깜짝 놀라 소리를 질렀지만 마야는 그저 웃기다고 생각했다. 아예 그 개의 털에 얼굴을 묻고는 말했다. "참 착한 강아지구나." 어떻게 그런 마야가 그토록 끔찍한 짓을 하겠는가? 마야의 죽음이 경찰들 말처럼 단순한 것이라면 왜 쿨빈더는 계속 협박을 받고 있는가? 그러나 경찰은 수사에 허점은 없다고 했다. 그들은 마야가 매우 화나 있었고, 죄책감을 느꼈다는 증언을 확보했다. 애도하는 동안에는 수많은 의문이 떠오르죠. 이해합니다. 변호사는 그렇게 말한 뒤 쿨빈더에게 이 사건을 더 진행하려면 오랜 시간이 걸리고 많은 돈이 들 것이라고 경고했다. 떨쳐버릴 수 없는 의심과 좌절이 마음속에 스멀스멀 기어들어올 때마다 쿨빈더는 되뇌었다. 신께서 다 보셨다. 사랍은 항상 그 사실이 가장 중요하다고 말했다.

"고마워요. 하지만 저는 요즘 남편이랑 시간을 보내는 게 더 좋네요. 좋은 밤 되세요." 신은 모든 것을 보고 계신다. 그렇게 생각하자 힘이 생겨 타람팔을 떠날 수 있었다. 하지만 집에 도착한 그녀는 소파 쿠션에 얼굴을 묻은 채 울음을 터뜨리고 말았다. 흐느끼는 쿨빈더를 지켜보는 사람의 얼굴도 점점 창백해져갔다.

　파이프가 시끄럽게 걸걸거렸다. 눅눅해진 천장, 싱크대 쪽에서만 겨우 연결되는 약한 와이파이… 니키는 퇴근하기 전 점점 늘어나는 수리 목록에 한 가지를 더 추가했다. 종이가 이미 빼곡히 차 있어서 가장자리에 아주 작은 글씨로 써야 했다. 사장인 샘 오라일리에게 이 문제에 관해 직접 말해야겠다고 다짐했지만, 작년의 어색한 만남 이후로 그 어떤 것도 그에게 제대로 요청하지 못하고 있었다.

　시작은 꽤나 순수했다. 니키가 근무 시간을 늘려달라고 했고, 샘은 휴가를 위해 저축하는 중이냐고 물었다. "메리 포핀스 뮤지컬 티켓 사려고요." 메리 포핀스는 니키가 어린 시절 가장 좋아하던 영화였다. 일곱 살 때 한번은 가게에서 메리 포핀스처럼 풀스커트를 입고 커다란 우산을 든 여자를 보고 무작정 따라간 적도 있었다. "공중으로 날아서 굴뚝 어딘가에 자리 잡을 줄 알았죠. 우리 집으로 오라고 방향을 알려주려고 했거든요."

　샘의 눈빛이 즐거운 듯 반짝거렸다. 니키는 평소 피곤으로 주름져 있는 얼굴에 미소가 드리우니 십 년은 젊어 보인다고 놀리듯 말했다. 주방에서 일하는 러시아 출신 개리가 지나가다 그 모습을 보았다. 그는 샘과 니키를 번갈아 보더니, 얼마 뒤 다른 주방 아르바이트생 빅터와 낄낄거리기 시작했다. 다음 날, 샘은 그녀에게 메리 포핀스 뮤지컬 티켓 두 장을 내밀었다. "금요일에 같이 보러 가면 어떨까 해서요."

니키는 티켓을 바라보며 얼굴이 화끈 달아오르는 걸 느꼈다. 샘과 다른 남자 직원들은 그녀가 샘에게 추파를 던진다고 생각했던 걸까? 추가 근무를 요청하고 뮤지컬 이야기를 한 데는 그 어떤 의도도 없었지만 샘은 그렇게 오해한 듯했다. "어… 이건 받을 수 없어요." 그녀는 간신히 그렇게 말했다. "적절하지 않은 것 같습니다."

샘은 그 말의 의미를 바로 이해했다. 그는 긴장하여 거의 찡그리고 있던 얼굴로 애써 크게 미소 지었다. "아, 그래요. 그렇게 생각할 수 있겠네요." 그러고는 머리를 쓸어 넘기고 카운터 뒤의 컵을 정리하는 등 부산스럽게 행동하며 당황한 기색을 숨기려 했다. 아무튼 그다음부터 개리와 빅터는 니키가 근처에 있으면 갑자기 러시아어로 대화하기 시작했다. 니키와 함께 바에서 일하는 동료 산자가 그 둘이 니키가 빠르게 승진하기 위해 사장을 유혹하더라고 속닥거린다고 알려주었다. *어이없네*, 니키는 생각했다. 내가 그 정도로 야망 있다면 고작 셰퍼드 부시의 다 허물어져 가는 펍에서 바텐더로 일하고 있겠어?

니키는 바로 종이를 접어 밀쳐두었다. 일주일에 두 번씩 사우스홀을 오가게 된 후로, 집에서 오라일리스 펍까지 삼십 초밖에 걸리지 않는다는 사실에 깊이 감사하게 되었다. 거기다 오늘은 퀴즈 행사가 있어서 바쁘고 피곤한 밤이 될 것이 분명했다. 니키는 텔레비전 근처에 모여 있는 남자들 중 아는 얼굴들을 향해 손을 흔들었다. 산자는 여느 때처럼 스스로에게 벌이라도 내리는 것처럼 테이블을 과격하게 박박 닦고 있었다. 다른 동료인 그레이스는 종종 니키 엄마의 오랜 친구라도 되는 것처럼 안부를 물었다. 그레이스는 〈브리튼즈 갓 탤런트〉* 참가자들의 사연에 쉽게 감동받곤 했는데, 우느라 잠도 제대로 자지 못하고 퉁퉁 부은 얼굴로 출근한 적도 있었다. 왕따당하던 어린 소년 마법사가 우승하지 못했기 때문이었다.

"니키!" 그레이스가 펍 맞은편에서 불렀다. "엄마는 어떠시니, 자기야?"

"잘 지내세요."

"따뜻하게 지내시고?"

그레이스는 그렇게 묻고는 기대에 찬 눈으로 니키를 바라보았다. 무슨 이유인지 그레이스는 항상 엄마의 체온 상태를 궁금해했다. "그럼요. 집에 단열이 잘되거든요."

"그래도 방글라데시 고향집만큼 따뜻할 리는 없겠지." 인종차별주의자의 손자 스티브가 소리쳤다.

---

* 브리튼즈 갓 탤런트(Britain's Got Talent). 영국의 서바이벌 오디션 리얼리티 TV 쇼. ―역주

좀 더 세련되게 그 말을 받아칠 수 있다면 좋으련만, 니키가 할 수 있는 최선은 "나 영국에서 태어났거든, 이 멍청아."였다. 그러자 스티브는 마치 칭찬이라도 받은 듯이 씩 웃었다.

그때 올리브가 테이블 사이로 나타나줘서 천만다행이었다. "선물이 있어." 니키는 올리브의 잔에 맥주를 부어주고는 가방에서 서류철 하나를 꺼냈다.

"내가 생각하는 그거야?" 올리브가 물었다.

"응. 이건 영어로 쓴 거야." 시나 카우르의 글이었다.

○

코코팜 리조트 호텔

결혼 준비에서 가장 어려운 부분은 신혼여행 패키지를 선택하는 것이다. 키르팔과 니나는 여러 지역의 조건을 따지느라 몇 주를 보냈다. 마침내 그들은 '코코팜'이라는 비치 리조트를 선택했다. 키르팔은 탁 트인 푸른 바다와 백사장 사진이 마음에 든다고 했다. 니나는 광고 문구에 끌렸다. "모든 것을 한 번은 *해봐야죠.*" 그녀는 일생에 단 한 번뿐인 신혼여행을 반드시 최고의 여행으로 만들겠다고 결심했다. 스노클링과 딥 다이빙, 그 외 리조트가 제공하는 체험들에 적어도 한 번 이상은 도전하고 싶었다.

호텔에 도착해서 그들은 예약한 대로 킹사이즈 침대가 준비되었는지 확인했다. 호텔 접수원이 식당과 풀장의 위치 등이 적힌 팸

플릿을 건넸다. 키르팔은 그저 니나를 향해 미소 지으며 말했다. "대부분은 방에서 보낼 것 같네." 그 말에 니나의 뺨이 달아올랐고, 저 아래쪽은 불꽃처럼 이글거렸다. 당장이라도 그와 단둘이 남고 싶어 견딜 수 없었다. 장미 꽃잎으로 장식한 킹사이즈 침대 사진을 몇 번이나 들여다봤는지 모르겠다. 그녀는 땀에 젖은 채 남편과 하나로 얽혀 침대 위로 쓰러지는 장면을 상상했다. 큰 소리로 신음하면서 말이다. 신혼여행 이후에는 결코 다시 오지 않을 기회였다. 일단 시댁으로 들어가고 나면, 그들은 얄팍한 벽을 사이에 두고 시부모 방 옆에서 살게 될 것이다. 남편과 성적인 쾌락을 나누더라도 소리는 죽여야 한다.

키르팔은 니나를 향해 미소 지었다. 그도 같은 생각을 하고 있는지 궁금했다. 하지만 손을 뻗어 여행 가방을 집어 드는 순간, 그의 얼굴에서 미소가 사라졌다. "왜 그래?" 그녀는 물었다. "내 등…." 그는 그렇게 말하며 얼굴을 찡그렸다. "결혼식 전부터 등이 끔찍하게 아팠는데, 병원에 갈 시간이 없었어. 피로연하면서 더 심해진 거 같아." 니나는 실망감을 감추려 애썼다. 처음으로 단둘이 여행을 왔는데, 사랑을 나눌 수 없다는 거야? 언제 또 이런 기회가 온다고?

"즐거운 시간 보내세요." 벨보이가 말했다. 그는 객실까지 그들의 가방을 가져다준 뒤 팁을 잔뜩 받았다. 벨보이가 방을 나가자 마침내 키르팔과 니나 단둘만 남았지만, 그들에게는 사랑을 표현할 길이 없었다. 키르팔은 여행 가방 지퍼를 만지작거리다 침대 위에 앉았다. 그리고 긴 한숨을 내쉬며 아주 천천히 몸을 뒤로 누였다. "그냥 잠깐 쉬고 싶어." 키르팔은 그렇게 말하며 눈을 감았다. 여전히 통증이 남은 듯 얼굴이 살짝 일그러져 있었다. 그가 얼마나 큰 고통을 참았을지 니나도 느낄 수 있었다. 어쩌면 그녀가 뭔가를 해줄 수 있을 것 같았다.

그녀는 그의 옆에 누웠다. 그의 몸은 따뜻하고 단단했고, 숨소리는 부드러웠다. 그는 마치 잠든 것처럼 눈을 감고 있었지만 니나가 뺨에 입술을 대자 부르르 몸을 떨었다. 그녀는 그의 귓불을 부드럽게 빨았다. 이렇게 하는 게 맞나 싶었지만 남편은 꽤 즐기는 듯 작은 신음을 흘렸다. 그녀가 그의 목과 가슴까지 입술을 옮겨 가자 숨소리는 점점 깊고 빨라졌다. 그녀는 잠깐 멈추고 이다음엔 뭘 해야 하는지 생각했다. 결혼하기 전, 첫날밤이 나머지 결혼 생활 전체를 결정한다는 이야기를 들었다. 물론 그의 통증은 큰 문제다. 하지만 앞으로 나이가 들면 더 많은 질병이 찾아올 것이고, 침대에 누워 있게 되는 상황들이 잦아질 것이다. 그때엔 어떻게 할 것인가? 그녀는 남편을 사랑하고 이 순간을 즐기고 있었다. 키르팔 역시 그녀에 대해 동일한 의무가 있다는 것을 알아야 했다. 그래서 그녀는 자신의 머리가 그의 발 쪽을 향하도록 몸을 돌렸다. 키르팔은 갑자기 니나의 엉덩이를 마주하게 되어 당황했다. "왜 멈췄…." 하지만 그는 말을 채 끝내지 못했다. 니나가 그의 중요 부위에 입술을 갖다 댔기 때문이다. 그녀가 닿자 그의 그곳은 돌처럼 단단해졌다. 그녀는 입술을 아래쪽으로 옮겨 갔다. 입안에 담긴 그의 모든 부분이 팽팽하게 부풀어 오르는 것이 느껴졌다. 그녀는 그의 등이 아프지 않도록 무릎으로 자신의 몸무게를 지탱했다. 그리고 등을 살짝 아치형으로 구부려 그가 그녀의 소중한 부위를 볼 수 있게 했다. 이제 그는 살며시 고개를 들어 그녀의 다리 사이, 잘 익어 고동치는 꽃송이에 혀를 가져가 간지럽히기만 하면 된다…

"와우!" 올리브가 고개를 들며 감탄했다. "이런 건 상상도 못 했어. 그냥 할아버지 할머니 로맨스 이야기인 줄만 알았지. 이건 너무 야한데?"

"시나는 할머니가 아냐. 아마 삼십 대 중반 정도일걸. 남편이 몇 년 전에 암으로 세상을 떠났대." 니키는 그런 시나가 나이 많고 보수적인 여자들과 어울리는 것을 이해할 수 없었다.

"좀 더 있어. 읽어봐." 니키는 종이를 들여다보며 그중 한 문단을 손가락으로 짚어주었다.

"나 깨물지는 마." 그의 말대로 조심하려 했지만 입술을 위아래로 움직이자 이가 살결을 스치는 것은 어쩔 수 없었다. 그는 마치 감전된 사람처럼 환희로 몸을 떨었다. 고통과 쾌락으로 신음하는 소리가 흘러나왔다.

"글솜씨가 있네." 올리브가 말했다.

니키는 다른 페이지도 보여주었다. "있잖아, 반전도 있어. 아까 나왔던 벨보이랑도 뭔가 있거든."

니나가 손과 무릎을 바닥에 대고 엎드리자 그는 그녀 뒤에 서서 그녀의 젖은 입술에 손가락을 갖다 댔다. 그녀의 엉덩이가 그의 크고 단단한 부위를 감싸며 앞뒤로 움직이기 시작했다. 원래 라메시는 가방을 들어주거나 호텔 일을 하느라 바빠서 손님들을 제대로 볼 시간이 없다. 하지만 그날 아침 일찍 셔틀버스에서 내리는 그녀만큼은 똑똑히 보았다. 바람이 불어와 그녀의 치마를 들추고, 빨간 레이스 팬티를 드러냈던 것이다. 지금 그 팬티는 구겨진 채 침대 기둥 근처 어딘가에 놓여 있다. 그는 그녀의 안에 들어와 있다는 사실을 믿을 수가 없었다. 그녀가 신음했다. "아, 하아, 너무 좋아." 라메시는 고개를 들었다. 그는 지금 한 남자의 아내와 사랑을 나누고 있다.

"니나 파이팅이야." 올리브가 말했다. "그럼, 그럼! 모든 것을 한 번은 해봐야지!"

"그녀의 남편은 이 모든 장면을 지켜보고 있어. 심지어 즐긴다고."

라메시는 키르팔과 눈을 마주쳤다. 그는 방 한구석에 놓인 의자에 앉아 있었다. 자신의 물건을 꽉 쥔 채, 라메시가 안으로 들어오고 나갈 때마다 날것의 욕망으로 신음하는 니나를 지켜보고 있었다.

"다른 이야기도 이렇게 야해?" 올리브가 물었다.

"그렇다고 볼 수 있지."

"이런 앙큼한 깍쟁이들 같으니라고. 너랑 거기 여자들 말고 또 이걸 읽는 사람들이 있어?"

"지금 당장은 우리뿐이야. 하지만 상황이 변할 수도 있겠지? 일단 이야기가 모이면 출판해볼 수도 있을 거 같아."

"흠. 난 잘 모르겠다. 너무 사적인 이야기들이잖아. 네가 과부들과 이 이야기를 나누는 건 괜찮을지 몰라도 출판하는 건 완전히 다른 문제라고."

"다들 생각보다 과감하시더라고. 나는 아르빈더가 UK 페미니즘 파이터 집회에 나가서 연설하거나 프리탐이 각본 낭송회를 연다고 해도 전혀 놀라지 않을 것 같아."

올리브가 고개를 젖히며 미소 지었다. 낯익은 표정이었다. 또 혼자 앞서 나가고 있구나, 라고 말하는 듯한, 보통 민디가 니키에게 지어 보이는 그 표정 말이다. "계속 노력하면 그렇게 될 수도 있다는 거지." 결국 니키도 한 발 물러서지 않을 수 없었다.

갑자기 주방에서 외마디 비명이 들렸다. 니키가 문을 박차고 들어가자 샘이 왼손을 감싸 쥐고 괴로운 듯 깡총깡총 뛰고 있었다. "무슨 일이에요?"

"뜨거운 물에 데였어요. 식기세척기 열 센서가 고장 난 것 같아요."

산자가 용감하게 식기세척기로 다가갔다. 얼굴을 돌린 채 문을 열자 강렬한 증기가 뿜어져 나왔다. 그녀는 접시를 하나씩 조심스레 꺼내 카운터에 올려놓기 시작했다. 샘은 숨을 헐떡이며 뭔가를 중얼거리더니 니키를 따라 주방 밖으로 나왔다. 개리와 빅터가 수군거리는 소리가 들렸다. 니키는 멈춰 섰다. 굳이 내가 괜찮은지 확인하지 않아도 샘은 멀쩡할 것이다. 그래서 다시 바 쪽으로 돌아왔다. "빌어먹을 멍청이들." 니키는 중얼거렸다.

"누구?" 올리브가 물었다.

"저 뒤에 있는 인간들."

"신경 쓰지 마. 그냥 너한테 심통이 나서 그러는 거야."

"아마도. 하지만 가끔은 쟤네가 그렇게 생각하는 것도 이해가 가. 샘은 아무 경력도 없는 나를 뽑았어. 분명 이상한 일이긴 하잖아, 그렇지?"

올리브가 어깨를 으쓱했다. "너에게서 가능성을 본 거지. 어쩌면 너에게 반한 걸 수도 있겠지만, 데이트 신청한 건 네가 일하고 나서 몇 개월이나 지난 뒤의 일이잖아. 너는 거절했고, 그 뒤로 그가 널 다르게 대한 적도 없지."

"달라지긴 했어. 전에는 샘이랑 그냥 수다 떨고 웃을 수 있었는데 지금은 그런 것들이 불편해졌거든. 다 개리랑 빅터 탓이야." 사실 얼마간은 자책하기도 했다. 왜 굳이 가서 샘이랑 쓸데없는 얘기를 했을까?

"쟤들한테 꺼지라고 말해." 올리브가 말했다. "어서 가. 가서 모든 걸 원래대로 돌려놓고 와."

하지만 머리 끝까지 화가 난 채로 맞부딪칠 것을 생각하니 마음이 편치 않았다. 그들이 네가 자초한 일 아니냐고 따질까 봐 두려웠다. 그들의 생각이 틀렸음을 납득시키지 못할까 봐 두려웠다. "별일 아니야. 그냥 무시하면 돼." 결국 그렇게 말하고 말았다.

올리브는 눈썹을 치켜올릴 뿐, 아무 말도 하지 않았다. 그때 문이 활짝 열리더니 젊은 남자가 나타났다. 제이슨이었다. 니키는 기쁨을 감출 수 없었다. 올리브는 니키의 시선을 따라 바 쪽으로 다가오는 그를 바라보았다.

"누구야?"

"저번에 만났던 남자." 니키는 입가에 미소를 지으며 우물쭈물 대답했다. 갑자기 바쁜 척하며 이미 반짝거리는 카운터를 황급히 닦기 시작했다. 그러다가 제이슨이 다가오자 아무렇지 않은 듯 인사했다. "아, 왔어요?"

"오라일리스 펍. 런던에 열일곱 개나 있더군요. 네 번만에 찾았네요."

"셰퍼드 부시 쪽에 있다고 내가 말 안 했던가요?"

제이슨은 잠시 생각했다. "아마 제가 그걸 놓쳤나 봅니다."

"얘가 주소도 안 알려줬어요?" 올리브가 끼어들었다. "난 올리브예요. 니키의 들러리랄까요?"

"반갑습니다." 제이슨이 말했다. "실례지만, 주문하기 전에 화장실 좀 다녀오겠습니다."

니키가 손가락으로 화장실의 위치를 알려주자 제이슨은 화장실 쪽으로 사라졌다. 올리브가 말했다. "귀엽게 생겼는데?"

"그래? 난 잘 모르겠는데."

"웃기고 있네. 나 쟤 들어올 때 네 얼굴 다 봤거든? 어떻게 만났니?"

"사원에서. 하 참, 그 많고 많은 장소 놔두고 하필. 같은 골목에서 담배 피우다가 만났어. 그러고 보니 그때 만났을 때 사원에서 뭐 하고 있었는지 못 물어봤네."

"사원이라면 뭐 기도하러 온 거 아니겠어?"

"사우스홀 사원은 사교 클럽에 가깝거든. 이 분 정도 신에게 경외심을 표한 뒤에 랑가르홀에 나가 친구들과 공짜 밥 먹으면서 가십을 나누지. 젊은 애들한테는 영적인 공간이라는 인식이 전혀 없어."

"그럼 제이슨도 친구를 만나러 갔던 걸까?"

"아, 그건 문제네. 난 사원으로 놀러 가는 남자랑은 데이트 안 하거든. 문밖으로 나가면 온 세상이 기다리고 있는 이런 대도시에 살면서, 굳이 사원에 기어 들어가서 논다고?"

올리브가 니키를 지긋이 바라보며 말했다. "또 그런다."

"내가 뭘?"

"너 지나치게 까다롭게 구는 버릇 있어. 쟤한테도 기회를 좀 줘라. 너를 찾아 런던에 있는 모든 오라일리스 펍에 들어갔단다. 꽤나 간절했던 것 같지 않아?"

"지나치게 간절한 걸지도."

"니키⋯." 올리브가 한숨을 쉬었다.

"알았어. 하지만 솔직히 살짝 거부감이 들어. 왜 그런지는 모르겠지만."

"아, 나 어떤 이론이 떠올랐어."

"아빠랑 관련해서 나한테 어떤 정신적인 문제가 남아 있다는 이론 같은 거라면 입도 뻥긋하지 마." 니키가 딱 잘라 말했다. "저번에 한번 말했다가 내 기분만 잡쳤던 거 기억하지?"

"이번엔 아빠 말고 엄마 이론이야. 쟤 딱 보니까 너네 엄마가 마음에 들어 하실 그런 남자네. 착한 펀자브 남자." 올리브는 어딘가 얄미운 미소를 지어 보였다.

"맞다, 올리브! 만약 걔가 그날 중매결혼 프로필을 확인하러 사원에 온 거였다면 어떡하지? 민디의 프로필을 봤으면 어쩌냐고! 그건 너무 찝찝한데."

쉿, 제이슨이 돌아오고 있었기에 올리브는 니키의 말을 막았다. 셋 사이에 어색한 침묵이 맴돌았다. 퀴즈쇼 진행자의 목소리가 펍 안에 울려 퍼졌다.

"3점짜리 문제입니다. 멕시코에서 두 번째로 인구가 많은 도시는 어디일까요?"

"구아달라하라." 제이슨이 그렇게 말하며 니키를 바라보았다. "기네스 한 병 주실래요?"

"아, 그럼요." 니키가 몸을 움직이며 말했다. 올리브가 제이슨을 유심히 살펴보고 있었다.

"제이슨, 확실히 짚고 넘어가고 싶어서 그런데, 뭐 좀 물어봐도 돼요?" 올리브가 물었다.

"그럼요."

"니키 만났던 그날 사원에는 뭐 하러 갔어요?"

그 말에 니키는 유리잔을 든 채 얼어붙었다. "올리브!"

"확실히 하고 넘어가자는 거죠. 그리고 나면 나도 내 갈 길 갈게요."

"아, 제 친구가 실례한 것 같네요." 니키가 황급히 말했지만 올리브는 손을 들어 막았다.

"제이슨 얘기 좀 들어보자고."

제이슨은 목을 가다듬었다. "감사 기도를 드리러 갔어요."

"정말요?" 니키가 물었다.

제이슨이 고개를 끄덕였다. "어머니께서 몇 년 전에 유방암 진단을 받았는데, 최근에 의사들이 차도가 있다고 했거든요."

올리브는 니키에게 의미심장한 미소를 보내고는 퀴즈쇼에 참가하는 척 자리를 떴다. "어머니가 편찮으시군요. 힘드셨겠어요." 니키가 말했다.

"그랬죠. 하지만 지금은 나아지셨어요. 사실 종교에 기대는 편은 아니에요. 특히 사원이라는 장소에 대해서는 더더욱 그렇죠. 그런데 사원에 있으면 어쩐지 마음이 평화로워져요."

"우리 아빠는 몇 년 전에 돌아가셨어요. 심장마비로."

"아, 유감입니다."

"고마워요. 갑작스러운 일이었어요. 주무시다가 돌아가셨죠." 왜 제이슨에게 이런 얘기를 하고 있는 거지? 니키도 알 수 없었다. 갑자기 얼굴이 달아올랐다. 펍의 조명이 어두침침한 것이 천만다행이었다. "가족들은 런던에 있나요?" 니키가 물었다.

"먼 친척 삼촌과 고모가 있어요. 사우스홀 사원 근처에 사시죠. 제가 들를 때마다 이리 와서 같이 살자고 하세요. 고모는 제게 밥해줄 사람이 없다는 것을 무척이나 걱정하시죠."

"부모님들은 다 그런 것 같아요. 우리 엄마는 아예 혼자 사는 불쌍한 여자애들에게 일어날 수 있는 나쁜 일 목록을 적어줬다니까요? 강간, 살인, 그다음이 배를 곯는 거였어요."

"그날 사원 랑가르*는 꽤 괜찮았어요. 제가 집에서 만든 달과 로티를 얼마나 그리워했는지 그 전에는 미처 몰랐어요."

"저도 그리워요." 니키도 인정했다. "본가에 살 때는 달 같은 건 거들떠도 안 봤는데. 하지만 엄마한테 달 만드는 방법을 물어보면 분명 그냥 다시 집으로 돌아오라고 유혹하리라는 걸 알아요. 까짓거 뭐 그리 어렵겠어! 생각했죠. 마트에서 렌틸콩 좀 사서 삶고 커리 향신료를 넣어서 섞어봤는데, 음식이 아주 형광 노랑색이 되더니 도저히 먹을 수 없게 되었죠. 아마 강황을 너무 많이 넣은 게 문제였을 것 같은데, 결국 달처럼 보이기라도 하라고 인스턴트 커피 믹스를 넣었어요. 좀 더 갈색이 되게요."

"오, 제발 그걸 먹지 않았다고 말해줘요."

"통로 하수구에 버렸어요. 다음 날 이 술집 사장 샘이 그걸 보고는 누가 우리 펍 옆에다 잔뜩 토해놨다며 구시렁거렸죠. 저는 속으로 생각했어요. 아뇨! 그건 그저 니키의 벤티 사이즈 달 라떼예요!"

그와 수다 떠는 것이 어찌나 즐겁던지 남은 아르바이트 시간은 쏜살같이 지나갔다. 이번에는 제이슨이 니키에게 그날 사원에서 무엇을 했는지 물었다. 니키는 새로 들어온 손님들을 응대하

---

* 랑가르(Langar). 시크교 사원에서 행하는 일종의 무료급식 서비스. -역주

는 척하며 분주히 움직였다. 뭐라고 답할지 생각할 시간을 벌기 위해서였다. "글쓰기 강의를 하거든요. 성인 문학." 니키는 올리브 외 다른 사람에게는 그냥 그렇게 말하기로 했다.

올리브는 마지막 퀴즈를 끝낸 뒤 바로 돌아왔다.

"제이슨, 당신 덕분에 멕시코 문제 답 맞췄어요! 구아달라하라!" 목소리가 평소보다 살짝 높았다.

"얼큰하게 마시고 왔네. 숙취를 안고 개구쟁이 9학년들을 가르치려면 끔찍하게 힘들 텐데." 니키가 놀리듯 말했다.

올리브는 아랑곳하지 않고 말을 이었다. "니키, 내가 방금 한 말 들었어? 제이슨 엄청 똑똑해. 너네 둘이 아주 귀여울 거 같아. 너랑 민디랑 합동 펀자브식 결혼식을 올려도 되겠어!"

"민디는 제 언니예요." 니키가 재빨리 제이슨에게 설명했다. "그리고 올리브, 제발 좀 닥쳐줘."

"민디가 신랑감을 찾고 있거든요." 올리브가 말을 이었다. "제이슨, 친구나 형제 중에 소개해줄 만한 사람 없어요?"

"남동생이 있지만 아직 스물한 살이에요. 꽤 유명하긴 하지만요."

"뭘로 유명한데요?" 니키가 물었다.

"혹시 힙스터 아니면 하르빈더라는 웹사이트 들어본 적 있나요?"

"네, 들어봤어요." 니키가 말하는 순간 올리브도 대답했다.

"아니요." 니키는 올리브를 위해 설명해주었다. "하르빈더라는 남자 시크교도가 있는데, 수염이 엄청 북슬북슬하거든? 수염 기른 사진을 그 사이트에 올리면 사람들이 보고 하르빈더랑 얼마나 닮았는지 점수를 매겨줘."

"동생이 인도에서 유학하다가 작은 마을로 트래킹을 갔는데, 거기서 하르빈더라는 사람이랑 친구가 됐대요. 둘이서 수염은 시크교도들의 정체성이라는 둥 요즘엔 수염 기르는 게 힙하다는 둥 얘기하다가 웹사이트를 만들게 됐대요."

"힙스터 아니면 하르빈더를 만든 사람이 제이슨 남동생이었어요? 멋져요!"

"네. 인도에서 수염을 잔뜩 길러서 돌아왔죠. 자기를 표현하는 거래요. 저한테도 기르게 한 적이 있는데, 저는 호빗처럼 보이더라구요."

"호빗치고는 키가 너무 크신데요." 올리브가 친절하게 말했다.

"감사합니다."

"니키 언니랑 맺어줄 키 큰 친구 없어요?" 올리브가 물었다.

"흠, 전 인도식 소개팅에는 믿음이 안 가요."

"왜요?" 올리브가 물었다.

"압박이 너무 심하거든요. 친구, 부모 등 모든 사람이 모든 면에서 연관되죠. 또 모든 것에 데드라인을 설정해버려요. 마치 모든 남녀 관계는 결혼으로 맺어져야 한다는 것처럼. 너무 스트레스가 심해요."

"맞아요, 정확해!" 니키가 외쳤다. "엄마가 골라준 사람이랑 데이트한다고 생각해봐요. 완전 김샌다."

"그리고 혹시라도 잘 안 되면 모든 상황을 구구절절 설명해야 해요."

"피해야 할 사람도 생기고."

"모든 게 너무 드라마틱해지는 거죠." 제이슨이 동의했다.

니키는 올리브가 마치 테니스 매치 관람하듯 자신과 제이슨을 번갈아 보는 것을 느꼈다. 올리브는 다시 퀴즈석으로 자리를 옮기면서 어깨너머로 니키에게 슬쩍 윙크를 보냈다.

거센 바람 때문에 빗줄기가 버스 창문을 세차게 때렸다. 승객들은 버스에서 급히 내려 몸을 움츠린 채 사원 쪽으로 달려갔다. 비옷 모자 끝을 붙잡았지만 강한 바람이 뺨을 연신 때려댔다. 지난밤 펍 문을 닫고 제이슨과 밖에서 담배를 피우다가 금연에 대해 이야기했다. "같이 끊어요." 그가 말했다. "서로 도와줄 수 있잖아요. 물론 그러려면 니키 전화번호부터 알아야겠죠. 진행 과정을 공유하고 서로 격려해줘야 하니까."

비를 뚫고 겨우 사원의 널찍한 차양 아래에 도착하니, 담배 생각이 절실해졌다. 빌딩 구석으로 건너가 주차장을 가로지른 뒤

골목 안으로 숨어 들어갔다. 깊이 담배를 빨며 그녀는 생각했다. *어떻게 금연할 생각을 했지?* 하지만 어쨌든 제이슨과 다시 이야기 나눌 핑계가 생겼다.

니키는 생각에 깊이 빠진 채 담뱃불을 끄고 골목에서 나왔다. 그때 뒤에서 무뚝뚝한 목소리가 들려왔다. "저기요." 돌아보니 체크무늬 셔츠를 입은 건장한 남자가 서 있었다. 단추가 몇 개 풀려 구불구불한 가슴털이 드러나 보였다.

"여기 사원 맞죠?" 그가 물었다. 몰라서 하는 말 같지는 않았다.

"네. 길을 잃으셨나요?" 니키는 그렇게 말하며 그를 똑바로 쳐다보았다. 그러자 그는 니키에게 다가오며 기분 나쁘게 입꼬리를 올렸다.

"그렇다면 머리를 가려야지."

"아직 사원 건물에 들어선 것도 아닌데요."

남자가 니키를 잔뜩 노려보며 한 발자국 더 다가왔다. 긴장으로 뱃속이 조여오며 몸이 떨렸다. 니키는 주변을 살펴보다가 한 가족이 사원 입구에서 서성이고 있는 것을 보고 안심했다.

그 역시 그 사실을 알아차린 듯했다. "신 앞에서는 머리를 가릴 것." 이를 악물고 그렇게 내뱉더니 니키를 노려보면서 자리를 떴다. 얼떨떨한 기분이었다.

교실에 도착하니 여자들이 모여 있었다. 수다를 떠느라 정신이 없어 보이는 그들을 니키는 굳이 방해하지 않았다. 방금 일 때문에 마음이 시끄러웠기 때문이다. 사원 주변에서 머리를 가리지 않았다고 그렇게까지 공격적으로 반응하는 사람은 본 적이 없었다. 대체 누구길래 내게 이래라저래라 명령하는 것인가.

타람팔 카우르가 니키 뒤를 따라 들어와 교실 가장 뒷자리에 앉았다. 그녀는 연필을 나란히 꺼내놓으며 기대에 찬 눈빛으로 니키를 바라보았다. "조금 있다가 그쪽으로 갈게요." 니키가 말했다. 다른 여자들이 그 말을 듣고 니키 쪽으로 고개를 돌렸다. 마치 니키가 왔다는 것을 그제야 알았다는 듯.

"오는 길에 버스 안에서 우리 이야기를 나눴어요." 만지트가 말했다.

"버스 안에서요? 다른 사람들이 듣잖아요!" 타람팔이 말했다.

"나이 많은 여자들 이야기는 아무도 엿듣지 않아. 그냥 웅웅거린다고 생각했을걸. 뭐 무릎 통증이나 장례 계획에 대해 이야기하고 있는 줄 알았겠지." 아르빈더가 말했다.

"아무리 그래도 조심했어야죠."

"응, 매사에 조심하기만 하면 아무것도 되지 않아요." 프리탐이 말했다. "내숭 떨면서 원하지 않는 척하던 시절을 기억해보라고요!"

"끝난 다음에 아무 말 안 하는 것도 말이죠. 나는 항상 궁금했거든요. 너는 만족한 거니? 다음에는 좀 더 오래 해줄 순 없겠니? 적어도 노력만이라도?" 만지트가 말했다.

"아니면 레퍼토리에 한두 가지 더 추가해주던지. 이런 것만 잔뜩 있었다구." 아르빈더는 두 손을 들어 눈앞에 가상의 가슴이라도 있는 것처럼 허공을 주무르더니 앞뒤로 엉덩이를 흔들었다. "그러고는 끝!" 여자들은 깔깔 웃으면서 박수를 보냈다.

"그런 얘기 하다가 당신들 들킬지도 몰라." 타람팔이 말했다. "그러면 어떻게 되는지 알아요?"

여자들은 조용해지더니 서로 눈치를 살폈다. "그렇게 되더라도 어떻게든 해결할 거예요." 마침내 시나가 입을 열었다. "그리고 비비 아르빈더도 말했듯이, 우리 이야기에는 아무도 관심 없다고요."

"좀 봐줘요, 타람팔." 만지트가 소심하게 미소 지으며 말했다. "그냥 재미로 하는 거잖아요."

"엄청나게 큰 걸 감수해야 할 거예요." 타람팔은 물건을 챙기면서 자리에서 일어났다. "들키든지 말든지, 내가 상관할 바는 아니지만."

만지트는 당혹스러워 보였다. 아르빈더가 안심시키듯 그녀의 팔을 부드럽게 잡았다. "우리가 들킨다면 그건 누군가가 일렀을 때뿐이야. 타람팔, 우리 이야기를 고자질하려고 하는 거니? 그랬다간 너도 이 교실에 같이 있었다고 할 거야."

"그래서 뭐요?" 타람팔이 따져 물었다.

프리탐이 일어서더니 타람팔에게 천천히 걸어갔다. 갑자기 그녀가 드라마 속 기골이 장대한 여자 보스처럼 보였다. 그녀는 무시무시한 걸음걸이로 다가가서는 고개를 쳐들고 타람팔을 내려다보았다.

"우린 네가 이 모든 걸 시작했고 우리가 네 이야기를 마음에 안 들어 하니까 화를 냈다고 말할 거야. 우리 지금 너한테 경고하는 거야. 그리고 니키 선생은 모든 사람을 설득할 수 있어. 그녀는 법학 학위가 있거든." 프리탐이 말했다.

"음, 저 법학 학위는 없는데요. 그리고 그것보다 좀 더 좋은 방법이…."

"다들 부끄러운 줄 알아!" 니키가 뭐라 말하려 했지만, 타람팔은 그렇게 쏘아붙이고 교실을 휙 나가버렸다.

"기다려요, 타람팔!" 니키가 뒤따라가며 외쳤다. 타람팔은 잠시 걸음을 멈추고 가방을 품에 안았다. 주먹을 꽉 쥔 나머지 하얗게 핏기가 가셔 있었다. "타람팔, 쿨빈더한테 가기 전에 잠깐만 제 얘기 좀 들어주세요!"

"쿨빈더한테는 안 가요. 한 번 가봤는데, 내 말을 들으려고도 하지 않아서."

"아, 그렇군요." 니키는 쿨빈더를 찾아간 것에 대해 타람팔에게 화를 내야 하는지 아니면 그 말을 듣지 않은 쿨빈더에 대해 감사해야 하는지 순간 혼란스러웠다. "그럼 타람팔은 누구를 두려워하는 거죠?"

타람팔은 대답하지 않고 교실 문에 달린 작은 창을 바라보았다. "저 여자들이 똘똘 뭉쳐서 나한테 해대는 거 봤죠? 몇 년 동안 알고 지냈는데, 이제 나한테 등을 돌리네요. 저들을 어떻게 믿을 수 있겠어요?"

"다들 스스로를 보호하려고 그러는 거예요."

"확실해요?"

"네." 교실 쪽을 바라보며 그렇게 말했으나, 니키 역시 어딘가 불편한 감정이 들었다. 그들은 여전히 목소리를 낮춘 채 속닥거리고 있었다. 니키는 그들의 세계를 전혀 알지 못했다.

"교실로 돌아가지 않을래요, 타람팔? 같이 공부해요."

타람팔은 고개를 저었다. "이 수업에 뒤따르는 위험을 감수하고 싶지 않아요. 저 여자들은 불순해. 죽은 남편들의 명성 따위는 상관도 하지 않아. 나는 내 남편 케말 싱의 명예를 지켜야 해요. 부탁이에요. 내 수강신청서 좀 버려줘요. 나는 저들이 떠들어대는 이야기랑은 아무 상관 없어요." 그녀는 그렇게 말하고 자리를 떴다.

"다시 돌아오라고 해야 할 거 같은데요." 만지트가 말했다. "그녀가 무슨 짓을 할 수 있는지 우리 모두 알잖아요."

"만지트, 들어봐. 네 남편이 널 떠난다고 타람팔이 소문내고 다닐 때, 우리는 네 편이었잖니? 타람팔은 자기 쪽이 수적으로 우세하다는 걸 알고 널 무시했어." 아르빈더가 말했다.

"그게 무슨 말이에요? 타람팔이 뭘 하려고 한 거죠?" 니키가 물었다.

"다 지난 일이에요." 아르빈더가 말을 돌렸다. "그러니까 걱정 마, 만지트." 자신감 있는 말투였다.

"알았어요. 근데 방금 타람팔이 탈 버스가 떠났어요. 다음 버스가 오려면 이십 분은 기다려야 할 텐데." 만지트가 말했다.

니키는 창가에 서서 사원 주차장을 내려다보았다. 타람팔이 건물을 나서 길가 쪽으로 씩씩하게 걸어가는 게 보였다. 은색 BMW가 그녀 옆에 천천히 섰다. 자동차 창문이 내려갔다. 타람팔은 몸을 굽혀 운전자와 이야기를 나누고는 차에 탔다.

"방금 타람팔이 누구 차에 탔는데요." 니키가 말했다. "괜찮은 건가요?"

여자들은 서로를 쳐다보며 어깨를 으쓱했다. "위험한 남자가 왜 우리같이 늙은 여자들에게 접근하겠어요?" 아르빈더가 되물었다.

"타람팔은 겨우 나보다 두세 살 위예요." 시나가 찔리는 듯 말했다. "아직 사십 대라구요."

그 말을 듣고도 니키는 별로 놀라지 않았다. 타람팔의 매끈한 피부는 그녀를 구속하는 음침한 과부 옷과 명백하게 대조되었다. 구부정한 걸음걸이와 책상에 앉을 때마다 내쉬던 한숨은 그저 과부들에게 요구되는 과부스러움을 연기했던 걸까? "이 동네에서는 모르는 사람 차를 타고 집에 가도 괜찮은가요?"

"아마 낯선 사람이 아니었을 거야. 시장에서 집에 갈 때도 사람들이 맨날 태워주겠다고 하는걸. 누구 아들이다, 딸이다, 하면서." 아르빈더가 말했다.

"혹시 은색 BMW였나요?" 시나가 물었다. 니키는 고개를 끄덕였다. "그럼 아마 산딥일 거예요. 레샴 카우르네 손자."

산딥이라는 이름이 나오자 프리탐은 흠, 하고 헛기침을 했다. "자기가 이 동네 여자애들보다 한참 잘났다고 생각하는 그놈이네요. 미국에서 온 푸란 카우르 조카도 거절했다니까. 기억나요? 결혼 상대를 찾으려고 여기 왔었잖아, 피부가 우유처럼 하얗고 초록색 눈동자를 가진 애."

"레샴이 그러던데요, 그거 컬러 렌즈라고." 만지트가 말했다.

"그래요, 그래, 만지트. 만지트는 곧이곧대로 믿겠죠. 그 아줌마는 당연히 돌아다니면서 자기 소중한 아들놈한테 가당치도 않은 여자애라고 소문을 내지 않았겠어요?" 시나가 말했다. "그렇고 그런 구식 인도 엄마라니까. 아들한테 완전히 미쳐 있는. 첫째 아들이 결혼했을 때는 어쨌는지 알아요? 며느리랑 아들놈이 관계 갖는 걸 막으려고 한동안 둘 사이에 껴서 잤대요."

"허, 그 아들놈도 참. 엄마한테 꺼지라고 말하는 데 몇 달이나 걸렸다고? 겁쟁이가 따로 없구만." 프리탐이 열을 올렸다. "내가 그 며느리였다면 시엄마가 제 발로 나갈 때까지 밤마다 비명을 질렀을 거야. 겁에 질린 새 신부처럼 말이지. "선택해! 너네 엄마야, 나야?" 그러면 그는 나를 택하겠지."

"우리 시어머니도 똑같은 짓을 했어." 아르빈더가 말했다. "첫날밤만은 우리를 단둘이 놔뒀지. 하지만 이후에는 그러지 않았어. 자다 일어났는데 시엄마가 우리 사이에 누워서 평화롭게 코를 골고 있던 게 한두 번이 아니야. 남편한테 너네 엄마 코 고는 소리 방해되지 않냐고 물었더니 "방해? 무슨 방해? 그럴 리가 없잖아, 우리 엄만데." 하는 거 있지?"

니키는 자꾸만 타람팔이 신경 쓰였다. "왜 타람팔은 아직까지 남편의 명성을 지켜야 하나요? 그는 이미 세상을 떴잖아요."

여자들은 눈빛을 주고받았다. "케말 싱은 영적 지도자였거든요." 만지트가 말했다. "미래를 예견하고 사람들을 위해 특별 기도를 올려줬어요. 여전히 그를 존경하는 사람도 있죠. 타람팔은 그의 이름이 계속 깨끗하게 남도록 아직까지 헌신적인 부인 역할을 하고 있는 거예요."

아르빈더가 코웃음을 쳤다. "헌신적인 부인? 세상엔 그것보다 더 중요한 역할이 많을 텐데."

"아직도 이미지 관리하잖아, 그렇죠? 거기에 의지해서 살

아. 나는 타람팔이 오늘 밤 특별 기도를 올리자며 우리 집을 찾아와 노크하더라도 그리 놀라지 않을 거예요." 만지트가 말했다.

"내가 그녀에게 이걸 보여주면 당장 떠날지도 몰라." 아르빈더가 그렇게 덧붙이며 손바닥을 펼쳤다. 여자들은 숨죽여 낄낄거렸다. 그들만 아는 농담인 듯했다. 아마도 아르빈더의 운명선에 관한 것이리라.

시나가 니키를 올려다보며 말했다. "니키, 너무 마음 쓰지 마요. 남자들 귀에만 안 들어가면 우리는 안전할 거예요."

니키는 사원의 랑가르홀을 떠올렸다. 그곳은 보이지 않는 힘에 의해 남자 테이블과 여자 테이블이 엄격하게 나뉘어 있었다. "그랬으면 좋겠네요. 남자들이랑은 거의 말도 섞지 않으시잖아요, 그렇죠?" 니키가 말했다.

"당연하죠. 우리는 과부거든요. 남자랑은 더 이상 아무런 접촉도 없어요. 그건 허락되지 않아요." 프리탐이 말했다.

"그리 나쁜 건 아니지." 아르빈더가 말했다.

"당신이나 그렇겠죠." 시나가 쏘아붙였다. "당신들은 좋은 시간을 충분히 누렸을지 모르겠지만, 나는 남편이랑 함께하는 시간이 그리 길지 않았단 말이에요."

"좋은 시간? 빨래하랴 요리하랴 부부싸움하랴 바빠 죽겠는데, 좋은 시간 보낼 시간이 어딨어?" 아르빈더가 니키를 올려다보았다. "니키 선생 세대 여자들은 운 좋은 줄 알아요. 적어도 결혼 전에 나랑 결혼할 남자가 누군지는 알 수 있잖아요. 적어도 바보 중에 상바보는 피할 수 있을 테니까요."

만지트가 공감하며 웃음을 터뜨렸다. 시나는 눈길을 떨군 채 생각에 잠겨 있었다. 화제를 바꿔야 할 타이밍이었다. "오늘 이야기 가지고 오신 분 계세요?" 니키가 물었다.

아르빈더가 자신 있게 손을 들었다.

○

가게 주인과 손님

가게 문이 열리고 여자가 들어왔을 때, 주인은 선반에 물건을 정리하느라 정신이 없었다. 여자는 날씬했지만 엉덩이가 풍만했고, 세련된 영국 옷을 입고 있었지만 펀자브 출신이었다. 그가 "무엇을 도와드릴까요?"라고 물었지만 그녀는 그 말을 무시한 채 가게 뒤편으로 갔다. 주인은 순간 도둑일지도 모른다고 생각했으나 저렇게 딱 붙는 옷에 무슨 물건을 숨겨서 나가겠는가 싶었다. 그래서 조용히 그녀를 따라갔다. 그녀는 향신료 칸을 살펴보고 있었다.

"차를 끓일 때는 어떤 걸 쓰나요?" 그녀가 물었다.

카다몬*과 펜넬** 씨앗이었지만 가게 주인은 말해주고 싶지 않

---

* 카다몬(Cardamom). 강렬하고 달콤한 향이 나는 생강과 향신료. '백두구'라고도 부른다. -역주

** 펜넬(Fennel). 회향. 산미나리라고 부른다. 민트처럼 청량한 향과 아삭아삭한 식감을 가졌으며, 누린내와 비린내를 없애주는 효과가 탁월하다. -역주

았다. 그녀가 계속 달콤한 목소리로 질문을 던져주길 원했다.

"모르겠네요. 차를 끓여본 적 없어서요."

"괜찮으시다면, 같이 끓여볼 수도 있을 텐데요." 여자가 그렇게 말하며 남자에게 미소 지었다. 남자 역시 미소를 보내며 그녀의 선택을 도와주기 위해 몸을 그녀 쪽으로 숙였다. "아마 이거일 겁니다." 그는 겨자씨 봉지를 집어 들고 그녀 코앞에서 흔들었다. 여자는 눈을 감고 숨을 들이마시더니 웃음을 터뜨렸다. "아니잖아요. 정말 아무것도 모르시는군요."

"차를 내리는 방법은 모릅니다만, 당신을 계속 미소 짓게 할 방법은 알고 있지요."

그는 겨자씨 봉지를 다시 선반에 올려놓으며 여자의 머리를 귀 뒤로 쓸어 넘겨주었다. 그러자 그녀는 그에게 다가와 입술에 입을 맞췄다. 그는 깜짝 놀랐다. 비록 그가 먼저 유혹하긴 했지만, 이건 흔히 있는 일이 아니었다. 여자는 남자의 손을 잡고 창고로 데려갔다. 그리고 그를 향해 얼굴을 돌렸다.

"왜 여자가 남자를 데리고 창고로 가는 거죠? 남자가 데려가야 하는 거 아닌가? 가게 주인이잖아. 여자가 창고가 어디 있는지 어떻게 알아요?" 프리탐이 꼬치꼬치 캐물었다.

"방해 좀 하지 말아줄래?" 아르빈더가 짜증을 냈다. "네가 이야기할 때 내가 그렇게 중간에 막 끼어들면 좋겠어?"

시나는 펜을 내려놓고 팔이 아픈 듯 손목을 몇 번 돌렸다. "하, 엄청 힘드네요." 그녀는 영어로 니키에게 말했다.

"말이 안 되잖아요." 프리탐은 굽히지 않았다. "전에 와본 적이 있다면 모를까. 아, 어쩌면 이 여자는 그 남자가 결혼하고 싶어 하는 여자인지도 몰라. 그런데 남자 부모가 반대한 거지. 그래서 변장하고 남자를 만나러 온 거야."

아르빈더는 여전히 짜증 난 듯했지만 프리탐의 의견을 고려하는 듯했다. "좋아. 시나, 그렇게 적어줘."

"어느 부분에요?" 시나가 물었다.

"아무 데나. 아무튼 이제 중요한 부분으로 넘어갈게요. 여자는 옷을 벗기 시작했다. 그녀는 사리가 다 벗겨질 때까지 빙글빙글 돌았다."

"세련된 영국 옷을 입고 있었다면서요. 왜 지금은 사리를 입고 있는 거죠?" 시나가 말했다.

"사리가 더 나은 것 같아."

"그럼 사리로 바꿔요?"

"사리 입은 여자라면 그런 행동 못 하지."

"무슨 소리. 런던에 사는 여자들은 무슨 옷을 입든 간에 자기 하고 싶은 대로 하고 살아."

"백인 날라리들이라면 그럴지도 모르지. 하지만 사우스홀 여자들은 아니에요." 만지트가 말했다.

"사우스홀에서도 똑같아. 허버트 공원 뒤에 있는 언덕 알죠? 거기가 젊은 남녀 비밀 데이트 장소래요. 언젠가 여름에 친척들이랑 석양 보러 올라갔는데 히잡 쓴 무슬림 여자애 하나가 이 차에서 저 차로, 이 남자에서 저 남자로 막 옮겨 다니더니까. 무슨 일이든 일어날 수 있는 곳이랍니다." 프리탐이 말했다.

"그럼 마야도 거기서 들켰던 거예요?" 만지트가 불쑥 물었다. 갑자기 교실이 적막해졌다. 여자들은 자기 자리로 돌아갔다. 니키는 그들의 얼굴에서 불편한 기색을 읽었다. 언젠가 랑가르홀에서 초록색 두파타 여사가 공판을 열었을 때 그곳 여자들도 그런 표정을 지었다. 무엇이 사람들로 하여금 쿨빈더의 딸에 대해 이처럼 반응하게 하는가. "왜요?" 만지트가 사람들을 둘러보며 물었다. "타람팔은 여기 없잖아. 나는 그때 캐나다에 있었기 때문에 자세한 이야기를 모른단 말이에요."

"걔 휴대폰에서 문자 메시지를 발견했대요." 프리탐이 말했다. "내가 듣기론 그래요."

"들은 거말고, 아는 건 뭔데?" 아르빈더가 딸을 향해 돌아서며 물었다. "나는 네게 고인에 대해 함부로 말하라고 가르친 적 없다."

"알아요. 하지만 이제 모두들 알잖아요. 안 그래요?" 프리탐이 말했다. "거의 일 년이 다 되어가니까."

"모두는 아니에요. 꼭 알아야 하는 것도 아니고." 시나가 니키를 향해 고개를 끄덕이며 말했다. "니키, 미안하지만 이건 우리 일이에요. 쿨빈더도 우리가 이런 이야기 하는 걸 좋아하지 않을 거예요."

그 말은 니키를 믿지 못한다는 뜻이었다. *나는 왜 알면 안 되죠?* 니키는 서로 눈짓하며 시선을 교환하는 여자들에게 묻고 싶었다. 특히 시나가 가장 짜증 난 듯했다. 마야와 관련된 과거가 있는 걸까? 마야에 대해 알고 싶은 데는 호기심이 컸지만, 그게 아니더라도 만약 알게 된다면 쿨빈더와 좀 더 긴밀한 관계를 쌓을 수 있을지도 몰랐다. 니키는 과부들과 좀 더 이야기를 나눠볼까 생각했다. 쿨빈더가 영어 수업이 성공적으로 진행되고 있다고 믿게 된다면 서로 좋은 일이니까. 그때 시나가 갑자기 수업의 방향을 잡았다.

"계속 이야기해봐요, 아르빈더." 시나는 그렇게 말하며 시계를 가리켰다. "우리 여기서 밤샐 건 아니잖아요."

순간 정적이 흘렀고, 여자들은 니키를 바라보았다. "그래요, 계속합시다. 한창 이야기 중이었죠?" 그렇게 말하며 니키는 시나에게 고맙다는 미소를 보냈다. 시나도 미소 지어 보였다. 다른 이들도 내심 안도하기 시작했다.

아르빈더가 어깨를 으쓱했다. "그다음엔 어떻게 써야 할지 모르겠어요."

"그의 거시기를 묘사해줘요." 시나가 제안했다. "큰가요, 작은가요?"

"당연히 크지." 아르빈더가 웃으며 말했다. "말라 비틀어진 당근이 들어온다면 그게 무슨 의미가 있어?"

"하지만 너무 클 때도 있잖아요. 고구마를 원하시진 않을 테니. 하, 사실 이건 제 얘기예요." 시나가 고개를 절레절레 저으며 말했다. "기버터를 아무리 많이 발라도 처음 들어올 때는 항상 아팠거든요."

"바나나 정도가 이상적이지." 프리탐이 거들었다. "크기도, 모양도."

"숙성 정도는 얼마나?" 아르빈더가 물었다. "너무 익어버리면 내 첫경험 때처럼 될걸. 곤죽처럼 으깨진다니까."

"왜 하필 채소랑 과일로 묘사하시는 거예요?" 니키가 끼어들었다. 금방이라도 마트에 가야 할 것 같았다.

"항상 그런 건 아니에요. 어떨 땐 단다, 라고도 해요." 만지트가 말했다. 단다는 편자브어로 막대기라는 뜻이었다. "아무도 그걸 뭐라고 부르는지 알려주지 않았어요. 우리가 가진 모든 지식과 언어는 부모들이 알려준 건데, 그분들은 남자와 여자가 무엇을 하는지에 대해서 절대 말해주지 않았거든."

"맞아요." 니키가 말했다. 그녀도 남자 성기를 편자브어로 뭐라고 하는지 알지 못했다. 채소나 과일 이름을 붙이는 건 여전히 우스웠지만 익숙해져야만 했다. 저번 시간에 시나가 "그가 자신의 오이를 그녀의 레이디 포켓에 넣을 때마다 그녀는 헐떡거리며 속삭였다. 아, 자기 너무 기분 좋아."라는 부분을 읽을 때도 누구도 눈 하나 깜짝하지 않았다.

"그것을 뜻하는 영어 단어는 알고 있어요." 프리탐이 말했다. "텔레비전이나 우리 애들한테 배웠어요. 욕 같은 것 말이에요. 애들이 말하는 걸 듣는 순간 잘못된 말이라는 걸 알았죠."

"자지." 아르빈더가 말했다.

"불알! 유두!" 프리탐이 쾌활하게 외쳤다.

"보지?" 만지트가 작은 소리로 말했다. 니키가 끄덕이자 만지트는 활짝 웃었다.

"젖꼭지, 섹스, 보지, 엉덩이!" 아르빈더가 갑자기 소리쳤다.

"좋아요, 다들. 편하신 대로 부르도록 하죠." 니키는 말했다.

"채소 이름이 최고야." 프리탐이 말했다. "말해봐요, 즙이 가득한 가지 외에 그 느낌이랑 맛을 제대로 표현할 수 있는 말 있어?"

다음 주, 니키는 버스에서 내려 차가운 비 사이를 뚫고 사원까지 달렸다. 랑가르홀에서 벌벌 떠는데, 시나가 혼자서 식사하고 있었다. 니키는 줄을 서서 병아리콩 커리와 달, 로티를 받은 다음 시나에게 같이 앉아도 되냐고 물었다. "그럼요." 시나는 그렇게 말하며 옆자리에서 가방을 치워주었다.

니키는 로티를 손으로 조금 뜯어 달을 푼 다음 티스푼으로 요거트를 살짝 얹어 입으로 가져갔다. "음···." 니키가 로티를 씹으며 감탄했다. "왜 사원에서 먹는 달은 항상 맛있는 거죠?"

"종교적인 답변을 원해요, 진짜 답을 원해요?"

"둘 다요."

"이곳에선 신의 사랑으로 요리하니까요. 그리고 기버터가 엄청 들어가거든요."

"과연 그렇군요." 니키가 다음 로티 조각을 들고 말했다. 이번에는 달을 조금 덜 떴다.

"그렇다고 즐거운 식사를 망치지는 말아요. 하지만 바지가 너무 꽉 낀다 싶으면, 범인을 바로 알 수 있죠." 시나가 말했다.

"수업 전에 항상 여기서 식사하시는 건 아니죠?" 니키가 물었다. 시나는 날씬한 체형이었기에 달 때문에 살이 찐다고 괴로워할 것 같지는 않았다.

"일을 마치면 항상 시어머니 식사 차려드리러 집에 가요. 그런 다음 수업에 오죠. 그런데 오늘은 폭풍우 때문에 길이 너무 막혀서 일 끝나고 바로 여기로 와버렸어요."

시나는 남편이 세상을 떴는데도 여전히 시어머니랑 살고 있는 모양이었다. 의무감 때문일까? 니키는 궁금했다. 시나의 세련된 복장과 행동거지를 슬쩍 훑어보며 그녀가 과연 실제로도 보수적일지 가늠해보려 했다.

"치매가 있어요. 안타까운 일이죠." 시나는 묻지도 않은 말을 털어놓았다. "가끔 자기 아들에 대해 묻기도 하세요. 혼자 사시도록 하는 건 상상조차 할 수 없어요. 항상 헷갈려하시고 정리를 못하시거든요."

납득할 수 있었다. "좋은 시어머니셨나요? 제가 시어머니들에 관해 듣는 이야기는 죄다 호러뿐이었거든요. 그래서 전통적인 결혼을 원하는 언니가 걱정돼요. 시나의 시어머니는 좋은 분이셨나 보네요."

"그럼요. 친구 같았어요." 시나가 말했다. "집에 같이 있으면 정말 재미있었어요. 시어머니는 딸이 없어서 저랑 함께 있는 게 좋다고 하셨어요. 아르준이 죽은 뒤에도 전 그의 가족으로 남고 싶었어요. 처음에는 그들과 함께 사는 게 낯설었지만 결국 적응하기 마련이잖아요. 언니한테도 그렇게 말해줘요. 언니가 중매 결혼을 하나요?"

"그런 셈이죠. 결혼 게시판에 언니 프로필을 붙였거든요."

"오, 어떤 프로필은 정말 답이 없던데요, 그렇지 않나요?"

"저는 어떤 남자가 자기 혈액형을 올린 게 재미있었어요. 아마 부인으로서의 의무 중에 그 가족을 위해 콩팥을 증여하는 것도 포함되어 있나 봐요."

시나가 웃었다. "우리 부모님이 제 중매를 섰을 때는요, 밀 같은 제 피부색을 어찌나 강조하시던지. 마치 그게 제가 가진 전부인 양 말씀하시는데, 너무 굴욕적이었다니까요."

"뭔지 알아요! 보리색 피부를 가진 여자보다 남자가 더 잘 붙을 거라고 생각하죠."

"불행하게도, 그건 사실이에요." 시나가 말했다. "깨끗하게, 맑게, 자신 있게, 알죠? 아르준네 식구들은 모두 피부색이 저보다 어두웠는데, 우리가 아이를 가질 수 없게 되자 누가 뻔뻔스럽게 그러더라구요. *아기가 아빠 닮아서 시꺼멓게 나올까 봐 걱정할 필요 없겠네.*"

"정말 못됐네요." 니키가 말했다. 민디가 인도에서 미백 화장품을 사는 걸 보고 잔소리했던 것이 떠올랐다. 그때 민디는 말했다. "너는 쉽게 말할 수 있겠지. 넌 나보다 피부색이 적어도 세 단계는 밝으니까."

"언니가 결혼한 다음에는 니키인가요?"

"오, 세상에, 아니요. 상상도 안 되는걸요. 중매라니요."

시나는 어깨를 으쓱했다. "그렇게 나쁘지는 않아요. 노력이 필요하긴 하지만요. 생각해보면 나는 아마 연애에는 소질이 없었을 것 같아요."

"하지만 뭔가 너무 지나치게… 작위적이지 않나요?"

"제대로 계획하면 꼭 그렇지도 않아요. 들어봐요. 우리 부모님이 내 신랑감을 찾기 시작했을 때, 나도 내가 어떤 남자를 원하는지 생각해봤어요. 그전에 어느 결혼식에서 아르준을 만난 적 있었는데, 마음에 들었단 말이죠? 그래서 부모님이 이상형을 물어보셨을 때 그냥 아르준 그 자체를 묘사했어요. 이름만 빼고요. 그랬더니 일주일 안에 그를 찾아 오시더라구요. 다행히 아르준도 그 결혼식에서 나를 보고 기억하고 있었대요. 모두가 기뻐하는 결혼이었죠."

"꽤 로맨틱한데요." 비록 중매결혼이었지만 이번엔 니키도 인정하지 않을 수 없었다. 민디에게도 그런 행운이 깃들기를.

"만약 당신이 뭔가 원하는 게 있다면, 반드시 그게 부모나 시부모의 생각인 것처럼 만들어야 해요." 시나가 니키를 손가락으로 가리키며 말했다. "이 나이 든 언니의 조언을 새겨들어요."

"알겠어요, 시나. 근데 대체 나이가 어떻게 되세요?" 니키가 웃으며 물었다.

"지난 육 년 동안 쭉 스물아홉이었어요. 니키는요?"

"저희 엄마한테 물어보시면 마치 제가 여전히 갓난쟁이인데다 스스로 생각할 권리도 없는 것처럼 말씀하실 거예요. 하지만 저는 스물두 살이에요."

"혼자 살아요?"

니키는 고개를 끄덕였다. "펍 위층에 살아요. 부디 제가 혼자 사는 것도 우리 부모님의 생각인 것처럼 보이게 만들 수 있다고 말씀하지는 마세요."

그때, 시나의 얼굴이 갑자기 밝아졌다. 그녀는 손가락을 조심스럽게 흔들어 누군가에게 인사를 했다. 니키가 돌아보려 하자 시나는 재빨리 말했다. "안 돼, 니키. 돌아보지 말아요."

"누가 있는데요?"

"아무것도 아니야."

"그 아무것도 아닌 사람 이름이 뭔데요?"

"정말 오지랖이 넓군요!"

"아무개 싱?"

"그만둬줄래요, 니키? 좋아요. 얘기해줄게요. 그의 이름은 라훌이에요. 라훌 샤르마. 일주일에 세 번씩 사원에서 자원봉사를 해요. 전에 직장에서 해고당했을 때 여기서 모든 끼니를 해결했거든요. 그래서 보답하기 위해 하는 건데, 오늘은 부엌에서 봉사 중이네요."

"그에 관해 아주 많은 것을 아시는군요? 둘이서 대화도 하시나요, 아니면 랑가르홀에서 그저 서로 귀여운 얼굴만 마주 보시는 건가요?"

"우리는 아무 사이도 아니에요. 공식적으로는요. 지금은 바로다 은행에서 같이 일해요. 몇 주 전 입사했을 때 제가 일을 가르쳐줬거든요."

"시나 얼굴이 빨개졌네요."

"그, 그게 뭐요!"

"사랑에 빠졌군요."

시나가 니키에게로 가까이 몸을 기울이고 속삭였다. "가끔

나랑 수다 떨기 위해서 일 끝나고 기다릴 때가 있어요. 그러면 사람들이 보지 못하게 은행 뒤에 있는 주차장에서 대화를 나눠요. 그게 다예요."

"데이트해본 적은 있어요? 시나의 작고 빨간 차를 타고 드라이브 가요. 누구한테 들키는 게 걱정이라면 사우스홀 밖으로 나가면 되잖아요. 아니면 어딘가 장소를 정해서 만나요."

"그렇게 간단한 게 아니에요. 첫 번째 데이트는 두 번째 데이트로 이어질 거고, 그러다 보면 사귀게 되겠죠."

"그런데요?"

"난 아직 남편 가족의 일원이거든요. 복잡해질 거예요. 게다가 라훌은 힌두교인이라구요. 사람들이 뭐라고 할지."

사람들이 뭐라고 하겠니? 니키는 그 말을 진저리 나게 싫어했다. 오라일리스 펍에서 일하지 말라고 하면서 엄마가 수도 없이 했던 말이었다.

"누가 뭐라고 하는데요? 우리 수업의 비비들이요?"

"그 사람들은 뭐라고 생각할지 모르겠지만, 참아주는 데도 한계가 있겠죠. 특히 공적인 자리에서 이야기가 나오면 더더욱 힘들 거예요. 과부들은 재혼할 수도 없는 거 아시죠? 그러니까 데이트는 뭐 혼자서 해야겠네요."

"시나가 왜 그런 분들이랑 친하게 지내는지 궁금했어요." 니키는 불쑥 내뱉고 말았다.

시나가 눈썹을 치켜올렸다. "…뭐라구요?"

스스로 생각해도 부끄러운 말이었다. "죄송해요. 말이 헛나왔어요." 정적이 흘렀다. 니키는 시나의 눈을 피하며 홀 쪽으로 시선을 돌렸다. 중앙에 앉아 있는 여자들 무리가 눈에 들어왔다. 번쩍이는 의상과 흠잡을 데 없는 메이크업이 마치 프리탐이 제일 좋아하는 인도 드라마에 나오는 등장인물들 같았다.

"시나는 저기 있는 여자들과 더 잘 어울릴 것 같다고 생각했어요. 나이나 취향으로 얘기하자면요."

"저런 애들이랑은 잘 못 어울리겠어요." 시나가 말했다. 니키는 시나가 그쪽으로 눈길조차 안 줬다는 걸 깨달았다. "노력은 해봤어요. 저 중 몇 명이랑은 학교도 같이 다녔죠. 하지만 결혼하고 나서 아르준이 바로 암 진단을 받았어요. 그게 원 스트라이크였어요. 사람들은 처음엔 걱정해줬지만, 점점 나를 피하기 시작했어요. 마치 내 불운이 옮을까 봐 걱정하는 것처럼요. 그리고 항암치료 때문에 아이는 꿈도 못 꾸게 됐죠. 그게 투 스트라이크였네요. 모두들 아기를 갖고 엄마들 모임을 만드니까 저랑은 연결고리가 없었어요. 이후 칠 년 동안 아르준의 상태는 호전되는 듯했어요. 하지만 결국 암이 재발했고, 세상을 떠났어요. 그리고 저는 과부가 되었죠."

"쓰리 스트라이크네요. 이해가 돼요."

"하지만 제가 크게 손해 본 것도 없어요. 과부들은 좀 더 현실적이에요. 우리는 손실을 이해하죠. 저기 있는 여자들은 가업을 이어받은 부자들이랑 결혼했어요. 일도 하지 않고 찬다니에서 죽치고 있는 사람들이죠."

"찬다니가 뭐예요?"

"사우스홀에서 가장 비싼 미용실이에요. 호화로운 대접을 받을 수 있죠. 거기 못 가는 사람들은 대로변 외곽에 있는 작은 살롱에서 저렴한 네일 케어를 받아요." 시나는 반짝이는 손톱을 니키에게 보여주며 미소 지었다. "저는 몇 년째 직접 한답니다. 핫핑크 베이스에 금색 글리터, 이게 저의 시그니처 네일이에요."

"멋져요." 니키가 말했다. 그러고는 자기 손톱을 내려다보았다. "저는 한 번도 매니큐어를 발라본 적이 없네요."

"전 그거 없이는 못 살아요. 그래도 부자랑 결혼하지 않은 게 다행일지도 몰라요. 그랬다면 종일 찬다니에서 다른 사람을 씹으면서 하루를 보냈을 테니까요. 거기는 가십의 온상이에요. 랑가르홀보다 더해요. 저 여자들은 믿을 만한 사람들이 못 돼요."

타람팔이 과부들에 대해 경고했던 것이 떠올랐다. 하지만 시나는 믿음직해 보였다. 니키는 그녀와 이야기 나누는 것이 편했다. "뭐 하나 물어봐도 돼요?"

시나가 고개를 끄덕였다.

"타람팔은 우리가 들킬까 봐 아주 걱정하던데, 쿨빈더를 그렇게나 무서워하는 건가요?"

"아마 형제회를 두려워하는 걸 거예요."

"형제회요? 그게 뭔데요?"

"자기가 사우스홀의 윤리경찰이라고 생각하는 젊고 직업 없는 남자들 있어요. 지금은 문 닫은 고철공장에서 일하던 애들이 대부분이에요. 사원 구역을 순찰하면서 머리를 가리라고 꼰대 짓을 하고 다니죠." 시나는 그렇게 말하면서 쇄골께에 있는 가는 금 목걸이줄을 만지작거렸다.

"어, 저도 경고받은 적 있어요." 니키는 놀라며 말했다. 그의 조롱 어린 얼굴을 떠올리니 다시금 분노가 치밀어 올랐다. "그저 신앙심 깊은 남자인 줄만 알았는데."

"그놈들 머리에 신앙심은 개뿔도 없어요. 그저 따분하고 불만에 차 있는 거지. 더 광적인 놈들은 번화가에 지키고 서서 애들 가방에 담배가 있는지 검사하고, 여자애들한테 어디에 가느냐, 뭘 하느냐, 취조를 해요. 그러면서 자기들이 공동체의 명예를 지킨다고 생각하죠. 가족 서비스를 제공하기도 한다고 들었어요."

"무슨 서비스요?"

"대부분은 현상수배예요. 가령 무슬림 남자친구랑 도망간 여자애가 있다고 하면 택시 기사랑 가게 주인 네트워크를 통해 수배를 해요. 그렇게 여자애를 찾아서 집으로 끌고 가는 거죠."

"그런데도 사람들은 아무 말 안 해요? 테러나 다름없는 행동을 하는데 아무도 불평하지 않는다구요?"

"그럼요. 투덜거리는 사람도 감히 대놓고 말하진 못해요. 게다가 사람들은 형제회를 무서워하면서도 동시에 유용하다고 생각해요. 딸들이 탈선하지 않게 막아주니까. 형제회를 고맙게 여기는 사람들이 있을지 모르니까 대놓고 욕도 못한다니까요."

"저기 저 남자도 형제회 중 한 명인가요?" 니키가 물었다. 근육질의 젊은 남자가 랑가르홀에 들어왔다. 충분히 여학생들에게 부모님 말씀 잘 들으라고 위협하고 다닐 법했다.

시나는 끄덕였다. "쉽게 알아볼 수 있어요. 꼭 카우보이처럼 걸어 다니거든요." 씁쓸한 목소리였다. 시나는 다시 한 번 목걸이를 만지작거렸다. 이제는 아예 쇄골 아래에서 꺼낸 상태였다. 펜던트에는 G라는 이니셜이 박혀 있었다. 시나가 니키의 시선을 느끼고 펜던트를 옷 속으로 숨겼다. "남편이 준 선물이에요. 저를 부르던 애칭을 새긴 거예요." 시나가 설명했다.

금으로 주조한 이니셜. 그 펜던트는 니키와 민디가 태어났을 때 할머니가 인도에서 보내준 것과 비슷했다. 섬세하고 짧은 체인이 달린 아이들 목걸이였다. 시나가 급하게 설명하고 넘어가는 것이 조금 이상했지만 불현듯 커다란 의문이 떠올랐다. *형제회 사람들이 글쓰기 수업에서 벌어지는 일에 대해 알게 된다면 어떻게 될까?* 소름이 돋았다. 답은 벌써 나와 있었다.

7

페이지 로딩을 알리는 동그라미가 화면에서 빙글빙글 돌았다. 거의 일 분째였다. 확인 버튼을 한 번 더 누르니 엄중한 경고문이 떴다. *확인 버튼을 다시 누르시면 재주문 처리됩니다. 재주문하시겠습니까?* "아니요." 니키는 중얼거렸다. "젠장, 아까 했을 때 됐어야지." 팔이 아파왔다. 노트북을 와이파이가 잘 잡히는 싱크대 위쪽을 향해 내내 들고 있었던 까닭이다. 아마존 주문같이 단순한 일 하나도 제대로 해내지 못하는 자신이 한심했다. 지난 수업에서 시나는 손목 통증을 호소하며 필사 작업을 잠시 쉬어도 되겠냐고 물었고, 니키는 녹음기를 마련하겠다고 했다. 창밖을 내다보니 구름이 끼긴 했지만 걸을 수 없을 만큼 나쁜 날씨는 아니었다. 걸어갈 수 있는 거리에 있는 전자 제품 가게에 가서 녹음기를 살 참이었다.

킹 스트리트까지 절반쯤 왔을 때 비가 한두 방울씩 떨어지기 시작했다. 니키는 비를 피하기 위해 옥스팜 중고 상점에 뛰어 들어갔다. 숨이 차올랐고 머리카락이 이마에 달라붙었다. 점원이 동정 어린 눈빛으로 미소를 보냈다.

"산책치고는 무시무시했네요. 그렇죠?" 그녀가 말했다.

"최악이었어요."

니키는 전자 제품 선반의 중고 헤어드라이어와 어댑터 플러그 상자 옆에서 빨간색 유광 카세트 녹음기를 발견했다. 이거면 되겠다 싶었다. 과부들에게 이것저것 달린 디지털 녹음기 사용법을 일일이 가르치는 것보다 훨씬 나을 것이다. "혹시 공테이프도 있나요?"

"어딘가에 한 박스 가득 있었는데." 점원이 대답했다. "이야기 카세트 테이프들도 어떻게든 처분하고 싶어요. 몇 년 전 어떤 도서관에서 에니드 블라이튼의 페이머스 파이브* 테이프 시리즈를 기증했는데, 버리자니 마음이 편치 않아요. 조만간 창고 정리를 하긴 해야 하는데 새 주인을 못 찾으면…."

---

* 페이머스 파이브(Famous Five). 영국 작가 에니드 블라이튼이 1942년 발표한 어린이 명탐정 어드벤처 시리즈. 전 세계적인 베스트셀러이며, 영화로도 만들어졌다. -역주

"제가 좀 가져갈게요." 니키가 말했다. 그 테이프가 버려진다면 자신도 괴로울 것 같았다. 아직 책을 읽을 수 없었던 꼬마 시절, 엄마가 도서관에서 빌려 온 이야기 테이프를 민디와 함께 듣곤 했던 추억이 떠올랐기 때문이다.

점원이 창고로 들어가 있는 동안 니키는 진열대를 살피다가 베아트릭스 포터의 책을 찾았다. 책장을 주르륵 넘겨보며 점원에게 물었다. "베아트릭스 포터의 다른 책은 없나요?"

"진열대에 있는 게 다예요." 어느새 나타난 점원이 말했다. "어떤 책을 찾으세요?"

"정확히 말하자면 베아트릭스 포터가 쓴 이야기책은 아니에요. 그녀가 젊었을 때 그린 스케치랑 그 당시 일기 몇 편을 묶어놓은 책인데요. 글자를 타이핑해서 인쇄한 것이 아니라 원문을 사진으로 찍어 넣은 책이라 흔치 않더라고요. 몇 년 전 서점에서 딱 한 번 봤는데 사지 못했어요."

"책에 대한 후회라, 정말 싫죠. 지금은 안 필요해, 다음에 사자, 하고 넘어갔는데 나중에는 아무리 그것을 사려고 혈안이 되어도 더 이상 구할 수 없는 거예요."

니키의 후회는 그 이상이었다. "베티*, 그건 뭐니? 그림책이니?" 아빠는 델리에 있는 서점에서 이것저것 둘러보고 있는 니

---

*　베티(Beti). 힌두어로 '딸'이라는 뜻이다. -역주

키에게 물었다. "올해 시험을 앞두고 있잖니. 이건 만화책이고."
니키에게는 루피가 없었기 때문에 아빠의 도움 없이는 아무것도
살 수 없었다. "그림책이 아니에요. 베아트릭스 포터의 일기 모
음집이라고요." 절망스러운 목소리로 아무리 설명해도 소용없
었다. 이 일 이후 남은 일정 내내 니키는 침울하고 분한 심정이
었다.

점원이 호기심 어린 눈빛으로 말했다. "21세기에 카세트 녹
음기를 사시는 특별한 이유가 있나요?"

"나이 지긋한 여성분들께 영어를 가르치고 있어요. 서로 대
화하는 걸 녹음해서 억양을 교정하려고 하는데 교구 구입할 예산
이 충분하지가 않네요." 쿨빈더가 왜 녹음기를 샀냐고 물어볼 때
를 대비해 연습해둔 대사였다. 알리바이를 만들기 위해 실제로
학생들과 대화문 몇 개를 녹음해둘 생각이었다.

점원이 페이머스 파이브 카세트 테이프가 가득 든 상자를 니
키에게 내밀며 말했다. "아무거나 가져가세요." 니키는 미소 지
으며 그중 하나를 뽑아 들었다. "이게 제가 제일 좋아하는 이야기
예요."

비밀 통로에 대한 이야기였다. 몇 문장 안 들었는데도 바로
어린 시절로 빨려 들어간 느낌이었다. 엄마가 밤에 말없이 이야
기 테이프를 틀어주면 민디는 책에 나온 단어를 손가락으로 하나
하나 짚으며 내용에 귀 기울였고, 니키는 성우가 목소리의 높낮

이와 강약을 자유자재로 바꾸며 만들어내는 생동감 넘치는 세계에 사로잡혔다. 엄마는 인도에서 엘리트 교육을 받았지만 영국에 온 뒤 영어 발음에 대한 자신감을 잃었다. 갑자기 타람팔 카우르에 대한 죄책감이 차올랐다. 그녀는 그저 영어를 배우고 싶었을 뿐인데, 그녀가 분노로 폭발했을 때 니키는 그녀를 붙잡지 못했다.

"얼마예요?"

"하나에 10펜스밖에 안 한답니다."

니키는 상자를 흘끗 쳐다봤다. 거부할 수 없었다. "그럼 다 주세요." 니키는 구입한 물건들을 가슴에 꼭 끌어안고 쏟아지는 빗속으로 뛰어들었다.

쿨빈더는 여행 가방의 지퍼를 잠근 후 서류와 여권을 가지런히 모아 파우치에 넣었다. 눈을 감고 두파타를 머리 위에 뒤집어쓴 후 구루 나낙*에게 안전한 여행을 할 수 있도록 축복해달라고 빌었다.

그때 아래층에서 삐걱거리는 소리가 들려 쿨빈더는 곧바로 눈을 떴다. *사람일 거야.* 그렇게 생각하며 목구멍에서부터 차오르는 불안감을 애써 삼켰다. *오늘 일찍 퇴근한다고 했잖아.* 쿨빈

---

* 　구루 나낙(Guru Nanak, 1469~1539). 카스트 제도를 반대하였고, 이슬람교의 영향을 받아 힌두교 개혁을 시도하며 시크교를 창시했다. −역주

더는 소리만 들어도 그가 지금 뭘 하는지 짐작할 수 있었다. 지금쯤 부엌을 어슬렁거리다가 보조 냉장고가 있는 창고로 갔을 것이다. 여행 가 있는 동안을 대비해 그곳에 미리 음식을 마련해두었다. 삐걱거리는 소리는 그가 뒷문을 열었을 때 경첩에서 났을 것이다. 거칠게 뛰던 심장이 곧 안정을 찾았다. 그녀는 남편을 불렀다. 점심에 먹으라고 새로 만든 로티와 찻주전자를 테이블 위에 두었는데. 못 봤겠지. 그를 부르러 계단으로 가면서, 새삼 남편은 내가 이미 떠난 줄 알았겠구나, 생각했다.

쿨빈더는 일부러 계단의 느슨한 상판에 발을 디뎠다. 계단이 항의하듯 삐걱거리는 소리가 집 안을 울렸다. "나 여기 있어." 쿨빈더가 현관 쪽으로 가면서 말했다. 사랍은 거실에서 텔레비전을 보고 있었다.

"오, 몇 시 비행기지?" 그가 물었다.

"네 시 반. 두 시간 전에는 도착해야 해. 세 시간 전에 가는 게 더 낫지만 두 시간 정도면 괜찮을 거야." 히스로 공항에서 펀자브인들과 섞여 있는 시간은 적으면 적을수록 좋았다.

"두 시에 떠나지." 사랍이 말했다. 목소리만 듣고는 화가 다 풀린 건지 알 수 없었다. 어제 둘은 쿨빈더의 인도 여행을 두고 다퉜다. 그는 꼭 가야만 하는 이유가 뭐냐고 물었다. 쿨빈더는 말했다. "원래 매년 가잖아." 친척도 만나야 했고 결혼식도 있었다. 물론 올해 한 번쯤 거를 수도 있었지만, 최근 쿨빈더는 지나치게 큰 변화를 겪었다. 인도는 그대로일 것이다. 마치 한 번도 떠난 적 없었던 것처럼. 그곳에서 겪었던 온갖 소음과 소동이 그 어느 때보다 그리웠다. 그때는 삶이 지금처럼 복잡하지 않았다. 쿨빈더는 모래 섞여 매캐한 공기를 들이키고 팔꿈치를 내저어 시장의 난리통을 뚫어가며 걷고 싶었다. 사랍은 가지 않겠다고 했고, 그녀는 실망했다. 그렇게 그들 사이는 좀 더 멀어졌다. 사랍은 슬픔에 잠기면 아무것도 하지 않는 쪽이었다. 쿨빈더는 그런 그를 이해할 수 없었다. 나는 슬픔에서 빠져나올 수만 있다면 세계 일주라도 할 것 같은데.

"뭘 보고 있어?" 쿨빈더가 물었다.

사랍은 살갑지 않다뿐이지 불친절한 사람은 아니었다. 그는 다소 짜증이 섞였지만 여전히 잔잔한 얼굴로 대답했다. "그냥 TV 쇼."

쿨빈더는 침실로 갔다. 의자를 창가로 끌어 앉아 밖을 내다보니 포장된 인도가 보였다. 쿨빈더는 습관적으로 타람팔의 집이 시야의 가장 바깥쪽에, 성가신 수준의 흐릿한 형체로만 보이도록 고개를 돌렸다. 살와르 카미즈에 털실로 짠 가디건을 받쳐 입은 할머니 두 명이 무언가를 가득 실은 카트를 끌고 마트에서 나왔다. 그들이 길을 건너려 하자 부부와 그들의 세 자녀가 한 줄로 비켜 섰다. 그들은 목례를 나누었다. 할머니가 아이의 얼굴을 쓰다듬자 아이는 할머니를 올려다보며 미소 지었다. 그 모습에 심장이 찌르는 듯 아파왔다. 사람도 나처럼 이렇게 사소한 일에 마야의 죽음을 실감할까? 차마 물을 수 없었다.

길 건너 한 젊은 여자가 보였다. 쿨빈더는 눈을 가늘게 뜨고 창문에 코를 갖다 댔다. 잰걸음을 보니 니키임이 분명했다. *쟤가 여기서 뭐 하는 거지?* 터벅터벅 걷는 걸음걸이에 맞춰 사첼백이 엉덩이에 통통 튕겼다. 팔에는 상자를 안고 있었다. 쿨빈더는 목을 쭉 빼서 니키가 18번지의 초인종을 누르는 것을 확인했다. 문이 열리고 샤 부인이 나타났다. 니키가 무엇 때문에 샤 부인에게 간 걸까? 샤 부인은 니키와 잠시 이야기를 나누더니 손가락으로 옆집을 가리키고 자기 집으로 들어갔다.

16번지. 니키는 타람팔을 만나러 온 것이었다. 쿨빈더는 숨을 들이쉬고 니키가 타람팔네 현관으로 향하는 것을 지켜보았다. 심장이 빠르게 뛰기 시작했다. 그 집 문 앞을 지나칠 때마다 매번 그러는 것처럼. 마야가 죽고 난 뒤 몇 주 동안, 쿨빈더는 분명 존재를 느낄 수 있지만 또렷이 보이지는 않는 마야의 환영에 사로잡혀 있었다.

니키가 초인종을 눌렀다. 얼마간 기다리더니 상자를 바닥에 내려놓고 문을 두드렸다. 쿨빈더는 그녀를 계속 지켜보았다. 니키는 가방에서 공책과 펜을 꺼내 뭐라고 휘갈겨 쓴 뒤 쪽지를 상자 위에 올려놓았다. 그러고는 머뭇거리며 그 집 현관을 벗어났다. 가는 길에 몇 번이나 뒤를 돌아보았는데, 혹시 타람팔이 나와

보지는 않았을까 확인하려는 듯했다.

쿨빈더는 니키가 시야에서 완전히 사라질 때까지 기다린 뒤 급히 계단을 내려왔다. 그리고 어깨 너머로 외쳤다. "옆집에 인사 좀 하고 올게."

막 길을 건너려던 순간, 쿨빈더는 멈춰 섰다. 내가 지금 뭘 하고 있는 거지? 니키가 뭘 두고 간 건지 궁금하긴 하지만, 그게 직접 가서 봐야 할 정도로 중요한가? 타람팔의 집은 쿨빈더를 잡아 끄는 동시에 밀쳐냈다. '수업 때문이겠지.' 쿨빈더는 그렇게 되뇌며 주춤주춤 발걸음을 돌렸다. 하지만 분명 니키에게는 뭔가 꺼림직한 구석이 있었다. 수업에 문제가 될지도 모른다. 그렇다면 그 전에 알아내야 한다. 결국 쿨빈더는 자동차와 시끄러운 이웃들을 피해 좌우를 살피며 재빨리 길을 건넜다. 이제 타람팔의 집 문간에 서서 상자를 뒤지는 모습을 누군가에게 들키지만 않으면 된다.

상자는 제대로 봉해져 있지 않았다. 카세트 테이프가 튀어나와 윗부분이 불룩했다. 에니드 블라이튼의 페이머스 파이브 이야기 테이프였다. 쿨빈더는 쪽지를 주워 들었다. 급히 휘갈겨 쓴 글씨에 구르무키 철자도 엉망이었지만, 대충 무슨 뜻인지 알 수 있었다.

(타람팔의 따님에게: 이 쪽지를 타람팔에게 읽어주세요. 니키가

보냅니다.)

지난번 수업에서는 정말 죄송했어요. 다시 영어를 공부하실 수 있도록 이야기 테이프를 보냅니다.

다시 영어를 공부하실 수 있도록? 도대체 수업에서 무슨 일이 있었던 거지? 쿨빈더는 쪽지를 내려놓고 서둘러 집으로 돌아갔다. 심장이 쿵쿵 뛰었다. 그녀는 휴대폰을 꺼내 니키의 전화번호를 찾았다. 교실 불을 끄지 않고 갔을 때 질책할 요량으로 연락처를 저장해두길 잘했다.

쿨빈더는 떨리는 손이 진정될 때까지 기다린 뒤 메시지를 썼다.

— 안녕, 니키. 원래 생각했던 것보다 인도에 더 오래 있게 되었어요. 3월 30일에 돌아와요. 문제가 생기면 시크교 협회 사무실에 연락하세요.

그러고는 전송 버튼을 눌렀다. 사실 그녀는 3월 27일에 돌아오기로 되어 있었다. 방심하고 있을 때 교실에 기습 방문하여 니키와 그 여자들이 무슨 일을 꾸미고 있는지 알아볼 참이었다.

잠시 후 답장이 왔다.

– 알겠습니다! 여행 잘 다녀오세요!

"우리 게임해요." 니키가 교실로 들어오자 만지트가 제안했다. 하지만 니키는 들리지 않았다. 하얀 옷을 입은 할머니 네 명이 복도를 방황하는 모습에 정신을 빼앗겼기 때문이다.

"저 여사님들을 아시는 분 계세요?" 니키가 물었다. 그들은 창문 옆을 배회하고 있었다. 그중 한 명이 유리창에 주름진 얼굴을 대고 들여다보다가 멀어졌다.

"제 친구들이에요. 이 수업에 참여하고 싶어 해요." 아르빈더가 말했다.

"그런데 왜 안 들어오고 계시죠?" 니키가 물었다.

"들어올 거예요."

"우리를 쳐다보고 계시네요." 창문에 머무른 한 쌍의 눈이 니키와 마주쳤다 이내 사라졌다.

"스스로 들어오게 합시다. 저들은 한 번도 교실이란 곳에 들어와본 적이 없거든요. 스토리텔링이란 말에 주눅들었어요."

"걱정할 것 없다고 말했는데 말이죠. 저들은 선생님을 약간 무서워하고 있는 거예요." 프리탐이 말했다.

"그들에게 당신은 너무 신식 여성이니까." 아르빈더가 설명했다.

"너무 신식이라니요?"

"항상 청바지를 입잖아요. 지금도 그렇고. 그리고 목이 푹 파인 스웨터 때문에 당신이 분홍색 브래지어를 입었다는 걸 모두가 알 수 있죠."

"오프숄더라고 하는 거예요. 패션이라고요." 시나가 니키 편을 들면서 말했다.

"패션이라. 당신같이 젊은 여자들에게나 해당하는 말이지. 우리는 그런 걸 따지지 않아요. 특히 저렇게 극도로 보수적인 여자들에게 선생은 외계인이랍니다." 아르빈더가 말했다.

"영국인이라고 생각할 수도 있겠네요." 프리탐이 말했다.

"말도 안 돼요. 우리가 동물원 인클로저 안에 있는 동물들도 아니고 말이죠." 니키가 말했다. 이제 밖에 있는 여자들은 그녀를 번갈아가면서 살펴보고 있었다. 한 사람이 그녀를 머리부터 발끝까지 훑고 나서 옆에 있는 친구에게 귓속말로 속삭였다.

"잠깐, 니키. 인클로저가 뭐죠?" 만지트가 물었다.

"우리 같은 거예요." 니키가 답했다.

"가끔 선생님은 영어와 펀자브어를 섞어서 써요." 만지트가 말했다.

"혹시 그런 점도 여러분께 문제가 되나요?"

만지트는 미안하다는 듯 고개를 끄덕였다.

"그리고 결혼도 안 했잖아요." 프리탐이 불쑥 내뱉었다. "어떻게 저 여자들이 성적인 이야기를 할 수 있겠어요? 그걸 경험해

본 적 없어야 하는 사람에게?"

"결혼은 하실 거예요?" 만지트가 물었다. "알아보고 있죠?
너무 늦으면 안 되는 법이에요."

"제가 결혼을 결심하게 되면요, 제일 먼저 비비 만지트에게
말씀드릴게요."

"그러지 마세요." 아르빈더가 표정을 구기며 말했다. "가족
들에게 먼저 얘기해야죠."

"자, 이제 그만." 니키는 그렇게 말하고 씩씩하게 걸어가 이
수업에 들어오기를 온몸으로 거부하고 있는 시위대를 향해 교실
문을 활짝 열었다. 그리고 최선을 다해 환한 미소를 지은 뒤 두
손을 모으고 말했다. "굿 이브닝. 삿 스리 아칼."

여자들은 자기들끼리 끌어당기면서 그저 니키를 쳐다보기
만 했다. "수업에 오신 걸 환영해요." 그래도 니키는 물러서지 않
았다. "자, 들어오세요." 정적이 흘렀다. 니키의 미소가 움츠러들
었다. "어서요."

여자들이 뒤로 물러나기 시작하자 아르빈더가 문밖으로 뛰
쳐나갔다. 그녀는 몸을 수그린 채 천천히 계단을 내려가는 그들
의 등 뒤에 대고 사과를 했다. 그런 다음 니키의 어깨를 잡고 교
실로 데리고 들어왔다. "저분들 어디 가시는 거예요?" 니키가 물
었다.

"선생님이 놀래켰잖아요. 저들은 아직 마음의 준비가 안 됐

다고요."

"아, 돌아오시면 제가 사과드리고 다시 시작해볼게요. 전 그
저…."

"안 돌아올 거예요." 아르빈더가 낚아채듯 말했다. 그녀의
눈이 번뜩였다. "우리라고 다 같진 않아요, 니키. 우리 사회에는
굉장히 보수적인 사람들도 있어요."

"압니다. 하지만 전 그냥…."

"선생은 몰라요." 아르빈더가 말했다. "당신에겐 이게 별 볼
일 없는 과부들의 모임일지 모르지만 어떤 이들에게는 큰 용기를
내야 하는 일이라고요. 저 여자들은 부끄러우면서도 무서운 거
야. 저들의 남편은 부인에게 관심을 주지 않지. 적어도 그들이 바
라는 종류의 관심은 평생 받아본 적 없는 사람들이죠."

"오, 엄마, 그만해요." 프리탐이 말했다.

아르빈더는 딸을 바라보며 말했다. "뭘 그만해?"

"니키, 저 여자들은 굉장히 예스러운 마을 출신이에요. 그게
다예요. 그리고 엄마, 엄마는…." 프리탐이 아르빈더에게 고개를
끄덕이며 말했다. "엄마는 항상 아빠가 최악의 남편이었던 것처
럼 얘기해요. 나는 아빠가 그렇게 나쁜 사람이었다고 생각하지
않아요. 엄마가 말하는 것의 절반만큼도."

"너는 네 아빠와 나의 사생활에 대해 아는 게 없잖니."

"하지만 결혼식 전날 엄마가 제게 알려준 것들은 뭐죠? 그때

엄마의 얼굴은 빛나고 있었어요. 새색시처럼 보였다고요. 그 모든 게 상상이었다고 말하지는 마세요. 엄마는 욕망이 어떤 건지 아시잖아요. 분명 아빠가 엄마에게 그 감정을 느끼게 해준 적이 있을 거예요."

아르빈더의 아랫입술이 떨렸다. 웃음이나 뭔가 말하고 싶은 것을 참기 위해서 입술을 깨물고 있는 것 같았다. 이쯤에서 대화를 마무리 지어야겠다는 생각이 들어 니키는 가방에서 카세트 녹음기를 꺼내 책상에 올려놓았다. "녹음기를 샀어요. 이제 시나는 더 이상 필사하지 않아도 되고, 여러분도 말씀하시다가 중간에 멈추지 않으셔도 돼요." 그녀는 잽싸게 전원을 켜고 테이프를 넣었다. "한번 해볼까요?" 니키는 밝은 목소리로 물은 후 녹음 버튼을 눌렀다. "누가 뭐라고 한번 말씀해보세요."

"헬로우." 만지트가 녹음기에 대고 말을 길게 늘어뜨렸다.

니키는 녹음을 중지하고 테이프를 앞으로 감은 후 재생 버튼을 눌렀다. 녹음된 목소리가 또렷하게 들렸다. 녹음기는 다른 여자들의 침묵까지 담아냈다.

"매 수업 끝날 때마다 제게 그 테이프를 주실 수 있나요?" 시나가 물었다. "제가 집에서 틀어놓고 글로 옮길게요."

"여전히 글로 옮기길 원하세요?" 니키가 물었다.

"시나에게 무리가 되지 않는다면요." 만지트가 소리 높여 말했다. "우리의 상상이 종이 위에 옮겨지는 게 좋거든요."

"저도 그래요." 아르빈더가 어깨를 으쓱하며 수긍했다. "읽지 못하더라도 볼 수는 있잖아. 내 말이 활자로 기록될 수 있는 유일한 기회라고."

지난번 타람팔의 집에 찾아간 이후, 니키의 가방에는 계속 그녀의 수강신청서가 들어 있었다. 타람팔의 딸 중 한 명이 전화번호와 이름, 주소를 대신 써줬을 것이다. 나머지 신청서도 대부분 다른 누군가가 대충 휘갈겨 써준 듯했다. 이분들은 이야기에 쓰인 글을 보고 자신도 한 명 몫의 사람이라는 자부심을 느끼고 있을까? 글자를 읽지 못하는 것이 부끄럽지는 않을까?

"그나저나 무슨 게임인데요, 만지트?" 니키는 교실에 들어왔을 때 만지트가 던졌던 말을 떠올리며 물었다.

만지트는 기뻐 보였다. "이 그림을 보고 각각 이야기를 생각해보는 거예요." 그렇게 말하며 가방에서 잡지를 꺼냈다. 표지는 나신의 여성이 바닥에 등을 대고 누워 있는 사진이었다. 한껏 드러낸 가슴 위로 햇빛이 쏟아지고 있었다.

"옛날 플레이보이인가요?" 니키가 물었다. 눈은 저절로 다른 곳을 향했다.

"삼십 년 전에 아들 방에서 압수한 거예요. 쓰레기처리장에서 이웃들 눈에 띌까 봐 버리지도 못하고 여행 가방에 넣어뒀었죠. 오늘 아침에 오래된 물건을 정리하다 발견했지 뭐예요."

1980년대 플레이보이라. 여자의 크게 부풀린 헤어스타일과

세피아 톤으로 처리한 사진이 향수를 자극했다. 잡지를 펼쳐보니 콧수염을 잘 다듬은 남자들 사진도 있었다. 학생들은 돌아가며 잡지를 훑어보았다. 아르빈더는 잡지 한가운데 장을 펼쳐 들었다. 한 여자가 발가벗은 채 스포츠카 보닛 위에 앉아 있었다. 구릿빛 피부가 새빨간 자동차와 대비되어 빛났다. "이 여자는 연인을 놀래켜주기 위해 차고에서 기다리고 있어요. 그녀의 연인은 자동차 정비공이죠."

"하루 종일 다른 사람들 차를 손보다가 이제는 자기 자신을 손볼 차례가 된 거예요." 시나가 덧붙였다.

"문제는 여자가 기다리다 지쳤다는 거죠. 게다가 남자는 온갖 기름때와 땀냄새에 찌든 몸을 씻어야 했어요. 몸에서 향기가 나도록요." 만지트가 말했다.

"그래서 여자는 다시 옷을 주워 입고 차로 동네를 한 바퀴 돌았어요. 잘생긴 남자를 한 명 건져서 집으로 데려갈 생각이었죠." 프리탐이 말했다.

잡지는 여전히 아르빈더의 손에 있었다. 그녀는 다른 페이지를 넘겨보더니 그을린 피부의 근육질 남자를 가리켰다. "이 남자로 하죠." 다른 학생들도 동의했다.

한 사람씩 거쳐가며 이야기에 살이 붙는 동안, 니키는 한마디도 거들지 않았다. 마침내 아무도 말하지 않는 순간이 찾아왔다. "이제 완성된 것 같네요." 시나가 말했다.

"하지만 손으로만 했잖아요?" 만지트가 이의를 제기했다.

"그게 뭐 어때서? 둘 다 만족했잖아. 본격적인 건 연인을 위해 남겨두자구. 그녀는 어쨌든 오늘 밤 연인과 함께 잠자리에 들거니까." 아르빈더가 말했다.

"맞아요. 여자가 이 남자랑 거사를 마치고 나면 연인이 돌아오는 저녁 시간이 되는 거예요."

"그럼 그는 자기 애인이 다른 남자랑 있었다는 걸 몰라요?"

"그녀가 샤워를 했거든요." 시나가 말했다.

"너무 말끔한 것도 의심스러운데." 아르빈더가 말했다.

"너무 말끔하다고요? 세상 어느 남자가 그런 걸 상관하겠어요? 전 항상 남편이 집에 오기 직전에 샤워했는데요." 프리탐이 말했다.

"그럼 향수 좀 뿌리는 걸로 하죠." 시나가 제안했다.

아르빈더는 머리를 내저으며 말했다. 목소리에 자신감이 넘쳤다. "자, 내 이야기를 들어봐. 그녀는 샤워를 하고 문밖으로 나가. 오래된 마을 우물가를 지나쳐서 작은 가게에 들어가 다른 주부들과 어울리지. 그리고 또 할 일을 찾아. 다음 주 오후 티타임에 마실 차이값을 배달부에게 선불로 주고 농장 일꾼들에게 물도 가져다주지. 하루 종일 할 법한 일을 그때 다 해버리는 거야. 그러고 나면 살짝 땀이 나겠지만 다시 씻어야 할 정도는 아니지. 그런 식으로 감쪽같이 속이는 거야."

아르빈더는 의기양양한 표정으로 말을 마치며 짜릿하다는 듯 가쁜 숨을 몰아쉬었다. 말보다 더 많은 것을 암시하는 몸짓이었다. 바람 한 점 불지 않던 그녀의 마음은 고백하듯 이야기를 뱉어내는 가운데 다소 흐트러진 것처럼 보였다. 모두가 그녀를 쳐다봤다. 특히 프리탐은 충격받은 표정이었다.

"펀자브의 우리 고향집이랑 너무 비슷한 풍경이잖아요." 마침내 그녀가 입을 뗐다.

"그럼 고리*의 생활 반경에 있는 상점으로 바꿔." 아르빈더가 말했다. "니키, 말 좀 해봐요. 집에서 걸어 나갈 수 있는 거리에 뭐가 있어요?"

"펍이요." 니키가 말했다.

"그래, 펍을 추가해, 시나." 아르빈더가 말했다.

"누구였어요?" 프리탐이 조용히 물었다. "언제 있었던 일이에요?"

아르빈더는 숨을 들이쉬고 아무 말도 하지 않았다.

"누구였냐고요!" 프리탐이 소리쳤다.

"프리탐, 언성을 높일 필요는 없지 않니." 아르빈더가 말했다. "나는 네 엄마야."

"방금 가장 수치스러운 일을 했다고 인정하신 거잖아요. 아

---

*　고리(Gori). 하얀 피부를 가진 여자. ―역주

빠를 두고 바람피우신 거예요? 다른 가정을 박살내셨냐고요!" 프리탐이 거칠게 주변을 돌아보았다. *이거야말로 프리탐에게 딱 맞는 역할이야*, 니키는 생각했다. 고뇌에 찬 듯 과장된 감정 연기가 빛을 보는 순간이었다. "그래서 도대체 누구냐고요!"

다른 여자들은 모두 위축되어 있었다. 어찌할 바를 알지 못하고 그저 자리에 앉아 모녀를 번갈아 볼 뿐이었다. 니키는 아르빈더와 프리탐을 처음 봤을 때를 떠올렸다. 그땐 그들이 너무 닮아서 자매인 줄 알았다. 하지만 지금의 갈등 상황에 이르니 둘의 차이가 극명히 드러났다. 아르빈더가 입은 튜닉의 소매는 앙상한 손목 아래로 헐렁하게 툭 떨어졌고, 밑단은 살짝 거무튀튀해져 있었다. 반면 레이스로 마감한 프리탐의 크림색 두파타는 훨씬 전형적인 과부룩이었다. 또 프리탐의 눈은 분노로 이글거렸으나 아르빈더의 눈은 어딘가 멍하고 촉촉해 보였다. 고백을 담은 이야기 때문인지 그녀의 몸은 들썩거리고 있었다.

프리탐이 손으로 부채질을 하며 말했다. "니키, 나 쓰러질 것 같아요."

"그럴 것까지는 없잖아요, 프리탐." 시나가 말했다.

"시나는 끼지 마." 만지트가 조용히 말했다.

"우리 가족 생각이나 했나요?" 프리탐이 물었다. "아빠가 알았으면 어떤 일이 생겼을지 생각이나 해보셨냐고요? 마야에게 어떤 일이 일어났는지 다 아시잖아요. 아직도 그 일의 여파가 남아 있다고요."

"그만해." 아르빈더가 말을 끊었다. 프리탐은 눈물을 터뜨리며 교실에서 뛰쳐나갔다.

"쉬는 시간을 갖는 게 좋겠어요. 십 분 쉬고 다시 모이죠." 니키가 알렸다. 여자들은 조용히 줄지어 나갔다. 니키는 의자에 기대 앉았다. 충격 고백의 후유증으로 머리가 지끈거렸다. 특히 마야를 언급한 부분은 무슨 말인지 도통 이해할 수 없었다. 그녀에게 어떤 일이 일어났는데? 니키가 아는 사실이라고는 마야가 죽었다는 것과 휴대폰 문자 메시지 때문에 꼬리가 밟혔다는 것뿐이었다. 하지만 니키에게는 물어볼 사람도 없었고, 묻기에 적절한 타이밍도 아니었다. 창문 밖으로 여자들이 건물을 나와 사원 쪽으로 걸어가는 모습이 보였다. 시나와 만지트가 함께 걷고 아르빈더가 거리를 두고 뒤따르고 있었다. 그녀는 사원 천막 밑에 멈춰 서서 멀리 주차장에 줄지어 서 있는 차들을 바라보았다. 니키는 아르빈더에게 다가가고 싶었지만 이전에 나이 든 여자들에게 실수한 이후로는 그녀들을 엿보는 것이 염려되었다. 아르빈더가 바닥에 비친 따뜻한 조명 자욱을 따라 발을 내딛자 그녀의 하얀 옷이 부드럽고 노스르름한 색으로 물들었다. 그녀는 더 이상 과부가 아니었다. 애정을 갈구하는 젊고 부드러운 여자일 뿐이었다.

어깨에 맞게 늘어난 남색 스웨터가 제이슨의 골격을 돋보이게 했다. 아트하우스 영화관 밖에서 줄 서서 기다리는 동안 니키는 그를 훔쳐보지 않을 수 없었다. 턱선을 따라 정돈된 수염은 방금 깎은 것 같았다. 그도 나만큼 외출 준비 시간이 오래 걸렸을까? 니키는 궁금했다. 그녀는 변신시켜주겠다는 점원의 말에 화장품 가게에서 마스카라, 립스틱, 아이섀도, 새 파운데이션을 샀다. *내가 평상시에 반대하던 것들이잖아.* 집에 돌아오는 길, 그녀는 스스로를 책망했다. 화장은 억압이다, 화장은 이상적인 여성상을 생산해낸다…. 그런 거였지? 하지만 가게 쇼윈도에 비친 도톰한 입술과 또렷한 눈매는 분명 마음에 들었다.

마침내 그들의 차례가 되었을 때, 프랑스 영화를 제외한 모든 영화가 매진된 상태였다. "이 영화 후기가 좋던데, 한 시간 반 뒤에 시작하네요. 나가서 뭐라도 먹을까요?" 니키가 말하자 제이슨이 고개를 끄덕였다.

"파리에 가본 적 있어요?" 길을 걸으며 제이슨이 물었다.

"한 번." 그녀가 말했다. "애인과요." 뭔가 여운을 주고 싶었는데 마치 야설 제목 같은 말이 튀어나왔다. *한 번, 애인과.* 킥 웃음이 새어 나왔다.

"좋았겠네요, 그쵸?"

"아뇨. 사실 끔찍했어요. 작년에 파티에 갔다가 프랑스 영화 전공하는 애를 만났거든요. 값싼 유로스타 티켓을 사서 나흘 동안 파리로 떠났죠. 낭만적일 거라고 생각했는데."

"그런데 아니었나요?"

"우리 둘 다 빈털터리였거든요. 그는 종일 일하느라 바빴어요. 예술 분야의 일을 생각하겠지만 그런 게 아니라 맥도날드에서 일하고 있었죠. 전 온종일 그의 집에 앉아 텔레비전 보면서 시간을 때웠어요."

"밖에도 안 나가고요? 빛의 도시잖아요."

"그는 매일 퇴근하고 난 뒤 같이 나가자고 약속했어요. 그의 집은 치안이 굉장히 안 좋은 구역에 있었고, 제 프랑스어 실력은 한심한 수준이기 때문에 기꺼이 기다렸죠. 하지만 매일 밤 그는 우울하고 피곤해했어요. 빠르게 내리막길을 탄 셈이었죠."

"안됐네요."

"당신은요? 파리에 가본 적 있어요?"

제이슨은 고개를 내저었다. "예전 여자친구와 그리스랑 스페인에 가본 적은 있어요. 그녀가 가고 싶어 했거든요. 파리는 한 번도 가본 적 없어요." 어딘가 평소와 다른 그의 목소리가 마음에 걸렸다. 제이슨은 니키의 시선을 느끼고 대화 주제를 바꿨다. "저쪽에 맛있는 고메 피자를 파는 곳이 있어요."

식당으로 향하는 길에 그들은 샐리스라는 서점을 지나쳤다. 그때 무언가가 니키의 마음을 움직였다. "저 서점에 잠시 들어가봐도 될까요? 찾아보고 싶은 책이 있어서요."

"네. 당연하죠." 제이슨이 말했다. 그는 서점으로 들어가자마자 뒤쪽 서가로 향했다. 니키는 카운터로 다가가 점원에게 베아트릭스 포터의 일기와 스케치가 있냐고 물었다. 점원은 재고를 확인한 뒤 말했다. "절판됐네요. 온라인 중고 서적 사이트에서 검색해보셨나요?"

"해봤어요." 두 번 발견한 적이 있었지만 그때마다 보관 상태가 형편없었다. 책등은 다 벗겨져 있고 페이지는 넝마 수준이었다. 한 권은 목욕하다 욕조에 빠뜨렸는지 한껏 부풀고 페이지는 쭈글거렸다. 니키는 점원에게 인사하고 제이슨을 찾았다. 그는 동양 철학 서가에 있었다. 니키는 그에게 손을 흔들고 단편 문학 서가로 건너갔다. 책 제목을 훑어보는데, 사우스홀의 과부들이 급하고 리드미컬한 억양으로 엮어내는 관능적인 이야기가 귓전을 맴도는 것 같았다.

그녀는 제이슨에게 돌아갔다. "찾던 책이 뭐예요?" 그가 물었다.

"델리에 있는 작은 서점에서 본 책이에요. 그곳은 바닥부터 천장까지 온갖 교과서와 소설책이 꽉 들어차 있어서 하루 종일 시간을 보낼 수 있을 것 같았어요."

"서점 이름 몰라요?"

"네. 코넛플레이스에 있었다는 것만 기억나요. 재건된 옛 건물에 있는 부티크 뒤쪽 어딘가에 끼여 있었는데…."

"그런 서점이 적어도 열 군데는 될 것 같은데." 제이슨이 미소 지으며 말했다. "사람들은 델리의 난리통에서 탈출하려고 코넛플레이스를 찾는다지만, 난 그보다는 어떻게든 자기 길을 찾아가는 손수레랑 가판대에 더 끌리더라고요."

"맞아요. 생각할수록 거기서 봤던 바로 그 책을 사고 싶다는 마음이 커져요. 새 책 말고요. 표지에 나뭇잎 모양으로 차 얼룩이 있었다는 것도 기억나요. 아빠는 그걸 보고 "새 책도 아니잖니." 라고 하셨죠. 그 말을 듣고 더 화가 났어요. 난 그 책의 내용을 보고 너무 신이 나 있었는데 아빠는 표지에 드러난 피상적인 것들만 보고 있으니 말이에요."

제이슨은 일본 철학사를 구입했다. "이제 내 컬렉션을 다 완성했어요." 계산대 앞에서 그가 니키에게 말했다. "이 시리즈의 책을 모두 가지고 있거든요. 중국, 인도, 서양, 이슬람. 오, 물론 시크교도 있죠. 시크교 철학에 대한 책은 다른 책꽂이 하나를 다 채울 만큼 많아요."

너드구나. 니키는 찌릿한 기쁨을 느꼈다. "부모님이 독실하세요?"

"꼭 그렇지도 않아요. 전통을 고수하려 하시지만 독실하다고 볼 수는 없어요. 제가 시크교 사상을 공부하게 된 것도 그 때문이에요. 종교와 관련 없어 보이는 규칙을 너무 많이 강요하는 것 같았거든요. 뭘 알아야 부모님께 따질 수 있으니까 경전들을 읽기 시작했어요."

"부모님께서 좋아하셨겠어요."

"되게 좋아하셨어요." 제이슨이 활짝 웃었다. "구시렁거리면서 몰랐던 걸 알게 됐다고 인정하시죠. 물론 쉬운 일은 아니에요. 니키네 부모님은 어떠세요? 전통을 고집하는 편이세요?"

"아빠보다는 엄마가 그랬어요. 아빠는 저를 지지해주는 편이었죠. 엄마는 항상 고삐를 움켜쥐고 통제하는 스타일이셨거든요. 그래서 아빠가 돌아가셨을 땐 힘들었어요."

"아버님과 가까웠군요?" 제이슨은 그렇게 묻고는 급하게 덧붙였다. "미안해요. 어리석은 질문이었어요. 엄마가 아팠을 때 그렇게 물어보는 사람들이 참 싫더라고요. 우리가 얼마나 가까웠는지가 뭐 그리 중요하다고. 가족이잖아요. 가깝냐 아니냐는 중요한 문제가 아닌데 말이죠."

"괜찮아요. 그리고 맞아요. 아빠와 전 각별했어요. 아빠는 항상 제 편이었죠. 하지만 돌아가시기 바로 전에 우린 엄청나게 다퉜어요. 제가 로스쿨에서 자퇴했거든요. 아빠는 화가 단단히 났죠. 그렇게 화난 모습은 본 적이 없었어요. 서로 말도 안 했어요. 아빠는 현실을 멀리하려고 엄마랑 인도로 갔고 그곳에서 돌아가셨어요." 있는 대로 담담히 얘기했지만, 마지막 문장을 말하고 나니 가슴속에서 뜨거운 눈물이 부글거리며 끓는 것 같았다. 경악스러웠다. 드디어 아빠로 인해 처음으로 눈물짓게 되는 것인

가? 지금? 제이슨과의 첫 데이트에서? "미안해요." 숨이 막히는
듯했다.

"니키." 제이슨이 저 앞에 작은 공원을 가리켰다. 그곳에는
길을 바라보고 앉을 수 있는 벤치도 있었다. 니키는 고개를 끄덕
였다. 자리를 잡고 나니 얼굴에 그림자가 드리워져 표정이 잘 보
이지 않을 것 같았다. 감사한 일이었다. 솟구쳐 나오려던 눈물도
서서히 말랐다.

"너무 갑작스럽게 벌어진 일이라 아빠가 제가 내린 결정을
받아들였는지 아닌지 알 수 없다는 게 힘들어요. 아빠가 마지막
으로 의식이 있었을 때 어땠는지 물을 때마다 엄마가 안달복달하
는 걸로 봐서 여전히 제게 화가 난 상태였을 거라고 생각하고 있
어요. 죄책감과 슬픔 중 어떤 감정이 더 나쁜 건지 모르겠어요.
그리고 제가 그중 어떤 감정을 느껴야 하는지도."

"슬픔이 아닐까요." 제이슨이 말했다. "죄책감은 쓸모없잖
아요."

"하지만 제가 자퇴하지 않았더라면…."

"너무 자책하지 말아요." 제이슨이 말했다. "제가 공학이 아
니라 다른 학문을 전공했다면 우리 부모님은 난리가 났을 거예
요. 다행히 전 공학이 좋았죠. 하지만 당신의 경우는 다르잖아요.
로스쿨에서 겪게 될 모든 고통을 나서서 떠안을 수는 없어요. 불
행했을 거예요."

니키는 숨을 깊게 들이쉬었다. 기분이 나아졌다. 전에도 이런 위로를 받아본 적 있었다. 아빠가 죽은 후 올리브가 비슷한 이야기를 해주었던 것이다. 하지만 니키의 결정이 옳았다고 말해주는 펀자브 사람은 제이슨이 처음이었다. 그제서야 내내 그도 당연히 민디와 같은 가치를 중요시할 것이라고 넘겨짚고 있었다는 생각이 들었다. 그는 "*의무는 어쩌고?*"라고 말하지 않았다. 다 이해한다는 표정이었다.

"고마워요."

"고맙긴요. 이제 우리 둘 다 부모님을 실망시킨 사람들인 것으로 결론 내립시다."

"장남에 공학자인 당신이 부모님 속을 썩일 일은 없었을 텐데요." 니키가 놀리듯 말했다. 지나가는 자동차 헤드라이트 때문이었겠지만, 제이슨의 얼굴이 살짝 굳는 것 같았다. 잠시 시간 차를 두고 그가 웃음을 터뜨렸다. 더 알고 싶었지만 캐묻기에는 너무 이르다는 생각이 들었다. 그래서 말했다. "농담이었어요."

"알아요. 성공에 대한 압박이 상당했어요. 아주 어렸을 때부터 성공하기 위한 목표를 하나씩 달성해나가야 했죠. 이 얘기를 하니까 바나나칩 생각이 나네요."

니키는 그와 눈을 마주치며 물었다. "바나나칩이요?"

"유치원 시절, 부모님은 제가 왼손잡이라는 걸 알고 크게 충격받으셨어요. 아빠는 매일 밤 저를 앉혀놓고 오른손으로 글씨 쓰는 것을 연습시켰어요. 전 그 시간이 너무 싫었어요. 그나마 동기부여가 될 만한 것이 딱 하나 있었는데 바로 말린 바나나칩이었어요. 오른손으로 알파벳을 한 줄씩 따라 쓸 때마다 아빠가 바나나칩을 하나씩 줬어요. 절 바나나칩으로 매수한 거죠. 바나나칩을 정말 좋아했거든요. 진짜 정크푸드라는 신세계를 맛보기 이년 정도 전이었으니까요."

"왼손잡이인 것이 뭐 그리 나쁘다고 그러셨을까요?"

제이슨은 심각한 표정을 지었다. "부모님은 망하는 인생의 시작이라고 생각하셨어요. 제가 왼손잡이로 남는다면 가위도 제대로 못 쓰고, 신발끈도 엉성하게 묶겠죠. 최악은 과제를 깔끔하게 제출할 수 없다는 거였어요. 인도에 사는 아빠 사촌도 왼손잡이였는데 숙제에 잉크 쓸린 자국을 남기는 바람에 선생님들께 항상 혼이 났대요."

"바나나칩 몇 개에 전향하다니. 스파이되긴 힘들겠어요."

"아뇨. 고집부리고 계속 왼손잡이로 남았어요. 학교에서 왼손에 잉크 자국을 묻히고 돌아올 때마다 한 소리 들어야 했죠. 어머니는 이민자 출신이라는 콤플렉스가 있었어요. 사람들이 우리가 지저분한 줄 알 거라 하셨죠. 매일 파랗고 오돌토돌한 빨래비누로 제 손을 박박 문지르셨지만, 타고난 걸 바꾸지는 못했어요."

"반항아 같으니라고." 니키가 놀리자 제이슨은 크게 미소 지었다. "그러니까 전 항상 규칙을 따르고 기대에 부응해야 한다는 압박을 느끼면서 살았다는 거예요. 장남은 길을 닦는 역할을 한다고 하죠. 우리 부모님은 내가 뭘 잘못하면 동생들까지도 불행해질 거라고 생각하셨어요."

"가끔 언니가 그런 이유로 남편감 찾기 프로젝트 같은 걸 추진한다는 생각이 들어요. 언니는 모범이 되길 원해요. 제가 언니 뒤를 따르길 바라면서요."

"그럼 당신도 결혼 게시판에 프로필을 올릴 건가요?"

"절대 아니죠."

"좋아요. 당신이 사원에서 나를 찍은 것만으로도 이미 충분히 나빠요."

"전 당신을 찍지 않았는걸요." 니키가 제이슨의 팔을 툭툭 치며 투덜거렸다. "자, 이제 저녁 먹으러 갑시다." 그는 웃으면서 일어나 니키에게 손을 내밀었다. 니키가 그 위에 손을 포개자 제이슨은 그녀를 잡아 끌었다. 순간 니키의 몸이 넘어질 듯 휘청했다. 제이슨은 재빨리 그녀의 허리를 감싸 안았다. 그들은 그대로 입을 맞추었다. 주위 도로의 혼잡함이 평화로운 고요에 녹아들었다. 잠시 후 서로에게서 살포시 떨어졌을 때도 고요한 상태는 계속되었다. 그들은 말없이 식당을 향해 걷기 시작했다.

저녁 식사를 하면서 제이슨은 니키에게 사원에서 하는 일에 대해 물었다. "잘되고 있어요." 니키는 나이프로 마르게리타 피자를 자르며 말했다. 그녀는 피자를 한입 물고 기대하는 눈빛으로 자신을 바라보는 제이슨을 올려다보았다. "정말 별로 할 말이 없어요." 그녀는 어깨를 으쓱했다. "나이 많은 여사님들께 읽기 쓰기를 가르치고 있을 뿐이에요."

"보람되겠어요."

"맞아요." 식기 부딪치는 소리와 희미한 말소리 너머로, 여자들이 다른 때보다 후끈한 이야기를 나눈 뒤 한숨을 내뱉는 소리가 들리는 듯했다.

"예전부터 하고 싶었던 일이에요?"

"그럼요." 니키는 대답했다. 그때쯤 되자 웃음을 참을 수 없었다. "항상 어떤 식이든 봉사활동을 하고 싶었어요. 그리고 이건 글쓰기 영역에도 걸쳐 있으니 저의 두 가지 열망이 모두 충족된 셈이죠." 열망이라는 단어에 피식 웃음이 새어 나왔다.

"봐요. 당신이 하는 일을 즐기고 있잖아요. 좋네요. 니키 씨 어머니와 언니는 교민 여성들을 돕는 당신을 자랑스러워해야 할 것 같은데요."

그때 니키의 머릿속에 스쳐 지나가는 장면이 있었다. 엄마와 민디가 정석대로 공책 위에 연필을 올려놓고 교실 뒤편에 앉아 있다. 여자들이 채소를 활용해 섹스 장면을 묘사하기 시작하자 엄마와 민디의 얼굴에 당혹스러운 기색이 드리운다. 니키는 미친 듯이 웃음을 터트렸다. 통제할 수 없었다. 배가 아플 정도로 헐떡이며 웃다가 머리를 내저으며 눈을 감았다. 너무 웃겨서 눈꺼풀이 떨렸다. 눈을 떴을 때는 제이슨이 무슨 일인가 하는 표정으로 바라보고 있었다.

"미안해요." 니키가 말했다. 그녀는 눈물까지 흘리고 있었다. "아무래도 얘기해야겠어요. 괜찮을까요?"

"무슨 얘기요?"

"전 선생님이 아니에요."

"그럼 무슨 일을 하는데요?"

"전 펀자브 과부들을 위한 야설 강좌를 진행하고 있어요."

제이슨이 눈을 껌뻑거렸다. "그게 무슨 소리죠?"

"말 그대로예요. 우리는 일주일에 두 번, 사원 커뮤니티 센터에서 모여요. 영어를 배운다는 명목으로 만나서 야설 아이디어를 나누죠."

"말도 안 돼. 농담이죠?"

니키는 활짝 웃는 제이슨을 보며 기쁨을 느꼈다. 그래서 부러 과장된 동작으로 와인을 한 모금 마시며 말했다. "농담 아니에요. 서로 피드백을 주고받으면서 이야기를 더 정교하게 만들어요. 어떨 땐 이야기 한 편을 만드는 데 수업 시간을 다 할애하기도 해요."

제이슨의 찡그린 얼굴에 니키는 살짝 겁이 났다. 말하지 말았어야 했나 싶었지만 가볍게 응수했다. "이 멋진 직업에 무슨 문제 있나요?"

"아무 문제 없어요. 그저 당신 말을 믿기 위해 애쓰고 있는 중이에요."

"그녀의 허벅지 사이, 달콤하고 비밀스러운 그곳이 움찔거리며 심장박동처럼 고동쳤다. 한 과부가 쓴 글이에요."

제이슨은 천천히 머리를 저었다. 호기심 어린 미소가 떠올랐다. "어쩌다 그렇게 된 거예요?"

니키는 처음 이 일을 시작했을 때를 떠올리면서 자신이 어떻게 속아서 교사 지원을 했는지 설명해주었다. 그러자 그의 얼굴에 미소가 더 크게 번졌고, 니키의 마음은 가벼워졌다. "진짜 과부들 맞아요? 우리 할머니 같은?"

"그건 모르죠. 할머니께서 아랫도리에 아무것도 걸치지 않은 채 할아버지가 드실 로티 반죽을 미는 판타지를 품으셨을까요? 우리가 최근에 만든 이야기예요." 단순한 행동에 의해 남녀의 몸과 마음이 동하게 되는 이 이야기는 아르빈더에게서 비롯되었다. 반나신의 여인이 끈적거리는 로티 생지를 엉덩이로 치댄다. 남자는 비밀 비법으로 만들어진 로티를 먹고 마치 벨벳처럼 부드럽다며 감탄을 금치 못한다.

"우리 할머니가 그런 장면을 떠올리실 수 있을 거라고는 상상할 수가 없네요."

"당신은 그렇게 생각할 수도 있겠죠. 하지만 나는 그분이 친구들과 분명 그런 얘기를 한다는 데 걸겠어요."

"정말 다정하고 순진무구한 우리 할머니께서 기도 모임 지인들과 그런 얘기를 나눈다는 건가요?"

니키는 미소 지었다. "한 달 전이었다면 저도 말도 안 된다고 생각했을 거예요. 하지만 불과 네 명의 과부에게서 여러 방면을 넘나드는 창의적인 이야기들이 쏟아져 나왔어요. 그들 안에 더 많은 이야깃거리가 있을 거예요." 이제 니키는 펀자브 여성뿐만 아니라 이 세상 모든 나이 지긋한 여인들이 달리 보이기 시작했다.

"우리 할머니는 본인 이름도 못 쓰시죠. 제가 어렸을 때 컴퓨터 게임을 하는 걸 보고 컴퓨터 안에 진짜 사람이 있다고 생각하셨어요. 맹렬한 살상욕에 불타서 쬐끄만 총을 가지고 작은 도시를 날뛰는 진짜 사람요. 외부 세계를 많이 접해보지 못한 사람들이 그렇게 자세한 섹스 이야기를 생각해낸다는 건 말이 안 된다고 생각해요."

"하지만 섹스와 쾌락은 본능적인 거잖아요? 만족스러운 섹스는 오감을 자극하죠. 읽고 쓸 줄 모르는 사람이라 해도 마찬가지예요. 당신과 나, 우리는 섹스를 그저 발달된 발명품처럼 여기죠. 읽기, 쓰기, 컴퓨터 사용법 같은 다른 기본적인 것들을 익힌 후에 섹스에 대해 배웠기 때문이에요. 그분들은 그런 것들을 익히기 전에 섹스를 경험했죠."

"지금 우리 할머니가 섹스 로티를 만들지 모른다는 생각 때문에 당신 말이 하나도 귀에 들어오지 않았어요." 제이슨이 얼굴을 찡그리며 말했다.

"엉덩이빵이라 합시다." 니키가 말했다.

"볼기 토스트는 어때요?" 제이슨은 웃으며 고개를 가로저었다. "저는 아직도 충격이에요. 어떻게 그분들은 당신에게 그 모든 걸 편안하게 말할 수 있는 걸까요? 물론 당신이 매력적이긴 하지만요."

"그분들은 제가 요즘 여성이니까 그들을 나쁘게 생각하지 않을 거라고 여기는 듯해요. 그런다고 그들이 제게 모든 걸 다 말하는 건 아니에요." 니키는 프리탐이 아르빈더의 부정에 대해 분노를 터뜨리며 마야의 이름을 거론했을 때 모든 이가 불편해했던 것을 떠올렸다. 쉬는 시간이 끝나고 자리로 돌아온 뒤에도 그 일에 대해 아무 설명도 해주지 않았다. 니키는 아주 많은 시간이 지난 뒤에야 그 일에 대해 물을 수 있으리라는 것을 직감했다. "제가 하는 일에 대해서는 충분히 얘기했어요. 이제 공학에 대해 얘기해봅시다."

"벌써 지루해하는 것 같은데요?"

"말해봐요! 공학에 대해서!" 니키가 주먹을 치켜올리며 말했다. 제이슨의 쩌렁쩌렁한 웃음소리가 식당에 울려 퍼졌다. 웨이터가 그들을 쳐다보며 인상을 썼다.

결국 그들은 영화를 보러 가지 않았다. 와인을 더 주문하면서 식당에 계속 머물렀다. 둘 다 시계를 한 번 힐끗 들여다보고는 영화보다는 대화를 선택하기로 했다. 제이슨은 과부들의 이야기를 더 듣고 싶어 했다. 니키는 말하면서 그의 얼굴을 꼼꼼히 살폈다. 분노나 혐오의 흔적은 찾아볼 수 없었다. 니키가 편안한 어조로 그 여성들의 인생에 페미니즘을 소개하고 싶다고 말했을 때도 그저 태연했다. 전혀 불편해하지 않는 것 같았다.

그들은 식당을 나와 함께 걸었다. 시원한 바람이 부는 밤이었고, 가로등이 런던의 거리를 비추었다. 니키가 제이슨에게 가까이 다가가자 제이슨은 팔로 부드럽게 니키의 허리를 감쌌다. 그들은 다시 키스를 나누었다. "이게 다 아까 그 선정적인 이야기들 때문이에요." 제이슨이 말했고, 니키는 웃으며 생각했다. 아니, 당신 때문이에요.

8

니키는 인도 스타일 블라우스 세 벌을 늘어놓고 사진 찍어 민디에게 전송했다.

– 어떤 게 나한테 제일 잘 어울려?

수염이 새하얗고 커다란 분홍색 터번을 쓴 키 작은 주인 남자가 블라우스들의 장점을 늘어놓았다. "백 퍼센트 면이라니까! 통기성이 끝내줘! 물 빠지는 것도 걱정하지 마! 심지어 빨간색도 멀쩡하다니까!" 과장스러운 설명을 듣고 있자니, 그 폴리에스테르 블라우스를 입으면 십 분 만에 겨드랑이에서 땀냄새가 나고,

다른 옷이랑 같은 바구니에 넣었다가는 마치 범죄 현장을 방불케 할 것 같다는 강한 예감이 들었다.

민디가 전화를 걸어왔다. "대체 네가 언제부터 쿠르타*를 입었다고?"

"사우스홀 옷 시장이 런던에 있는 빈티지숍들보다 훨씬 싸다는 걸 알고 나서부터."

"왼쪽에 있는 청록색이 제일 낫다."

"밤색말고?"

"내가 딱히 좋아하는 색이 아니라서. 검은색도 괜찮아. 카라에 은색 자수가 예쁘네. 내 것도 하나 사다 줄래?"

"똑같은 옷을 입자는 거야? 우리 어릴 때 엄마가 억지로 그렇게 입혔었잖아."

민디가 괴로운 듯 신음했다. "진짜 최악이었어, 그치? 다들 우리 보고 쌍둥이냐고 물었잖아."

"그래서 엄마한테 제발 그만 좀 하라고 했더니 우리한테 감사한 줄 모른다고 했지. *입을 옷이 하나도 없는 애들도 있어!*" 벌거벗은 아이들을 생각할 때마다 니키와 민디는 히스테릭해지곤 했다.

옷 매대의 천막이 빗물 무게 때문에 처지기 시작했다. 손바

---

* 쿠르타(Kurta). 기장이 긴 인도식 블라우스. ─역주

닥을 비비며 보니 사람들이 뜨거운 차이를 파는 옆 가게에 줄을 서기 시작했다. "그 시장에 또 뭐가 있니? 괜찮은 것 좀 보여?" 민디가 물었다.

"마살라 가게랑 인도 간식 파는 가게가 몇 군데 있어." 니키가 시장을 둘러보며 말했다. "코스튬 주얼리를 가져가면 옷 색깔과 같은 밝기로 염색해주는 여자도 있고, 찰랑찰랑하는 결혼식 장식품들도 많아. 아, 앵무새를 데리고 다니면서 모자에서 운세 적힌 종이를 꺼내주는 남자도 있더라." 여자들은 옆구리에 핸드백을 낀 채 이 가게 저 가게를 돌아다녔다. 그보다 좀 전에 니키는 가지를 들고 서로 비교하는 나이 든 여인들 사이에 꽉 끼기도 했다. 하지만 그들은 그저 요리법을 나누고 있을 뿐이었다. *뭘 기대한 거야?*

전화기 너머로 덜컹거리는 소리가 들렸다. "언니 지금 일하는 중이야?"

"막 나가려던 참이야. 키르티가 오늘 밤을 위해서 준 화장품 샘플들을 정리하고 있었어. 아이라이너 두 개 중에 어떤 걸 골라야 할지 모르겠네."

"상대 남자보다는 언니 자신을 위한 거 아니야? 어차피 그 남자는 차이를 모를걸."

"나 이번 주는 여자들만 만나거든."

"그렇다면 그 사원에서 레즈비언 웨딩도 하는지 알아봐."

덜커덩 소리가 멈췄다. "너한테 말한 적 있는 것 같은데."

"어… 기억할 것 같기도 하고."

"그래. 내가 사원 프로필로는 딱히 재미를 못 봤잖니? 그래서 시크메이트닷컴에 무료회원가입을 해보기로 했어. 생각했던 것보다 괜찮아. 필터도 엄청 세분화되어 있거든."

"그래서 이제 언니 남편한테는 질이 있어야 한다는 거지?" 니키는 자기가 지금 어디 있는지 완전히 잊어버린 채 물었다. 터번 쓴 사장이 마치 총이라도 맞은 것처럼 비틀거렸다. "죄송해요." 니키가 입모양으로 속삭였다. 죄책감이 들어 니키는 손가락으로 블라우스 세 벌을 다 가리키고는 엄지를 척 들어 보였다. 남자는 고개를 끄덕이고는 얇고 쭈글쭈글한 파란색 비닐에 옷들을 담았다.

"시크메이트닷컴에는 일단 남자 쪽 여자 친척을 먼저 만나는 옵션이 있어. 여자 친척이랑 커피 한잔한 다음에 내가 맘에 들면 자기 형제나 조카, 아들을 소개해주는 시스템이지."

최악이었다. "그럼 압박이 더 심할 것 같은데? 언니를 샅샅이 뜯어볼 거라고." 누나나 엄마가 상대를 골라주는 남자와의 결혼이라니, 얼마나 기괴한지는 굳이 말할 필요도 없었다.

"오히려 압박이 덜하지. 결혼하게 되면 어쨌든 그 집안 여자들과 많은 시간을 보내게 될 거 아니니? 그러니까 자기들이랑 잘 맞는지부터 보는 거지."

"그럼 나도 그쪽 남자들을 평가할 수 있는 거야? 맘에 안 드는 남자 친척에 대해 거부권을 행사해도 되는 거지? 아, 혹시 그건 남자 쪽에서만 가능한 일인가? 솔직히 말해서 언니, 진짜 최악인 것 같아. 시크메이트 아줌마들을 만나느니 차라리 다른 사원에 있는 남자들을 만나라고 추천하고 싶을 정도네."

휴대폰 너머로 다시 잡음이 들려왔다. "자주색 아이라이너로 해야겠다. 더 섬세해. 얼굴이 사는걸." 니키의 조언 따위는 필요하지 않다는 뜻이었다. "나중에 알려줄게, 어떻게 됐는지."

"그래. 행운을 빈다." 그들은 인사하고 전화를 끊었다. 니키는 블라우스값을 지불한 후 차이 줄 뒤에 섰다. 비가 거세지자 사람들이 천막 밑에서 흩어졌다. 니키는 옷이 든 봉투를 가슴 가까이 끌어안았다. 민디는 아마 모르는 것 같은데, 사실 니키는 언니와 똑같은 옷 입는 걸 좋아했다. 마침내 엄마로부터 패션 결정권을 따냈을 때, 그녀는 민디 몰래 슬퍼했다.

아르빈더와 프리탐은 십 분 차이로 교실에 들어와 각각 교실 끝과 끝에 자리 잡은 채 아무 말도 나누지 않았다. 둘 사이 책상 위에는 시나의 가방, 휴대폰, 공책이 놓여 있었지만, 시나는 없었다. 만지트 역시 보이지 않았다.

"다른 사람들 올 때까지 기다리죠." 니키는 아르빈더를 보고 미소 지으며 말했다. 아르빈더는 눈길을 피했다. 프리탐은 두파타 모서리 레이스 끝을 잡아 빳빳하게 접고 있었다. 이 과부들을 처음 만난 순간을 연상시키는 침묵이었다. 니키는 타람팔이 앉았던 자리를 바라보았다. 교과서에 점선으로 적힌 글자들을 하나하나 열심히 따라 쓰던 타람팔.

"나 왔어요." 시나가 헐떡이며 교실 안으로 들어왔다. 여자 세 명도 함께였다. "여긴 탄비르 카우르, 가간지트 카우르, 그리고 자스지트 싱의 마지막 와이프예요. 그냥 비비라고 부르죠. 이 수업을 듣고 싶대요."

니키는 여자들을 바라보았다. 탄비르와 가간지트는 육십 대 후반으로 보였지만 비비는 아르빈더 또래일 것 같았다. 모두 하얀색 옷을 입고 있었다. "여러분 모두 시나의 친구분들 되시나요?" 니키가 묻자 여자들이 고개를 끄덕였다. "좋아요. 그렇다면 이 수업에서 어떤 이야기를 나누는지는 알고 계시겠죠?"

"나는 아직도 사람들에게 영어 실력을 키우기 위해 이 수업을 듣는다고 말하고 있어요. 내가 정말 믿는 사람이 아니면요" 시나는 그렇게 말하며 친구들을 향해 미소 지었다.

아르빈더가 구석에서 입을 열었다. "모든 사람의 친구들을 믿을 순 없어. 당신이 말하는 사람들이 소문을 낼 수도 있잖아."

그러자 비비가 발끈했다. "저는 비밀을 지킬 수 있어요."

"아르빈더는 그저 우리가 좀 더 조심해야 한다고 말하는 거예요." 시나가 비비를 말렸다.

"모두들 잘 오셨습니다. 엉뚱한 사람에게 소문이 나지 않게 조심하시면 됩니다." 니키가 말했다. 시장 구경을 마치고 사우스홀 대로를 건널 때, 젊은 펀자브 남자들이 버스 정류장에 서서 여학생들에게 바로 집으로 가라고 협박조로 소리치던 것이 떠올랐다.

"오늘 입은 옷 예쁜데요." 프리탐이 니키가 입은 새 블라우스의 비즈로 장식한 밑단을 확인하고는 말했다. 마치 자신과 아르빈더만 이런 옷을 입는 게 아니라고 강조하려는 것처럼.

"고마워요." 니키가 답했다. "속옷 끈도 안 보이죠?"

"네. 아주 좋네요." 가간지트가 말했다. 그때, 갑자기 그녀의 눈이 튀어나오고 입술이 말려 올라가 잇몸이 드러나더니 얼굴이 뒤틀렸다. 그러고는 귀가 먹먹할 정도로 비명을 내질렀다. 니키는 혹시 자기만 놀란 건지 확인하려고 주변을 둘러보았다.

"와헤구루." 아르빈더가 말했다. 재채기 뒤 보내는 축복의 말이었다.

"재채기였다구요, 저게?" 니키가 물었다.

"응, 맞아요. 나 감기 나아가는 중이거든. 주말 내내 재채기하고 기침했어요." 가간지트가 말했다.

"감기가 도는 것 같아요." 프리탐이 말했다. "오늘 아침에 사원에서 만지트를 만났는데 오늘 밤 수업에 못 온다고 하더라고요. 만지트도 아픈 것 같았어요. 조금 창백해 보였어. 가간지트,

약이라도 먹는 게 어때요?"

"차이 좀 마셨어요. 펜넬을 좀 더 넣었죠."

"아니 그런 거 말고 약을 먹으라고. 집 근처에 부비 싱 약국 있잖아요?"

"부비가 아니고 바비." 시나가 지적했다.

"그 부비 말야, 약값을 너무 비싸게 받더라고." 가간지트가 불평했다.

"새로 오신 분 중 이야기 나눠보실 분 계신가요?" 니키는 이쯤에서 감기 이야기를 끊기 위해 물었다. 새로운 멤버들이 들어올 때마다 이런 문제가 생겼다. 본격적으로 수업을 시작하기 전에 가십을 나누는 것이다. 결혼 예식 때 누구네 손녀가 무슨 색 렝가*를 입었는지, 버스 운행 문제가 있었을 때 일요일 시장 가는 버스는 몇 시에 도착했는지, 최근에 사원에서 누가 샌들을 잘 못 두었다가 다른 샌들을 신고 가는 바람에 사원에 있던 사람들이 서로서로 남의 신발을 신고 나가면서 일련의 연쇄 절도 행위가 일어났다더라, 뭐 그런 이야기.

"니키, 조금만 기다려주면 안 될까요? 우리는 새 친구를 알아가는 중이니까요." 아르빈더가 말했다. "쿨빈더가 인도에 갔다고 들었는데, 그럼 우리 이 건물에 좀 더 오래 남아 있어도 되잖

---

*　렝가(Lengha). 인도식 드레스. 화려함의 극치. −역주

아요."

"좀 더 떠들어도 되구요." 시나가 말했다.

"쿨빈더 핑계로 노는 건 좀 아닌 것 같은데요." 니키가 말했다. 사실은 그녀 역시 다음 4주 동안 쿨빈더의 사무실이 비어 있을 거라는 사실에 긴장이 풀려 있었다. "저는 오래 있기 힘들어요. 집에 가는 기차를 타야 하거든요."

"혼자 야간열차를 탄다구요? 어디 사는데?" 비비가 물었다.

"셰퍼드 부시요" 니키가 답했다.

"집은 어느 쪽인데요? 시장 근처? 아님 시장에서 떨어져 있나요?"

"사우스홀은 아니에요. 전 런던 서부에 살아요."

"여긴 밤늦게 돌아다녀도 안전해요. 나도 항상 그러는걸요." 비비가 말했다.

"그건 나이 먹은 여자 얘기고요." 탄비르가 말했다. "남자가 비비한테 뭘 바라고 수풀 속에 숨어 있겠어요?"

"나는 연금이 많다고." 비비가 씩씩거렸다.

"탄비르 말은 비비가 성희롱 당할 일은 없다는 뜻이에요. 하지만 젊은 여자애들은 항상 걱정해야죠." 시나가 중재했다.

"카리나 카우르도 그래서 그렇게 된 건가?" 탄비르가 말했다. "사망 1주기 특집 방송 광고를 봤거든요. 우리가 인도에서 여기로 이사 오기 몇 년 전에 일어난 일일 거야. 까놓고 말해서, 런던에 사는 우리 딸내미들한테도 이런 일이 일어날 수 있다고 생각했다면 절대 여기로 이사 오지 않았을걸요."

카리나의 이름이 거론되자 갑자기 정적이 흘렀다. 각자 생각에 잠긴 듯했다. 니키는 자신이 이곳에서 외부인임을 평상시보다 더 뼈저리게 실감했다. 니키는 사람들을 유심히 살피다가 시나의 얼굴이 긴장으로 굳는 것을 보았다.

"기억나. 공원에서 혼자 돌아다니고 있었다면서. 남자친구 만나러." 아르빈더가 말했다.

"그럼 죽어도 싸다는 말씀인가요?" 시나가 날카롭게 말했다.

아르빈더가 놀라서 대답했다. "시나, 내가 그런 뜻으로 말한 게 아니란 걸 알잖아."

"알죠." 시나는 조용히 답하며 눈을 깜빡였다. 그러고는 아르빈더를 향해 살짝 고개를 숙였다. "미안해요."

시나가 그렇게 불안해하는 모습을 본 건 처음이었다. 니키는 빠르게 헤아려보았다. 그녀가 기억하기로(엄마는 니키가 절대 까먹지 못하게 계속 그 사건에 대해 이야기했다.) 카리나와 시나는 사건이 일어났을 때 아마 비슷한 나이였을 것이다. 서로 아는 사이였을까?

"이런 이야기 때문에 쫄지 마요, 니키 선생. 사우스홀은 굉장히 안전한 곳이야." 가간지트가 밝게 말했다. "여기에 살지 그래요? 펀자브 사람들이 많잖아."

"니키는 신여성이라고." 아르빈더가 말했다. "단지 오늘 펀자브 여자애처럼 차려입었다고 해서 그렇게 말하면 안 돼. 니키, 근데 뱅글을 차보는 게 어때요?"

시나는 여전히 생각에 빠져 있는 듯했다. 손가락으로 쇄골 위 목걸이를 계속 만지작거렸다. 마치 목걸이가 계속 그곳에 있는지 확인하려는 듯이. 시나에게 다가가 괜찮냐고 물으려던 그때, 가간지트가 그녀를 불렀다.

"니키 선생님, 혹시 남편감 찾고 있지 않나요? 내가 소개해 줄 수 있는데."

"아니요."

"왜? 들어보지도 않고." 가간지트는 상처받은 듯 말하고는 이미 쭈글해진 휴지에 코를 힝 풀었다. "그는 땅도 있다고."

"이야기 가지고 오신 분 없나요?" 니키가 교실 앞쪽으로 돌아가며 말했다. "시간이 가고 있어요."

"알았어요, 알았다고요. 성질 한번 급하셔라." 아르빈더가 말했다. "우리 선생님 약간 꼰대 타입이거든." 그러고는 다른 사람들에게 속닥거렸다.

"내가 하나 가져왔어요." 탄비르가 말했다. 그녀는 주저하는 듯했다. "좀 이상한 이야기긴 하지만⋯."

"걱정하지 마요. 이 수업 시간에 나오는 이야기들은 다 이상하다고요." 프리탐이 말했다.

"이 이야기에는 좀 다른 구석이 있어요. 충격적일 거예요."

"저번 시간보다 충격적일까 봐." 프리탐이 아르빈더를 의미 심장한 눈으로 바라보며 말했다.

"당신의 이야기를 들려주세요, 탄비르." 니키는 싸움이 나기 전에 얼른 말했다.

"알겠어요." 탄비르는 이야기를 시작했다.

◯

미라와 리타

미라의 집에서는 모든 물건의 자리가 정해져 있었다. 그녀는 질서를 좋아했기 때문이다. 남편과의 은밀한 행위까지 계획해두었을 정도였다. 매주 화요일과 금요일, 잠들기 바로 직전. 그 루틴은 결코 바뀌는 법이 없었다. 미라가 옷을 벗고 침대에 누워 천장에 있는 얼룩 개수를 세고 있으면 남편은 그녀의 오른쪽 가슴을 한 손으로 움켜쥐며 삽입했다. 미라는 항상 "아! 아!" 하고 신음하는 것을 잊지 않았지만, 사실 어떤 감흥도 없었다. 마치 마음에 들지 않는 선물을 열 때처럼 말이다. 마지막 탄성을 내뱉고 나면, 남편은 그녀의 몸 위에서 굴러 내려가 바로 잠에 빠져들었다. 이 지점에서 미라는 항상 복잡한 감정을 느꼈다. 끝났다는 안도감과 씻지도 않고 그대로 잠드는 남편에 대한 역겨움. 그래서 수요일과 토요일에는 항상 침대 시트를 빨았다.

그럴 때마다 미라는 특별히 꽃향기가 나는 가루세제를 썼다. 그
녀는 이 세제를 가장 위에 있는 선반에 올려놓았다. 아래에는 그의
남편과 아들, 함께 사는 시동생의 옷을 빨 때 쓰는 보통 세제가 놓여
있었다. 처음 시동생이 리타라는 여자와 사랑에 빠졌으며 결혼할 거
라고 말했을 때, 미라는 생각했다. '그럼 리타는 어디서 살지?' 그들
의 삶에 새 식구를 맞이하려면 모든 것이 재정비되어야 했다. 그녀
가 남편에게 걱정을 털어놓자 남편은 말했다. "당신이 손윗사람이니
까 질서를 잡아줘야지." 짐짓 관대한 투였다. 마치 다른 사람에 대해
이래라저래라 할 수 있는 특권을 넘겨주는 것처럼.

미라는 새로 올 여자에게 친절해야겠다고 마음먹었다. 대립하
지 않고 나눠야지. 미라는 항상 딸이 있었으면 좋겠다고 생각했다.
갓 청소한 카펫을 진흙으로 더럽히고 항상 개코원숭이들처럼 싸워
대는 시끄러운 아들들말고 말이다. 하지만 막상 결혼식 날이 되니
질투심이 솟았다. 리타는 어리고 생기가 넘쳤다. 웨딩 렝가의 짤막
한 허리선 밑으로 보이는 피부가 꿀같이 매끈하고 탄탄했다. 내가
결혼할 때만 해도 저런 옷은 상상할 수도 없었는데. 특히 결혼식 내
내 시동생이 그녀를 바라보는 시선에서 미라는 찌릿찌릿한 질투를
느꼈다. 그는 어서 리타의 안으로 들어가고 싶다는 듯 계속 그녀의
몸을 훑었다. '몇 년만 지나보라지. 콩깍지가 벗겨질 거야.' 그렇게
생각하며 미라는 얼마간 위안을 얻었다. 비록 자기 남편은 신혼에도

그녀를 그런 식으로 바라본 적이 없다는 걸 알고 있었지만 말이다.

　신혼부부가 여행에서 돌아오자, 미라는 리타를 데리고 집 안 곳곳을 다니며 남는 소파 커버부터 겨울 외투까지 모든 물건의 자리를 단단히 일러주었다. 리타는 집중해서 듣는 것 같았지만 그날 밤 설거지를 마친 뒤 모든 접시를 마구잡이로 넣고 수저는 아무 데나 보이는 대로 넣어버렸다. 미라는 씩씩대며 모든 접시를 꺼내서 처음부터 다시 정리했다. 리타는 테이블을 닦은 뒤 바닥에 떨어진 밥풀까지 싹싹 치워야 한다는 미라의 규칙도 깡그리 무시해버렸다. 그날 밤 미라는 늦게까지 일해야 했다. 그녀는 오늘이 화요일이나 금요일이 아니라는 데 안도했다. 남편의 루틴을 따라주기엔 너무 피곤하고 화가 났기 때문이다.

　침대로 돌아가자 남편은 이미 코를 골며 잠들어 있었다. 옆방에서 작은 소음이 들렸다. "쉿!" 하는 소리와 낄낄대는 웃음. 누가 들어도 시동생의 웃음소리였다. 미라는 벽에 귀를 갖다 댔다. "잘했어. 계속해. 더 세게, 세게." 리타의 목소리였다. 미라는 움찔하며 귀를 뗐다. 리타가 미라의 말을 듣지 않는 것도 이해가 됐다. 그녀는 이미 자기 결혼 생활에서 주도권을 차지하고 있었다. '이러면 안 되는데. 이 집의 안주인은 단 한 명, 바로 나라고!' 미라는 내일부터 리타를 더 엄격하게 대해야겠다고 마음먹었다. 다시 한 번 집 안을 돌면서 알려줘야겠어. 그리고 물어야지. "유리 세정제 자리는 어디지? 슈퍼에서 얻어 온 비닐봉지는 어디 둬야 하니?"

리타의 신음 소리가 점점 빨라졌다. 침대 삐걱거리는 소리도 리드미컬하게 들려왔다. 앤 이 집에 지들만 사는 줄 아나? 미라는 일부러 방문을 열었다가 세게 닫았다. 들리니? 이 집에서는 서로가 내는 소리가 이렇게 다 들린다고! 소리는 잠시 잦아드는 듯했으나 이내 살아났다. 리타의 신음 소리가 마치 오페라 노래처럼 집 안에 울려 퍼졌다. 미라는 질투심이 불타올라 까치발로 방을 나섰다. 리타의 방문은 굳게 닫혀 있었다. 다소 실망이었다. 조금이라도 열려 있었다면 그 안에서 무슨 일이 일어나는지 볼 수 있었을 텐데. 영문을 알 수 없었다. 눈을 감으니 리타의 부드럽고 납작한 배가 떠올랐다. 탄탄하고 둥근 가슴과 꼿꼿하게 선 분홍빛 유두도. 그걸 입술로 물면…. 미라는 문득 상상했다가 공포에 질려 그만두었다. 너무 피곤했나 봐, 이렇게 지저분한 생각을 하다니.

다음 날 아침 미라가 집안일을 시작할 때까지도 리타의 방문은 닫혀 있었다. 차를 끓이는데 킬킬거리는 소리가 들려서 보니, 아들들이 고개를 들어 천장을 바라보며 호기심 어린 눈빛을 교환하고 있었다. "빨리 아침밥 먹어라!" 미라는 소리쳤다. 리타가 명령하는 소리가 들려오는 듯했다. "혀를 사용해, 그래, 그렇게." 얼굴이 빨개졌다. 다시 한 번 강한 흥분이 느껴졌다. 마치 리타가 자신에게 명령하고 있는 듯한 감각.

리타는 미라의 남편이 출근하고 아들들이 등교한 뒤에야 아래층으로 내려왔다. 집 안은 조용했다. "제가 할 일이 있을까요?" 리타가 물었다. 미라는 차가운 목소리로 아무것도 필요 없다고 했다. "아, 네." 리타는 어깨를 으쓱하며 답했다. 미라는 리타의 시선을 느꼈다. 미라는 분명 의식하고 있었다.

"내가 깐깐하다고 생각하지?" 마침내 미라가 말했다.

"그렇게 말한 적 없는데요."

"그렇게 생각하잖아."

"정말로 그렇게 깐깐하세요?"

"아니." 빨래 바구니를 들고 세탁기로 향하며 미라가 말했다. "난 현실적인 인간이야. 예의를 지킬 줄도 알고. 난 네가 밤에 무슨 일을 하는지 듣고 싶지 않아."

"다음에는 조용히 할게요." 무성의한 대답이 미라를 더욱 화나게 했다. 미라는 리타에게 도저히 끝낼 수 없는 일을 맡겨야겠다고 생각했다. 창문을 깨끗하게 닦는 일이 좋겠다. 동그랗고 희끄무레한 물자국 때문에 창문은 방금 막 닦았는데도 지저분해 보이곤 했다. 막 일을 시키려는 순간, 미라는 세탁 세제가 보이지 않는다는 것을 알아챘다.

"어디 뒀어? 세제는 선반 위에 두라고 말하지 않았니?" 미라가 질책하자 리타는 세제는 다른 청소 도구들과 함께 넣어두는 것이 더 낫다고 차분하게 설명했다.

"엉망진창이네. 넌 집안일을 이런 식으로 하니?" 미라는 청소 도구함으로 성큼성큼 걸어가 세제를 찾았다. 그런데 그 옆에 낯선 상자가 있었다. 열어보니 진흙으로 만든 마사지봉이 들어 있었다. 둥근 끝부분과 길이, 굵기가 남성의 특정 부위를 떠올리게 했다. 돌아서서 리타에게 이게 뭐냐고 따지려던 찰나, 목덜미에 숨결이 닿았다.

"안 들킬 줄 알았는데." 리타가 속삭였다.

"너한테 이런 건 필요 없지 않니?" 미라가 몸을 돌리면서 답했다. 목구멍이 바짝바짝 말라 그 말을 내뱉기도 힘들었다. 나이 든 여자들이 남편에게 더 이상 만족하지 못할 때 진흙 모형을 구워서 곁에 둔다는 소문을 들은 적이 있다. "아직 너무 어리잖아."

미라가 새처럼 웃었다. "어리다고요? 오, 미라. 내가 형님한테 가르쳐줄 게 많을 것 같은데요."

"네가? 네가 날 가르친다고?" 미라는 따져 물었다. "내가 너보다 위야!" 그러나 말이 끝나기 무섭게 리타가 미라에게 기대왔다. 그리고 그녀의 목에 키스하더니, 가볍게 쇄골을 핥았다. 리타의 입술이 미라의 뺨을 스치자 미라는 숨이 턱 막히는 것을 느끼며 몸을 움츠렸다. 그리고 마침내, 리타가 미라의 입술에 깊이 키스했다. "난 형님한테 많은 걸 알려줄 수 있어요."

탄비르는 거기서 이야기를 멈췄다. 그녀의 뺨은 붉게 물들어 있었다. 그녀는 입술을 앙다물고 사람들의 반응을 기다리고 있었다. 그러나 난방기 소리만 들려올 뿐, 교실은 쥐 죽은 듯 조용했다.

"그다음엔 어떻게 되나요?" 니키가 물었다.

"음… 서로를 돕게 됩니다." 탄비르가 다른 이들의 눈을 피하며 답했다. 니키는 그녀에게 용기를 주기 위해 고개를 끄덕였다. "아직 그 부분은… 생각 못했네요."

"확실히 특이한 이야기네요." 찰칵, 시나가 카세트 녹음기를 끄며 말했다. 시나는 탄비르의 이야기에 고양된 듯했다. 그녀가 똑바로 앉아 탄비르를 호기심 어린 눈으로 바라보자 탄비르는 마치 벌을 받는 것처럼 고개를 숙였다. "아니 나쁜 쪽으로 특이하다는 게 아니라, 그냥 다른 것 같다구요. 그쵸, 니키?"

"맞아요." 니키가 말했다. 하지만 교실에는 두터운 긴장감이 내려앉아 있었다. 아르빈더는 생각에 빠진 듯했다. 가간지트는 리타와 미라가 스킨십을 하는 대목에서 코에 휴지를 가져다 댄 자세 그대로 얼어붙어버렸다. 비비는 천천히 고개를 끄덕이고 점잔을 빼며 이야기를 더 발전시켜나갔다.

"사실 이런 일이 생각보다 많아요. 내가 살던 동네 여자애 둘도 이런 소문이 있었거든요. 근데 제 생각에 걔들은 그냥 손으로만 했던 거 같아요."

비비의 말에 가간지트가 갑자기 부산해졌다. 그녀는 훌쩍거리고 재채기를 하며 가방에서 지팡이를 꺼냈다. "몸이 안 좋을 땐 수업에 나오지 말았어야 하는데. 실례할게요." 그녀는 자리에서 일어나 급히 교실을 나갔다. 무릎에서 총탄 장전하는 것 같은 철컥 소리가 났다.

"당신 때문이잖아요. 왜 그런 이야기를 썼어요? 여기는 변태짓하는 여자들을 위한 곳이 아니에요." 프리탐이 말하자 탄비르는 다시 한 번 고개를 떨구었다. 니키는 그 말에 화가 났다. "탄비르는 쾌락에 관해 이야기한 거예요. 리타와 미라가 누구와 그 행복을 나누는지는 중요하지 않다고 생각해요."

"자연스럽지가 않다구요. 마치 SF처럼. 그 여자들은 남편이 있잖아요. 바람피우는 거라구요." 프리탐이 엄마를 쏘아보며 말했다.

"연습이라고 생각하지 않았을까요? 아니면 그들 각자의 밤 생활을 좀 더 좋아지게 할 기회라거나." 시나가 말했다. "보세요, 다음 장면에서 남편들이 집에 돌아와요. 그리고 우리의 리타와 미라가 그들에게 작은 퍼포먼스를 보여주는 거죠. 그러면 모두에게 좋은 밤이 되잖아요."

"왜 남편들이 집에 돌아와야 하는데?" 아르빈더가 반문했다. "이 여자들은 이대로 충분히 만족스러워 보이는걸. 모든 이야기에 남자를 끼워 넣을 필요는 없어."

"그런 친밀한 행위는 남자와 여자 사이에서만 일어나는 법이에요." 프리탐이 말했다. "엄마는 이런 이야기를 더 부추기고 있네요? 마치 우리 모두 남편을 불만족스러워했다는 것처럼?"

"남편이 잘 대해줬다니 넌 운이 좋구나. 모든 사람이 그런 호사를 누릴 수 있는 건 아니란다." 아르빈더가 맞받아쳤다.

"하, 엄마, 제발요. 아빠가 엄마에게 필요한 모든 걸 줬잖아요? 엄마 머리 위에 지붕을 세워주고, 일도 해주고, 아이들의 아빠가 되어줬죠. 이 이상 뭘 더 바라요?"

"난 이야기 속 여자들이 얻어 가는 걸 더 갖고 싶은데."

"이미 가져본 것 같은데요. 남편 아닌 다른 남자를 통해서 말이죠." 프리탐이 툴툴거렸다.

"날 함부로 말하지 마, 프리탐. 감히 네가 무슨 자격으로."

프리탐의 눈이 커졌다. "난 떳떳해요. 만약 날 모함한다면, 그건 엄마가 거짓말하는 거죠."

"그래, 넌 비밀이 없지. 그럴 일이 없지. 네 결혼 생활은 행복했으니까. 어떻게 그럴 수 있었는지 생각해본 적 있니? 그건 바로 내가 너에게 선택권을 줬기 때문이야. 네가 결혼할 나이가 되자마자 불나방처럼 모여드는 남자들을 내가 다 거절했으니까. 딸이 굉장히 예쁘다고 추켜세우면서 좋은 집안에 시집갈 수 있다고 할 때도 콧방귀도 안 뀌었어. 나는 네가 스스로 선택하길 바랐으니까."

"우리, 잠깐 쉴까요?" 니키가 제안했으나 아르빈더는 단칼에 잘랐다. "니키, 평화유지군 노릇은 그만둬요. 꼭 말해야만 하는 것도 있는 법이야. 지금 그걸 말하고 있는 거고."

아르빈더는 다시 프리탐을 똑바로 쳐다보았다. "어떤 여자들에게 신혼 기간은 공포 그 자체라고. 너는 타람팔처럼 어리지도 않았잖아. 걘 열 살이었다고. 넌 나와도 달랐어. 가치가 떨어지기 전에 가뭄에 시달리는 토지를 합쳐야 한다는 이유로 키가 나보다 머리 하나는 작은 남자랑 급하게 중매결혼하지도 않았잖아. 네 아빠는 내 앞에만 서면 작아졌고 물건은 항상 축 늘어져 있었지. 언젠가 내가 크게 마음먹고 우리는 단 한 번도 섹스한 적이 없다고 불평했더니 네 아빠는 나를 쫓아내겠다고 위협했어."

아르빈더의 갑작스러운 폭로에 모두들 조용해졌다. 니키는 혼란스러웠다. 아르빈더의 속사포 같은 말 하나하나가 다 인상적이었지만, 그녀는 가장 공포스러운 한 가지 사실에 꽂혀 있었다. "타람팔이 열 살에 결혼했다고?" 작게 속삭였지만 교실이 너무나 조용한 나머지 벽에 부딪치며 메아리치는 듯했다.

아르빈더가 끄덕였다. "부모가 열 살 때 점쟁이한테 데리고 갔는데, 손금을 봤더니 그 남자랑 꼭 결혼해야 하는 운명이라 했대요. 아들을 다섯 명 낳을 텐데 모두 대대손손 돈 많은 땅부자가 될 거고, 엄마는 물론 조부모까지 먹여 살릴 거라고. 타람팔의 부모는 예언을 듣고 너무 흥분한 나머지 남편될 사람이 타람팔보다 서른 살이나 더 많다는 것은 깡그리 무시하고 결혼시켰대요. 그리고 십 년 뒤에 영국으로 이주한 거지."

"그 예언은 어떻게 된 거래요? 타람팔은 딸만 낳았잖아요."
시나가 말했다.

"타람팔 탓으로 몰았겠지. 남자들은 항상 그러잖아." 아르빈
더의 목소리에서 씁쓸함이 묻어났다.

"우리 대부분이 그 나이에 결혼하긴 했어도 충분히 나이 들
기 전까지는 남편과 잠자리를 갖지 않았어요." 비비가 말했다.

"그게 몇 살 정도인데요?" 니키가 물었다.

비비가 어깨를 으쓱하며 대답했다. "열여섯, 열일곱 살 정
도? 누가 기억하겠어요? 다음 세대부터는 결혼적령기가 점점 늦
어졌죠. 아마 당신 엄마는 열여덟 살이나 열아홉 살에 결혼했을
거예요."

"저희 엄마는 먼저 대학에 갔어요. 결혼은 스물두 살에 했네
요." 니키는 말했다. 하지만 여전히 평생을 약속하기에는 너무나
어린 나이였다.

"대학이라." 아르빈더가 감명받은 듯 말했다. "그래서 니키
를 제대로 된 런던에서 키운 거구나. 신식 부모님이네."

"단 한 번도 엄마 아빠가 신식이라고 생각해본 적은 없어
요." 미니스커트, 남자아이들과 이야기하는 것, 술, 지나치게 영
국식으로 살아가는 것에 대한 수많은 논쟁들. 그녀는 아직까지도
부모를 만족시키기 위한 끝없는 전쟁을 치르고 있었다.

"신식인 거 맞아. 여기 오기 전부터 영어로 말하는 법을 알

았잖아. 우리는 영국인이 되는 법을 몰랐기 때문에 여기에 사우스홀을 만들었지."

"우리 것을 보존하자, 뭐 그런 생각이었던 것 같아요. 저희 엄마는 영국에 오면서 엄청 긴장했대요. 인도 애들이 학교에서 맞고 온다는 이야기를 들었거든요. 아빠는 사우스홀에 정착하고는 여기는 우리 민족이 사는 동네니 잘 적응할 수 있을 거라고 엄마를 안심시켰어요." 시나가 말했다.

"만약 이 나라에서 문제가 생긴다면, 이웃들이 편을 들어줄 거예요. 돈이나 옷 등 우리가 필요한 건 무엇이든 가져다주고요. 그게 공동체의 장점이죠." 아르빈더가 말했다. "하지만 남편과 문제가 생긴다면 누가 당신이 그를 떠날 수 있게 도와줄까요? 아무도 가족 문제는 개입하고 싶어 하지 않아요. 불평을 늘어놔도 *감사한 줄 알아야지*, 라고만 말할 거예요. 이 나라가 널 망치고 있는 거야, 라고도." 그녀는 프리탐을 바라보며 말했다. "나는 내가 단 한 번도 누려본 적 없는 행복을 너에게 줬어. 넌 네 남편과 네 결혼 생활을 사랑했어. 정말 잘된 일이지. 운이 좋은 거야. *나는 스스로 살아남아야 했어.*"

니키는 모두가 교실을 떠난 뒤 서둘러 나왔다. 가야 할 곳이 있었다. 상점의 불빛 덕분에 거리는 밝고 따스했다. 과자점 주인이 현관에 서서 니키를 향해 외쳤다. "굴랍 자문*, 바르피** 모두 오십 퍼센트 할인이요!" 옆 가게 뉴스 가판대에 붙은 커다란 포스터에는 발리우드 스타 세 명이 영국에 왔다고 적혀 있었다. 민디의 필름 컬렉션에서 본 적 있는 사람들이었다. 차가운 겨울바람 때문에 볼이 따가웠다. 안개비까지 내려 머리끝에 물방울이 달렸다.

안셀 로드 16번지는 인근 건물 대부분과 마찬가지로 포장 진입로가 딸린 작은 벽돌 건물이었다. 강한 바람이 커민 향을 몰고 왔다. 니키는 문을 두드렸다. 바쁘게 다가오는 발소리가 들리더니 삐걱거리며 문이 열렸다. 타람팔이 사슬 걸쇠 너머로 바깥을 내다보았다. 그녀의 눈은 분노로 이글이글 타는 듯했다.

"제발요." 니키는 안쪽으로 손을 넣어 타람팔이 문을 닫지 못하게 하며 말했다. "잠깐만 이야기하고 싶어요."

"할 말 없어요."

"당신은 아무 말씀 안 하셔도 괜찮아요. 제가 사과드리고 싶어서…."

타람팔은 가만히 서 있었다. "이미 쪽지로 사과했잖아요."

"그래서 테이프는 받으셨나요?"

탁, 문이 닫혔다. 찬바람에 팔뚝의 털이 곤두섰다. 보슬비가 내리기 시작했다. 니키는 급히 차양 밑으로 들어가서 다시 문을 두드리기 시작했다. "잠깐이면 돼요. 잠깐만 시간을 내주세요." 거실 창문 쪽에 타람팔의 형체가 나타났다. 니키는 이번에는 창문 쪽으로 다가가 두드리기 시작했다. "타람팔, 제발요."

시야에서 타람팔의 형체가 사라졌다. 니키는 연신 유리창을 시끄럽게 두드려대며 소란을 피웠다. 효과가 있었다. 문이 벌컥 열리고 타람팔이 화난 듯 뛰쳐나왔다. "지금 뭐 하는 거예요? 이웃들이 보면 어쩌려구!" 타람팔은 씩씩거리며 니키를 집 안으로 끌어들이고는 문을 쾅 닫았다. "사람 싱이 자기 부인에게 우리 집에 미친 여자가 왔다고 하겠군요."

니키는 사람 싱이 누구인지, 그의 부인이 뭐 어떻다는 건지 알 수 없었다. 복도 끝을 바라보았다. 티 하나 없이 깔끔한 집이었다. 최근 공사를 끝낸 듯 도료 향이 강하게 풍겨왔다. 니키는 랑가르홀 여자들이 타람팔 집이 망가졌다고 이야기했던 것을 떠올렸다. 그 뒤로 집을 고친 것이 분명했다. "자녀분들도 같이 사세요? 손주들은요?"

"딸들은 모두 결혼해서 남편이랑 살고 있죠."

"여기 혼자 사시는 줄 몰랐어요."

"자그데브가 새 직장 근처에 집을 구했어요. 여전히 주말에는 방문하지만. 그가 당신이 남긴 쪽지를 읽어줬어요."

자그데브가 누구더라? 전혀 떠오르지 않았다. "제가 이곳 사람들은 잘 몰라서요…."

"아, 맞다. 당신은 제대로 된 런던에 사는 여자였죠?" 런던, 순간 그녀의 얼굴 위로 경멸이 스쳐 갔다. 자기 집 안이어서인지 특유의 오만한 자신감이 느껴졌다. 여전히 과부 옷을 입고 있었지만, 목선과 허리선이 드러나도록 흰색 튜닉을 약간 고친 듯했다.

이제 비는 창문을 때려댔다. "차 한 잔만 주실 수 있나요? 밖이 너무 추운데 쭉 걸어 내려왔거든요."

"그러죠." 타람팔이 심술궂은 말투로 답했다. 작은 수확이었다. 차를 마시면서 수업에 돌아오라고 설득하는 편이 훨씬 수월할 것이다. 니키는 타람팔을 따라 부엌으로 갔다. 반짝반짝 윤이 나는 선반 아래에 화강암 카운터가 길게 놓여 있었다. 전기 스토브는 엄마가 쓰는 것과 똑같았다. 하얀 코일이 겉면에 둘러싸여 디지털 광선으로 즉각 열을 내는 최신식 모델이었다. 타람팔은 스토브를 켜고 선반을 뒤져 오목한 스테인리스 냄비와 오래된 쿠키통을 꺼냈다. 온갖 씨앗과 향신료가 든 양철 깡통에서 짤랑거리는 소리가 났다. 니키는 웃음을 참았다. 그녀의 엄마 역시 이런 최신식 부엌을 가진다 하더라도 오래된 아이스크림통에 달을 보관하고 찻잎은 가장 작은 냄비에 끓일 것이다.

"설탕 넣을까요?" 타람팔이 물었다.

"아니요. 괜찮아요."

그때 창밖을 지나가는 자동차 헤드라이트 때문에 한순간 부엌이 눈부시게 밝아졌다. "아마 사람 싱이 출근하고 있을 거예요." 타람팔이 우유를 따르며 말했다. "집에 혼자 있는 게 싫은가 봐요. 몇 년 전 쿨빈더랑 마야가 인도에 휴가 갔을 때도 밤마다 일을 두 배로 하더라니까. 신도 저 사람이 좀 더 집중할 데가 필요하다고 생각하시나 보지."

"쿨빈더가 여기 살아요?" 니키는 그렇게 물으며 거실로 돌아가 창문 너머를 내다보았다. 반대쪽 찻길은 타람팔의 집과 맞닿아 있었다.

"그럼요. 마야 결혼식 피로연 때 오지 않았나요? 저기서 했거든요. 손님이 많아서 더 큰 홀을 빌려야 했을 텐데 말이죠." 타람팔은 자기 탓이 아니라는 듯 손을 들어 올렸다. 니키는 참석하지 않았다고 말하려 했지만, 타이밍을 놓쳤다. 타람팔은 따뜻한 차 두 잔을 들고 부엌으로 돌아갔다. 니키도 그녀를 따라갔다.

"정말 감사합니다." 니키가 컵을 들며 말했다. "차이를 매일 이렇게 집에서 끓여 마시진 않거든요." 지난번 가판대에서 사 마셨던 차이는 너무 진득하고 설탕이 많았다.

"당신 같은 영국 아가씨들은 얼그레이를 더 좋아할 테지만." 타람팔이 코를 찡그리며 말했다.

"오, 아니에요. 저 차이 좋아해요. 그냥 본가에 살지 않아서 그런 거예요." 정향 향기에 인도 친척집에서 보냈던 오후가 놀랍도록 그리워졌다. 그때 한 가지 아이디어가 떠올랐다. "레시피 좀 적어주실 수 있을까요?"

"내가 어떻게요? 난 글자를 모르잖아요."

"같이 공부할 수 있어요. 수업에 다시 돌아오신다면요."

타람팔은 찻잔을 내려놓았다. "당신이나 그 과부들에게 배울 것은 하나도 없어요. 애초에 거기 등록한 게 잘못이었지."

"한번 얘기해봐요."

"그럴 필요 없어요."

"사람들이 혹시 우리 이야기에 대해 알게 될까 봐 두려워하시는 거라면…."

이야기, 라는 말을 꺼내자 타람팔의 콧구멍이 벌렁거렸다. "당신은 별거 아니라고 생각하겠지만, 그 이야기가 사람들 마음에 어떻게 작용할지는 아무도 모르는 거예요."

"이야기는 사람들을 타락시키지 않아요. 새로운 것을 경험할 기회를 줄 뿐이죠." 니키는 항변했다.

"새로운 것을 경험한다고요?" 타람팔이 콧방귀를 뀌었다. "나한테는 안 통해요. 마야도 책을 많이 읽었어요. 갠 하루에 한 권씩 읽었어. 표지에 성 밖에서 여자 목에 키스하는 남자가 그려져 있었죠. *표지에!*"

"저는 책이 나쁜 영향을 준다고 생각하지 않아요."

"글쎄요. 당신이 잘못 생각하고 있는 거예요. 내 딸들은 그러지 않아서 얼마나 다행인지! 우리는 걔들이 이상한 생각을 하기 전에 학교에서 끌어냈어요."

타람팔은 완고하다 못해 무서울 지경이었다. "따님들은 몇살 때 결혼하셨나요?"

"열여섯 살이요. 다들 열두 살 때 인도로 건너갔어요. 거기서 요리하고 뜨개질하는 법을 배우고 중매가 이루어진 뒤 다시돌아왔어요. 몇 년 더 학교 다니다가 시집을 갔죠."

"만약에 따님들이 중매결혼에 동의하지 않았다면요? 너무어렸잖아요."

타람팔은 경멸하는 눈빛을 보냈다. "동의하지 않는다는 선택지 따위는 없어요. 오직 받아들이고 적응하는 것뿐이죠. 내가결혼할 때도 그랬어요. 딸들도 결혼할 때가 됐을 때 본인들이 해야 할 의무를 알고 있었고요."

이런 식의 해석은 마치 끊임없는 집안일 같았다. "재미가 없잖아요. 영국에서 자란 애들은 로맨스와 열정을 원할 거라구요."

"하, 니키. 우린 그렇게 하지 않아요. 우리한테는 그런 선택권이 없다니까요." 이제는 거의 애석해하는 목소리였다.

"그래서 당신 딸도 결혼할 때 당신처럼 아무런 선택권도 갖지 않길 바랐다는 건가요?" 위험한 발언이라고 생각했지만 달리가볍게 말할 수 있는 방법이 떠오르지 않았다. 타람팔의 눈빛에서 온화한 기색이 사라졌다.

"요즘 여자애들은 남자를 한 번에 서너 명씩 만난다더군요. 그리고 그 일을 언제 치를지 자기들이 결정한다고 합디다. 그게 옳은 일인가요?"

"무슨 말씀이시죠?" 니키가 타람팔을 향해 몸을 내밀며 물었다.

타람팔은 고개를 돌렸다. "당신이 그렇다는 건 아니지만."

"아니요. 그 일을 언제 치를지 자기들이 정한다면서요. 그 일이 뭔데요?"

"내 입으로 말하게 하지 말아요, 니키 선생. 여기 여자애들은 자기 선택 때문에 망할 거예요. 남자들이 무작정 방으로 쳐들어와서 여자애 옷을 벗기고 다리를 벌리라고 할 수는 없죠. 사원에서 누가 그러더라고요. 영국에는 부인이 원하지 않을 때 남편이 그 짓을 할 수 없게 하는 법이 있다면서요? 자기 마누라인데! 왜 그런 짓을 한다고 해서 남편이 벌을 받는 걸까요? 영국은 우리나라만큼 결혼을 중요하게 생각하지 않기 때문이죠!"

"잘못했으니까 벌을 받는 거죠. 비록 결혼했다 해도 그건 강간(rape)이에요." 강간은 금시기되어온 말이라 니키는 펀자브어로 강간을 뭐라고 하는지 배운 적이 없었다. 그래서 그냥 영어로 말했다. 타람팔이 다른 과부들에게 분개하는 것도 당연했다. 처음엔 모두 타람팔처럼 내성적으로 보였지만, 그들의 스토리텔링

255

은 결혼에 대한 타람팔의 믿음을 전적으로 부정하고 있었다.

"남편은 그런 존재였어요. 우리는 불평하지 않았죠. 결혼한다는 건 어른이 된다는 거니까."

타람팔의 눈가에 굵은 주름이 잡혔다. 그녀의 머리카락은 하얀 타래 같은 다른 과부들의 것과 달리 여전히 까맣고 풍성했다. 그녀는 젊었다. 그러나 인생의 사 분의 삼을 누군가의 부인으로 살아왔다. 이 사실이 니키에게 크게 다가왔다. "타람팔은 몇 살 때 결혼하셨나요?"

"열 살." 그렇게 말하는 얼굴에서 자부심이 엿보였다. 그것이 니키의 속을 뒤집어지게 했다.

"무섭지 않았나요? 당신 부모님은 무섭지 않았을까요?"

"무서울 게 뭐가 있어요. 나는 운이 좋은 편이었죠. 케말 싱 같은 권력자랑 맺어지다니. 우리 별자리가 잘 맞았거든요. 그래서 나이 차가 많이 났어도 아무도 뭐라 하지 못했어요."

"서로 알아갈 시간은 있었나요? 첫날밤 전에 말이에요."

타람팔은 차에 입술을 축이며 시간을 끌었다. 그녀의 얼굴에 먹구름이 드리웠다. "미안해요, 강요하는 건 아니었는데. 사적인 질문을 드려서 죄송해요."

"남녀 사이 일이 꼭 그런 식으로만 진행되는 건 아니에요. 생각보다 더 간단하죠. 일단 시작하면 그저 빨리 끝나기만을 원할지도 몰라요. 로맨스나 상대방이 무엇을 원하는지 헤아려주는 것… 그런 건 나중에 오는 거니까요."

"그래서 결국에는 왔다는 거죠?" 니키는 물었다. 왜 자신이 안심하게 되는 건지 이해할 수 없었다. 자신의 마음이 타람팔에 투영되어 보이는 것 같다고 생각했다. 타람팔의 입가에 예상치 못했던 미소가 떠올랐다. "그럼요." 뺨도 붉어진 듯했다. "진짜 좋은 건 나중에 오는 거예요." 타람팔은 부끄러운 듯 헛기침을 하며 고개를 돌렸다. 마치 니키에게 자신의 옛 기억을 들키기라도 한 것처럼.

"그렇다면 그 좋은 것에 대해 쓰는 게 뭐가 잘못된 거죠? 다른 이들과 그 이야기를 나누는 것 말이에요." 니키가 부드럽게 물었다.

"하, 니키 선생, 그 이야기들은 천박해요. 왜 그런 은밀한 일을 글로 써서 남에게 까발려야 하는 거예요? 당신은 결혼을 안 했으니까 그런 이야기들을 변호하는 거예요. 당신은 아직 아무것도 몰라요. 당신도 누군가와 그런다고 생각해봐야 해요. 선생도 좋아하는 남자가 있죠?"

"어, 저요? 아니요." 니키가 결혼 따위 생각지도 않으면서 여러 남자와 연애해왔다는 것을 안다면 타람팔은 당장 니키를 쫓아내고 그녀가 앉았던 자리를 표백제로 빡빡 문지를 것이다. 그 많은 남자 다음에 온 사람이 제이슨이었다. 지난밤 제이슨이 펍으로 찾아왔고, 니키는 일을 마친 뒤 그를 자기 집으로 초대했다.

그들이 함께 침대 위로 쓰러지자 마룻바닥은 위협적으로 삐그덕거렸다. 니키는 다음번 데이트는 제이슨의 집에서 하자고 제안했다. "안 돼요. 룸메이트가 하루 종일 집에 붙어 있는데다, 우리집 벽은 세상에서 제일 얇거든요." 변명하는 어조였다. 신경 쓰지 않으려 했지만 그럴 수가 없었다. 그러기엔 그를 너무 많이 좋아했다.

시간이 조금 흐른 뒤, 니키는 창문 밖 쿨빈더의 집을 바라보았다. 커튼이 단단히 쳐져 있고 현관 조명도 꺼져 있어서 집은 슬픔에 잠긴 듯 어두운 그림자를 드리웠다. 니키는 다시 타람팔 쪽을 돌아보다가 냉장고에 눈길이 닿았다. UK 페미니즘 파이터 자석이 붙어 있었다.

"타람팔 건가요?" 니키는 깜짝 놀라 자석을 가리키며 물었다.

"당연히 아니죠. 마야 거예요. 두고 갔네. 쿨빈더랑 사람이 와서 옷가지, 책, 사진 등 모든 물건을 챙겨 갔는데 자투리들이 남았어요. 여기 종이 클립 하나, 저기 양말 한 짝⋯. 저 자석도 그중 하나죠."

"마야가 여기 살았었나요?"

타람팔이 니키를 이상하다는 듯 바라보았다. "그래요. 마야는 자그데브랑 결혼했잖아요. 어떻게 그걸 모를 수가 있어요? 니키 선생, 마야 친구 아니었어요?"

"아니요."

"그럼 쿨빈더는 어떻게 알아요?"

"구인 광고를 보고 연락한 거예요."

"난 마야 친구인 줄 알았네. 그래서 쿨빈더가 이 일을 부탁한 줄 알았어요."

니키는 다시 한 번 자석을 바라보았다. 타람팔이 둘을 친구라고 생각하는 것도 당연했다. 둘 사이엔 공통점이 있으니까. 마야와 가까운 관계였을 텐데도 그녀에 대해 이야기할 때마다 타람팔은 매번 무시하는 투였다. "그럼 자그데브는 타람팔의 조카인가요?"

"자그데브는 친척이 아니라 버밍햄 출신 가족 친구예요. 먼저 다니던 직장에서 해고당한 뒤에 런던에 와서 일자리를 구했죠. 쿨빈더가 자그데브를 마야한테 소개시켜달라고 그렇게 졸랐어. 둘이 잘 어울릴 거 같다고. 근데 완전히 틀렸지. 마야는 굉장히 불안정한 여자였어요."

자그데브. 타람팔이 항상 그토록 원했던 아들. 소유욕 강한 시어머니 역할을 즐겼을 타람팔의 모습이 그려지는 듯했다. 이자리에 민디를 불러오고 싶었다. 그녀가 지금 어떤 세상으로 들어가려는 건지 보여주고 싶었다. 타람팔은 심지어 자그데브와 혈연도 아닌데 마야에 대한 경멸을 숨기지 못하고 있었다. 그렇다면 실제 시어머니에게 민디가 인정받을 확률은 얼마나 될까?

"둘은 그렇게 맺어진 거군요. 얼마나 연애했나요?"

"세 달."

"세 달이요?" 민디와 엄마조차 멈칫할 만큼 짧은 기간이었다. "마야는 현대 여성인 줄 알았는데. 왜 그렇게 서둘렀대요?"

"과부들이 얘기 안 해줬어요?"

"네."

타람팔은 뒤로 기대 앉으며 니키를 바라보았다. "놀랍네. 가십이나 지껄이는 사람들이."

"가십거리는 나누지 않아요." 니키는 황급히 과부들의 편을 들었다. 마야에 관한 대화에서 배제되는 것이 항상 불만이었지만, 이번만큼은 시나의 방어적인 태도를 인정할 수밖에 없었다. "시나가 유독 마야에 대해 조심스러운 편이죠. 아마 이야기가 각색되어 전해지는 게 싫었을 것 같아요."

"이야기는 딱 하나예요. 시나는 쿨빈더랑 비슷해. 진실을 믿고 싶어 하지 않아. 하지만 그것이 진실이에요." 타람팔은 그렇게 말하며 뒷문을 가리켰다. 문에 달린 작은 창 너머로 정원이 보였지만 아주 어두웠다. 여전히 타람팔은 니키가 이 진실에 대해 알고 있다고 확신하는 듯했다. 니키는 UK 페미니즘 파이터 자석을 다시 한 번 쳐다보았다. 마야가 살아 있었다면, 어쩌면 여성들을 가르치고 쿨빈더 몰래 야한 이야기들을 만들어냈을지도 모른다. 누구도 말하고 싶어 하지 않는 그 끔찍한 결말은 도대체 무엇이란 말인가? 더 알고 싶다면 이 게임에 참여해야만 했다. "글쎄요, 마야가 그렇게 가정적인 편이 아니었다는 말은 들었어요."

"마야는 영국 남자애랑 사귀고 있었어요. 시나가 얘기 안 해 줬나요? 걔랑 결혼하고 싶어 했죠. 하루는 손가락에 반지를 끼고 집에 왔는데, 쿨빈더가 그녀를 무릎 꿇리고 선택하라고 했어요. 그놈이랑 결혼해서 이 집을 영영 떠나든가 그 남자랑 헤어지고 가족을 택하든가."

순간 니키는 생각했다. *집을 떠나라고? 보수적인 부모로부터 벗어날 수 있는 좋은 기회잖아?* 그러나 이내 갓 독립해서 홀로 보냈던 몇 주간이 떠올랐다. 가족을 영원히 떠난 것도 아닌데 무척 외로웠다. "강제로 결혼하는 것도 요구 조건 중 하나였나요?"

"마야를 진심으로 소중히 여기는 사람들에 의한 중매결혼이 라고 합시다." 타람팔이 무덤덤하게 말했다. "당신도 알다시피, 우리는 모두 그녀를 생각했어요. 나는 쿨빈더의 친한 친구였고 마야가 자라는 걸 다 봤으니까요. 그녀에게 필요한 게 뭔지 알고 있었어요."

"서로 잘 맞았나요?" *혈액형이 잘 맞았나 보죠?* 니키는 그렇게 물어보고 싶은 마음을 꾹 참았다.

"마야랑 자그데브는 잘 지내는 듯하다가도 엄청 싸웠어요. 대부분 영어로 다퉜지만 몸짓을 보면 무슨 상황인지 다 알 수 있었죠." 타람팔은 숨을 크게 들이쉬며 머리를 치켜들었다. 마치 보이지 않는 적이라도 상대하는 것처럼. "어느 날, 마야가 펀자브어로 말했어요. *이 집에서 나가야 해.* 일부러 그랬겠죠. 내가 듣길 바랐던 거야."

타람팔의 재연에 니키는 약간의 흥미를 느꼈다. 기타 아줌마도 새로운 가십거리를 들고 올 때마다 열연을 펼치곤 했다. "사람들이랑 잘 지내고 싶어서 그러는 거야, 가여운 것." 엄마는 항상 그렇게 말하며 아줌마를 두둔했지만, 니키는 단순히 흥미를 위해 다른 사람을 비난하는 건 옳지 않다고 생각했다. 하지만 지금은 호기심을 억누르기가 힘들었다. "그래서 이사를 갔나요?"

"알다시피 걘 굉장히 불안정했잖아요." 타람팔은 거듭 말했다. "도대체 왜 그렇게 사생활을 강조했냐는 거지. 우리 공동체에서는 결혼하면 여자가 시가로 들어와 사는 게 당연하다구요. 내가 아주 싸게 세를 줬기 때문에 자그데브는 여기 머물기로 했고 이곳이 걔들의 신혼집이 된 거죠. 봐요, 마야는 자기 인생을 받아들이기 싫어했어요. 그때 그 영국놈이랑 결혼한 것처럼 살려고 했다니까."

그럴 수 있을 거라고 생각했던 거겠죠. 니키는 슬퍼졌다. "그래서 여기 계속 머물렀나요?" 니키는 주위를 둘러보며 물었다. 이렇게 현대적인 집도 불행한 결혼을 한 여자에게는 감옥처럼 느껴지는구나. "마야가 별로 좋아하지 않았을 것 같은데요."

"맞아요. 그리고 얼마 뒤 자그데브가 나에게 털어놓기 시작했죠. 마야가 바람을 피우는 것 같다고요. 매일 아침 시내에 있는 직장에 나가기 전에 향수를 뿌린대요. 사무실에 늦게까지 있다가 남자 동료의 차를 타고 집에 왔고요. 누가 여자 한 명 태워다 주기 위해 사우스홀까지 오겠어요? 둘 사이에 뭔가 있는 게 아니고 서야."

"친구라면 그럴 수 있죠. 동료라면."

타람팔이 고개를 저었다. "말도 안 돼." 그녀는 또박또박하게 말했다. "마야랑 자그데브는 그것 때문에 크게 싸웠어요. 마야는 짐을 싸서 제집으로 가버렸죠."

타람팔은 잠시 말을 멈추고 창밖을 바라보았다. 니키도 그녀의 시선을 따라갔다. 쿨빈더의 창가에는 커튼이 단단히 쳐져 있었다. 마야가 떠나기로 했을 때 무슨 일이 일어났을까? 니키는 입을 굳게 앙다문 쿨빈더를 떠올렸다. 단호하게 고개를 저으며 마야에게 가서 아내로서의 의무를 다하라고 했겠지.

"그러고는요?"

"일주일 정도 친정에 있다가 다시 이쪽으로 보내졌어요. 처음에는 평화로웠지만 다시 싸움이 시작되기까지 얼마 안 걸렸죠." 타람팔이 한숨을 쉬었다. "남편한테는 아무것도 기대하면 안 돼요. 여자들이 그걸 빨리 깨달을수록 실망하는 일도 적어질 텐데."

민디의 프로필 사진이 뇌리를 스쳤다. 그녀 눈에 깃들어 있던 희망. 니키는 문득 안도했다. 민디는 주도권을 가지고 스스로 결정할 수 있는 여지가 마야보다 많았다. 물론 여전히 남자 쪽 여자 친척들을 먼저 만나는 것은 염려스러웠지만, 적어도 민디는 선택할 수 있었다. 싫다고 말할 수 있고, 구애라는 명목으로 3개월간 괴롭힘 당하지 않아도 된다. 엄마도 그런 일은 절대 용인하지 않을 것이다. "저희 언니가 남편감을 찾고 있는데, 무지 까다로워요. 언니는 실망하고 싶어 하지 않거든요."

"그래요? 그럼 행운을 빌어요." 타람팔이 말했다. "마야처럼 미쳐버린 채 끝나지 않기를 바라자구요."

침묵이 흘렀다. 니키는 쏘아보는 듯한 타람팔의 시선을 피해 집 안 곳곳을 살펴보았다. 거실과 시원하게 연결된 부엌. 세련된 벽난로를 마주 보고 놓은 고급스러운 스웨이드 소파. 벽난로 선반 위에는 결혼사진 액자 세 개가 나란히 걸려 있었다. 신부들은 모두 보석으로 잔뜩 꾸몄는데, 코에 커다란 금고리를 달고, 눈썹을 따라 금속 빈디를 박아두어 표정이 잘 보이지 않았다.

"마야는 어떻게 죽었나요?" 니키가 부드럽게 물었다.

"자살했어요."

"어떻게요?" 불편한 질문이었지만 알아야만 했다.

"우리 문화권 여성들이 수치스러울 때 선택하는 방법." 타람팔은 눈을 껌뻑거리더니 시선을 돌렸다. "분신."

니키는 경악하여 타람팔을 바라보았다. "분신이요?"

타람팔은 뒷문을 보며 끄덕였다. "아직도 마당에 잔디 탄 자국이 남아 있어요. 난 저쪽으로는 나가보지도 않아."

그래서 아까 타람팔이 저쪽을 가리켰구나. 갑자기 숨이 가빠왔다. 이 사실을 감당하기가 힘들었다. 그림자 드리운 뒤뜰이 시야 끝자락에 들어왔다. 니키는 그곳이 보이지 않도록 자세를 바꾸었다. 타람팔은 어떻게 견딜 수 있었을까? 돈을 아끼지 않고 집을 리모델링한 데에는 그만한 이유가 있었던 것이다. 마야의 끔찍한 자살로부터 벗어나고 싶었겠지. 딸이 자살한 곳 건너편에 살고 있는 쿨빈더와 사랍을 생각하자 목이 꽉 막히는 것 같았다. "당시 집에는 아무도 없었나요?" 누군가 있었다면 그녀를 말릴 수 있었을 텐데. 니키는 마야를 구하고 싶다는 강하고 절박한 마음으로 물었다.

"나는 사원에 있었고 자그데브는 운전 중이었어요. 자그데브가 마야 휴대폰에서 걔랑 잤던 남자가 보낸 문자 메시지를 발견했대요. 그리고 이혼하자고 했지. 마야는 그 말을 듣고 완전히 미쳐버렸어요. 이혼당하고 싶지 않았던 거지. 교민사회와 부모에게 얼굴을 못 들고 살게 될 테니까. 히스테릭해져서는 자그데브한테 떠나지 말라고 애원했대요. 자그데브는 잔뜩 화가 나서 집을 나가면서 "다 끝났어."라고 말했고요. 마야는 그 길로 뒤뜰에 가서 자기 몸에 기름을 붓고 성냥을 그은 거죠."

"오, 세상에." 니키가 말했다. 눈을 감았지만 그 끔찍한 장면이 선명히 보이는 듯했다. 타람팔이 계속 뭐라고 말하고 있었지만 멀게만 들렸다. "그래서 지나치게 상상하면 안 되는 거예요. 너무 많은 것을 원하게 된다니까요."

조악하고 융통성 없는 논리에 미쳐버릴 것만 같았다. 한 번도 마야를 직접 본 적은 없지만 젊고 날씬한 쿨빈더의 모습은 떠올릴 수 있었다. 청바지를 입고 머리를 뒤로 느슨하게 묶었겠지. 요즘 것. 랑가르홀 여자들이 그녀에게 차갑게 던졌던 말이 떠올랐다. 걸레. 날라리. 공동체 사람들이 그런 딱지를 붙인다면 아마 더 이상 살 수 없다고 생각했을 것이다.

"쿨빈더와 사랍이 불쌍해요." 니키가 말했다.

"자그데브가 안됐지. 장례식 때 그가 어땠는지 봤어야 해요. 머리카락을 쥐어뜯으며 바닥에 쓰러져서는 애원했어요. 다시 돌아오라고, 돌아오라고…. 마야가 한 짓들에도 불구하고 말이에요. 자그데브가 훨씬 더 힘들어했어요."

하지만 슬픔의 크기를 비교할 수는 없었다. "모두들 힘들었겠죠. 타람팔 당신을 포함해서 말이에요."

"자그데브가 훨씬 더 힘들었다니까요." 타람팔은 끈질기게 우겼다. "쿨빈더와 사랍이 뭐라고 했을지 생각해봐요. 마야가 그렇게 되도록 몰아갔다느니, 제대로 보살피지 않았다느니 그랬을 거 아니에요! 왜 그의 이름에 더 먹칠을 하냐고?"

뱃속에서부터 불편한 기분이 올라오는 것 같았다. 어쩌다가 대화가 이렇게 흘러간 걸까? 타람팔이 수업에 돌아오도록 설득할 수 있을 거라고 생각하며 대로를 가로질러 뛰어온 지 한 시간도 되지 않았다. 하지만 타람팔은 생각보다 훨씬 고집이 셌다.

"그나저나 집이 참 멋져요." 니키는 타람팔이 더 나아가기 전에 빨리 말했다.

"고마워요."

"저희 엄마도 집을 리모델링하고 싶어 하시는데, 혹시 업체 연락처 좀 알려주실 수 있나요?" 엄마는 아마도 펀자브 출신 기술자를 원할 것이다. 장차 있을 민디의 결혼을 위해 집을 더 고급스러워 보이게 만들고 싶은 마음을 이해할 수 있는 사람.

타람팔은 고개를 끄덕이며 부엌을 떠났다. 혼자 남으니 안도감이 들었다. 니키는 숨을 깊이 들이쉬고 차를 다 마셨다. 미처 걸러지지 않은 씨와 찻잎 찌꺼기도 그대로 삼켰다. 바깥에서 들리는 빗소리만 빼면 집 안은 조용했다. 니키는 냉장고에서 UK 페미니즘 파이터 자석을 떼서 만지작거렸다. 지난여름 하이드 파크 집회에서 이걸 수백 개나 나눠줬었는데. 어쩌면 그 쏟아지는 인파 안에 마야도 있었을지 모른다.

잠시 후 타람팔이 브로슈어를 들고 돌아왔다. 위에 붙은 명함에 '릭 페튼 홈 리노베이션'이라고 볼록하게 새겨져 있었다.

"영국 사람이군요." 니키는 놀랐다.

"자그데브가 소통하는 걸 도와줬어요. 버밍햄으로 돌아가긴 했는데 자주 오거든요."

"착한 아들이군요."

"내 아들이 아니에요." 타람팔이 움찔하며 말했다.

"아, 그럼요." 아들이라니, 공동체의 영적 지도자 역할을 이어갈 아들을 낳지 못한 타람팔에게 얼마나 저주스러운 말이었을까? 타람팔의 얼굴에 불편한 기미가 비쳤다. 니키는 생각 없이 말한 것을 후회하며 가방을 집어들었다.

거실을 지나 밖으로 나가는데, 벽에 붙은 초상화 속 타람팔의 딸들의 시선이 느껴졌다. 그들의 눈은 젊음으로 반짝거렸다. 반면 두꺼운 화장을 하고 결혼 예물을 한 사진에서는 그들의 감정을 읽기가 힘들었다. 니키는 궁금해졌다. 그녀들은 설렜을까? 아니면 두려웠을까?

9

늦은 아침이었다. 니키는 발가락을 뻗어 커튼 끝자락을 잡아 내리려고 안간힘을 썼다. 옆에 있던 제이슨이 꿈틀거리며 중얼댔다. "열어둬."

"노출증 환자 같아." 니키가 놀리듯 말했다. "햇빛 들어오는 거 싫단 말이야." 늦은 아침이었다. 지난밤 그들은 서로에게 이야기를 읽어주며 밤을 지새웠다. 그러다 잠시 멈추고 가장 인상적인 장면을 재연하기도 했다.

제이슨이 니키의 엉덩이를 가볍게 때리며 말했다. "장난꾸러기." 그는 니키 너머로 손을 뻗어 커튼을 닫은 후 다시 베개에 머리를 파묻으며 그녀의 귀에 입을 맞췄다. 촉촉한 키스였다. 니키는 제이슨의 가슴에 파고들며 이불을 끌어올려 둘의 머리를 덮었다.

제이슨은 자세를 바꾸어 그가 누워 있던 방향으로 굴러 내려갔다. 부스럭거리는 소리가 들렸다. 그는 구겨진 종이 한 장을 들고 침대로 돌아왔다. "지금으로부터 수백 년 전, 왕이 살던 도시 변두리에 재능 있지만 남루한 재봉사가 있었는데…." 제이슨이 읊기 시작했다.

"그 얘기는 이미 했잖아."

"내가 얘기하려는 건 그 속편이야." 제이슨이 말했다. 그가 침대 시트 밑으로 손을 넣어 니키의 등을 쓸어내렸다. 그녀는 전율했다. 이어 제이슨은 그녀의 목에 입술을 대고 붓질하듯 위아래로 움직이며 부드럽고 포근하게 키스했다. 그러다 손을 그녀의 다리 사이로 가져가 손가락을 허벅지 1인치 안쪽으로 넣었다 빼며 원을 그렸다. 니키는 푹신한 침대에 잠긴 채로 몸을 가누지 못했다.

까맣게 타오르는 육신.

갑자기 떠오른 장면에 니키는 놀라 몸을 일으켰다. 제이슨도 깜짝 놀라 하던 일을 멈췄다. "왜 그래?" 그가 물었다. 걱정으로 가득 찬 그의 얼굴을 보니 바보가 된 기분이었다.

"아니야. 어젯밤에 나쁜 꿈을 꿨나 봐. 방금 그중 한 장면이 떠올랐어." 의식 속에 꿈의 파편들이 맴돌았다. 그녀는 희미하게 느껴지는 역한 탄내와 비통에 차 내지르는 절규를 떠올릴 수 있었다. 니키는 머리를 저었다. 타람팔을 만난 이후 마야 꿈을 꾼 것이 벌써 세 번째였다.

제이슨은 니키의 쇄골에 가볍게 입맞추고 허리를 안으며 물었다. "꿈에 대해 말하고 싶어?"

니키는 고개를 흔들었다. 타람팔을 방문한 지 일주일이 지났다. 그날 이후 계속 마야 생각을 떨쳐내려고 애썼지만, 완전히 성공하지는 못했다. 더 이상 타람팔에게 들은 이야기 한마디 한마디가 마음속을 정처 없이 떠돌지는 않았지만, 이따금씩 머릿속에 특정 장면들이 불쑥 튀어나왔다. "끔찍한 악몽이야, 아니면 그저 나쁜 꿈이야?" 제이슨이 물었다.

"무슨 차이인데?"

"악몽은 무섭지. 나쁜 꿈은… 좀… 뭐랄까… 나쁜 거고." 니키는 제이슨의 입술에 퍼지는 미소를 보기 위해 돌아누웠다. "그러니까… 집안 살림을 장악하려고 최선을 다했지만 정작 남편과 즐길 시간은 좀처럼 갖지 못했던 여자 이야기 같은 거지."

한 과부가 지어낸 이야기의 도입부였다. 제이슨이 이어 말했다. "그녀는 완벽주의를 버리지 못하고 남편 몰래 하녀를 고용하기로 하지. 하녀는 남편이 출근한 후 집에 와서 남편이 퇴근하기 전에 떠나. 이제 여자는 매여 있던 집안일에서 벗어났기 때문에 낮 동안 하고 싶은 일을 다 할 수 있어. 애들을 학교에서 데려올 필요도, 장 보러 갈 필요도 없거든. 그래서 하루 종일 스파에서 시간을 보내기도 하고, 한 번도 가본 적 없는 런던 곳곳을 다니기도 해."

니키가 말했다. "그 계획은 잘 진행되었어. 남편이 두고 간 서류 때문에 예정되지 않은 시간에 집으로 들이닥치기 전까지는. 남편은 수납장 상판을 닦고 있는 하녀를 보고 누구냐고 묻지." 제이슨이 말했다. "그 목소리에 뒤를 돌아본 하녀는 어떤 키 큰 남자가 자신에게 다가오는 걸 발견해. "화내지 마세요." 하녀가 말했어. "부인은 자기만의 시간이 필요하고, 전 부인을 돕는 것뿐이랍니다." 그러곤 안주인의 계획을 털어놓았지."

니키가 말했다. "남자는 어떻게 반응해야 할지 알지 못하고 서 있었어. 그저 얼마나 오랫동안 이렇게 해왔을까 궁금해하며 하녀를 뚫어지게 바라봤지. 하녀는 그가 매력적이라고 생각했어. 불가항력이었지. "부인께서 할 수 있는 일이라면 저도 다 할 수 있어요." 그에게 다가가며 부드럽게 말했어. "이 셔츠도 제가 다렸고," 그녀가 그의 셔츠 깃을 어루만졌어. "새 면도날도 제가 사다 놓았죠." 그녀가 그의 뺨을 쓰다듬었어. 까슬까슬한 느낌이 들었지. "부인이 하는 일이 또 뭐가 있을까요?" 그러고는 그렇게 물었어."

"하지만 하녀는 남자의 대답을 기다리지 않았어. 그저 남자의 바지 지퍼를 내렸고 망치가 앞으로 튀어나왔지." 제이슨이 말했다.

니키는 웃음을 터트렸다. "그걸 그렇게 부르는 거야?"

"어마어마한 장비지."

"어마어마한 장비는 바로 당신이지." 니키가 제이슨을 밀쳐서 눕히며 말했다.

"잘 나가다 옆길로 샜네. 좋아, 그의 기구라고 할까?"

"뭔가 의학적인데. 외과 수술 장비 같은 느낌이야."

"아니면 굉장히 달콤한 음악을 연주하는 악기라고 할까?" 제이슨이 제안했다.

"야채로 해보자."

"그의 당근이 튀어나왔다."

"보다 모양이 일관된 물건으로 생각해보자."

"굉장히 이래라저래라 하네."

"딱 맞는 표현을 찾고 싶을 뿐이야."

"알겠어. 그의 *주키니* 어때?"

"여기선 그걸 애호박이라고 해."

"좋네, 애호박. 뭔가 고차원적으로 들려." 제이슨이 말했다.

"그의 애호박은 보드라웠다." 니키가 이어나갔다.

제이슨이 얼굴을 찡그렸다. "내가 지난번에 요리할 때 보니까 껍질 벗기기 전 애호박은 거칠고 울퉁불퉁하던데."

"내가 본 애호박은 대부분 매끈했어."

"그래?"

"주로 어디서 장을 보는데?"

"모르겠는데."

"지금 좀 볼까?" 니키가 다리를 제이슨의 허리 위에 올려놓으면서 물었다.

"내가 여태까지 알고 있던 것들이 하나도 생각 안 나네." 제이슨이 니키의 벗은 가슴을 보며 말했다.

"그들은 온 집 안을 다 돌아다니면서 섹스를 해. 이후 남자는 끔찍한 기분을 느끼며 부인에게 하녀와 있었던 일을 모두 털어놓지. 그런데 놀랍게도 부인이 기뻐하며 그럴 줄 알았다고 말하는 거야. 알고 보니 부인이 일부러 남편의 서류를 숨겨놓았던 거지. 남편이 집으로 돌아오게 하려고. 남편과 하녀가 서로 만날 수밖에 없도록 계획을 세웠던 거야. 이제 그녀는 그들이 섹스하는 장면을 보고 싶어 해. 지켜보면서 흥분하는 여자거든."

"그런 여자는 어디 가면 찾을 수 있는 거야?" 제이슨이 농담처럼 말했다.

"눈 감아." 니키가 명령하듯 말했다. 그녀는 고개를 숙이고 그의 체모에서 나는 쿰쿰한 냄새를 들이마시며 그의 물건에 키스했다. "그녀가 지금 우리를 보고 있어." 니키가 제이슨의 귀에 대고 속삭였다. "우리도 그녀를 흥분시킬 수 있을까?"

제이슨은 시선을 들어 니키를 바라봤다. "그럼."

그때, 갑자기 전화벨 소리가 방 전체가 떠나갈 만큼 크게 울렸다. 둘은 하던 일을 멈출 수밖에 없었다. 제이슨은 침대 아래에 벗어놓은 청바지 주머니로 손을 뻗어 휴대폰을 꺼냈다. 그의 얼굴에서 미소가 사라졌다. "미안." 그가 휴대폰 화면을 들여다보면서 중얼거렸다. "꼭 받아야 하는 전화라서." 그러고는 바지를 챙겨 입었다.

업무 전화일 수도 있지, 니키는 생각했다. 하지만 오늘은 일요일이었고 제이슨의 표정은 빡빡한 상사에게 쫓기는 사람보다 더 암울해 보였다. 전에도 이런 일이 두 번 있었다. 갑작스럽게 전화벨이 울리고 제이슨은 황급히 뛰쳐나가버렸는데, 어찌나 빠른지 먼지가 날릴 정도였다. 지난번에 니키는 누구 전화냐고 물었다. 너무 캐묻는 인상을 주고 싶진 않았지만, 전에도 식사 중 전화가 걸려와 데이트를 망친 적이 있었기 때문이다. 그는 휴대폰을 꼭 테이블 위에 올려놓아야 한다고 고집했고, 전화를 받으러 식당 밖으로 나가 무려 이십 분 동안이나 돌아오지 않았다. "신경 써야 할 일이 있어서." 그는 자리에 돌아와서 그렇게 말했다.

대화 내용을 들어보려고 안간힘을 썼지만 제이슨의 목소리는 너무 낮고 작았다. 발꿈치를 들고 제이슨이 있는 욕실 쪽으로 갔지만 삐걱거리는 마룻바닥 때문에 몰래 엿듣는다는 걸 들킬 것 같았다. 괜히 부엌으로 가서 아침 식사를 준비하며 바쁜 척을 했다.

"커피가 없네." 제이슨이 욕실에서 나오자 니키가 말했다. 그녀는 피곤해 보이는 그를 못 본 척했다. 그가 식탁에 앉아서 손으로 머리를 감싸 쥐자 니키는 그의 옆에 앉아서 어깨를 주물러 주었다. "누구였어?"

"그냥 업무 전화야." 그가 말했다. 하지만 니키는 그가 급하게 옷을 챙겨 입는 모습을 보았다. 생각에 잠긴 그의 얼굴엔 먹구름이 잔뜩 껴 있었다.

"오믈렛 만들 참이었어." 니키가 냉장고를 열며 말했다. "달걀 두 개, 아니면 하나?"

"괜찮아."

"그 말은 달걀은 두 개가 좋다는 거지?"

제이슨은 고개를 들었다. "아, 미안." 그가 미소 지었다. "달걀 하나면 될 것 같아. 고마워."

니키는 끄덕이고 스토브에 불을 붙였다. "있잖아, 아무래도 그 프랑스 영화를 보러 가야 하지 않을까 싶어. 그 영화가 아직까지 보고 싶거든."

"좋아. 아직도 상영 중인가?"

"그 극장엔 같은 영화가 되게 오래 걸려. 그 영화는 지난 주말에 개봉했을 거야. 이 년 전에 캘커타에 있는 슬럼 지역에 대한 다큐멘터리 영화를 상영한 적이 있거든? 우리 부모님은 여섯 달

동안 세 번이나 그 영화를 보셨지.”

“같은 영화를 여러 번 보는 사람들에게 감사해야겠네. 그런 분들 덕분에 그 극장이 운영되고 있는 거니까.”

“근데 우리 부모님 영화 취향은 서로 다르거든? 아빠는 역사나 현대 사회의 문제를 다루는 쇼를 좋아했고 엄마는 인도 드라마나 할리우드 로맨틱 코미디만 보셨어. 그런데 그 영화는 둘 다 좋아할 만한 구석이 있었나 봐.” 니키는 언젠가 엄마 아빠가 같은 영화를 한 번 더 보고 집에 돌아왔던 날을 떠올리며 미소 지었다. 그들의 뺨은 이제 막 시작하는 연인들처럼 환하게 빛나고 있었다.

“얘기를 들어보니 니키 부모님의 중매결혼은 매우 성공적이었던 것 같네.”

“그랬지.” 니키는 방금 새삼 깨달은 사실에 깜짝 놀랐다. 눈시울이 뜨거워졌다. “자, 오믈렛에 치즈 넣어줄까?”

“당연하지.” 제이슨이 말했다. 그의 전화가 또다시 울렸다. 돌아보니 그는 휴대폰 화면을 바라보며 인상을 쓰고 있었다. “이 전화도 받아야 해. 니키, 미안.” 그는 그렇게 말하고 급히 집 밖으로 나갔다. 니키는 현관 쪽으로 살금살금 다가가 엿듣고 싶은 충동을 겨우 참았다. 그가 문밖 비좁은 복도에 서서 대화를 나누는 소리가 희미하게 들려왔다. 잠시 후 제이슨은 니키를 안심시키기 위해 미소를 보이며 돌아왔지만, 그 미소에서는 별 감정이 느껴지지 않았다.

"무슨 일이야?"

"업무 전화야. 설명하기 힘들어. 얼마간 바빠질 것 같아."

니키가 오믈렛을 내왔고 그들은 말없이 먹었다. 무언가가 집 전체를 꽉 누르고 있는 느낌이었다. 내가 아침을 먹으면서 슬며시 우리 관계에 대해 물어보려고 했다는 걸 눈치챈 걸까? 너무 성급하다고 느낄 수도 있겠지만, 첫 데이트 이후 그들은 거의 매일 밤을 함께 보내고 있었다. 강렬한 시작은 짜릿하지만 빨리 식어버리기 십상이었다. 니키는 단순히 즐기는 것 이상의 관계를 원했다.

제이슨은 아침 식사를 마친 후 다시 한 번 미안하다고 말하며 나중에 전화하겠다고 약속하고 떠났다. 그는 힘든 일을 하고 있어. 중요한 일 때문에 갔겠지. 그가 거짓말을 하는 것이 아니라고 믿고 싶었다. 하지만 확신이 들지 않았다.

그날 저녁 오라일리스 펍에 내려갔을 때, 바에 처음 보는 젊은 여자가 있었다. 갈색 머리를 뒤로 묶었고, 눈화장이 진해서 퀭해 보였다. 그녀는 니키를 향해 스치듯 미소 짓고는 묶은 머리카락 끝을 손가락으로 꼬는 일에 다시 집중했다. "안녕하세요." 니키가 말했다.

"저는 조예요." 그녀가 말했다. 그 이상의 설명은 없었다.

그때 사무실에서 샘이 나왔다. "오, 조랑 이야기하고 있었군요. 조, 여긴 니키야. 니키, 앞으로 조가 바에서 일할 수 있게 실습시키려 해요. 그러니 오늘 밤엔 부엌에서 일해주세요."

"알겠어요." 부엌에서 러시아 멍청이 두 명과 함께 근무하게 될 줄 알았다면 미리 마음의 준비를 했을 텐데. 오늘은 맘대로 되는 일이 없는 날이다. 주방으로 향하면서 니키는 조를 쳐다보았다. 젊고 매력적인 여자였다. 뒷말 많은 러시아 직원들은 또 샘이 무슨 꿍꿍이로 그녀를 채용했을까를 두고 낄낄거릴 것이다. 샘이 그녀 쪽으로 몸을 기울이고 무어라 얘기하고 있었다. 조는 아무 관심도 없어 보였다. *제발 눈치 좀 챙겨요, 샘.* 올리브가 있었으면 좋았을 텐데. 그녀는 음침한 런던 날씨 때문에 파업을 선언하고 온라인 마감 세일에서 건진 비행기 티켓으로 리스본에서 주말을 보내고 있었다. 니키는 휴대폰을 꺼내 재빨리 올리브에게 메시지를 보냈다.

— 런던에 진절머리가 나. 돌아와!

그러자 태양이 내리쬐는 깨끗한 해변 사진이 답장으로 돌아왔다. 니키는 다시 메시지를 보냈다.

— 내 속 좀 그만 뒤집어놔. 내가 거길 뒤집어놓으러 가고 싶다. 하

하하하.

잠시 후 사진이 한 장 더 도착했다. 올리브는 상체에 실오라기 하나 걸치지 않은 가무잡잡한 남자와 해변가에 앉아 있었다. 선명한 복근이 마치 그린 것 같았다. 그는 올리브의 벗은 허리를 한 팔로 감싸 안고, 올리브는 남자의 가슴에 뺨을 묻고 있었다. 한쪽 눈이 눌려 윙크한 것처럼 보였다. 니키는 답장을 보냈다. *여기로도 한 명 보내줘!*

니키가 부엌에 발을 들여놓았을 때 그곳엔 해야 할 일이 잔뜩 쌓여 휘몰아치고 있었고, 외국어로 말하는 소리가 왁자지껄했다. 러시아 직원들은 서로의 이름을 외쳐댔고, 산자는 그들 사이에서 왔다 갔다 했다. 그들은 니키가 들어온 것을 알아차리고 목소리를 낮췄다. 그러고는 서로를 바라보며 히죽거렸다. 산자가 짜증 난 표정을 짓는 것으로 보아 그들이 하는 농담을 알아들은 듯했다. 부엌 바깥 펍은 박수와 웃음소리로 떠나갈 듯했다. 퀴즈 이벤트가 있는 날이었다. 진행자가 가벼운 스탠드업 코미디로 분위기를 띄우고 있었다.

개리가 니키 옆으로 다가섰다. "내 말 못 들었어? 이걸 5번 테이블에 가져가라고."

"아, 미안."

"잘 들어둬. 여긴 부엌이야. 샘의 사무실이 아니라." 개리가 엉덩이를 살랑살랑 흔들며 말했다.

"이봐, 개리. 나한테 이런 식으로 구는 건 적절하지 못하다고 생각….”

그러나 개리는 니키가 말을 채 마치기도 전에 자리를 떠버렸다. 주문받은 음식을 가지고 부엌 밖으로 나가는데, 분한 마음에 얼굴이 불타오르는 것 같았다. 바 안쪽에 있는 조는 휴대폰을 만지작거리느라 정신이 없어 보였다. “손님 오셨어.” 니키가 말하자 조는 얼굴을 찌푸렸다.

부엌으로 돌아오는데 부엌문 앞에 산자가 서 있었다. “쟤네 신경 쓰지 마. 찐따 새끼들이야. 지들이 바에서 일하면 여자 꼬실 수 있을 줄 아나?”

"아무리 바에서 일해봤자 소용없을 것 같은데.”

"난 부엌에서 일하는 게 더 좋아. 그치만 내가 저 새로 온 여자애보다는 나을 것 같아.”

"누구든 쟤보다는 나아. 샘이 무슨 생각으로 쟤를 데려왔는지 모르겠어.” 그때 조가 손님들 쪽으로 몸을 기울였고 가슴골이 드러났다. 음, 무슨 생각인지 알 것 같기도.

부엌으로 돌아온 니키는 오늘 밤이 빨리 지나가버리기를 바라며 주문에만 신경 썼다. 집에 가서 침대 위에 몸을 웅크리고 눕고만 싶었다. 부엌은 달그락거리는 소리로 소란했고, 이따금 문이 열릴 때마다 퀴즈 진행자가 큰 목소리로 질문하는 것이 들렸다.

— 호주 토종이죠. 양서류이자 포유류인 이 동물은 알을 낳
습니다.
— 〈사운드 오브 뮤직〉에서 마르타 역할을 한 여배우는 누구
일까요?
— 예수님이 제자들 편에 보낸 것은 무엇일까요? 1번, 막대
기와 돌멩이. 2번, 빵과 돈. 3번, 짐 보따리. 4번, 부하들.

뭔 보따리? 니키가 의아해하며 식기세척기를 여는데, 뜨거
운 김이 터져 나와 얼굴을 강타했다.
"자, 눈 떠봐. 나 보여?"
산자의 얼굴이 뿌옇게 보여서 니키는 몇 차례 눈을 깜박였
다. "이거 열 때는 조심해야 해." 산자가 식기세척기를 노려보며
말했다. "건조가 끝나면 알람이 울려. 알려줬어야 했는데."
개리가 산자에게 뭐라고 고함을 쳤다. 그녀는 빠른 러시아
말로 되받아쳤다. "고마워." 니키가 간신히 눈을 뜨며 말했다.
"그리고 내 편 들어준 것도."
"내가 뭐라고 했는지 모르잖아."
"러시아 말로 꺼지라고 한 것 같았는데."
"정답."

282

친절한 산자 덕분에 남은 근무 시간은 조금 더 빨리 흘러갔다. 오늘 밤 퀴즈에 참여한 사람들은 질이 괜찮은 편이었다. 인종차별주의자의 손자 스티브조차도 "널 영원히 사랑하겠어!"라고 외치며 북한에 대한 퀴즈를 맞혔다. 하지만 근무 시간이 끝날 때까지도 니키는 화가 풀리지 않았다. 그래서 샘의 사무실까지 쿵쾅쿵쾅 걸어가서 문을 거칠게 두드렸다. "들어오세요." 그가 외쳤다.

니키는 안으로 들어가서 말했다. "식기세척기에 문제가 있어요."

"나도 알아요." 샘은 그녀를 올려다보지도 않고 말했다. 그의 시선은 책상 위에 펼쳐놓은 서류들에 고정되어 있었다. "곧 고칠게요."

"빨리 고쳐야 한다고요." 니키는 흔들리는 목소리로 말했다.

샘은 그제서야 고개를 들어 그녀를 바라봤다. "니키, 돈이 생기면 고칠게요. 몰랐겠지만 지금 여기 돌아가는 사정이 굉장히 빡빡해요."

"위험하다고요. 돈도 없다면서 새 직원은 왜 고용했어요? 저 조라는 애는 대체 뭐 때문에 여기 온 거죠, 샘?"

그 말에 샘이 움찔했다. 니키는 쌤통이라고 생각했다. "내가 직원을 뽑을 때마다 니키에게 결재받아야 하는 거였나요?"

"제가 사장님보다는 전문적인 식견을 가진 것 같은데요?"

"그래요?" 샘이 반문했다. 비꼬는 투였다.

"주방에 있는 멍청이들이 나에 대해 뭐라고 하는지 아세요? 내가 당신을 꼬셔서 여기 취직했다고 해요. 그게 말이 되나요, 샘? 내 기억에 분명 그런 일은 없었어요. 내가 열심히 했기 때문이라고 생각하고 있었다고요. 그런데…."

"니키, 그쯤 해둬요." 화가 날 정도로 차분한 어조였지만, 이마에 잡힌 주름에서 걱정하는 기색이 뚜렷이 느껴졌다. "난 조를 고용하지 않았어요. 걔는 내 조카예요. 우리 누나 애라고. 내가 주말에 리즈에 다녀왔던 것 기억하나요? 조를 데려오려고 간 거였어요. 누나 얼굴을 봐서 걔를 가르쳐보려고 했다고요. 조는 이제 막 열여덟 살이 됐는데 앞으로 뭘 하고 싶은지 전혀 몰라요. 누나와의 사이도 그리 좋지 않아서 내가 개입한 거예요." 샘은 충분히 그럴 만한 사람이었다.

"그게 이유가 되지는 못…." 계속 말하려고 했지만, 샘이 니키의 말을 잘랐다. "니키한테 데이트 신청했던 일에 대해 진작 얘기했어야 했는데, 정말 낯을 들 수가 없을 정도로 부끄러웠기 때문에 그러지 못했어요. 걔네 때문에 어려움을 겪고 있는 줄은 몰랐어요. 내가 한마디 해야겠네요."

"그럴 필요 없어요."

"그러지 말라고 하면 더 나아지지 않을까요?"

"제가 말하는 게 더 낫겠죠. 사장님이 제 방패막이가 되어주겠다고 나서면 걔네 생각이 맞다고 확인해주는 것밖에 안 돼요."

"알겠어요. 니키도 이미 알고 있는 바와 같이 내가 당신을 고용한 건 당신이 믿을 만한 사람이기 때문이에요. 니키는 좋은 직원이에요. 단번에 알아봤죠."

"법학과 지도 교수님 말씀과는 완전 반대네요. 그 사람은 제가 시도도 안 해본다는 식으로 말했거든요."

"시간을 낭비하고 싶지 않았던 거겠죠. 그것도 능력이에요. 솔직히 말해, 난 이 가게를 인수받기 전에 내 마음의 소리에 더 귀를 기울일걸 그랬다 싶어요. 지금 여긴 폭삭 망하기 직전이라고요. 이 펍이 나자빠지는 걸 막으려면 비용을 지불해야 하는데 난 이곳에 그만한 애정이 없어요."

그러나 여전히 니키는 식기세척기에 대한 분노로 폭발하기 직전이었다. 가방을 열어 타람팔의 집을 수리해주었다는 업자의 명함을 찾았다.

"샘, 이 업체가 꽤 좋아 보였어요. 비용도 나쁘지 않을 것 같아요. 제가 아는 사우스홀의 한 아줌마네를 수리했거든요."

샘은 명함을 건네받더니 휘파람을 불었다. "비용이 나쁘지 않다니, 농담하는 거죠? 나 이 업체 알아요. 화장실 리모델링 견적을 받으려고 연락한 적이 있는데, 금액이 천정부지였다고요."

"정말요?" 니키는 그렇게 말하고 명함을 받아 자세히 들여다보았다. 수입도 없이 자력으로 사는 타람팔이 어떻게 그 비용을 감당할 수 있었을까? "샘, 긴축재정이 내 자리에까지 영향을 미치는 건 아니겠죠?"

샘은 고개를 내저으며 말했다. "내가 이 펍을 맡고 있는 한 그런 일은 없어요."

니키는 안도의 미소를 지었다. 샘이 말을 이어나갔다. "하지만 평생 여기에 뿌리를 내려야 한다는 말은 아니에요. 다른 일에도 도전해봐요, 니키. 당신의 머리를 썩히지 않으면서 당신 방식대로 사람들과 함께할 수 있는 일을 말이에요."

"아직 그런 일이 뭔지 모르겠어요."

"결국 알게 될 거예요." 샘이 말했다. 그는 한숨을 쉬며 주위를 둘러보았다. "내가 만약 이십 대 초반이라면 지금과는 다르게 살 텐데. 난 이 펍을 아버지께 물려받았어요. 그래야만 한다고 생각했거든요. 그러지 않았다면 해변을 낀 휴양지 어딘가에 자전거 렌털숍을 차렸을 거예요. 하지만 지금은 이 펍에 완전히 묶여버렸어. 처음 얼마 간은 아버지의 뒤를 따른다는 것만으로 좋았어요. 하지만 그 신선한 감정이 빛바래면서부터는 그냥 직장이 되어버렸죠. 자전거 사업을 했으면 이렇게 되지 않았을 것 같은데. 하지만 이 펍이 살아 있는 한 나도 여기서 버티고 있을 거예요." 그는 그렇게 말하며 어깨를 으쓱해 보였다. "의무감이랄까요. 뭔지 알죠?"

빗속에서 춤을

그는 오랫동안 샤워하는 것을 좋아했다. 직장에서 긴 하루를 보내며 받은 스트레스를 씻어내기 위해서였다. 그의 부인은 그것이 불만이었다. 남편이 아침에 일어나기가 무섭게 집을 나서는데, 퇴근후 저녁에는 내내 건설 현장에서 묻혀 온 때와 땀을 씻는 통에 얼굴 볼 새가 없다는 것이었다. 수도 요금도 많이 나왔고, 그가 샤워를 마치고 나면 온수가 떨어지기 십상이었다. "어쩔 수 없어." 하지만 그는 의견을 굽히지 않았다. "내가 유일하게 긴장을 풀 수 있는 시간이라고." 부인은 마음이 상했다. "우리 둘 다 즐기면서 스트레스를 풀수 있는 방법들도 있잖아요." 부인은 그렇게 말하고 자리를 떠버렸다. 남자는 당황한 표정으로 잠시 부인의 뒷모습을 지켜보다가 어깨를 으쓱하고는 욕실로 들어가 옷을 벗기 시작했다. 온몸이 아팠고 어깨는 딱딱하게 뭉쳐 있었다.

잠시 후 욕실 문이 열리고 부인이 들어왔다. 수건 한 장만 두른 채로. 남자는 그제서야 아내의 말을 이해할 수 있었지만 그래도 여전히 혼자 있고 싶었다. 그래서 손을 휘저었다. 방해하지 말고 나가라는 뜻이었다. 그러나 부인은 아랑곳하지 않고 두 팔을 들어 올려 몸을 감싼 수건이 바닥으로 떨어지게 했다. 남자의 눈이 자연스럽게 부인의 몸으로 향했다. 부인의 벗은 몸을 마지막으로 본 게 언제였지? 그는 몸을 돌려 샤워기를 틀었다. 그녀가 가까이 다가오는 것이 느껴졌다. 아무것도 걸치지 않은 등에 단단한 젖꼭지가 닿았다. 샤워기에서 그들의 얼굴을 향해 물이 쏟아져 내렸다. 마치 빗속에서 춤을 추는 것 같았지만, 사실 그들은 아주 천천히 움직이고 있었다. 부인이 섬세한 손길로 그의 몸을 어루만지니 땅속 깊은 곳에서 일하며 묻은 모래와 흙이 씻겨 나갔다. 혹독하게 더운 날 끝에 내리는 깨끗한 단비 같은, 작은 사치였다. 그는 전율했다. 부인이 남편의 아래쪽으로 다가가 그의 커다란 화살을 어루만지기 시작한 것이다. 그녀는 그의 얼굴과 입술, 목에 차례로 입을 맞추었다. 그의 짧고 거친 숨소리에 맞추어 그녀의 손놀림도 점점 빨라졌다. 그의 물건이 부인의 손 안에서 부풀어 올랐다. 부인이 다른 손으로 그의 등을 가볍게 할퀴어 내렸다. 마치 물에 젖어 반짝이는 그의 살갗 위에 손끝으로 숭배의 말들을 써 내려가는 것처럼. 갑자기 남편이 거칠게 신음하며 부인의 손을 확 잡아끌었다. "우리 이런 거 해본 적 없잖아." 그가 쉰목소리로 말했다. 부인은 미소 지으며 그의 머리에 얼굴을 묻었다. 그들은 함께 해보지 않은 일이 너무나도 많았다.

그의 차례가 되었을 때, 남편은 매우 섬세하게 움직였다. 부인은 벽에 등을 대고 서서 다리를 벌렸다. 그는 그녀의 중앙에 있는 단단한 봉오리를 혀로 애무했다. 여전히 그들 위로 물줄기가 쏟아지고 있었다. 강렬한 쾌락에 부인은 다리가 떨렸다. 절정에 가까워갈수록 안에서 뜨거운 파도가 밀려 나오는 것 같았다. 그녀는 안에서 따뜻한 빛이 퍼져 나가는 것을 느끼며 남편의 머리카락을 꽉 움켜쥐었다. 온몸의 감각이 깨어난 느낌이었다. 이제는 피부에 물이 떨어지는 감각조차 거의 고통스럽게 느껴졌다. 그녀는 큰 소리로 외쳤다. "계속해!" 그리고 다시금 외쳤다. "멈추지 마!" 그 말대로 그는 멈추지 않았다.

박수가 울려 퍼졌고 프리탐은 얼굴을 붉혔다. 니키는 흔치 않은 이야기지만 디테일이 빠져 있다고 생각했다.

"이야기 속 인물들은 이름이 뭐예요?"

"없어요."

"이런, 이름을 지어줘야지." 아르빈더가 말했다. 마치 어린 아이에게 사탕을 나눠주라고 나무라는 듯한 말투였다.

"존과 메리."

야유와 비웃음이 터져 나왔다. "펀자브식 이름을 지어줘. 인도식 이름이라도." 비비가 말했다.

"인도 사람들이 이런 일을 하는 건 상상이 안 가는걸요."

"아이가 어떻게 만들어지는지 생각 안 해봤니?" 아르빈더가 물었다.

"저런 식은 아니죠. 이 부부가 애를 만들고 있는 건 아니잖아요. 그냥 서로 재미 보고 있는 거지."

"프리탐, 어디서 이 이야기의 아이디어를 얻었어요?" 그때 갑자기 탄비르가 눈을 가늘게 뜨고 프리탐을 바라보며 물었다.

"상상했어요."

탄비르가 니키를 바라보았다. "니키, 자기가 만들지 않은 걸 직접 만들었다고 하면서 남들에게 보여주는 일을 뭐라고 하죠? 대학에서 쫓겨날 수도 있는 일이라고 하던데요. 사트프리트 싱의 아들이 그런 짓을 하다 걸렸다고 하더라고요. 영어로 뭐라고 하더라, 생각이 안 나네."

"표절이요."

"맞아, 바로 그거요. 그 단어를 기억하고 있었어요. 왜냐면 그게 무슨 뜻인지 아는 사람이 아무도 없었거든요. 심지어 사트 프리트 싱조차 당황하더라고요. 고작 도서관에서 책 빌려다 몇 문단 베껴 쓴 건데 그렇게 가혹한 벌이 내려질 줄은 몰랐대요. '내 아들은 그저 기지를 발휘한 것뿐'이라고 계속 말하더라고요. 하지만 영국 사람들은 진위 여부를 놓고 굉장히 요란을 떨잖아요. 아무튼 프리탐, 당신 이야기는 표절이에요." 특유의 억양 때문에 표절이라는 단어가 요상하게 들렸다.

"말도 안 되는 소리." 프리탐은 그렇게 말했지만, 어딘가 초 조해 보였다. "난 영어도 못 읽는데 어디서 그런 이야기를 알았겠 어요?"

"새벽 1시, 56번 채널."

은밀한 시선이 교실 안을 오갔다. 새벽 1시에 56번 채널에서 뭐가 나오냐고 물어볼 필요도 없었다. 다 알고 있다는 듯한 여자들의 미소가 모든 것을 설명해주었다. "언젠가 한 부부에 관한 영화를 해줬는데요, 남자가 형광색 조끼를 입은 채 집으로 돌아와요. 광부나 뭐 그 비슷한 일을 하는 사람이었을 거예요. 그가 영어로 뭐라고 말하니까 그의 부인이 그를 욕실로 데리고 가요. 그리고 프리탐, 딱 당신이 묘사한 대로 한답니다."

"영어도 아니었어. 영어 같지 않던걸. 프랑스어나 스페인어였을 것 같은데." 아르빈더가 말했다.

"독일 영화가 최고야." 갑자기 비비가 끼어들었다. "남자들이 아주 튼실하게 생겼거든."

"딱 걸렸군요, 프리탐." 탄비르가 웃음 띤 얼굴로 말했다.

프리탐은 당혹스러워하며 변명했다. "인도 채널은 밤에 볼만한 게 하나도 없단 말이에요."

"자, 이제 다른 이야기를 해보죠." 니키가 말했다.

"내 이야기의 뒷부분을 생각해 왔어요." 탄비르가 말했다.

"리타와 미라 이야기 말이지?" 아르빈더가 묻자 탄비르는 고개를 끄덕였다.

"오, 좋아요. 어떻게 됐는지 이야기해주세요." 비비가 말했다.

리타는 미라를 자신의 침대로 데려갔다. 침대 시트는 지난밤 헝클어진 그대로였다. 미라는 왜 침대를 정리하지 않았냐며 핀잔 주고 싶은 마음을 애써 참았다. 리타의 지시대로 눈을 감고 침대에 누우니 음부에서부터 강렬하고 긴박한 떨림이 퍼져 나갔다. 살갗에 닿는 리타의 숨결이 뜨거웠다. 먼저 그들은 격정적으로 키스했다. 리타는 미라의 상의 단추를 풀고 속옷 위로 두드러진 젖꼭지를 살짝 깨물었다. 미라는 이를 앙다물었다. 이 어린 여자애에게 육체를 농락당하는 감각은 황홀했기에 미라는 비명을 지르고 싶었다. 하지만 이게 끝이 아님을 알고 있었다. 리타가 미라의 다리 사이에 있는 복숭아를 쓰다듬었다. 미라의 몸이 달아오르고 있었기에 리타는 그녀가 준비되었음을 알았다. 리타가 옷을 하나하나 벗기고 축축하고 부풀어 오른 가운데로 손을 가져가니 미라는 환희에 젖어 끙끙거렸다. 리타가 리듬에 맞추어 움직이자 신음은 더욱 깊어졌다. 리타는 손가락으로 부드럽게 원을 그렸다. 미라에게 곧 닥칠 환희의 순간을 준비하는 것이었다. 테이블 옆에 마사지봉이 놓여 있었다. 미라가 중간중간 그것을 바라보았지만, 리타는 고개를 저으며 단호하게 말했다. "아직 아니에요." 쾌락을 절실히 갈구하는 여자에게 기다리라고 하는 건 잔인한 짓임을 알았지만 리타는 이 순간이 최대한 오래 이어지기를 바랐다. 지금 리타는 최대 권력자였다. 미라에게 무슨 일이든 다 시킬 수 있었다. 리타가 이 상황을 어떻게 끌고 나가냐에 따라 이 집에서의 운명이 결정될 것이다.

리타는 옷장에서 코코넛오일병을 꺼냈다. 남편과 첫날밤에 사용했던 것이다. 리타는 가끔 남편을 위한 깜짝 선물로 아무것도 걸치지 않은 몸에 오일을 잔뜩 바르고 침대에 누워 남편을 기다리곤 했다. 리타는 미라가 자신의 동작을 하나하나 다 지켜볼 수 있게 했다. 손에 오일을 붓고 자신의 가슴과 배, 허벅지를 천천히 문질렀다. 빛나는 구릿빛 피부를 가진 여신. 자신이 얼마나 도발적으로 보일지 너무나 잘 알고 있었다. 리타는 침대로 돌아가 마사지봉을 집어 들고는 기름 범벅이 되도록 목에서부터 배까지 자신의 몸에 대고 문질렀다. 미라는 옆으로 돌아누운 채 그 모습을 넋을 잃고 바라보았다. 최면에 걸린 기분이었다. "그걸로 하는 걸 보여줘." 미라가 말했다.

리타는 두 다리를 벌리고 누워 봉을 자신의 보드라운 주름 사이에 밀어 넣었다 빼기를 반복하며 남편과 할 때처럼 몸을 비틀고 신음을 내뱉었다. 다른 한 손으로는 자신의 벗은 가슴을 움켜쥐고 딱딱해진 유두를 손가락 사이에 넣어 비틀었다. 그녀는 미라의 눈을 바라보며 물었다. "이제 아시겠어요?"

리타는 봉을 빼고 상체를 일으켜 앉았다. "이제 형님 차례예요. 누우세요."

미라는 고개를 저었다. "네가 계속해."

"오, 이제 와서 빼지 마세요."

"빼는 게 아냐."

"그럼 뭐죠?"

미라는 리타의 벗은 몸을 수줍은 눈빛으로 바라보며 말했다. "이때까지 난 널 부러워했어. 실은 너에게 강한 욕망을 느끼고 있던 거지. 이대로 계속 네 몸을 보고 싶어."

이번엔 리타가 수줍어할 차례였다. "모르겠어요. 형님이 저를 싫어하는 줄만 알았어요."

그 순간 미라의 입술이 리타의 입술을 덮쳤다. 그들은 길고 격정적인 키스를 나누었다. 미라는 아래로 손을 뻗어 마사지봉을 찾아 쥐었다. 그것을 리타 안으로 밀어 넣고 천천히 움직였다. "내가 어떻게 해주면 좋겠어?" 미라가 물었다.

리타는 깜짝 놀라 눈을 번쩍 떴다. 미라에게 무언가를 요구할 수 있을 거라고 생각해본 적은 한 번도 없었다. 하지만 지금, 이 나이 든 여인은 자신을 위해 봉사할 준비가 되어 있었다. "빠르게." 리타가 명령했다. 미라는 그 말에 따랐다. "더 빨리." 리타는 신음하며 머리를 뒤로 젖혔다. 흥분에 젖어 더욱 빨라진 움직임에 리타는 전율했다. "아! 아!" 그녀는 허벅지를 들어 봉이 더 깊숙이 들어갈 수 있게 하며 울부짖었다. 침대 시트가 땀과 애액으로 젖어 들었다. 리타는 미라의 얼굴을 끌어당기며 속삭였다. "거의 다 왔어."

미라는 마사지봉을 빼고 리타 위에 누워 그녀를 애무했다. 미라의 몸에서 느껴지는 열기에 흥분이 솟구쳤다. 리타는 두 다리로 미라의 허리를 감았다. 서로의 몸이 닿을 때마다 거친 숨소리가 터져 나왔다. 두 여자는 서로를 꽉 붙잡고 이 느낌을 계속 이어나가려 애썼다. 절정은 빠르게 찾아왔다. 미라는 전율하며 리타의 쇄골에 머리를 파묻었다. 리타는 미라의 머리카락을 쓰다듬었다. 이 짧은 순간, 두 여자는 그 어느 때보다도 가까워져 있었다. 하지만 그들은 각자 저마다의 생각에 빠져 있었다. 미라는 스스로에게 물었다. 내가 앞으로도 남편과 계속 잠자리를 같이할 수 있을까? 리타는 미라가 고수해온 삶의 질서에 대해 생각했다. 내가 뒤흔들어버렸지. 이제부터 어디다 뭘 두는지 결정하는 사람은 바로 나야.

"저런, 저런. 오싹한 반전이네." 아르빈더가 말했다.

"정말 좋았어요." 비비가 말했다.

"고마워요." 탄비르가 답했다.

"좋은 이야기 같지 않니, 프리탐? 굉장히 독창적이잖아." 아르빈더가 물었다.

프리탐은 멋쩍은 듯 손톱을 들여다보면서 중얼거렸다. "그렇네요."

수업이 끝나고 여자들이 모두 돌아간 뒤 시나가 니키의 책상으로 다가왔다. "만지트에 대해 전할 소식이 있어요."

만지트는 두 번 연달아 결석하고 있었다. "만지트에게 무슨 일이 있나요?"

"사우스홀을 떠났어요."

"네? 왜요?"

"남편이 지난주에 다시 뇌졸중으로 쓰러졌거든요. 그의 간호사 애인은 더 이상 그를 돌보는 건 자신의 천직이 아니라고 판단했는지 떠나버렸어요. 만지트는 아픈 남편이 혼자 있다는 이야기를 듣고는 그를 돌보기 위해 짐을 싸서 북부로 떠났고요."

"완전히 떠난 건가요?"

시나는 알 수 없다는 듯 어깨를 으쓱했다. "며칠 전에 은행에서 만지트 딸을 만나서 들은 얘기예요. 자기 부모에게 돈을 보내주려고 은행에 왔다고 하더라고요. 만지트가 모든 것이 다 제자리로 돌아왔다는 식으로 말했대요. 남편이 떠난 적도 없었다는 것처럼 말이에요." 시나는 고개를 내저었다. "그 꼴이 되어 돌아오다니! 게다가 만지트는 블랙번까지 가서 남편이 애인이랑 살던 집에서 지내고 있다지 뭐예요. 조강지처라고 해야 할지, 엄청난 호구라 해야 할지… 난 모르겠어요."

조강지처나 호구나 똑같은 말 아니야? 니키는 생각했지만 빈 교실을 훑어보며 말했다. "만지트와 이야기 나눌 기회가 있었으면 좋았을 텐데요. 적어도 작별인사라도요. 탄비르와 비비가 와서 다행이에요. 타람팔이랑 만지트가 떠나서 수업을 계속하기엔 학생 수가 너무 적어 보일 것 같았거든요."

"맞아요. 그리고 니키에게 말할 게 또 있어요." 시나는 망설이며 말했다. "화내지 않기로 약속해요."

"시나가 무슨 일을 했든, 우리가 해결할 수 있을 거라고 믿어요."

"정말 화 안 낼 거죠?"

"화 안 내요."

시나는 숨을 들이마시고는 자신이 한 일을 빠르게 고백했다. "우리 이야기를 책으로 묶어서 친구 몇 명한테 보여줬어요."

"아…."

"화났어요?"

니키는 고개를 저었다. "예상했던 일이에요. 여기저기 입에서 입으로 도는 것보다는 친구가 읽는 게 더 나은 것 같아요."

"문제는… 친구들이 이야기에 푹 빠졌다는 거예요. 특히 재봉사 이야기예요. 다른 친구들도 보여준다고 복사해 갔는데, 그 이야기를 읽은 사람들이 우리 수업에 참여하고 싶어 해요."

"그런 분들이 몇 명이나 되는데요?"

"모르겠어요."

"세 명?"

"그것보단 많아요."

"다섯? 열? 의심 살 일을 만들면 안 된다는 걸 명심해요."

"더 많아요. 사우스홀에 살지 않는 사람들도 이 수업을 듣고 싶어 해요."

"어쩌다 그렇게 된 거죠?"

"이메일 때문이에요. 누군가가 이야기 복사본을 스캔했는데 그게 어쩌다 주소록에 있는 모든 사람에게 전송된 거예요. 오늘 사원에서 제게 말을 건 어떤 여자는 일부러 에섹스에서 여기까지 왔대요."

니키는 시나의 눈을 바라보았다. 시나는 아까 한 약속을 상기시켰다. "화내지 않기로 약속했잖아요."

"화 안 났어요. 충격받았어요. 전⋯." 니키는 텅 빈 교실을 둘러보았다. 수업 첫날 기대감에 부풀어 책상 배치를 바꿨던 것이 떠올랐다. "전 사실 감동받았어요. 이야기를 묶어서 책으로 만들 생각만 했지, 그걸 복사해서 주위에 돌릴 생각은 못했거든요."

"나도 이 이야기를 남들에게 돌릴 생각은 전혀 없었어요. 서레이에서 놀러 온 친구가 요즘 읽을 만한 게 하나도 없다고 투덜거리길래 이거라도 읽으라고 이야기를 복사해서 건넨 것이 시작이었어요. 친구는 집으로 돌아간 뒤에도 전화를 걸어 더 보내라고 난리를 쳤죠. 그래서 이야기 몇 편을 더 스캔했는데 거기서 실수를 저질렀어요. 회사에 있는 스캐너에 원본을 두고 간 거예요. 그걸 저한테 돌려준 사람이 누구게요?"

"라훌?"

시나는 얼굴을 붉혔다. "그는 읽지 않은 척했지만, 그 글들은 분명 그의 관심을 끌었을 거예요. 결국 다음 날 점심시간에 저한테 그러더라고요. 상상력이 풍부하신 것 같아요."

"오, 그래서 뭐라고 했어요?"

"그냥 의미심장하게 웃으면서 말했죠. 허구와 실제의 경계는 모호한 법이라고요."

"잘 대처하셨네요."

"라훌은 다른 사람들에게 소문내지 않을 거예요."

"라훌에 대해서는 걱정하지 않아요. 더 이상 우리 이야기를 형제회에 비밀로 할 수 없을 거라는 게 제 유일한 걱정이에요."

"저도 그게 염려스러워요. 하지만 우리가 숨으면 그들에게 힘을 실어주는 거잖아요. 아닌가요?" 그 목소리는 확신에 차 있는 것 같진 않았지만, 전에 없던 힘이 있었다.

"맞아요." 니키는 그렇게 말하며 카세트 녹음기를 열었다. 너무나 열정적으로 잡아당긴 나머지 카세트 테이프가 기계에 걸려 갈색 테이프가 주욱 늘어졌다.

"이걸로 감아요." 시나가 니키에게 펜을 건넸다. 니키는 테이프를 자세히 들여다보고는 말했다. "이런, 제가 찢어먹었네요. 오늘 이야기가 다 날아갔어요."

"괜찮아요. 내가 거의 다 기억하고 있어요. 쓸 수 있는 만큼 쓰고, 그걸 다음번 수업에서 읽어주면 될 거예요."

"고마워요, 시나." 니키는 늘어진 테이프로 카세트 테이프

겉면을 친친 감으며 말했다. "이게 마지막 테이프였는데."

"여분이 없어요?"

"있었는데 타람팔에게 준 상자 안에 같이 넣어버린 것 같아요." 니키가 그렇게 말하자 시나는 의아한 표정을 지었다. "지난 주에 이야기 테이프를 몇 개 가져다줬거든요. 타람팔에게 영어를 가르쳐주지 못하게 된 게 미안해서요. 사과하는 의미로요."

"타람팔이 뭐라던가요?"

"여전히 영어를 배우는 데는 관심 있지만 우리 수업에 돌아오지는 않겠다고 했어요. 설득해보려고 했지만⋯."

"돌아오지 말라고 해요. 타람팔은 없는 게 나아요."

"그렇게나 싫어하시는 거예요? 타람팔이 비록 다른 분들보다 고지식하긴 해도 여러분 친구인 줄 알았는데요."

"타람팔은 그 누구와도 친구 안 해요."

"무슨 말씀인지 모르겠어요."

시계 초침 소리까지 들릴 정도였다. 시나는 니키의 표정을 뜯어보다가 마침내 엄중한 목소리로 말문을 열었다. "우리가 지금 여기서 나누는 대화가 밖으로 새어 나가선 안 돼요."

"약속할게요."

"일단 한 가지 물어볼게요. 타람팔의 집 안에 들어갔어요?"

"네."

"어떻던가요? 딱 봤을 때 느낌이요."

"정말 좋던데요. 최근에 다 뜯어고친 것처럼 보였어요."

"타람팔에게 수리비를 어떻게 충당했는지 물어봤나요?"

"아뇨. 그건 경우가 아니니까요. 저도 궁금하긴 했어요. 공사 업체 명함을 얻어서 제가 일하는 펍 사장님께 추천했더니 매우 비싼 업체라고 하더라고요."

"분명 그럴 거예요. 당신이라도 자기 돈 쓰는 거 아니면 최고급으로만 하려고 할걸요."

"그럼 누구 돈을 쓰는데요?"

"공동체요." 시나가 창밖을 가리키며 말했다. 사원의 돔형 지붕이 곡선을 그렸다. 주차장에서 들리는 대화 소리가 그들 사이에 흐르는 짧은 침묵을 채웠다. "돈 있는 사람들이 비밀을 지키려고 타람팔을 매수해서 입을 막고 있거든요."

"타람팔이 사람들 돈을 갈취한다는 건가요?"

"타람팔은 그런 식으로 말하지 않아요. 도움을 받는다고 생각하지. 그녀의 남편이 했던 방식과 똑같은 거예요."

"타람팔이 당신에게도 돈을 요구한 적이 있나요? 그녀가 우리 반 전체를 상대로도 돈을 뜯어내려 할까요?"

시나는 고개를 저었다. "그럴 일은 없어요. 그녀는 부자들만 노리거든요."

아르빈더가 손바닥을 들어 보이면서 타람팔은 내 손바닥 따위에는 관심 없을 거라고 말했던 것이 떠올랐다. 이제서야 그 말의 의미를 알 것 같았다. 빈털터리 과부들에겐 뜯어갈 게 없으니까.

"우리한테 그래봤자 소용없다는 걸 알겠군요." 니키가 골똘히 생각하며 말했다. "시나는 어떻게 이런 걸 다 알아요?"

"작년 생일에 찬다니에서 매니큐어를 받았는데, 그때 제 손톱을 관리해주던 여자가 말해줬어요. 살롱의 단골손님들이 타람팔의 주된 먹잇감이라고요. 지난번에 랑가르홀에서 봤던 사람들 같은 부잣집 마님들이요. 타람팔의 남편이 죽으면서 명단을 남겼대요. 그 안에는 그릇된 행동을 해서 그에게 상담받은 사람들 이름이 들어 있죠. 그들이 뭐라고 말했고 어떻게 기도했는지도 다 기록해두었대요. 타람팔은 그걸 이용하고 있는 거고요. 교민사회에서 명예로운 평판을 유지하는 것은 충분히 많은 돈을 들일 만한 가치가 있는 일이에요. 그 정도 돈을 쓸 수 있는 사람들에게는 더더욱 그렇겠죠. 산디프 싱의 부모도 마찬가지예요. 왜 타람팔이 교실에서 난리 치고 뛰쳐나갔을 때 은색 차를 몰고 와서 그녀를 태워 간 그 남자애 말이에요. 게이거든요. 어떻게든 아들의 행동을 바꿔보려고 걔 엄마가 타람팔의 남편을 찾아갔었죠. 산디프는 아직도 그 빚을 갚기 위해 타람팔의 기사 노릇을 자처한답니다."

"타람팔에게 얼마를 내야 하는데요?"

"달라는 대로요. 물론 그런 식으로 말하진 않죠. 타람팔은 사람들에게 자신이 남편의 일을 이어서 하고 있다고 해요. 엇나간 그들을 바른길로 이끌기 위해서 인도에 특별 기도를 부탁할 거라고요. 그리고 국제전화비와 출장비를 명목으로 돈을 요구해요. 얼핏 보면 선의로 이루어지는 일 같지만, 실은 그녀가 수치와 비밀을 담보로 사업을 벌이고 있다는 걸 모두 알고 있죠."

"와우." 니키는 자신이 명예와 수치심에 대해 말했을 때 타람팔이 굳은 표정을 지었던 것을 생각했다. 그녀가 진지하게 받아들이는 것도 당연했다. 그것이 그녀의 인생이었으니까. "타람팔이 사업을 하고 있다는 건 상상하기가 힘든데요."

"매우 기술적이에요. 그녀는 진심으로 자신이 세상만사를 바로잡고 있다고 믿어요. 의뢰인의 명성을 되돌려놓기 위해 봉사하는 거라고요. 그녀에게 돈을 갖다 바치는 사람도 결국 그렇게 믿게 되죠. 믿지 못하면 돈을 내어줄 리가 없잖아요."

마야의 자살에 대해 이야기 나눴을 때, 타람팔은 니키를 동정심 없는 사람으로 몰아붙이며 자그데브의 흠집 난 명성만 걱정했다. 그때는 그저 과잉보호라고 생각했지만, 이제야 비로소 좀 더 명료하게 이해할 수 있었다. "기발하네요." 니키는 인정하지 않을 수 없었다. 시나는 눈을 가늘게 뜨고 뭔가 말하려고 했다. 그때 니키가 한마디 덧붙였다. "저로선 용납할 수 없는 일이에요. 우리 수업에 다시 돌아오라고 하지 않겠어요."

"좋아요." 시나가 말했다. 마음이 놓인다는 표정이었다. "그녀가 내 일에 끼어들 필요는 없어요."

"그래야죠. 시나 일에 끼어들어도 되는 사람은 라훌뿐이잖아요." 니키는 씩 웃었다.

"니키!"

"말이 튀어나왔어요."

"라훌이랑은 아무 일도 없어요."

"아직도요? 설마요."

시나는 목소리를 내리깔고 눈꺼풀을 바르르 떨며 말했다. "지난주에 함께 저녁 식사를 했어요."

"그러고요?"

"좋았어요. 그가 나를 리치몬드에 있는 레스토랑에 데려갔어요. 우리는 템즈강이 내려다보이는 자리에서 와인을 마셨죠. 식사 후엔 함께 강을 따라 걸었어요. 바람이 차가워지니까 그가 내 어깨에 자기 재킷을 걸쳐주었고요."

"다정하기도 해라." 시나의 눈은 새로 시작되는 사랑의 흥분에 젖어 반짝거렸다. "이제 계속 만나는 건가요?"

"아마도요. 당분간 사우스홀 밖에서 만난다면요. 리치몬드에서는 펀자브 사람을 단 한 명도 마주치지 않았거든요. 처음엔 사람들 눈에 띌까 봐 걱정했어요. 사우스홀에서 그렇게 먼 곳도 아니고 그 근처인 트위크넘에 시댁 식구들이 몇 트럭씩 살거든요. 하지만 다 잊어버렸어요. 너무 즐거우면 누가 나를 보고 있어도 알아차리지 못하잖아요. 신경 안 쓰게 되죠."

"타람팔이 라훌에 대해서 알게 된다면 그도 협박하려 들까요?" 니키가 묻자 시나의 얼굴에 긴장한 기색이 내비쳤다.

"그에겐 그녀에게 바칠 돈이 없을 거예요. 타람팔은 부자들에게나 관심 있다고 했던 말, 기억하죠?"

니키는 고개를 끄덕였다. "끔찍하고 비극적인 사건을 겪었다는 점에서는 타람팔도 참 안됐다고 생각하고 있어요."

그러자 시나가 니키를 날카로운 눈빛으로 바라보았다. "타람팔이 마야에 대한 이야기도 했어요?"

니키는 그랬다고 말하려고 했다. 하지만 그 순간 시나가 타람팔에 대해 까발린 사실을 생각하게 되었다. 명치가 턱 막힌 느낌이었다. 다시 한 번, 그녀는 자신이 철저하게 이방인임을 실감했다. 그녀가 무슨 질문을 던져도 설명되지 않는 것이 수백 가지는 있었다. 결국 니키는 이렇게 대답할 수밖에 없었다. "전 타람팔에게 들은 것밖에는 몰라요."

"그럼 좋은 이야기만 들었겠네요." 시나는 그렇게 말하고는 핸드백을 들고 나가버렸다. 어찌나 빠르게 떠나던지 붙잡을 수도 없었다.

10

뼈마디가 욱신거렸다. 런던에 돌아왔구나, 쿨빈더는 체감했다. 파일럿이 착륙 방송을 하기도 전에, 류머티즘성 관절염이 도지는 것이 느껴졌다. 인도에선 층계참을 몇 개나 오르고 군중들 사이를 비집으며 지나가도 괜찮았는데. 선조의 땅에 발을 디뎠을 때는 마치 샌들이 박수를 치며 도착을 축하하는 것 같았지. 하지만 지금 그녀는 히스로 공항에 있다. 오래된 살와르 카미즈를 입고 운동화를 신은 채. 쿨빈더는 엄중한 표정을 짓고 있는 공무원의 안내에 따라 세관 줄에 섰다.

지난번 인도 여행은 마야와 함께였다. 둘은 시장 가판대에 몇 시간이고 서서 정교한 사리 직물을 만져보았다. 쿨빈더는 마야에게 작은 고리 모양 금귀걸이를 사줬다. "아, 엄마." 상자에서 귀걸이를 꺼내는 마야의 얼굴에 함박웃음이 퍼져 나갔다. "이런 거 안 사주셔도 되는데." 하지만 여행하는 동안 쿨빈더는 딸에게 뭔가를 해주고 싶은 마음에 사로잡혀 계속 선물을 샀다. 마치 그들에게 남은 날이 얼마 되지 않는다는 걸 알고 있었던 것처럼, 그때 쿨빈더는 딸에게 세상 전부를 주고 싶었다.

"여권 준비하세요. 여기는 영국 시민권자 줄이고, 외국인 줄은 저쪽입니다." 공항 직원의 목소리가 쿨빈더를 회상으로부터 끌어냈다. 사람들이 각자 지정된 줄로 이동하며 대열이 흐트러졌다. 쿨빈더가 줄 앞으로 가려고 하자 직원이 같은 말을 되풀이했다. 쿨빈더와 직원의 눈이 마주쳤다.

"부인, 여권 좀 보여주시겠습니까?" 직원이 물었다. 딱히 불친절한 건 아니었지만 마치 쿨빈더의 사정을 제멋대로 판단하고 다 안다고 말하는 투였다. "영국인이라구요." 쿨빈더가 여권을 건네며 말했지만, 직원은 여권을 돌려주고는 그녀의 말을 못 들은 척 가버렸다. 저번에도 이런 일이 있었다. 마야에게 불만을 토로했지만 마야는 이해하지 못했다. *엄마, 그 사람들이 뭐라고 생각해주길 바라는 거예요?* 마야는 쿨빈더의 인도식 옷을 빤히 쳐다보며 물었다. 그런 마야를 바라보며 쿨빈더는 어떻게 누군가를 미치도록 사랑하는 동시에 미치도록 미워할 수 있는지 궁금해했다.

공항에서 나오니 사랍이 맞은편에서 기다리고 있었다. 그가 그녀의 손을 가볍게 잡으며 물었다. "여행은 어땠어?"

"좋았어. 고향이잖아." 그 말을 내뱉자 그녀의 가슴은 슬픔으로 가득 찼다. 이번 여행에서 마야가 차지한 비중은 그녀가 바랐던 것보다 훨씬 컸다. 쿨빈더는 사원에 방문해서 촛불을 켰다. 마야를 위해서, 그리고 마야의 죽음에 얽힌 진실이 밝혀지기를 바라며. 먼 친척의 결혼 피로연에 가서는 중간에 자리를 떴다. 마치 몸이 불편한 것처럼 옆구리를 움켜쥐며 일어났지만, 사실은 성전을 사이에 두고 엄숙하게 행진하는 신랑 신부를 보자 참을 수 없이 고통스러웠기 때문이었다.

런던은 변하지 않았다. 여전히 바람이 얼굴을 때리고, 머리 위로 안개비가 흩뿌려졌다. 쿨빈더는 숄을 끌어당겨 머리 위에 덮어쓰고 남편을 따라 차로 걸어갔다. 도시 변두리의 아파트들이 여느 때와 다름없이 음울한 모습으로 쿨빈더를 맞이했다. 그라피티로 어지럽게 뒤덮인 벽, 비늘 모양으로 뒤덮인 지붕과 주유소의 널찍하고 번쩍거리는 주차장.

"배고파?" 사우스홀에 가까워지자 사랍이 물었다.

"비행기에서 이것저것 먹었어."

"배고프면 잠깐 어디 들러도 되고."

저녁을 먹지 않았다는 뜻이었다. 쿨빈더는 자신이 사랍을 두고 인도로 떠난 후 그가 혼자서 몇 끼를 챙겨 먹어야 했을지 세어보았다. 오늘을 포함해 그녀가 떠나 있던 밤들만 생각해보아도 충분했다. "맥도날드 갈까?" 그가 말했다. 쿨빈더가 아무 말도 하지 않고 있으니 사랍은 드라이브 스루로 휙 차를 몰아 들어갔다. 매일 저녁마다 이곳에 앉아 피시 버거와 치킨 너겟을 천천히 씹으며 시간을 죽였을 그의 모습이 떠올랐다. 여행을 떠나기 전 준비해두었던 저녁거리는 아마도 냉동실에 그대로 있겠지. 앞으로 몇 주 동안 저녁마다 그것들을 해동해 먹게 될 것이다. 혼자 여행을 떠나면 늘상 있는 일이었다. 이상한 의미로 안심되기도 했다. 사랍이 그녀 없이 집밥을 못 먹는다는 것은 그가 그녀를 그리워했다는 뜻이니까. 말없이 감정을 표현하는 그만의 방식이었다. 아마 사랍은 그녀 없이는 살아가지 못할 것이다.

"들어가서 먹고 가자. 움직이는 차 안에서 먹기는 싫어." 쿨빈더는 말했다.

그들은 주차를 하고 안으로 들어가 창문 옆 구석 자리에 앉았다. 금요일 밤이었기에 매장 안은 십 대들로 시끄러웠다. 펀자브 소녀들도 있는 것 같았지만 누구네 딸인가 확인하기에는 너무 피곤했다.

"당신이 열었던 글쓰기 수업, 꽤나 인기 많은 거 같더라." 사랍이 입을 열었다. "얼마 전 사원에 있는데 여자들 몇 명이 건물로 들어가더라고."

"어떤 여자들?" 쿨빈더는 물었다. 인도에 있는 동안엔 니키와의 갈등도 영국과 인도 사이의 거리만큼이나 아득하게 느껴졌었다.

"정확히 누군지는 모르겠어. 또 다른 날에는 랑가르홀에서 우연히 구르타지 싱을 만났어. 그 수업에서 뭘 가르치는지 묻더라고. 니키 선생이 읽고 쓰는 법을 가르친다고 했더니 그게 다냐고 묻더라고."

"그가 뭔가 의심하고 있었어?" 쿨빈더가 물었다. 니키가 타람팔네 현관에 놓고 간 쪽지가 기억났다. 여전히 뭔가가 수상했다. 어째서 니키는 타람팔에게 사과한 걸까? 하지만 어쨌든 수업 규모가 커진다면, 구르타지 싱의 눈에는 쿨빈더의 기획이 성공한 것처럼 보일 것이다.

"좀 감명받은 것 같았어."

식사를 마치고 돌아왔을 때, 집에서는 익숙하면서도 이국적인 냄새가 났다. 그 냄새를 들이마시자 속이 타들어가는 듯했다. 우리 딸이 죽었어. 사랍과 눈을 맞출 수 있기를 바라며 몸을 돌렸지만, 그는 그대로 그녀를 스치듯 지나쳐 거실로 들어갔다. 잠시 뒤 펀자브어 뉴스 소리가 흘러나와 침묵을 깼다.

쿨빈더는 1층 계단에 짐 가방을 기대어 두었다. 사랍은 위로 가방을 올려다 준 뒤 다시 거실로 가서 텔레비전을 보다가 그 앞에서 잠들 것이다. 그녀는 계단을 간신히 올라 자기 방으로 갔다. 카미즈를 벗으려고 등 뒤로 손을 뻗는 순간 통증이 느껴졌지만 사람에게 도와달라고 하기는 겁이 났다. 만약 내가 유혹하는 거라고 착각하면 어떡하지? 더 나쁘게는, 그가 그녀를 원하지 않을 수도 있다. 쿨빈더는 이런 생각들을 떨쳐버렸다. 간신히 지퍼에 손이 닿았고 옷을 벗는 데 성공했다. 화장실로 가다가 그녀는 잠시 마야의 방 앞에 멈춰 섰다. 문이 열려 있었다. 한때 그 방은 쿨빈더가 혐오하던 마야의 서구식 라이프 스타일에 관한 물건들로 가득 차 있었으나, 마야가 결혼한 뒤에는 다 버려서 방이 텅텅 빌 정도였다. 잡지 더미들은 재활용 센터, 수십 개의 핸드백이 달려 있던 행거 고리는 쓰레기통으로 갔다. 하이힐, 립스틱, 콘서트 티켓, 소설책 들도 박스 안에 처박혔다. 쿨빈더는 언제 그 방문을 마지막으로 열었는지 기억도 나지 않았다. 아마 그녀가 없는 동안 사랍이 들어갔던 것이리라.

사랍은 과연 그녀를 용서할 수 있을까? 가끔 쿨빈더는 소리를 질러 침묵을 깨고 싶었다. *그래! 다 내 탓이야! 당신도 그렇게 생각하는 거잖아?* 마야에게 불가능한 선택을 강요한 사람은 바로 쿨빈더 자신이었다. 자신이 그 결혼을 기획했다. 마야를 계속 지켜볼 수 있는 길 건너편 이웃집에 적당한 사윗감이 살고 있다는 것을 행운으로 여겼다. "엄마를 또다시 부끄럽게 하지 말아라." 마야가 집에 와서 이 결혼은 끝났다고 말했을 때, 쿨빈더는 그렇게 말했다. 딸의 죽음으로 가장 힘들었던 시기에, 사람들은 마야의 죽음에는 의문의 여지가 없다고 말했다. 쿨빈더는 그 말을 믿었다. 마야는 쿨빈더가 그녀를 돌려보냈기 때문에 스스로 목숨을 끊은 것이다.

쿨빈더는 슬그머니 창문 너머를 바라보았다. 타람팔의 거실 창문에 드리운 커튼 실루엣이 마치 유령처럼 보였다. 쿨빈더는 바로 고개를 돌려버렸다. 후회가 화살처럼 가슴을 파고들었다. 결혼식날 타람팔이 자그데브를 필요 이상으로 길게 포옹했을 때, 걱정이 가슴을 움켜쥐는 듯했었다. 순간 마야 얼굴을 지나가던 공포. 무언가 이상하지 않냐는 듯 쿨빈더를 쳐다보던 사립의 눈빛. 집으로 돌아오는 길, 쿨빈더는 사립의 걱정을 아무렇지 않게 넘겼다. "이제 결혼했잖아. 행복해질 거야."

남자가 전화해오면 꼭 이렇게 말해. "아, 전화했네? 나 샤워하고 있었어." 그러면 남자들은 바로 그 장면을 떠올릴 거야. 민디의 여성 잡지에서 읽은 것 중 니키가 유일하게 기억하는 데이트 조언이었다. 마침내 정말 유용한 조언인지 확인해볼 기회가 왔다. 니키가 샤워하고 있을 때 밖에서 전화벨이 울린 것이다. 제이슨 전용 벨소리였다. 니키는 설레는 자신에게 짜증이 났다. 침착해지자, 좀. 니키는 스스로에게 말했다. 그에게 다시 전화를 걸면서 생각했다. 아무렇지 않게. 난 네 전화를 기다렸던 게 아니야.

"니키, 안녕."

"오, 무슨 일이야? 나 샤워하고 있었어." 니키는 내뱉듯 말했다.

"그래?"

"그러니까, 네가 전화했을 때 나 샤워하고 있었다고."

"아, 그랬구나. 방해해서 미안."

"아냐, 괜찮아. 거의 다 했을 때였거든. 그러니까, 아무것도 아니라는 거지. 어떻게 지냈어?"

"괜찮아. 상황이 좀 미친 듯이 돌아갔지만."

"회사 일 때문에?"

잠깐 침묵이 흘렀다. "응. 그리고 다른 일도. 너한테 할 말이 있는데, 만날 수 있을까?"

"오늘 밤에는 두 타임 근무야."

"그럼 거기서 만날까?"

"좋아. 수요일 밤 여덟 시 이후는 좀 바빠. 그 전에 올래?"

"알았어."

"저기, 제이슨…."

"응?"

"좀 이상한 것 같아."

"뭐가?"

"너 말야. 갑자기 전화해서는 만나고 싶다고 하는 게."

"오늘 밤에 만나기 싫어?"

"만나고 싶어. 단지… 한참 동안 연락이 없다가 갑자기 전화해서 만나자고 하는 게…." 거기까지 말하고 니키는 잠시 망설였다. "내가 무슨 말 하려는지 알아?" 제이슨의 침묵이 화에 불을 붙였다. "있잖아, 나는 좀 지쳤어. 나는 네가 만나자고 할 때까지 기다리기만 하는 것 같아서. 지난번 아침에 내 아파트에서 그냥 휙 나가버린 것도 정말 무례했어."

"그건 정말 미안해."

"나 너 좋아해. 솔직하게 말할 수 있어. 나한테는 그렇게 복잡한 일이 아니거든."

"나에게는 복잡해. 나한테 설명할 기회를 줄 수 있어? 내 힘으로 어쩔 수 없는 상황이 있어."

"항상 상황이 문제지, 그렇지 않니? 남자들은 항상 스스로 컨트롤할 수 없는 안개 같은 상황이 있더라."

"니키, 그런 게 아니야."

니키는 입을 다물었다. 제이슨이 말을 이어갔다. "나도 니키 널 좋아해. 엄청 많이. 하지만 지금 내가 어떤 상황인지 너에게 직접 말해야 할 것 같아. 오늘 밤에 볼 수 있는 거지?"

너무 쉽게 받아주고 싶지 않았지만 니키 역시 제이슨이 보고 싶었다. 그래서 그냥 침묵이 이어지게 됐다. "니키?" 제이슨이 부드러운 목소리로 주저하며 물었다.

"알았어." 니키가 말했다. 비록 소리 내어 뱉지는 못했지만

마지막 기회야, 라고도.

오늘 인종차별주의자의 손자 스티브는 여자와 함께 있었다. 그가 그녀의 귓가에 뭔가를 속삭일 때마다 그녀는 머리를 숙이며 웃었는데 그럴 때마다 딸기색 긴 머리카락이 등 뒤에서 찰랑거렸다. *이건 알려야 해.*

– 스티브한테 여자친구가 있어!

니키가 문자를 보내자 올리브는 즉각 대답했다.

– 오! 세상에, 부모님 만나는 날만 아니라면 나도 보러 가고 싶다. 풍선 인형은 아니고?
– 살아 있다고! 쟤랑 데이트하는 인간이 있다니, 정말 믿을 수 없다.
– 내 말이! 괜찮은 남자는 다 짝이 있고, 그지 같은 새끼들은 지들이 얼마나 그지 같은지 모르더라.
– 해외에 가면 좀 가망이 있으려나?
– 전혀. 리스본에서 만난 애는 영어가 많이 딸려. 내 몸의 다른 부위만큼이나 나의 지적인 부분도 자극이 필요한데 말이야.

니키는 윙크하는 이모티콘을 보내고 다시 손님들에게 집중했다. 그레이스가 바 끝 쪽에서 양복 입은 남자들의 주문을 받다가 니키를 보고 손을 흔들었다. "엄마는 어떠시니, 아가?"

"잘 지내세요."

"이제는 그렇게 춥지 않구나. 엄마한테 여름이 오고 있다고 알려드리렴."

그레이스 말이 맞았다. 하루하루 공기 속의 한기가 누그러드는 듯했고 오후에는 따뜻하다 싶은 순간들도 있었다. 곧 여름이 올 것이다. 옆집 카페는 야외 테이블을 운영하기 시작했다. 이따금 미국인 여행객들이 영국의 바를 체험한답시고 단체로 들어왔다가 실망하고 가겠지. 그때까지도 니키는 이곳에 있을 것이다. 어쩐지 그 사실이 평소보다 더 신경 쓰였다. 그레이스만큼 나이 먹은 자신을 떠올려 보았다. 수십 년 동안 서빙 일을 하며 손님들과 수다를 떠느라 그녀의 목소리는 걸걸해졌다.

스티브가 요란하게 웃어대며 니키의 상념을 깼다. "니키, 텔레비전 좀 봐봐. 놀라가 말하길 이 자식은 음악 같은 건 집어치우고 오사마 빈 라덴 대역이나 해야겠다는데?" 마르고 터번을 쓴 남자가 전통 쿠르타를 입고 큰 무대 위에 앉아 타블라*를 유려하게 두드리고 있었다.

---

* 　타블라(Tabla). 인도 남아시아의 전통 타악기. −역주

"네가 그랬잖아." 여자는 그렇게 말하고는 기분이 상한 듯 자리를 떴다.

카메라가 타블라 연주자를 주의 깊게 바라보는 심사위원들을 클로즈업했다. 맙소사, *브리튼즈 갓 탤런트*였다. 니키는 급히 리모컨을 찾았다. 지금은 바쁘니까 망정이지, 그레이스가 참가자의 가슴 아픈 사연을 듣고 펑펑 울기 시작하면 감당할 수 없을 것이다. 젠장, 망할 놈의 리모컨은 어디 있는 거야? 그녀는 샘의 사무실로 뛰어가 노크했다. 대답이 없었지만 문은 열려 있었다. 테이블 위는 서류 더미와 커피 자국으로 지저분했다. 니키는 의자 위에서 리모컨을 발견했다. 샘이 아무 생각 없이 거기 놔뒀을 것이다. 그녀는 재빨리 바로 돌아와 채널을 돌렸다.

"우리 보고 있었다고!" 스티브가 말했다.

"그럼 지금부터는 〈탑 기어〉*를 봐." 니키가 말했다.

손님이 우르르 쏟아져 들어왔다. 제이슨은 보이지 않았다. 시간을 확인하니 이미 아홉 시가 지났다. 부재중 전화도 없었다. *오늘 밤에 오는 거 맞아?* 문자를 보내려다가 잠시 망설였다. *너무 징징대는 것 같은데. 절박해 보여.* 그녀는 엄지손가락을 전송 버튼 위에 올린 채 잠시 고민하다 결국 문자를 지워버렸다.

주방 문이 열렸다. 개리가 양팔에 큰 접시를 하나씩 들고 나

---

*   탑 기어(Top Gear). 자동차를 주제로 한 TV 쇼. ―역주

317

타났다. "샘 봤어?" 접시를 건네고 돌아서며 개리가 물었다.

"사무실에는 없었어."

"나 간다고 전해줘. 관둘 거야."

"뭐? 지금?"

"응. 지금 당장."

"무슨 일 있어?"

"여긴 페이가 엿 같아. 올려달라고 몇 번을 말해도 다음에, 다음에, 하고는 아무것도 없어. 빅터도 같이 그만둘 거야."

문에 달린 작은 창문 너머로 빅터가 짐을 싸고 있는 것이 보였다. "개리, 지금 진짜 미친 듯이 바빠."

개리는 어깨를 으쓱했다.

"일단 오늘 일은 끝내고 샘한테 말하면 안 될까?"

"말로는 안 통해." 빅터가 주방에서 나오며 말했다. "아마 네 월급은 특별히 올려줄지도 모르지. 네가 샘 사무실에 들어가기만 한다면."

그 말을 듣자 목이 콱 막히는 것 같았다. 누군가 텔레비전 채널을 다시 돌려놓았다. 타블라 연주자가 두 손을 가슴 앞에 공손하게 모으고 심사위원에게 감사하고 있었다. 스티브는 화면을 가리키며 낄낄거렸다. 분노가 해일처럼 니키를 휩쓸었다.

"잘 들어, 이 개새끼들아." 니키는 고함을 쳤다. "나는 샘이랑 잔 적 없어. 하지만 만약 그랬다 하더라도 망할, 너희들이 상관할 바가 아니라고. 관두고 싶으면 관둬. 그러면 내 인생도 조금이나마 수월해지겠지. 하지만 혹시라도 마음 바꿔서 여기 남게 된다면, 너네 일이나 제대로 하라고 충고할게. 너희가 그만큼 유능하다 싶으면, 샘이 월급을 올려줄지도 모르지."

펍 전체에 침묵이 흘렀다. 무대를 떠나는 타블라 연주자를 향해 사람들이 보내는 박수 소리가 텔레비전 너머로 작게 흘러나올 뿐이었다. 구석에서 스티브가 낮게 휘파람을 불었다. "잘한다, 니키."

니키는 스티브를 향해 고개를 홱 돌렸다. "야, 너는 뭐 더 나은 줄 아냐? 난 너의 그 개똥 같은 인종차별 발언들을 너무 오래 참았어. 네가 손님이든 뭐든 상관없어. 제발 꺼져. 그 썩은내 나는 혐오 발언들도 같이 챙겨서."

니키는 그렇게 말하고 씩씩대며 중앙으로 걸어갔다. "손님 여러분께 안내드립니다. 이곳의 오락 프로그램을 결정할 권한은 매니저에게 있습니다." 그러고는 자신을 가리켰다. "바로 저요. 무슨 채널을 볼지는 내가 결정해. 리모컨 갖고 계신 분, 십 초 안에 저에게 돌려주거나 당장 채널 바꿔요. 왜냐면 우리는 빌어먹을 〈브리튼즈 갓 탤런트〉를 안 볼 거거든요!"

그레이스가 죄라도 지은 양 고개를 떨구고 나와서 니키에게 리모컨을 내밀었다. 가게 뒤편에 있는 누군가가 분위기에 맞지 않게 박수를 치다가 금방 멈추었다. 니키는 채널을 바꾸고 다시 바로 돌아갔다. 개리와 빅터는 짜증 난다는 듯 눈빛을 주고받다가 다시 주방으로 돌아갔다.

"좀 쉬지 그러니, 아가? 내가 다 할 수 있어." 그레이스가 말했다.

"괜찮아요. 그냥… 모욕적인 말을 듣고서도 아무 말도 못하고 있는 스스로에게 너무 화가 나서 그만…."

그레이스는 다 이해한다는 얼굴이었다. "할 말을 한 거야. 해명할 필요 없어."

"리모컨 가지고 그렇게 심하게 말할 생각은 아니었어요."

"괜찮아. 왜 그러는지는 모르겠는데, 그 쇼만 보면 눈물이 터지더라고. 멈출 수도 없어. 너도 알다시피."

"그렇죠."

"남편이 그러더라. 여자라서 그렇다고. 생물학적으로 그렇게 태어난 거래. 감정에 휘둘리는 걸 조절 못한다는 거지. 하지만 슬픈 영화를 봤다거나 슬픈 소식을 들었다고 해서 울진 않아. 전에 어린 소녀가 희귀암에 걸렸다는 뉴스를 봤는데, "안타까운 일이야." 하고 넘어갔다니까. 근데 어떤 남자가 자기 여동생 곡예 수업비를 벌기 위해서 투잡을 뛰고 있는데 언젠가 동생이 로열 버라이어티 쇼에서 공연하길 바란다고 하면…." 그녀는 거기까지 말하고 감정이 북받쳐서 말을 잇지 못했다.

이쯤되면, 세상 그 무엇이라 해도 〈브리튼즈 갓 탤런트〉보다는 나으리라. 니키는 동감한다는 듯 그레이스의 어깨를 꽉 쥐고는 채널을 돌렸다. 우울한 장면이 나왔다. 경찰이 빽빽한 나뭇잎 더미를 파헤치고, 경사가 카메라를 향해 말하고 있다. 완벽하군, 니키는 생각했다. 손님들이 슬슬 니키를 피하기 시작해서 결국 바에는 그녀 혼자 남게 되었다. 니키는 다시 한 번 시간을 확인하고 펍 안을 살폈다. 제이슨은 없었다. 그게 현실이었다. 휴대폰에서 그의 연락처를 찾아냈다. 잠시 숨을 고른 뒤 번호를 삭제했다. 전화조차 걸기 싫었다.

한구석에서 스티브가 놀라에게 기댄 채 뭐라고 속삭였다. 그러자 놀라는 벌떡 일어나더니 펍을 나가버렸다. 스티브는 느끼한 미소를 싹 거두고 급히 그녀를 따라 일어섰다. 그레이스가 그의 앞을 막아섰다. "돈 내고 가야지." 그렇게 말하며 뭐라고 덧붙인 듯한데 니키에게는 들리지 않았다. 스티브는 잔뜩 화가 난 채 지갑에서 지폐 몇 장을 꺼내 그레이스에게 던지고 떠났다. 그레이스는 돈을 주워서 니키에게 가져왔다. "뜻밖의 팁이네. 이건 네 몫이야."

"오, 아니에요. 그레이스가 오늘 밤 내내 스티브를 상대했잖아요."

"넌 받을 자격이 있어. 몇 년 동안 저놈을 참아왔잖아. 내가 그놈한테 말했어. 다시 돌아오기만 해보라고, 샘이 널 걷어찰 거라고. 이곳 직원과 손님들을 불편하게 만드니까 넌 영원히 출입 금지라고." 그레이스는 그렇게 말하며 니키의 손에 꼬깃꼬깃한 지폐를 쥐여주었다.

그레이스의 그런 행동이 니키 안의 어떤 부분을 건드렸다. 갑자기 엄마가 너무 보고 싶었다. 집을 나온 뒤 처음으로 본가에 저녁을 먹으러 갔을 때, 엄마는 집으로 돌아가는 니키의 손에 꼭 지금 그레이스가 한 것처럼 돈을 쥐여줬었다.

니키는 여전히 휴대폰을 손에 들고 있었다. 엄마에게 문자 메시지를 보내볼까 했지만 무슨 말을 해야 할지 떠오르지 않았다. 그래서 대신 전화를 했다. 신호음이 몇 번 울리고, 전화를 끊을까 망설이던 순간 엄마가 받았다. "니키니?"

"어, 엄마. 별일 없어요?"

"마침 널 생각하고 있었는데."

그 단순한 말에 마음이 따뜻해졌다. "나도 엄마 생각하고 있었어."

"부탁 하나만 들어주라." 어딘가 분주한 목소리였다. "내일 기타 아줌마가 놀러 온다는데 집에 인도 다과가 하나도 없는 거 있지? 엔필드 단골 가게는 잠깐 문을 닫았대. 가족 중에 누가 죽었다나 그럴 거야. 다른 가게는 그만큼 종류가 많지 않은데 말이야. 내일 사우스홀에 가서 굴랍 자문이나 라두, 바르피, 잘레비 같은 걸 좀 사다 줄 수 있겠니? 차를 끓일 때 쓸 카다몬도 필요해. 웨이트로즈 카다몬은 너무 비싸다니까."

322

"알겠어요, 엄마."

굉장히 뜻깊은 순간이 되지 않을까 기대했는데. 뭐, 내일 스케줄은 한가했다. 왜 아직까지 성가시게 기타 아줌마랑 사교 모임을 하는 거냐고 따질 수도 있었지만 참았다. 기타 아줌마는 불만족스러운 애프터눈티는 실패한 여자의 상징이라고 생각하는 사람이었다.

"왜 이렇게 시끄럽니?"

"어, 극장이라서요."

"새 직장은 괜찮아?"

"응."

"가르치는 일은 마음에 드니? 어쩌면 새로운 진로가 열릴 수도 있겠구나."

"잘 모르겠어요." 니키는 이쯤에서 대화를 끊고 싶었다. "엄마, 이제 가야 해. 내일 오후에 봐요." 엄마는 잘 가라고 말했고, 니키는 휴대폰을 다시 주머니 속에 넣었다. 결국 이런 대화가 되어버린 것에 대해 실망한 건지, 안심한 건지, 즐거운 건지 알 수 없었다. 제이슨이 있었다면 둘이서 그냥 웃고 넘겼을 텐데.

손님 한 명이 니키에게 머뭇거리며 다가와 아직 해피 아워냐고 물었다. "그럼요." 사실 해피 아워는 십오 분 전에 끝났지만 니키는 그에게 라거 한 잔을 건넸다. 제이슨에 관해 생각하지 않으려고 최선을 다했지만, 계속 시선이 문 쪽을 향하는 것은 어쩔 수 없었다. 자꾸만 바라게 되었다. 지금이라도 나타나준다면, 늦어서 미안하다고 사과해준다면.

주머니 속에서 휴대폰이 진동했다. 엄마로부터 문자가 와 있었다.

— 한 가지 더. 사우스홀에서는 조심해라. 지금 채널4에서 카리나 카우르 사건에 대해 보여주고 있네. 밤길 조심해!

니키는 텔레비전 화면을 올려다보았다. 아래쪽 구석에서 채널4 로고가 반짝이고 있었다. 손님들의 시끄러운 대화 소리 때문에 내레이션은 거의 들리지 않았다. 그래서 니키는 자막을 자세히 보았다.

[2003년 4월 8일, 한 소녀가 학교에서 돌아오지 않았다는 실종 신고가 접수되었다.]
[사우스홀 중등 대학 12학년 카리나 카우르, 기말고사를 치른 지 불과 몇 주밖에 되지 않았던 시점이었다.]
[48시간 만에 실종 학생에 대한 수색이 시작되었다.]

테이블에서 젊은 여자 두 명이 니키를 향해 손을 흔들었다. "저기요, 아직 해피 아워인가요?" 한 명이 물었다.

니키가 고개를 젓자 여자들은 다른 테이블에 앉은 남자의 라거 잔을 가리키며 물었다. "아니라고요?"

니키는 그들의 주문을 받은 뒤 화면에 시선을 고정했다. 다음 자막이 번쩍거리며 깜박였다. 카메라가 교복을 입고 촛불을 든 학생들을 비췄다.

[카리나의 시신이 발견된 뒤, 학교 밖에서 철야 기도회가 열렸다.]

"오늘 저녁은 쉬라고 했잖아, 니키. 어서 들어가. 가서 쉬어." 그레이스가 쟁반을 꺼내며 말했다. 니키는 고개를 끄덕였지만 신경은 온통 텔레비전 화면에 가 있었다. 한 펀자브 여학생이 교문 앞에 서 있는 장면이 화면을 가득 채웠다. 두 손으로 불 밝힌 촛불을 들고 있었는데, 손톱에는 매니큐어가 칠해져 있었다. 핫핑크색 바탕에 금색 글리터. 촛불에 그녀의 눈에서 흐르는 눈물 자국과 쇄골께의 목걸이가 비쳐 보였다. 알파벳 G 모양의 금색 펜던트.

스위티 과자 가게 카운터를 보던 남자는 칭찬이랍시고 지껄였다. "이 굴랍 자문은 칼로리 폭탄이지만 그만큼 맛있답니다." 거기까지 말하고 그는 니키를 위아래로 훑어보았다. "당신은 걱정할 필요 없겠네요. 그쵸? 어쨌든 아직은요." 그는 그렇게 말하며 킬킬 웃었다. "우리 와이프도 결혼하기 전에는 늘씬했는데…"

"저거 한 상자만 싸주신다면, 더 바랄 나위가 없겠네요." 니키는 빠르게 남자의 말을 잘랐다.

"오, 그럼요 아가씨. 작은 파티라도 여는 모양이죠? 나도 초대해주시려나?" 그가 니키 쪽으로 몸을 기울이며 느끼한 미소를 지었다.

니키가 굴랍 자문을 그 남자의 이마에 박살 내기 일보 직전에 뒷방에서 그의 부인이 나타났다. 그러자 그는 갑자기 분주하게 포장 상자를 찾기 시작했다. 그의 부인은 니키가 계산하고 가게를 나갈 때까지 그녀를 계속 지켜보았다.

휴대폰으로 시간을 확인했다. 엄마 집으로 가기에는 이른 시간이었다. 분명 니키의 새로운 직업에 대해 꼬치꼬치 캐물어댈 것이다. 그래서 니키는 번화가를 어슬렁거렸다. 보도 위는 의류 할인 매대와 채소 상자들이 즐비했다. 국제전화카드를 파는 휴대폰 가게 밖에 남자들이 구불구불하게 줄을 이루고 서 있었다. 그 위층에는 판카지 마두르 회계사, 히말라야 게스트 하우스, RHP 감시 유한회사 등 다양한 사업체가 자리해 있었는데, 간판들이 중첩되어 마치 만화 속 말풍선처럼 터져 나올 것 같았다. 니키는 팔 밑에 과자 상자를 끼고 사람들 사이에 휩쓸려 걸었다. 그동안 카오스라고 느꼈던 모든 것이 이제는 집처럼 편안했다. 마침내 니키는 교차로를 건너 바로다 은행 입구에 섰다.

시나는 카운터에 앉아 고객을 응대하고 있었다. "다음 고객님." 옆 창구의 여자가 니키를 불렀다.

"전 괜찮아요. 시나를 만나러 왔어요." 니키가 말했다.

그 말에 시나가 고개를 들었다. 그러고는 잠시 손님과 이야기 나눈 뒤, 니키를 맞으러 나왔다. 당황한 기색을 직업인다운 면모로 감춘 채. "켈리, 잠시 점심 먹고 올게." 시나가 동료에게 말했다.

밖으로 나온 시나는 미소를 거두었다. "지금 여기서 뭐 하는 거예요?"

"잠깐 이야기 좀 할 수 있을까요?"

"오, 니키. 그 이야기들을 주변에 돌리기 전에 당신한테 물어봤어야 한다는 건 알아요. 화난 거 맞죠? 들어봐요, 다음 시간에 올 여자들은 믿을 만한 사람들이에요. 형제회가 우리에게 물어오면 뭐라고 대답할지 이따 밤에 이야기해봐요."

"그 문제 때문이 아니에요. 내가 궁금한 건 카리나 카우르에 대한 거예요."

시나의 얼굴에서 걱정하는 기색이 사라졌다. "당신, 내 점심 시간을 망치러 왔군요."

"사원에서는 보는 눈이 많으니까 이런 이야기를 할 수가 없잖아요. 그래서 온 거예요."

"도대체 뭘 보고 내가 뭔가 알고 있다고 생각하는 거예요?"

니키는 텔레비전에서 본 촛불 집회에 대해 묘사했다. "그건 분명 당신이었어요."

"말도 안 돼요. 난 그때 학교에 있지도 않았다고요. 카리나가 죽었을 때 저는 신혼이었다니까요."

"그럼 당신을 쏙 빼닮은 사람이었겠네요. 그녀도 당신처럼 손톱에 핑크색 매니큐어를 칠하고 글리터를 올렸어요."

"사우스홀에서는 많이들 그렇게 해요."

"당신 맞잖아요. 목에 알파벳 G 모양 펜던트를 걸고 있잖아요."

시나는 마치 니키가 잽이라도 한 방 먹인 것처럼 움찔했다. 순금 목걸이를 숨기려고 막 블라우스의 깃을 고친 터였다. "무엇 때문인가요, 니키? 왜 알고 싶은 거예요? 단순히 호기심 때문이라면 그대로 놔두지 않을 거예요. 이 공동체의 문제는 현실이라구요."

"재미로 이러는 게 아니에요."

"그럼 뭔데요?" 시나가 따져 물었다.

"여긴 제 공동체이기도 해요. 여기 살지는 않지만 이제 저도 공동체의 일부라고요. 제 평생, 지난 두 달만큼 좌절하고 즐거워하고 사랑받고 당혹스러웠던 적이 없었어요. 하지만 여기엔 제가 알면 안 되는 것들이 겹겹이 쌓여 있는 것 같아요." 그녀는 거기까지 말하고 한숨을 쉬며 먼 곳을 바라봤다. "제가 도울 수 있다고 생각할 만큼 순진하지는 않지만, 그래도 무슨 일이 일어나고 있는지는 알아야겠어요."

그 말에 시나의 얼굴이 부드러워졌다. 구름 뒤에서 삐져나온 오후의 햇살에 오렌지색으로 염색한 머리카락이 더 짙어 보였다. 니키는 시선을 떨구지 않았다. 그녀의 눈을 피하고 싶지 않았다. 시나가 깊은 생각에 빠진 채 그녀를 스치듯 바라보았을 때도 말이다.

"잠깐 드라이브 갑시다." 드디어 시나가 입을 열었다. 니키는 시나를 따라 주차장에 있는 그녀의 작고 빨간 피아트까지 걸어갔다. 시나가 열쇠를 넣어 시동을 걸자 스피커에서 방그라 음악이 쏟아져 나왔다. 차를 타고 가는 내내 둘은 아무 말도 하지 않았다. 차는 백골처럼 하얀 집들이 즐비한 곳을 지났다. 이윽고 길을 돌아드니 집들이 뒤로 멀어져가고 대신 공원이 나타났다. 시나는 작은 호수로 이어지는 자갈길에서 속도를 줄였다. 수면에 햇살이 부딪쳐 반짝반짝 빛나고 있었다.

"당신이 다큐멘터리에서 본 여자애는 굴샨 카우르예요. 저의 가장 친한 친구 중 한 명이었죠. 이 근처에서 뺑소니 사고로 죽었어요. 운전수는 나타나지 않았죠." 시나가 말했다.

"정말 유감이에요."

"굴샨의 어머니가 그녀의 탄생 목걸이를 제게 줬어요. 처음에는 받고 싶지 않았는데, 워낙 완강하셔야죠. 죽은 여자의 금을 집에 두면 불운이 찾아온다는 미신이 있거든요. 보통은 팔거나 녹여서 다른 걸로 만드는데 그분은 제가 받아야 한다고 강력하게 주장했어요. 그녀가 죽고 난 뒤 매일 그 목걸이를 걸었어요."

"가끔 만지기도 하잖아요. 마치 그녀를 기억하는 듯이….”

"굴샨이 살아 있었다면 우리는 매일 만났을 거예요. 아르준이 암에 걸렸을 때, 다른 여자들은 내가 불운을 가져오는 인간이라 생각하고 멀어졌지만, 굴샨만은 제 곁에 있어줬어요. 그녀는 진실을 중요하게 여겼으니까요. 그게 그녀를 죽였죠."

"무슨 말이에요?"

시나는 떨리는 듯 심호흡을 했다. "카리나는 굴샨의 사촌이에요. 우리가 몇 살 더 위였기 때문에 굴샨은 그 활기찬 여자애의 언니 노릇을 했죠. 카리나는 반항적인 아이였어요. 어린 친구들한테 담배를 팔다가 정학을 먹기도 하고, 몰래 남자애들을 만나러 가다가 걸리기도 했죠. 굴샨은 카리나에게 이런저런 상담을 해주곤 했어요. 특히 카리나의 아빠는 교민사회에서 존경받는 인물이었거든요. 카리나가 나쁜 짓을 할 때마다 사람들은 말했어요. "쟤는 뭐가 문제야? 좋은 집안 출신이잖아. 핑계 댈 게 없다고." 하지만 굴샨은 진실을 알고 있었죠. 카리나 아빠는 술을 엄청 마셨어요. 물론 집에서만 그랬죠. 몇 번인가 카리나는 아빠에게 맞아서 멍든 자국을 굴샨에게 보여주기도 했어요."

"카리나의 엄마는 어떤 분이었나요?"

"없었어요. 그게 카리나 아빠가 딸에게 엄하게 굴었던 이유 중 하나죠. 자기 딸을 어떻게 훈육해야 할지 몰랐던 거예요. 카리나는 작은 잘못만 해도 크게 혼났고 점점 매 맞는 횟수가 늘어갔어요. 끝내는 학교를 그만두고 인도에 있는 늙은 남자한테 시집가라고 강요하기에 이르렀죠. 그러던 어느 날 굴샨이 카리나로부터 후불전화를 받았어요. 남자친구랑 가출했고, 일단 안전한 곳에 도착하면 다시 연락하겠다고 했대요. 굴샨은 돌아오라고 설득하려 했지만 카리나는 "너무 늦었어. 지금 집에 돌아가면 아빠가 날 죽일 거야."라고만 했대요. 굴샨은 카리나한테 전화가 왔었다는 사실을 아무에게도 말하지 않았지만, 며칠 뒤 누군가 카리나를 찾아냈어요."

"현상 수배꾼들이었군요."

"맞아요. 현상금을 노리던 택시 운전수였어요. 몇 마일이나 떨어진 더비라는 도시에서 그녀를 발견했대요. 생각해봐요, 니키. 그렇게 멀리 도망갔는데도 공동체가 그녀를 찾아냈어요." 시나는 목이 멘 채 말을 맺었다.

"카리나는 집으로 돌려보내졌나요?" 니키가 부드럽게 묻자 시나는 고개를 끄덕였다. 그러고는 가방에서 휴지를 꺼내 눈가를 닦아냈다.

"카리나가 집에 돌아왔다는데, 굴샨은 카리나로부터 아무 연락도 받지 못했어요. 굴샨의 부모님은 카리나의 일에서 신경 끄라고만 하셨고요. 하지만 어느 날 그녀는 완전히 무너져서는 제게 그랬어요. "시나, 내 사촌동생한테 안 좋은 일이 생길 것 같아. 걘 죽을 거야." 처음엔 저도 믿기 힘들었어요. 당시 카리나의 아빠는 영국에 새로 이민 오는 사람들을 위해 자선 운동을 하고 있었어요. 우리 가족이 처음 영국에 왔을 때도 그가 도와줬죠. 서류 작성부터 세금 업무, 취직까지 모든 것을요. 그래서 굴샨한테 말했어요. 어린 여자애들은 너무 과장하는 경향이 있다고요. 그렇게 좋은 사람이 자기 딸을 죽일 리가 없잖아요. 카리나는 아마도 가족의 명예를 지키기 위해 인도에 결혼하러 가는 길이었을 거라고 생각했죠. 그러던 어느 날 밤 텔레비전을 켰는데 카리나가 실종됐다는 거예요. 실종 신고를 낸 사람은 카리나의 아빠였고요. 그때서야 직감했어요." 시나는 잠시 말을 멈췄다. 다른 차가 자갈길을 따라 다가오는 소리가 들렸다. 차는 그들로부터 멀리 떨어지지 않은 곳에 멈추었다. 부부와 두 아이가 차에서 내려 들판 쪽으로 걸어갔다. 시나는 그들을 쳐다보고는 계속 말을 이었다.

"만약 카리나의 아빠가 경찰에게 자기 딸이 사라졌다고 말했다면, 그녀가 돌아오지 않을 거라는 사실도 알았겠죠. 며칠 뒤 허버트 공원 근처 숲에서 카리나의 시신이 발견됐어요. 교민사회는 한동안 공포에 빠졌어요. 다들 딸들을 집 안에 가뒀죠. 살인마가 여전히 길거리를 돌아다닌다고 믿으면서요."

"하지만 굴샨은 카리나의 아빠가 죽인 거라고 의심했군요."
니키가 말했다. 불길한 예감이 몸을 타고 올랐다.

"네. 확신한 건 아니지만요. 하지만 한바탕 난리법석을 치르
고 언론이 잠잠해진 뒤에 그녀는 의문을 가지기 시작했어요. 경
찰에 신고한 사람이 카리나의 아빠라는 게 이상하지 않아? 처음
에 가출했을 때는 안 그랬잖아. 왜 이번엔 현상 수배꾼을 고용하
지 않은 거지? 그는 분명 그녀가 죽었다는 걸 알고 있었던 거야.
얼마 뒤 굴샨이 무척 흥분한 상태로 제게 전화했어요. "시나, 드
디어 증거를 찾았어." 듣자니 애도하기 위해 부모님과 카리나의
집에 갔다가 그녀의 일기장을 발견했대요. 카리나는 극도로 겁에
질린 상태로 그 안에 아빠가 명예를 지키기 위해 자기를 죽일 거
라고 적어두었어요. 들키지 않고 그 일기장을 들고 나올 수는 없
을 것 같았기 때문에 굴샨은 일단 제자리에 꽂아뒀죠. 경찰에 전
화해서 방을 수색해달라고 하는 게 안전하겠다고 생각했대요. 그
런데 그 뒤에….'' 시나는 거기까지 말하고 입술을 깨물었다.

"사고가 일어났군요. 경찰에 신고하기 전에 죽은 거예요."
니키는 그렇게 말하며 눈을 질끈 감았다. 잠시나마 카리나와 굴
샨의 이야기에 얽힌 불의를 떨쳐버리려는 듯이.

"굴샨이 가지고 있던 의문이 카리나 아빠 귀에 들어갔을 거
예요. 그녀가 카리나의 일기장을 봤다는 것도. 그 후 일기장은 사

라져버렸어요."

"굴샨이 일기장에 대해 또 누구에게 말했나요?"

"저뿐이었어요." 시나가 힘없이 말했다. "제가… 제가 그걸 우리 시어머니한테 말했어요. 시어머니를 믿었기에 괜찮을 거라고 생각했어요. 시어머니 역시 자기 친구에게 말해도 문제되지 않으리라 생각했던 것 같아요. 그리고 그 친구는 그렇게 또 다른 친구한테 이야기했고…." 시나는 고개를 흔들었다. "누군가 굴샨을 막아야 한다고 생각했을 거예요. 굴샨이 공동체의 명예에 먹칠을 하기 전에, 우리를 자기 딸을 죽이는 야만인으로 몰아가기 전에…."

"오, 시나…. 어떻게 그럴 수가 있죠."

"그러게요." 시나가 속삭였다.

시나의 비밀이 주변의 공기를 무겁게 짓누르는 듯했다. 둘은 차 안에 앉아 정면의 호수가 보석처럼 반짝이며 잔물결을 일으키는 것을 바라보았다. 잔잔한 바람이 불어 푸른 잎사귀 속에 숨어 있던 어두운 그늘을 드러냈다. 멀리 희미하게 런던 빌딩들이 보였다.

"여기 자주 오세요?" 니키가 물었다.

시나는 창문 밖을 응시했다. "항상 와요. 굴샨이 이 근처에 살았거든요. 일주일에 세 번씩 조깅을 했죠. 사람들이 뒷말하는 것도 많이 들었대요. 짐작하겠지만, 펀자브 여자애가 다리를 다

내놓고 뛰어다니더라, 뭐 그런 얘기요."

"그럼 그 운전자도 충분히 굴샨의 동선을 알 수 있었겠네요."

"맞아요. 굴샨이 죽고 난 뒤 사고 현장에 가봤어요. 길이 굽어지는 지점에 사각지대가 있더라고요. 사고가 일어난 다음에 시의회에서 경고 표지판을 세워놓자고 청원했대요. 아마 사고 당시 굴샨은 이어폰을 끼고 있었을 거고 그리 주의를 기울이지 않았을 거예요. 그럴싸한 설명이죠."

"어쩌면 진짜 그냥 사고였을지도 몰라요." 그렇게 말했지만, 두 사건이 연달아 일어났다는 사실이 석연치 않았다. 이 모든 사건이 시나의 마음속을 얼마나 헤집어놨을까 짐작할 뿐이었다.

"절대 확신할 수 없겠죠. 하지만 이 지역에서 일어난 일이기에 의심이 가요. 그로부터 몇 년 뒤 카리나의 아빠가 간경화증으로 입원했어요. 많이 고통스러워한다는 소식을 듣고 인과응보라고 생각했죠. 이제 알코올중독을 숨길 수도 없게 되었는데, 사람들은 카리나 때문이라고 해요. 딸이 죽어서 너무 괴로워한 나머지 망가져버린 거라고. 전 그에게 한 치의 동정심도 느끼지 못했어요. 그의 장례식 날, 저는 처음으로 굴샨의 목걸이를 걸었어요. 사람들은 저를 쳐다봤지만 아무 말도 못했죠. 사실은 다들 알고 있는 거예요."

니키는 그들이 시나를 얼마나 잡아먹을 듯 노려보았을지 상상할 수 있었다. "정말 용기 있는 행동이었어요."

시나는 한 손으로 펜던트를 어루만지며 어깨를 으쓱했다. "그저 작은 제스처였어요. 지금은 아무도 기억하지 못할 거라고 생각해요."

"아마 그럴 거예요."

"뭐, 기억한다 해도 상관없고요." 시나가 말했다. 그 목소리에서 힘이 느껴져 니키는 놀랐다. 굴샨의 죽음에 죄책감을 느끼고 있었을 것이다. 니키는 아무 말 없이 이 긴장감이 사라지기를 기다렸다.

"이제 돌아가요." 시나가 말했다. 그녀는 시동을 걸고 차를 후진시켰다. 라디오에서 오래된 힌디어 사랑 노래가 흘러나왔다. 공원에서 멀어지자 시나는 조금 안정된 듯했다. 허밍으로 노래를 따라 부르기도 했다.

"이 노래 알아요?" 남자 가수가 후렴구를 부르고 있을 때 시나가 물었다.

"저희 엄마는 알 것 같은데요."

"오, 당연하죠. 이건 클래식 가요예요." 시나는 라디오의 볼륨을 높였다. "그의 목소리에는 슬픔이 있어요." 둘은 조용히 앉아 가수가 자신의 그리움에 대해 노래하는 것을 들었다. 그 목소리에는 확실히 사람의 마음을 움직이는 힘이 있었다. 다시 사우스홀의 거리가 눈에 들어왔다. 음악을 들으며 보석 가게와 잘레비 가판대를 지나는 동안, 니키는 시나가 들려준 무시무시한 이야기에도 불구하고 어떻게 이곳이 고향이 되고 누군가에게는 절대 떠날 수 없는 곳이 되는지 이해할 수 있을 것 같다고 생각했다.

은행 주차장에 차를 세우려는데, 시나가 낮은 소리로 말했다. "이런." 그녀의 시선은 먼 곳에 고정되어 있었다. "라훌인가요?" 니키가 형체를 가늠하기 위해 눈을 가늘게 뜨고 보며 묻자 시나가 끄덕였다. 입구에서 가장 먼 곳에 주차하고 엔진을 껐는데도 시나는 움직일 생각을 하지 않았다. "그가 안으로 들어갈 때까지 기다릴 거예요." 그녀가 말했다.

"언제까지 이렇게 내외하실 건가요?"

"지금은 사적인 곳에서도 서로 피하고 있어요."

"왜요? 무슨 일 있었어요?"

시나가 갑자기 시동을 걸었다. 엔진에서 푸르르르 소리가 났고 라디오에서 다시 음악이 흘러 나왔다. "꽤 육체적인 관계를 갖기 시작했거든요."

"그런데요?"

"모든 게 갑자기, 너무 빨리 일어났어요. 남편과는 손을 잡는 데만도 몇 달이 걸렸는데, 라훌이랑은 데이트 단 두 번만에 뺨에 키스하는 것부터 끝까지 다 가버렸다고요."

"지금은 속도가 빠른 게 당연하다고 생각해요. 서로에게 열정이 있고, 새로 만난 사람이니까요. 무엇보다 당신은 더 이상 경험 없는 사람이 아니잖아요. 십사 년 전과 지금을 비교할 순 없어요."

"그건 알아요. 하지만 한 단계씩 쌓아가던 그 설렘이 그립단 말이에요."

"라훌이랑 이야기해봐요."

"안 돼요. 당신에게는 이런 이야기를 할 수 있지만 라훌에게는 절대 못해요."

"한번 시도라도 해봐요."

시나는 한숨을 쉬었다. "어젯밤에 라훌한테 좀 거리를 두자고 얘기했어요. 오늘 아침 내내 저랑 안 마주치려고 노력하더라고요. 지금은 그랑 같이 길도 건너고 싶지 않아요. 그러지 않으면 내가 바보 같은 게임을 한다고 생각할 거예요. 밀당하는 줄 알 거라고요."

갑자기 시나가 헉, 하더니 몸을 아래로 숨겼다. 갑작스런 움직임에 니키도 놀라 움찔했다. "그가 이쪽으로 오고 있어요!" 시나가 숨죽여 말했다. 분명 라훌은 이쪽으로 오고 있었다. 갑자기 시나가 부산을 떨었다. 라디오 튜너를 만지작거리는가 하면 니키 쪽으로 몸을 기울이고 조수석 박스를 열더니 오래된 주차권 뭉치를 뒤지기 시작했다. 잠시 후 라훌이 창문을 두드렸다.

시나가 창문을 내리고 경쾌한 목소리로 말했다. "아, 안녕."

"안녕." 라훌이 말했다. "괜찮아요?"

"음? 어, 그럼요. 우리 대화 중이었거든요. 괜찮으면 우리끼리 있게…."

"아, 그럼요. 당신 차에 불이 켜져 있길래 누가 안에 있나 확인하러 온 거예요. 배터리가 방전될까 봐 걱정돼서요."

"고마워요. 우린 다 괜찮아요." 발그레한 뺨이 모든 것이 괜찮다고 말하고 있었다.

"좋아요." 라훌은 그렇게 말하고 멀어져갔다. 마침내 라훌이 은행 안으로 들어가자 시나는 참았던 숨을 한 번에 토해냈다. "나 잘한 것 같아요? 모르겠네. 몰라요, 이제 나도 몰라요." 그녀는 붉어진 뺨을 몇 차례 가볍게 두드리며 말했다. "조금 더 있다 가야겠네요. 이렇게 빨간 얼굴로 안에 들어갈 수는 없으니까요."

"너무 시간 빼앗으면 안 되는 거였는데." 니키가 계기판의 시계를 보며 말했다. "나는 도대체 뭘 기대했던 걸까요? 시나랑 이야기하겠다고 무작정 은행 안으로 들어가서는. 모르겠어요."

시나는 계속해서 손부채질을 하고 있었는데, 마치 니키의 사과를 날려버리려는 동작처럼 보이기도 했다. "복잡한 이야기를 기대하진 않았겠지요. 여자애가 죽었는데 그녀가 사랑했던 사람이 손을 댔을 거라고 상상이나 할 수 있겠어요? 이 공동체에서 무슨 일이 일어나는지 모르면 절대 생각 못해요."

"저는 꽤 알고 있다고 생각했어요." 니키는 골똘히 생각하며 말했다. "타람팔이 마야의 자살에 대해 이야기해줬을 때 저는 큰 충격을 받았지만, 이 공동체에서는 명예가 굉장히 중요하다는 것을 기억하고 납득했죠. 그 이면에 더 큰 진실이 있을 거라고는…."

이 부분에서 니키의 목소리가 점점 작아졌다. *마야의 자살.* 좁은 차 안에서 큰 소리로 내뱉기에는 어쩐지 거슬리는 말이었다. 끔찍한 의문들이 떠올랐다. 시나도 니키의 심경 변화를 느낀 듯했다. 부채질하는 것을 멈추고 손을 무릎 위에 올려놓았다. 한참 무거운 침묵이 흐른 뒤에야 니키는 질문할 용기를 낼 수 있었다.

"정말로 마야가 자살했나요?"

의외로 대답은 굉장히 빠르게 돌아왔다. "그녀가 그랬을 거라고 생각하나요?"

"저는 마야를 모르니까요."

시나가 답답한 듯 한숨을 쉬었다. "생각해봐요. 현대 여성이 죄악이니, 가족의 명예를 더럽혔다느니 하는 유서를 남긴다고요? 마야는 그런 걸 걱정하기엔 너무 서구화됐다니까요."

타람팔은 유서에 대해서는 말하지 않았다. 좀 더 우발적으로 벌어진 일처럼 말했다. *자그데브가 이혼하자고 하니까 마야가 갑자기 충격에 빠진 거죠.* "그럼 그 유서는 누가 쓴 건가요?" 니키가 물었다.

"아마 그녀를 죽인 사람이 썼겠죠."

"설마···." 충격으로 다리가 차가워지는 것 같았다. "자그데 브요? 마야가 바람을 피웠기 때문에?"

"그건 마야가 진짜로 바람을 피웠을 때 얘기죠. 하지만 누가 알겠어요? 자그데브는 질투가 많았어요. 타람팔이 거기에 불을 붙였죠. 마야를 감시하면서 그녀가 남자에게 미소만 지어도 같이 자자는 신호를 보내는 거라고 생각했어요. 타람팔이 둘의 결혼 생활에 간섭한 거예요."

"경찰들은 수사를 안 했나요? 어떻게 그럴 수 있어요?"

시나가 어깨를 으쓱했다. "쿨빈더가 경찰한테 이야기하려고 노력했지만, 그들은 그런 증거가 있다는 걸 믿지 않았어요."

"그래서 그대로 사건을 종결했다고요?"

"증언은 있었어요. 자그데브 친구들의 부인들이 마야가 한 동안 자살을 생각했다고 했죠. 부인들끼리 사교 모임이 있었다 며, 꼭 엄청 친한 것처럼 말했어요. 하지만 내가 장담하건대 마야 는 그 사람들이랑 말도 거의 안 했어요. 진짜 친구가 따로 있었거 든요."

"그들은 어디 있었나요? 왜 마야를 위해 나서주지 않았죠?"

"아마 두려웠겠죠. 모두가 마야를 위해 나서는 걸 무서워했 어요. 너무 위험했을 뿐더러 그 누구도 실제로 음모가 있었는지 확신할 수 없었어요. 심지어 쿨빈더조차 이제는 경찰을 피하잖아요. 경찰서를 피해 시장에서 일부러 멀리 돌아가는 것도 봤어요. 분명 누군가가 쿨빈더에게 소란을 일으키지 말라고 경고했을 거예요."

소름이 돋았다. 계획 살인이 일어났을지 모르는 곳에 제 발로 걸어 들어갔던 것이다. "그 일이 일어났을 때 타람팔은 집에 없었던 거죠? 그렇죠?"

"네. 그날 밤 사원에 있는 걸 봤거든요. 하지만 쿨빈더는 절대 타람팔을 용서하지 않았어요. 타람팔이 경찰에 마야가 죽기 전날 밤 집을 다 태워버리겠다고 협박했다고 진술했거든요." 시나는 어이없다는 듯 눈을 굴렸다. "마야가 정말 그런 말을 했다고 해도 전후 사정이 있었을 거예요. 그런데 타람팔은 마야가 꼭 인도 영화에 나오는 미치광이 부인인 것처럼 증언했어요."

불안정한 여자였어. 타람팔은 거듭 그렇게 말했었다. "그럼 자살했다는 것도 더 그럴싸하게 여겨지니까요."

"그렇죠. 타람팔은 그 남자에게 전적으로 헌신했어요."

타람팔이 그토록 원했던 아들. 니키는 고개를 저었다. "이건 정말…."

"말이 안 되죠? 엉망진창이죠? 이제 왜 내가 캐보지 말라고 경고했는지 좀 알겠나요? 위험한 일이에요."

충분히 이해할 수 있었지만, 여전히 모른 척하고 싶지는 않았다. "유서는요? 마야의 친필로 확인됐나요?"

"꽤 비슷했나 봐요. 경찰은 자살 유서라고 결론지었어요. 쿨빈더한테 그랬대요. 글자가 번져 있었다고. 꼭 울면서 쓴 것처럼 말이죠."

"그럴 듯하네요." 니키가 차갑게 말했다. "자살이라는 증거를 찾으려고 혈안이 되어 있었던 것 같아요. 괜히 수사한다고 요란 떨지 않아도 된다, 공연히 들쑤실 필요 없다는 거였겠죠." 가없은 *쿨빈더*. 니키는 생각했다.

"저도 그렇게 생각해요. 쿨빈더는 타람팔의 집에 들어가지도, 마야의 필적을 비교해보지도 못했죠."

니키는 손으로 얼굴을 감싸며 말했다. "토할 것 같아요, 시나. 죄 없는 여자가 살해당했다는 게 거의 기정사실인데도 우리는 지금 여기 이렇게 앉아 있잖아요."

"하지만 증명할 길이 없으니까요. 기억해요, 니키. 영웅이 되려고 하지 말아요. 여기선 안 통해요." 차에서 내리기 전에 시나는 옷깃을 정리해 펜던트가 보이지 않게 했다.

11

기타는 손을 미친 듯이 휘저으며 말을 쏟아냈다. 물들여서 올려 묶은 머리카락이 덜렁거렸다. "그리고 나서는 글쎄 지들 나라에 들어오기에는 우리 아들 신발이 너무 진흙투성이라고 했다는 거야! 이게 말이나 되는 소리니? 니키랑 민디는 얼마나 다행인지, 해외 출장 같은 거 안 가도 되잖아. 이놈의 세관원들은 쓸데없이 까다롭게 군다니까."

"호주 세관원들은 그럴 수도 있겠다 싶어. 외국 이물질이 자기네 토양에 섞일 수도 있잖아." 하프리트는 기타가 해외에 나갈일 없는 직업을 가진 자기 딸들을 은근히 모욕하고 있다는 사실을 알아차리고 그렇게 말했다.

"허, 영국 흙이 무슨 이물질이라니? 아닐걸. 장담하는데 그 놈들은 우리 아들이 무슬림인 줄 알고 그렇게 괴롭힌 거야."

기타는 차를 마시겠다고 굳이 하프리트 집까지 찾아와서는 불평불만을 늘어놓고 있었다. 아들 자랑을 하고 싶어서 온 게 뻔했다. 지난 십 분 동안 아들이 시드니에 출장 갔다는 이야기를 무려 네 번 이상 언급했다. *어제 그냥 사원에 갈걸*, 하프리트는 후회했다. 기타가 엔필드 사원의 모든 평일 행사에 열심히 참여한다는 걸 알고 일부러 가지 않았는데, 세인즈버리의 주차장에서 우연히 만난 것이다. 시계를 보니, 민디가 병원 일을 마치고 집에 돌아올 때까지 아직도 한 시간 반은 남아 있었다.

"수레쉬가 시드니는 런던이랑 비슷하다더라." 기타가 다시 아들 자랑을 늘어놓으려고 시동을 걸었다.

"거기서 뭘 했대?"

"회사에서 컨퍼런스에 참석하라고 보낸 거야. 모든 경비를 대주면서. 비즈니스 클래스를 태워줬다니까! 수레쉬가 "엄마, 처음엔 뭔가 잘못됐다고 생각했어. 요즘엔 회사 사정이 안 좋아서 CEO들도 이코노미 클래스를 타. 그런데 잘못된 게 아니래. 다 회사에서 대주는 특전이래."라고 했어."

"그것 참 멋지네." 하프리트가 말했다. 그녀에게는 자식 자랑할 거리가 없었다. 민디는 여전히 결혼을 못 했고 니키는…. 니키는 사우스홀에서 일하기 시작한 뒤로 일에 대해서는 한마디도 하지 않았다. 오후에 과자 상자를 가져다주러 들렀을 때도, 하프리트가 새로 시작한 일은 어찌 되어가는지, 그 일을 통해 앞으로 뭘 어떻게 하려고 하는지 물어보려 하자 약속이 있다며 급하게 도망가버렸다. 그다지 말하고 싶지 않은 일이구나, 하프리트는 어렴풋이 생각했다. 마치 니키가 대학을 그만두려고 했던 그때와 같았다.

하프리트가 아무 말도 하지 않자 기타는 동정하는 눈빛으로 말했다. "애들은 다 잘될 거야." 관대한 어조였다.

네 자식이나 신경 써. 하프리트는 생각했다. 누가 네 아들 같은 자식을 원하겠니? 다 커서도 엄마, 엄마, 하는 아들이라니. "요즘 요가 수업은 어때?" 하프리트는 화제를 돌렸다.

"혈류 개선에 아주 좋아. 우리 이제 이런 운동 좀 해줘야 해. 우리 선생님은 오십 대인데도 엄청 말랐어. 요가를 시작한 지 몇 년밖에 안 됐다는데 굉장히 유연해."

"그래. 요가는 건강에 좋지."

"화요일 저녁마다 수업이 있는데, 너도 와."

기타와 그 시녀들이 득실거리는 요가 수업을 떠올리자 그보다 최악의 선택은 없을 것 같았다. 요가 동작보다 뒤에서 자랑하는 데 더 열심인 무리들이었다. "나는 헬스장에 가는 게 더 좋아."

"헬스 등록했니?"

"응. 몇 주 전에. 그냥 가볍게 러닝머신에서 걷고 가끔 실내

자전거도 타. 나는 아침 운동이 더 힘 나는 거 같아서 일찍 가."

"힘은 내서 뭘 하려고? 우리 나이에는 좀 느긋하게 살아야지." 어딘가 못마땅한 투였다.

"사람마다 다른 법이니까."

기타가 라두 조각을 집으려 몸을 기울이자 카미즈 블라우스 사이로 가슴골이 깊이 드러났다. "내가 요가를 좋아하는 건 다 여자뿐이기 때문이야. 너 다니는 헬스장은 남녀 공용이니?"

하프리트는 얼굴이 화끈 달아올랐다. 이 질문에 대답하면 낚이고 만다. 하지만 헬스장에 남자가 있으면 또 어때? 그래서 그녀는 말했다. "응. 공용이야."

"아이고, 그냥 요가 수업에 와." 거의 질책에 가까운 말이었다. "우리 같은 여자들 많다." 기타는 그렇게 덧붙였다.

"아하, 우리 같은 여자들이라…." 하프리트가 말끝을 흐렸다. 만약 오십 살 넘은 펀자브 여사님들의 패션과 매너에 대한 강령집이 발행된다면, 그건 분명히 기타의 작품일 것이다.

"민디는 어쩌고 지내?"

"잘 지내지. 오늘 일해."

"아직 만나는 사람 없어?"

"잘 모르겠네." 하프리트는 말했다. 민디가 약혼할 준비가 되기 전까지는 그것이 모범답안이었다. 실은 민디도 만나는 사람이 있었지만, 최근에는 그 남자에 대해 이야기하지 않았다. 하프리트는 물어보기가 두려웠다. 민디가 어서 가정을 꾸렸으면 싶었지만, 그건 매일 저녁 빈 집에 돌아와야 한다는 뜻이기도 했다. 하프리트는 아직 마음의 준비가 되어 있지 않았다.

"빨리 좋은 사람 찾아야지, 안 그래? 이렇게 시간만 보내다가 헛수고로 끝나면 그림이 안 좋잖아."

"찾겠지. 압박하지 않아도 돼. 민디는 스스로 생각할 줄 알거든."

"물론 그렇겠지." 기타가 웅얼거렸다.

하프리트는 마지막 남은 차이를 기타의 잔에 따라주었다. 립톤 차의 까만 가루가 동동 떴다. "잠깐만, 내가 걸러줄게." 그녀는 그렇게 말하며 기타의 컵을 받아 들었다. 부엌에서 체를 찾다가 문득 엄마가 영국으로 가기 전 주었던 체가 떠올랐다. 니키랑 민디가 금붕어 꺼낸다고 쓴 다음에 내다 버렸었지. 하프리트는 찌르는 듯한 슬픔을 느꼈다. 가족 없는 집이 무슨 의미인가.

하프리트가 돌아왔을 때, 기타는 입술에 묻은 과자 부스러기를 털고 있었다. "설탕은 됐어." 기타가 다이어트 중이라는 사실을 뽐내며 말했다. 그러나 그 어떤 요가 자세도 저 라두 덩어리의 칼로리를 빼주지는 못할 것이다. 하프리트는 내심 우쭐해졌다.

"그건 그렇고 말이야." 기타가 차를 한 모금 마신 뒤 말했다. "너, 그 이야기들 들어봤니?"

"무슨 이야기?"

"그 이야기 말야."

짜증난 기색을 숨기기가 힘들었다. 대체 왜 사람들은 즉각 설명하지 않고 같은 말을 자꾸 반복하는 걸까? "무슨 말인지 모르겠네."

기타는 컵을 소서 위에 내려놓았다. "온 런던 펀자브 사회에 돌고 있는 그 이야기들 몰라? 미투 카우르가 얘기해줬는데, 난 그냥 웃고 넘겼거든. 안 믿었어. 그랬더니 진짜로 우리 집에 그중 하나를 들고 온 거 있지? 미투 카우르는 그 이야기를 자기 남편에게 읽어줬대. 그러고 나서는…." 기타는 고개를 흔들었다. "하여간 인간들, 쉽게 현혹된다니까." 그렇게 말하고는 마치 지금부터가 핵심이라는 듯 잠시 하프리트를 응시하더니 속삭였다. "둘이 소파에서 섹스했대."

"뭐라고? 미투 카우르가 너한테 그런 얘길 했다고?"

"나도 처음엔 놀랐지. 근데 그 이야기가 그 정도로 장난 아니었던 거지."

"책 제목이 뭔데?"

"책이 아니야. 그냥 출력된 종이인데, 누가 쓴 건지, 어디서 나온 건지 아무도 모른대."

"무슨 소리야? 익명의 작가라는 거야?"

"아마 작가가 한 명이 아닌 것 같아. 어디서도 출판된 적이 없는데, 복사·스캔되어서 이메일과 팩스로 런던 구석구석으로 흘러 들어가고 있어. 미투 카우르는 벌써 세 편 읽었는데, 그 세 편으로 남편과의 관계가 완전히 바뀌었대. 저번 요가 수업 때 선생님이 등대고 누워서 무릎을 가슴 위로 당기라고 했거든? 그랬더니 미투가 나한테 윙크하면서 그러는 거야. *어젯밤에 했던 체위네. 우리 나이에 말이야! 상상이나 되니?*"

"아니. 상상 안 돼." 재빨리 대답했지만 하프리트는 이미 자신과 모한의 모습을 상상하고 있었다. "그 이야기들을 어디서 구했는지 미투가 얘기해줬어?"

"자기 사촌이 줬대. 사촌은 엔필드 사원에서 친구한테 받았고, 그 친구는 또 런던 동부에 사는 다른 펀자브 친구한테 들었대. 그런데 그 전 연결고리는 잘 모르겠어. 사촌이 친구한테 굳이 묻지 않았나 봐. 아무튼 이 이야기를 본 사람은 미투 카우르뿐만이 아니야. 카림 싱의 와이프도 우연히 봤대. 그 여자가 들려준 이야기는 굉장히 생생했어. 어떤 펀자브 여자가 자기 차를 정비공한테 가지고 갔다가 보닛 위에서 섹스하게 된다는 이야기였어. 자기 두파타로 그 남자 손목을 사이드미러에 묶고서 말이야."

"그 정도야? 펀자브 사람들이 나오는 이야기 중에 그렇게 야한 건 처음 들어."

"그런데 이 이야기들이 사우스홀에서 시작됐대."

"바보 같은 소리." 하프리트가 웃으면서 말했다. "차라리 뭄

바이에서 왔다고 하면 믿겠어. 영국에서 시작됐다면 적어도 사우스홀은 절대 아닐 거야.”

“아니야, 진짜라니까. 미투 카우르의 이모 친구가 그런 지저분한 이야기 쓰는 수업을 들었대.”

말도 안 되는 이야기였다. “만약 그게 사실이라면 공동체가 발칵 뒤집힐 거야.”

“그래서 영어 수업으로 포장한다고 하더라고.”

“그건 말도 안 되….” 하프리트는 얼어버렸다. 사우스홀, 영어 수업. 하프리트는 침을 삼키며 입을 다물었다. 기타가 부풀려서 이야기하는 거겠지. 얘가 얼마나 가십에 열을 올리는데. 아니면 설마….

“걔가 또 뭐랬는지 알아? 남편을 일찍 여읜 나이 먹은 여자들이 모여서 그런 이야기를 쓴다는 거야. 상상이나 되니? 우리 같은 여자들이래.”

“아….” 하프리트는 쉰 목소리로 탄식하며 차를 벌컥벌컥 들이켰다. “우리 같은 여자들이구나….”

니키는 작은 소리로 투덜거렸다. 기차가 연착되는 바람에 수업에 늦었다. 그토록 당기는 담배 한 대 피울 시간조차 없었다. 빌어먹을 제이슨, 같이 금연하자는 계획은 정말 최악이야. 버스는 겨우겨우 힘겹게 오르막을 올랐다가 번화가 쪽 도로로 천천히 내려가고 있었다. 시장 밖 길바닥에 채소 껍질들이 나뒹굴고 있었고, 사리 가게 창문 너머로 스팽글이 별자리처럼 반짝거렸다. 한 커플이 가슴팍에 서류를 잔뜩 껴안고 '패스트트랙 비자 서비스'라는 간판이 달린 가게 밖으로 걸어 나왔다. 마침내 버스가 사원 앞에 겨우 섰다. 휴대폰으로 시계를 확인하니 벌써 수업 시작 시간으로부터 삼십 분이나 지났다.

건물에서 흥얼거리는 소리가 들려왔다. 계단을 오를수록 그 소리는 점점 더 커졌다. 특히 아르빈더와 시나의 목소리는 수다의 바다 저 너머까지 들릴 것 같았다. 마침내 교실에 들어섰을 때, 니키는 숨이 턱 막히는 것을 느꼈다. 여자들이 가득했다. 책상 위에 다리를 꼬고 앉은 여자들, 의자에 편히 기대앉은 여자들, 벽에 기대선 여자들, 교탁에 걸터앉은 여자들까지….

니키는 할 말을 잃고 한 발자국 뒤로 물러선 채 잠시 그들을 물끄러미 바라보았다. 자신이 보고 있는 이 광경을 선뜻 받아들일 수가 없었다. 수많은 과부가 그 자리에 있었다. 과부들이 입는 새하얀 옷을 입고 있었지만 꽤 어려 보이는 무리도 보였다. 젊은 과부들의 등장은 다소 혼란스러웠다. 찰랑거리는 뱅글 소리며, 교실을 가득 메운 향수 냄새며. 중년 여성들의 목소리에는 부러울 정도로 자신감이 넘쳤다.

과부들이 먼저 니키의 등장을 알아챘다. 서서히 대화 소리가 잦아들더니 모두가 니키에게 집중하기 시작했다. 어느새 니키는 완전한 적막에 싸였다. 순간 숨이 막혔다. 이제까지 숨을 참고 있었던 건가 싶었다.

"저게 선생이야?" 펀자브어로 대화가 오갔다.

"아닐걸. 백인 물 잔뜩 먹은 애가 수업을 진행한댔어."

"그런 날라리가 무슨 펀자브어를 해?" 다른 여자가 물었다. "아니야. 저 여자가 맞는 거 같아."

교실 안이 다시금 시끌시끌해졌다. 니키는 사람들 사이를 비집고 들어가 시나를 찾았다.

"다들 언제 이렇게 모인 거예요?" 니키가 물었다.

"첫 번째 온 사람은 한 시간 전부터 건물 밖에서 기다리고 있었어요. 제가 랑가르홀에서 보고 부리나케 나가서 수업은 한 시간 뒤에나 시작한다고 했더니 "괜찮아요. 다른 사람이 올 때까지 기다릴게요." 그러더라고요. 그 뒤에 또 다른 무리가 몰려왔어요." 시나가 말했다.

"저기, 우리 이야기가 런던 전역에 퍼지고 있다고 말했었잖아요…" 니키가 교실을 둘러보며 말했다.

"저도 이렇게 많이 올 줄은 몰랐지만, 그렇다고 그냥 집에 가라고 할 수도 없었어요."

"하지만 쿨빈더가 돌아오면 그땐 어떡하죠?"

"출석부를 만들어놓으면 되죠. 이 사람들을 우리 수업에 등록시키면 돼요."

"아니면 우리 동네에서 따로 수업을 열어도 되죠." 근처에 앉아 있던 여자가 말했다. "웸블리 근처에 사시는 분 없나요?"

몇몇이 손을 들었다. 젠장. 니키는 생각했다. 이야기가 퍼지고 있었다면, 엔필드에도 이미 도달했을지 몰라. 혹시라도 엄마 친구가 있는지 재빨리 교실을 훑어보았지만, 다행히 아는 얼굴은 보이지 않았다.

"자, 여러분, 잘 들으세요." 니키가 큰 소리로 말하자 여자들은 잠시 말을 멈췄다. 니키는 그 틈을 놓치지 않고 재빨리 말을 이어나갔다. "여러분 모두 환영합니다. 오늘 밤 와주셔서 감사드려요. 이렇게 많은 분이 오실 줄은 몰랐지만 말이죠. 아마 조만간 수업 인원을 제한하게 될지도 모르겠습니다." 니키는 교실을 둘러보았다. "또 다들 신중하게 행동하셔야 한다고 강조하고 싶어요. 비록 현실적으로 가능할지는 잘 모르겠지만요." 형제회에 발각된다는 상상만 해도 심장이 거세게 뛰었다. "나쁜 사람들이 이 수업에 관해 알게 된다면, 어쩌면 우리는 큰 문제를 겪을 수도 있어요."

여자들이 서로 빠르게 시선을 주고받았다. 가슴이 철렁했다. "그 사람들 이미 다 알고 있죠? 그런 거죠?" 니키가 물었다.

교실 뒤편 구석에서 프리탐이 손을 들었다. "오늘 형제회가 다르민더의 집에 찾아가서 이야기에 대해서 아는 게 있냐고 묻더래요. 다르민더는 그것 때문에 이 수업을 알게 됐다는데요."

눈 아래까지 내려오게 두파타를 느슨히 둘러쓴 그 용감한 과부가 고개를 끄덕였다. "맞아요. 그 인간들이 오히려 소문을 퍼뜨리고 있다니까요."

그렇다면 그들은 머지않아 쿨빈더의 사무실에도 들이닥칠 것이다. 가슴이 조여왔다. 폐강해야 했다. 그러지 않으면 여자들이 위험에 빠질지도 모른다. 그녀 역시 위험했다. "그렇다면 이게 지금 잘하는 일인지 모르겠네요." 니키가 말했다.

"지금 당장 수업을 그만둘 순 없어요, 니키. 이 사람들은 런던 전역에서 여기까지 왔다구요. 일단 오늘은 수업을 진행하고 이후에 어떻게 할지는 나중에 같이 고민해요." 시나가 말했다.

이제 교실은 완연한 정적에 싸여 있었다. 모두가 니키를 바라보고 있었다. 시나 말이 옳았다. 이 여자들은 수업에 힘을 실어주기 위해 왔다. 그들을 다 돌려보내고 새로운 이야기를 듣지 못하게 된다고 생각하니 견딜 수 없을 것 같았다.

"이야기 나누고 싶은 분 계신가요?"

몇몇이 저요, 저요, 하며 손을 치켜들었다. 니키는 조용히 해달라는 신호를 보내고는 교실 안을 유심히 둘러보았다. 까만 타이즈 위에 긴 밤색 쿠르타를 입은 깡마른 중년 여성이 종이 한 장을 흔들고 있었다.

"제 이야기는 아직 미완성이에요." 니키가 부르자 그녀는 고백하듯 말했다. "그래서 여러분의 도움이 필요해요. 아, 저는 아마르지하트라고 합니다." 그녀는 그렇게 말하면서 부끄러운 듯 웃었다. 그 모습이 만지트를 처음 만났던 순간을 연상시켰다. "시작해볼까요, 아마르지하트?" 니키가 말했다.

아마르지하트가 교실 앞으로 나오자 사람들이 박수를 쳤다. 그녀는 목소리를 가다듬은 뒤 이야기를 시작했다.

라니는 젊고 아리따운 여자였다. 그녀는 마치 공주처럼 예뻤지만 부모로부터 귀한 대접을 받지는 못했다. 가난한 집의 막내딸로 태어나 모든 집안일을 도맡아 해야 했기에 외출은 꿈도 꿀 수 없었다. 마을 사람들이 그녀의 존재조차 모를 정도였다.

교실 뒤편에서 하품하는 소리가 들려왔다. 아마르지하트는 매우 느릿느릿한 목소리로 라니를 묘사해나갔다. 녹갈색 눈동자에 매끈한 피부, 사과 같은 뺨, 날씬한 허리 등등…. 그러던 어느 날 한 남자가 그녀에게 청혼한다. 아마르지하트는 그 대목에서 멈추고는 한참 동안 종이를 들여다보더니 니키를 돌아보았다. "이다음에 뭐라고 써야 할지 모르겠더라고요. 단어들이 떠오르지 않아요. 쓰고 싶은 건 있는데."

"그럼 그냥 말로 해봐요. 첫날밤으로 건너뛰자고요!" 프리탐이 소리쳤다. "라니랑 그 남자가 뭘 했는데요?" 기대에 찬 웃음소리가 교실에 퍼졌다.

아마르지하트는 잠시 눈을 감았다. 입가에 미소가 번지는가 싶더니 소리 내어 웃기 시작했다.

더 많은 여자가 목소리를 낼수록 이야기 나누는 것이 즐거워졌다. "남자는 라니의 결혼 예복을 벗기고 침대에 눕혔다."

"자기도 옷을 벗었다. 라니가 남자의 옷을 벗기고 그의 벗은 몸을 어루만지는 것도 좋겠네."

"그 남자의 물건은 우람했다."

"마치 비단뱀같이."

"하지만 그는 그 물건을 부드럽게 사용했다. 라니가 아무것도 몰랐기 때문이다. 일단 그녀에게 자신의 물건을 쥐여주고 조금씩 흔들게 했다."

"그러고는 라니에게 키스했다." 아마르지하트가 말을 이어 나갔다. "라니는 자기 입술에 맞닿은 그의 입술을 느끼면서 긴장이 풀리는 것을 느꼈다. 그는 라니와 키스하며 손가락으로 마치 그림을 그리는 것처럼 그녀의 몸을 어루만졌다. 그리고 손바닥을 펴서 라니의 유두에 대고 둥글게 원을 그렸다. 그의 손길이 닿자 그것들이 점점 단단해졌다. 그는 그중 하나에 입을 가져다 대고 빨기 시작했다. 나머지 하나는 손가락 사이에 넣고 부드럽게 굴렸다. 라니는 환희에 젖었다."

"그녀는 신음하면서 외쳤다. 그가 아닌 다른 남자의 이름을!" 비비가 소리쳤다.

헉, 하는 소리와 감탄사가 터져 나왔다. "누구 이름을 외쳤는데요?"

"안 돼요, 안 돼! 라니는 처음으로 사랑에 빠지는 순진한 여자라고요. 왜 이야기를 망치는 거예요?"

"누가 망쳤다고 그래요? 그냥 좀 양념을 치자는 거죠." 탄비르가 말했다.

니키의 귀에는 쏟아지는 야유도 들리지 않았다. 그녀는 조심스럽게 뒤로 물러나 출석부가 놓인 교탁으로 다가갔다. 이름과 인적 사항을 기록해두는 게 좋을 거야. 니키는 서류를 살펴보다가 타람팔의 수강신청서를 발견했다. 다시금 공포가 파도처럼 밀려왔다. 안셀 로드 16번지는 이미 형제회의 수중에 있는 게 아닌가?

"시도하다가 그놈 물건이 너무 크다는 걸 뒤늦게 발견하는 거지." 프리탐이 제안했다.

"그러고 나서는 뒤로도 해보려 하고요." 다른 여자가 말했다.

"어머머머!" 여자 몇몇이 소리를 질렀다. 그리고 '뒤'라는 말이 무엇을 의미하는지 잠깐 밀도 높은 강의가 이어졌다. "그래, 엉덩이에 하는 게 아니라고." 탄비르가 안심시키려는 듯 말했다.

"근데 엉덩이에 하는 게 뭐 어때서요? 그렇게 나쁘진 않아요. 어색해서 그렇지."

"이 남자 물건이 얼마나 큰지 못 들었어요? 거의 소방 호스급이라고요. 진심으로 그런 거시기가 똥꼬에 들어오길 원하는 거예요?"

"젠장, 제발 누가 기버터 좀 가져다주라고요." 누군가 절박하게 외쳤다.

토의는 끝날 줄을 몰랐다. 결국 라니와 남편이 그들에게 들이닥친 위기를 흥미진진한 모험으로 전환하는 것으로 이야기를 전개하기로 확정했다. 다양한 체위를 시도하는 것이다.

불꽃 튀는 대화가 이어졌다. 무심하게 털어놓는 말들이 귓속에 꽂혔다. "우리 남편이랑도 그 체위를 해본 적이 있는데." 하르다얄 카우르가 코를 훌쩍이며 말했다. "여자 쪽이 엄청 유연해야 하더라고요. 나는 고작 스무 살이었는데도 농사짓느라고 무릎이 뻣뻣해졌죠."

"내 남편은 한번은 내 가슴 사이에 자기 바나나를 집어넣으려고 했는데, 난 별로 추천 안 해. 꼭 두 언덕 사이로 나아가려고 하는 카누를 보는 것 같더라고."

아마르지하트는 손에 든 종이를 맥없이 내려다보았다. "좀 더 고민해봐야 할 것 같네요." 그녀는 그렇게 말하고는 자리로 돌아갔다.

"나의 혀가 당신의 타오르는 불에 기름을 부을 겁니다. 뜨겁고 혓바닥을 날름거리는 순수한 욕망의 불꽃이여."

교실 왼쪽 구석에서 갑자기 목소리 하나가 튀어나왔다. 굴랄 카우르였다. 모두가 그녀를 향했다. 그녀는 평화로이 명상하듯 다리를 꼬고 눈을 감은 채 앉아 있었다. 그녀의 목소리는 모두로 하여금 침묵하게 하는 힘이 있었다.

"당신은 흙의 부드러움, 잎자루의 힘. 당신 위에 눕게 해줘요. 나의 남성은 벨벳처럼 부드러운 당신의 품 안에서 뿌리처럼 자라날 것이니. 비가 올 때면, 나는 촉촉하게 젖은 당신의 매끈한 피부를 온몸으로 느끼고 당신의 체향 안에서 숨을 쉬죠. 우리는 같은 리듬에 맞춰 함께 몸을 흔들겠죠. 우리의 불타는 열정이 가장 강한 천둥과 이 땅조차 산산조각 낼 번개를 불러일으킬 것입니다."

여자들은 숨소리까지 죽여가며 듣고 있었다. 니키가 먼저 입을 열었다. "방금 지으신 건가요?"

굴랄은 고개를 저으며 눈을 떴다. "제가 결혼하려고 했던 해에 극심한 가뭄이 왔어요. 우리 부모님은 지참금을 내기도 힘들 지경이었지만 알고 계셨어요. 제가 무케시 싱이 아니라면 누구와도 결혼하지 않을 거라는 걸요. 무케시와 저는 맞선 자리에서 서로 첫눈에 반했어요. 부모님도 다른 사람과 결혼하게 된다면 제가 불행해질 거라고 생각하셨어요. 그분들도 보셨거든요. 처음 만났을 때 우리 눈이 반짝이던 걸요. *당신이군요, 내가 찾던 그 사람이.* 우리는 눈으로 그렇게 이야기 나눴답니다."

"말라가는 땅 위에서 피어나는 사랑이라, 거참 아름답구만."
프리탐이 감탄하자 다른 여자들이 조용히 하라고 핀잔을 줬다.

"매일 아침저녁으로 비를 내려달라고 기도했어요. 무케시네 마을도 상황이 좋지 않아서 그쪽도 기도를 했죠. 무케시는 그렇게 매일 기도하다가 영감을 받고 시를 써서 저에게 보내기 시작했어요. 저는 부모님 손에 들어가기 전에 그 편지를 받으려고 애썼죠. 물론 부모님은 시를 읽지 못하셨겠지만 말이에요. 두 분 다 문맹이었거든요. 아버지는 그해 내내 불만이었어요. 딸년을 가르쳐놨더니 발언권이 너무 세졌다고요. 제가 무케시가 아니면 결혼하지 않겠다고 고집을 부렸거든요. 저는 편지 하나를 골라서 무케시의 친척이 보냈다고 하고는 아빠한테 읽어드렸어요. 딸을 훌륭하게 키웠다고 칭찬하는 내용으로 바꿔서요. 아빠는 그걸 듣고 마음을 푸셨어요. 제가 제일 좋아하는 시예요."

"아직도 기억하고 있나요?" 시나가 물었다.

"그럼요." 굴랄은 숨을 깊이 들이마시고는 다시 눈을 감았다. "내 사랑. 당신의 몸은 우주와도 같아. 당신 몸 위의 점과 보조개는 쏟아지는 별이야. 나는 사막을 여행하는 나그네, 몹시 지친 채 메마른 입술을 적셔줄 무언가를 찾고 있어. 포기하고 싶어질 때마다 나는 하늘을 올려다봐. 한밤의 하늘 위에는 당신이 누워 있지. 머리카락이 당신을 감싸고 가리지 않은 가슴은 창백하고 둥글어. 그 끝에서, 당신의 유두가 나의 주름진 입술을 맞이해주는군. 부드럽게 키스하면 당신의 몸, 당신의 세상이 전율하는 것을 느낄 수 있어. 당신 다리 사이에서, 꽃망울은 점점 촉촉해지고, 그 입술은 기대에 차 부풀어 오르지. 당신의 몸은 은하계 그 자체야. 나는 갈증이 해소된 것에 감사하며 입술로 당신을 탐험하지. 비밀의 정원에 도착하면, 이제 나의 목마름은 당신의 허기가 돼. 내 목을 감싸는 당신의 긴 다리와 입술을 향해 다가오는 당신의 둔부. 이제 내 입술은 당신의 이슬로 젖어들고, 나는 당신의 안으로 밀고 들어가 가장 비밀스러운 곳의 핏줄이 고동치는 것을 느껴. 이렇게 당신을 입술로 느낄 수 있다는 것, 붉어진 부분들이 하나로 연결될 수 있다는 것은 얼마나 감사한 일인가."

잔잔한 미소를 띤 굴랄의 얼굴은 마치 천상의 것 같았다. 굴랄은 좌중을 향해 겸손하게 허리를 숙였다.

"마침내 둘이 하나가 되었을 때는 어땠는지 말해줘요. 진짜 좋았어요?" 프리탐이 물었다.

"오, 당연한 거 아니에요? 저렇게 아름다운 시를 짓는 손인데, 침실에서는 어땠을지 상상이 가지 않나요?" 시나가 말했다.

"아주 좋았어요. 함께하는 밤마다 시를 써줬어요. 저는 그 모든 시를 다 외우고 있답니다." 굴랄이 말했다.

의심해볼 만한 말이었지만, 여자들의 몰입을 깨지는 못했다. 교실은 성스러운 정적으로 가득 찼다.

"그럼 하나만 더 읊어줘봐요." 아르빈더가 부탁했다. 굴랄은 눈을 뜨고 입을 열려다가 마치 못 볼 것이라도 본 듯 움찔했다. 사람들이 갑자기 분주하게 자기 자리로 돌아가기 시작했다. 니키는 무슨 일인가 싶어 고개를 들었다가 깜짝 놀라고 말았다.

문 앞에 쿨빈더 카우르가 입을 쩍 벌린 채 서 있었다.

니키는 얼굴에 미소를 장착한 채 교실 앞으로 갔다. 쿨빈더가 언제부터 듣고 있었는지는 모르겠지만 핑곗거리는 어느 정도 마련되어 있었다. 수강생들과 드라마 결말을 바꾸는 작업을 해보고 있었다고 둘러댈 수도 있을 것이다.

"잠깐 밖에서 보죠." 쿨빈더가 나지막하게 말했다. 니키는 그녀를 따라 복도로 나갔다. "타이밍이 좀 그랬죠? 제가 설명을…." 니키가 입을 열었지만 쿨빈더는 손을 들어 그 말을 막았다.

"언제부터 이랬던 겁니까?"

니키는 바로 고개를 숙이고 발끝만 바라보았다. 웅얼거리며 뭐라고 대답해보려 했지만 쿨빈더가 다시 입을 열었다. "난 당신이 여성들에게 글자를 가르쳐줄 거라고 철석같이 믿고 있었는데, 당신은 그동안 저들 머릿속에 쓰레기 같은 것들만 집어넣고 있었군요."

그 말에 니키는 고개를 획 들어 쿨빈더의 눈을 똑바로 쳐다보았다. "저분들이 원했던 일입니다."

"말도 안 돼." 쿨빈더가 반박했다. "당신은 내내 바로 내 등 뒤에서 우리 공동체를 타락시키고 있었어."

"아니에요! 저기요, 여기 오신 부인들의 남편은 아무것도 몰라요. 제발 그분들에게는 아무 말씀 하지 말아주세요…."

"나는 다른 사람들 삶에 쓸데없이 간섭하며 돌아다닐 만큼 한가하지 않아요." 쿨빈더는 그렇게 말하고는 여자들로 가득 찬 교실을 보며 물었다. "어떻게 새로운 수강생들을 이렇게 많이 모은 거죠? 저 사람들한테 뭐라고 한 거예요?"

"저는 아무 말도 하지 않았어요. 당신도 아시다시피 이 공동체는 소문이 빠르잖아요. 저 여자분들은 자기를 표현할 곳을 찾고 있었던 거예요."

"*자기를 표현한다구요?*" 쿨빈더가 쏘아붙였다. 말도 안 된다는 투였다. 쿨빈더는 다시 교실로 성큼성큼 들어가 손바닥을 내밀었다. 아무 말도 하지 않았지만 말하고자 하는 바는 명확했다. *내놔요.* 이야기를 써 온 여자 몇 명이 주저하다가 종이를 건네주었다. 하지만 대부분은 쿨빈더에게 줄 게 아무것도 없었다. 가장 나이 많은 여자들은 존경할 만한 반응을 보여주었는데, 그저 쿨빈더를 뚫어져라 바라보며 입을 굳게 다물었다. 마치 머릿속에 있는 이야기를 강탈당하지 않겠다는 듯. 쿨빈더가 교실 안을 누비고 다니자 여자들은 급히 길을 내주었다.

"나머지는 어디 있죠?" 책상 앞에 당도한 쿨빈더가 물었다.

"…제 가방에요." 니키는 목멘 소리로 겨우 입을 열었다. 다른 사람이 자신의 가방을 열고 마구 뒤지는 건 상상해본 적도 없는 일이었다. 쿨빈더는 두꺼운 손가락으로 니키의 가방에서 서류철을 꺼냈다. 마치 오염된 장기라도 만지는 것처럼 꺼림칙해 보였다. 쿨빈더는 가슴팍에 서류철을 단단히 안고는 문을 열고 복도를 걸어 내려갔다. 니키가 그 뒤를 쫓아갔다.

"비비 쿨빈더, 제발요. 설명할 시간을 주세요."

쿨빈더는 멈춰 섰다. "설명할 것 없어요."

"그 이야기를 만들기 위해 다들 얼마나 노력했는지 상상도 못하실 겁니다. 제발 돌려주세요." 한때 그 이야기들을 스캔해둘까 생각했었지만 아직 실행에 옮기지는 못했다. "오늘은 돌아오시기로 했던 날도 아니잖아요."

"그래서 내가 없으면 내 수업을 이렇게 조롱해도 된다고 생각했던 겁니까? 확인해보기를 잘했네요. 당신은 단 한 번도 이 일을 진지하게 여긴 적이 없는 겁니다."

"스토리텔링 수업 강사를 구한다고 올린 사람은 당신이잖아요. 그게 제가 하고 싶었던 일이에요. 저분들이 이 수업에서 하고 싶었던 일이기도 하고요."

"감히 나를 비난해?" 쿨빈더가 니키의 얼굴을 향해 손가락질하며 말했다. "당신이 내 수업을 모함하기 위해 사람들을 모으고 다닌다는 걸 진작 알았어야 했는데! 그들을 타락시키고 있다는 걸 눈치챘더라면!"

"저분들은 스스로의 의지로 오신 겁니다."

"당신, 내가 인도로 떠나기 전에 우리 동네 집집마다 노크하고 다녔잖아. 내가 다 봤어."

"타람팔 씨 댁에 간 거예요. 왜냐면…."

"그 전에 샤 부인을 찾아갔잖아. 창문으로 다 봤어."

"주소를 잘못 알고 찾아간 거예요. 믿어주세요. 저는 그렇게 집집마다 돌아다닌 게 아니라…."

"됐어. 이제 내 면전에 대고 거짓말을 하는구나."

"진짜예요. 샤 아주머니께 여쭤보세요. 서류에는 안셀 로드 18번지라고 적혀 있었는데, 타람팔 씨는 16번지에 살고 있었어요. 아마 16이라고 썼는데 잉크가 번져서 18이라고 보였던 것 같…." 거기까지 말하고 니키는 잠깐 멈칫했다. 잠깐, 그건 사실이 아니잖아? 타람팔은 자기 집 주소를 어떻게 쓰는지조차 몰랐는데?

"더 이상 변명은 필요 없어. 넌 내 이름에 먹칠을 했어. 이 사실이 밝혀지면 사람들이 뭐라고 할지 알아? 위원회 남자들에게 이 수업을 위한 예산을 받아내는 게 얼마나 어려운 일이었는지 아냐고!" 쿨빈더가 소리쳤다.

니키는 얼빠진 채 고개를 끄덕였다. 온 정신이 타람팔의 서류에 가 있었다. 제이슨의 이야기가 떠올랐다. 우리 엄마는 내 왼손에 묻은 잉크 자국을 박박 문질러 닦아주곤 했죠.

"이렇게 많은 사람을 끌어들인 주제에 정말 나를 속일 수 있을 거라고 생각했나? 도대체 얼마나 오래?"

"비비 쿨빈더."

"내 말 끊지 마!"

"비비 쿨빈더, 중요한 이야기예요." 니키가 말했다. 그 목소리에서 절박함이 느껴져 쿨빈더는 멈칫했다. 비록 잠깐이었지만 니키의 얼굴에는 근심이 서려 있었다.

"뭔데?"

"선생님 사위 자그데브 말인데요, 혹시 왼손잡이였나요?"

"지금 무슨 소리 하는 거야?"

"아니 그보다… 혹시 마야는 오른손잡이였나요? 왜냐면, 왜냐면…."

"도대체 무슨 말을 지껄이는 거냐고!"

"잠깐만요. 미친 소리라는 건 알아요. 하지만 제발 잠깐만요." 니키는 황급히 교실로 돌아가 타람팔의 수강신청서를 가지고 나왔다. "이 주소는 자그데브가 써준 거예요. 이걸 경찰한테 보여주면 유서랑 비교할 수 있을 거예요. 유서가 번져 있었다면서요, 아닌가요? 눈물에 젖어서 번진 게 아니었어요. 단지 손이 계속 글씨 위에 닿는 바람에…."

쿨빈더는 니키로부터 종이를 낚아챘다. 그것을 들여다볼 생각도 하지 않았다. 분노가 차올라 가슴이 위아래로 들썩거렸다.

"네가 감히 이 일에 내 딸을 끌어들여?" 그녀의 목소리가 갑자기 낮게 가라앉으며 위협적으로 변했다.

"두려우시리라는 거 압니다. 하지만 분명 뭔가 있어요." 니키가 수강신청서를 가리키며 말했다. "제발 한 번만 생각해봐주세요. 제가 같이 경찰서에 가드릴 수도 있습니다. 여기 증거가 있다고요."

"마야한테 일어난 일은 너랑 추호도 관계가 없어. 네가 무슨 자격으로…."

"죄 없는 여성이 살해당했고 진범을 잡아야 한다고 생각한다면, 저는 나설 자격이 있습니다."

"이런 식으로 본질을 흐리면서 화제를 바꾸는 걸 보니 너 나를 우습게 보는구나? 더 이상 내 교실에 들어올 생각 하지 마. 우리 공동체의 그 어떤 여자도 네 의도에 말려들지 못하게 할 거라고, 그게 무엇이든!

"저는 아무 의도도…." 반박하려 했으나 쿨빈더는 됐다는 듯 손바닥을 들어 보였다. 그리고 니키를 내려보며 말했다. "교실로 돌아가. 가서 사람들을 돌려보내. 수업은 폐강됐어. 넌 해고야."

12

쿨빈더는 가슴에 서류철을 안고 차가운 바람을 맞으며 성큼 성큼 걸었다. 하마터면 길에서 분노를 터뜨릴 뻔했다. 소리를 지르고 싶었다. 당장이라도 자그데브에게 달려들고 싶었다. 지금이라면 단 한 번 매섭게 쏘아보는 것만으로 그를 달아나게 할 수 있을 것 같았다.

집에 도착했을 때, 머리는 산발이었고 뺨은 붉었다. 사랍은 여느 때처럼 거실에 있었다. TV 화면 불빛이 반사되어 창문이 번쩍거렸다. 그녀는 거실로 걸어 들어가 그의 앞에 대고 서류철을 흔들었다. "당신, 알고 있었어?"

"뭘 말하는 거야?" 사랍이 리모컨을 든 채 쿨빈더를 올려다보았다. 그러니까 마치 그녀를 일시정지시키려는 것처럼 보였다.

"영어 수업 말이야. 저번에 인기가 엄청 많아졌다고 그랬잖아. 무슨 일이 일어나는지 알고 있었던 거지?"

그는 어깨를 으쓱하고 다시 텔레비전을 들여다보았다. 영화 속 여주인공이 어딘가로 달려나가고 있었다. 두파타가 그녀 뒤로 붉은 깃발처럼 휘날렸다. "어. 소문이 있긴 했어. 그 영어 수업, 보이는 게 다가 아니라고."

"사람들이 정확히 뭐라고 했어? 남자들이 뭐라고 했냐고!"

"당신도 알잖아, 나 쓸데없는 이야기에 귀 기울이지 않는 거. 몇몇 부인들이 더 대담해졌다는 이야기는 들었어. 전에 들어본 적 없는 표현을 사용한다고 하더라고…" 그는 다시 어깨를 으쓱하고는 텔레비전으로 시선을 돌렸다. 이제 여주인공은 완전히 난해한 의상으로 갈아입었다. 쿨빈더는 사랍의 손에서 리모컨을 빼앗아 텔레비전을 꺼버렸다.

"언제? 언제 그런 표현을 사용하는데?" 쿨빈더가 따져 물었다.

"침실에서." 갑자기 그의 얼굴이 붉어졌다. "그들의 욕망에 대해 말할 때."

"왜 나한테 얘기하지 않았어?"

"쿨빈더." 사랍이 차분한 목소리로 말했다. 순간 그녀는 심장이 철렁했다. 그가 그녀의 이름을 부른 것이 아주 오랜만이었기 때문이다. "내가 언제 당신이 듣기 싫어하는 이야기를 꺼낼 수나 있었나?"

쿨빈더는 믿을 수 없다는 듯 그를 보며 말했다. "그 여자들은 베갯머리송사 이야기만 한 게 아니야. 니키한테 마야 이야기를 했다고. 내가 아는 것만 이야기하자면, 그 사람들은 몇 주 동안이나 그 이야기를 공공연하게 떠들어왔고 우리 인생을 위험에 처넣었어." 그 방 안에 있던 여자들 중 절반은 쿨빈더가 모르는 사람들이었다. 그들은 대체 무슨 이야기를 들은 걸까? 이제 그녀는 어떻게 해야 하는 걸까?

"그 사람들이 뭔가 알고 있나?" 사랍이 물었다. 그 목소리에서 희망이 느껴져 쿨빈더는 가슴이 찢어지는 것만 같았다.

"니키는 자기가 증거를 찾은 것 같다고 하는데 아무것도 아냐, 사랍. 희망을 갖지 마."

니키가 자그데브의 손글씨를 발견했다는 이야기를 전하면서, 그녀는 경찰이 자신에게 유서와 그 내용에 대해 알려주었던 것을 떠올렸다. 경찰은 쓰러지려는 그녀를 의자까지 부축해주었다. 유서에 뭐라고 적혀 있었다고? 미안하다고? 수치스럽다고? "그건 우리 딸이 쓰는 말이 아니에요." 쿨빈더는 겨우 그렇게 말했다. "내 딸은, 체면이나 위신 같은 걸 신경 쓰는 애가 아니라고요…." 언제 마야가 영어로 충분히 표현할 수 있는 걸 굳이 펀자브어로 쓴 적이 있었나? 그 유서를 쓴 사람은 그녀의 딸인 척하려 했지만, 너무나 부주의하고 성급했다.

사랍은 쿨빈더를 뚫어져라 바라보았다. 마치 그녀가 희박한 공기 속에서 갑자기 튀어나오기라도 한 것처럼. "자그데브는 왼손잡이였어."

"그래서 뭐? 아무 의미도…."

"우리가 뭔가 해볼 수 있을 거야."

"그들이 들어줄까? 이미 했던 말을 또 할지도 모르지. 마야는 괴로워하고 있었고, 우리가 다른 사람을 탓하고 싶어 하는 것도 자연스러운 일이라고. 만약 경찰이 우리를 도와주지 않는데 자그데브가 우리가 또 경찰에 연락한 것을 알아낸다면?" 쿨빈더는 자그데브가 처음으로 한밤중에 전화 걸어왔을 때를 떠올렸다. 무시무시한 협박 따위는 하지 않았다. 그저 자신과 자신의 친구들은 사랍이 야근 후 몇 시쯤 퇴근하는지 알고 있다고 담담하게 말했다. "우리가 안전하게 지내는 게 중요해." 그래서 쿨빈더는 사랍에게 상기시켜주었다.

"그래?" 사랍은 화가 난 듯했다. "그래서 우리가 남은 평생 두려움에 떨면서 살아야 한다는 거야?" 그는 거실을 가로질러 가 커튼을 열었다. 길 건너편 타람팔의 집이 눈에 들어왔다.

"제발." 쿨빈더가 창문이 보이지 않게 몸을 돌리며 말했다. "제발 커튼 좀 닫아줘." 사랍은 그녀의 말대로 했다. 이제 그들은 어두운 그림자 속에 앉아 조명에서 나즈막하게 들려오는 지지직 소리를 듣고 있었다. "사랍, 만약 당신에게 무슨 일이 일어난다면…." 말을 끝까지 이을 수가 없었다. 그녀는 사랍의 숨소리가 거칠어지는 것을 들을 수 있었다. "난 이미 마야를 잃었어. 당신까지 잃을 순 없어."

사랍의 입술이 떨렸다. *자, 이제 대답해.* 쿨빈더가 침묵으로 재촉했지만 사랍은 그저 그녀를 바라만 보았다. 쿨빈더는 궁금했다. 그녀와 멀리 떨어져 있었을 때 그는 외로웠을까, 아니면 그녀와 말하지 않아도 되어 안심했을까. 각자 다른 방에서 잠을 자고, 텔레비전 앞에 앉기 전에 다른 사람이 거실에서 나오기를 예의 바르게 기다리며, 쿨빈더는 남편과 점점 멀어지는 것을 느꼈다. 그렇게 생각하는 것만으로도 그녀는 미치도록 외로워졌다.

"니키 선생은 괜찮을까?" 사랍이 물었다.

쿨빈더는 눈을 찡그렸다. "걔가 뭐?" 가급적 니키에 관한 이야기는 하고 싶지 않았다. 그래서 예민하게 말하고 말았다.

"어디에 살아?"

"런던 서부 어디쯤이었을 거야."

"조심하라고 해."

쿨빈더는 니키와의 열띤 언쟁을 다시 떠올렸다. 단 한 번도 그녀에게 조심하라고 일러준 적이 없었다. 자그데브가 니키가 가진 의문에 대해 알고 있을까? 만약 형제회가 그녀가 영어 수업의 주동자라는 것을 알아낸다면? 쿨빈더는 생각을 떨쳐내려고 고개를 흔들었다. 니키는 사우스홀 바깥에 살고 있다. 굳이 그녀의 안전에 대해 수선 피울 필요는 없다고 생각했다. "지금은 어디에 사는지 모르겠어."

"다음 수업 시간에 가서…."

"폐강했어. 니키도 해고했고."

사랍이 쿨빈더를 날카롭게 바라보았다. "쿨빈더, 그 여자애를 좀 생각해봐." 그는 그 말을 남기고 거실을 떠났다. 그가 없는 공간이 보통 때보다 더 크게 느껴졌지만 그녀는 여전히 니키에게 분개하고 있었다. 상황을 이렇게 만들다니. 그냥 시키는 대로만 했다면, 이런 일은 일어나지 않았을 텐데. 쿨빈더는 서류철을 열었다. 그간의 사기극이 다 여기 적혀 있다. 서류철을 뒤적이다가 쿨빈더는 글자를 쓸 줄 모르는 과부 한 명이 그림으로 종이 한 바닥을 다 채운 것을 발견했다. 한 남자가 여자의 가슴을 어루만지면서 그녀의 유두 앞에서 입을 살짝 열고 있다. 여자는 남자를 향해 다리를 벌리고 있다. 그녀의 등은 뒤로 젖혀져 아치형을 그린다. 척추부터 엉덩이까지 주름이 잡혀 있는 모습을 섬세하게 묘사했다. 이런 쓰레기가 있나.

쿨빈더는 종이를 다시 서류철 속으로 던져넣고는 차를 끓이러 부엌으로 갔다. 주전자가 끓기를 기다리는데 머릿속에 자꾸만 여자 위에 웅크린 남자 몸의 각도가 떠올랐다. 그녀는 생각을 떨쳐버리기 위해 고개를 흔들고 다시 주전자에 집중했다. 물 표면에 작은 방울들이 떠오르기 시작했다. 향신료통을 열어 펜넬과 카다몬 씨앗을 꺼내다가, 다시 동작을 멈추고 눈을 감았다. 시야가 깜깜해지자 빛이 그녀의 시야 앞에서 점점이 춤을 추었다. 그러더니 서서히 형체를 이루었다. 남자와 여자. 벗은 살갗 위로 능숙하게 미끄러져 가는 손가락. 땀으로 번쩍이는 살결 위에 지그시 와닿는 붉은 입술. 쿨빈더는 화들짝 놀라 눈을 뜨고 스토브를 껐다. 그녀는 서류철을 노려보았다. 이야기 하나쯤 읽는다고 해서 문제될 건 없겠지. 단지 정보를 얻기 위해서야. 무엇보다 의회에서 이 일에 관해 물어올 때를 대비해 자세히 알아두어야 하지 않겠는가.

그래서 쿨빈더는 첫 번째 이야기를 뽑아 들었다.

◯

재단사

몇 세기 전, 궁전이 있는 도시 변두리에 유능하지만 겸손한 람이라는 재단사가 살았다. 람의 손님들은 성 밖에 살지만 궁전에 사는 왕족처럼 보이고 싶어 하는 여자들이었다. 그들은 람을 만나기 위해 수십 마일을 여행해와서는, 불가능해 보이는 일들을 잔뜩 요구했다. 람은 재능을 발휘하여 별스럽지 않은 것을 가장 장엄하고 세련된 의상으로 만들어냈다. 흔한 노란 실을 금빛으로 바꿨고, 빛바랜 녹색을 영롱한 에메랄드색으로 바꿀 수 있었다.

많은 손님이 그에게 반해 있었다. 그가 재봉틀을 돌리며 손가락을 날렵하게 움직이는 모습을 보면 그가 얼마나 재능 있는 남자인지 알 수 있었다. 어떤 여자들은 시착하는 동안 일부러 상의를 느슨하게 하고 몸을 앞으로 숙여 가슴골을 보여주었다. 몇몇은 옷을 갈아입을 때 일부러 커튼을 살짝 열어두어 그가 엿볼 수 있게 했다. 하지만 람은 아무런 관심이 없었다. 일하는 동안에는 그 어떤 유혹에도 넘어가지 않으려 했다. 한때는 연인을 위해 시간을 내기도 했지만 지금은 주문이 너무 많았다. 람은 인도 최고의 재단사라는 소문이 돌았다. 유명한 노래도 있었다.

재단사 람은 동네 최고라네
화려한 가운을 입은 왕족이 될 수 있다네
가격도 좋다네, 합리적이라네
머리에 왕관을 쓴 왕비가 될 수 있다네

하지만 칭찬하는 사람만큼이나 저주하는 사람도 많았다. 인도 전역의 질투 많은 재단사들은 그에게 분노했는데, 그의 마법 같은 재능에 단골들을 빼앗겼기 때문이다. 보통 남자들도 그를 저주했다. 부인들이 람의 고급스러운 사리를 입고 나면 왕족처럼 대접받기를 요구했기 때문이다.

어느 오후 한 여자가 람을 찾아왔다. 그녀의 녹갈색 눈망울은 람의 심장을 뛰게 했다. "딱 한 번만, 부자처럼 보이고 싶어요." 그녀는 아름다운 목소리로 그의 귓가에 속삭였다. 그녀는 그에게 오래된 숄을 내밀며 말했다. "새 걸 살 돈이 없어서 그런데, 이 숄의 가두리에 바느질을 해줄 수 있나요?"

"그럼요." 당신을 위해서라면 뭐든 할 수 있습니다, 람은 생각했다. "이 숄은 남편분이 사주셨겠군요."

여자는 웃으면서 머리를 귀 뒤로 넘겼다. "저는 남편이 없어요." 그 말에 람은 기뻤다.

이 아름다운 여인은 마치 여왕 같아. 람은 그녀에게는 돈을 받지 말아야겠다고 생각했다. 그저 이름을 물을 기회가 있기를 바랄 뿐이었다. 여자를 향한 열정은 람의 창의력에 불을 붙였다. 그녀에게 깊은 인상을 남기기 위해 염료를 섞어 가장 화려한 색실을 만들었다. 숄의 가장자리에 청록색과 자홍색 공작들이 행진하는 모습을 담을 것이다. 가장자리의 중심에는 궁전과 그 창문가에 서 있는 여자의 모습을 작게 수놓을 것이다. 그리고 그녀에게 그 비밀을 알려줄 것이다. 그녀가 그의 왕비라는 것을 알 수 있도록 말이다.

이 정도로 섬세한 장면을 연출하려면 완전히 집중해야 했다. 그는 아이들이 떠드는 소리조차 듣지 못할 정도로 집중했다. 비로소 일을 멈추고 주위를 살폈을 때는 어디선가 그의 이름을 부르는 소리를 듣고 나서였다.

재단사 람은 동네 최고라네

멋진 가운을 입은 공주가 된다네

가격도 좋다네, 합리적이라네

하지만 결코 내 연인은 되지 못하리

최악의 저주였다. 람을 평생 외로움 속으로 추방하는 노래가 아
닌가? 그는 밖으로 뛰쳐나갔다. "그 노래 어디서 들었니?" 람이 묻
자 아이들은 황급히 흩어졌다. 람은 길가까지 정신없이 아이들을 쫓
아가다가 여전히 숄을 들고 있었다는 걸 깨달았다. 숄은 땅 위에 끌
려다니느라 찢어지고 진흙이 묻어 엉망진창이 되어 있었다. "오, 안
돼!" 람은 울부짖었다. 공방으로 돌아와 복구하려고 최선을 다했지
만 숄은 이미 망가진 상태였다. 그날 밤, 여자가 수선이 잘되어가는
가 보려고 람을 방문했다. 람은 면목이 없어 고개를 숙이고 숄을 잃
어버렸다고 했다. 여자는 분노했다. 녹갈색 눈에서 온기가 사라졌
다. "어떻게 이럴 수 있어요?" 그녀가 소리 질렀다. "당신은 이 세상
최악의 재단사예요!"

다음 날 람은 공방을 열지 않고 작업실에서 흐느껴 울었다. 그
의 미래에 먹구름이 드리우는 것만 같았다. 그전까지는 그 무엇도
원한 적이 없었다. 하지만 지금 그는 보다 친밀한 관계를 바라고 있
었다. 왜 나는 그때 그녀들과 자지 않았을까? 스스로에게 물었다.
꿈을 꿀 때면 그에게 자기 몸을 보여주던 여자들의 우윳빛 허벅지를

보곤 했다. 꿈속에서 그는 과감하게 그녀들의 가슴에 얼굴을 묻고 달콤한 향을 맡았다. 또 다른 꿈에서는 여인에게 기대 있었다. 그는 그녀의 앵두 같은 입술에 키스하고, 그녀는 한 손으로 그의 물건을 쥐고 흔들며, 다른 한 손으로는 자신의 가장 비밀스러운 부위를 만지고 있었다….

순간 바스락거리는 소리가 들려 람은 잠에서 깼다. 도둑이다! 람은 침대에서 뛰쳐나와 창고로 달려갔다. 아무도 없었다. 그때 또다시 바스락 소리가 들렸다. 람은 소리가 나는 쪽으로 램프 불을 비추었다. 말아놓은 옷감이 움직이고 있었다. 람은 그것을 들어 올렸다. 옷감은 평소보다 무겁고 단단하게 느껴졌다. 람이 밝은 데서 살펴보기 위해 옷감을 작업대에 올려놓았더니 그것은 갑자기 몸을 뒤틀며 그의 손에서 벗어나 바닥에 떨어졌다. 옷감은 물결처럼 펼쳐지더니 마침내 한 여자로 변했다. 람은 충격을 받아 뒷걸음쳤다. 그리고 벽에 몸을 기댄 채 자신의 집에 나타난 이 유령 같은 것을 바라보았다.

"당신은 누, 누구죠?"

눈을 깜빡일 때마다 우아하게 움직이는 나비 날개 같은 눈꺼풀과 금빛 피부, 반짝이는 머리카락에서는 달콤한 재스민향이 풍겼다. 그녀 몸의 곡선은 매우 자극적이었다. 그녀는 그의 시선을 따라 자신의 가슴으로 그의 손을 끌어당겼다. 부드러운 손길이었다. 그녀는 이제 완벽히 형체를 갖춘 손가락으로 자신의 몸을 쓸어내렸다. 마치 그녀가 그의 눈앞에 실재하고 있다는 것을 알려주려는 듯이. 재단사로서 람이 한 번도 관심 둔 적 없는 부위가 그의 시선을 끌었다. 선명하게 드러난 쇄골과 가냘픈 팔꿈치. 발톱은 마치 반달같이 하얀 곡선을 그렸다. 그녀의 배꼽은 금빛 사막에 자리한 어두운 분화구 같았다. 그는 그녀의 골반을 붙잡으려 손을 내밀었다. 그 모든 것이 그의 몸처럼 현실적이었다.

"라일라, 라고 불러요." 그녀가 말했다.

그러고는 그의 귓볼을 부드럽게 핥았다. 기쁨으로 마치 감전되기라도 한 것처럼 몸이 떨렸다. 람은 그녀의 등 뒤로 손을 가져가 엉덩이를 움켜잡았다. 그렇게 둘은 옷감들 위로 쓰러졌다. 그녀가 상체를 감싸고 있던 헐거운 상의를 벗자 람은 그녀의 검은 유두를 핥았다. 짭짤한 맛이 났고 사향 냄새가 풍겼다. 라일라는 헐떡이며 그에게 몸을 비벼댔다. 그가 한 번도 상상해본 적 없던 감각이었다. 그가 대담하게 손가락을 그녀의 입에 넣으니, 그녀는 그것을 핥고 빨았다. 그렇게 달콤하고 부드러운 입이 그를 위해 또 무엇을 해줄 수 있을지 상상하니 그의 물건이 고동쳤다. 이제 그는 라일라의 침으로 번들거리는 손가락을 그녀 다리 사이의 부드러운 틈으로 가져갔다.

"당신 정말 진짜 같아." 그가 중얼거렸다.

라일라는 다리를 넓게 벌리고 람을 받아들였다. 그녀 몸 아래에 깔린 천이 땀에 젖어 점점 어두운색으로 변해갔다. 람은 두 엄지로 그녀의 소중한 부위를 벌리고 그 사이 돌출된 곳으로 혀를 가져갔다. 간지러운 듯 까르륵 웃는 라일라의 목소리가 더욱 그를 흥분시켰다. 그녀는 람에게 올라타 그의 바지를 거칠게 벗겼다. 라일라는 젖은 그녀의 소중한 부위를 이미 딱딱해진 그의 물건에 대고 문질렀다. 그리고 그의 얼굴이 쾌감으로 뒤틀리는 것을 보며 귓가에 대고 놀리듯 속삭였다. "기분이 어때?" 그러자 그녀의 가슴이 그의 입술 바로 위에서 출렁거렸다. 그는 신음했다. "그건 내가 원했던 답이 아닌데?" 라일라가 말했다. 그리고 람을 노려보며 그의 딱딱하고 두꺼운 막대기 위에 앉아 거칠게 움직이기 시작했다.

더 이상 저주는 없었다. 그나마 잔재가 남아 있다면 지금 화난 듯 보이는 그녀의 얼굴뿐일 것이다. 람이 라일라의 엉덩이를 세게 쥐자 그녀는 그를 더 매섭게 바라보며 말했다. "어떻게 감히?" 안에서부터 차오르는 긴장에 그는 이를 악물었다. 그의 것과 동시에 라일라의 근육이 수축하는 것이 느껴졌다. 마침내 그녀는 그의 이름을 부르며 아주 길게 전율했다. 라일라의 절정이 람에게도 불을 붙였다. 그는 그녀의 엉덩이를 붙잡고 큰 소리로 신음했다. 라일라의 몸은 땀에 젖어 미끄러웠다. 그가 여운에 젖어 작게 몸을 떨자 그녀는 그의 물건 위에서 천천히 앞뒤로 몸을 흔들었다.

마침내 둘이 나란히 누웠을 때, 라일라는 자신은 누군가와 함께하고 싶어 하는 람의 소원들이 모여 만들어진 존재라고 말했다. 아마도 저주는 그의 욕망을 이기지 못한 것 같다. 하지만 모든 저주가 그러하듯, 모든 소원에도 수명이 있기 마련. 람은 라일라에게 언제까지 자신과 함께할 수 있느냐고 물었다. 라일라는 말했다. "이 옷감들만큼이요." 그리고 그들은 주변을 둘러보았다. 그 옷감들은 한껏 풀려 람의 정갈한 공방 이곳저곳에 널브러져 있었다. 풍부하고 깊은 오렌지색 실과 눈부신 은실의 풍부하고 깊은 빛깔이 한없이 길게 뻗어 있었다.

어느덧 쿨빈더의 잔은 차갑게 식었다. 쿨빈더는 그 잔을 입술에 가져가 안에 든 차를 마시면서도 그 사실을 인지하지 못했다. 얼굴과 손발이 따뜻한 정도를 넘어 뜨거울 지경이었기 때문이다. 심장은 물론, 조금 더 내밀한 곳까지 두근거렸다. 아주 오래전, 희미하게 이런 기분을 느꼈던 적이 있었다. 여자와 남자가 만나 무엇을, 왜 하는지 처음 알게 되었을 때였다. 젊은 시절의 그 흥분을 까맣게 잊은 채 살아왔지만, 한때 그녀는 거기에 완전히 사로잡혔다. 다른 인간과 이렇게 가까워질 수 있다는 것만으로도 여생을 살아갈 가치가 있다고 생각될 정도였다.

그녀는 서류철에 종이를 넣고 다음 이야기를 꺼냈다. 이번 이야기는 런던 남부에 사는 과부 자스비르 카우르가 쓴 것이었다. 몇 년 전 그 손자의 약혼식에 참석한 적이 있었다. 그녀의 이야기를 읽는데 갑자기 온몸의 피가 솟구치는 기분이 들었다. 쿨빈더는 자리에서 일어났다. 찻잔은 테이블 위에 그대로 두었다.

몸에서 휘몰아치는 열정으로 그녀는 계단을 올라갔다. 사랍은 침대에 누워 천장을 보고 있었다. 쿨빈더는 그의 손을 잡아 부드럽게 자신의 가슴으로 이끌었다. 그는 얼마간 혼란스러운 듯 그녀를 바라보았지만, 곧 그녀의 마음을 알아차렸다.

단 한 번도 겪어본 적은 없었지만, 니키는 스스로 싸움에는 별 소질이 없다는 것을 알고 있었다. 머릿속으로 레슬링 시나리오를 돌려보았지만, 쿨빈더의 튼실한 팔에 얻어맞고 단번에 나가떨어지는 자신의 모습만 떠오를 뿐이었다. 순간 멈칫했다. 이건 상상인데도 내가 지고 있잖아. 기지를 발휘하자. 이렇게 설명할 수도 있을 것이다. 우리가 쓴 이야기들은 절대로 수업이나 쿨빈더 당신을 조롱하기 위한 게 아니에요. 여자들로부터 영감을 받아 만들어졌죠. 맞아요, 음란하긴 해요. 하지만 어쨌든 언어를 배우는 데 도움이 되지 않을까요?

만약 이 전략이 먹히지 않는다면 무작정 서류철을 집어 들고 나가버릴 것이다. 이 시나리오가 가능하려면 일단 서류철이 손 닿는 범위에 있어야 한다. 어쩌면 쿨빈더가 벌써 그 이야기들을 쓰레기통에 집어넣어버렸을지도 모르겠다는 생각이 들었다.

밤바람이 나무를 스치며 바스락 소리를 냈다. 번화가에서 자동차 헤드라이트가 눈알처럼 깜빡거렸다. 니키는 골목길로 들어갔다. 조금 추웠기 때문에 빠른 걸음으로 걸었다. 늘어선 집들이 희미한 현관 조명 뒤에 쭈그리고 있는 것처럼 보였다. 그때 주머니에 든 휴대폰이 진동했다. 시나가 문자를 보낸 것이었다.

– 다들 다시 정기적으로 만나고 싶어 해요. 장소 좀 알아봐줄 수 있어요?

한 번에 하나씩만 하자구요, 좀. 니키는 휴대폰을 다시 주머니에 넣으며 생각했다. 텔레비전에서 나오는 불빛이 커튼을 살짝 내린 쿨빈더의 거실 창문에 비쳐 마치 사이렌처럼 번쩍거렸다. 초인종을 누르고 기다렸지만 아무도 나오지 않았다. 다시 한 번 초인종을 누르고 거실 창문 너머를 슬쩍 훔쳐보았는데, 안이 훤하게 들여다보였다. 니키는 눈을 가늘게 뜨고 부엌을 유심히 보았다. 불이 켜져 있고, 테이블 위에 스테인리스 주전자와 컵이 놓여 있었지만, 사람은 보이지 않았다. 비가 더욱 거세졌다. 니키는 추위로 몸을 떨며 재킷에 달린 모자를 뒤집어썼다. 쿨빈더의 집에 불이 켜져 있는 반면, 맞은편 타람팔의 집은 완전히 깜깜했다.

니키는 길 건너 타람팔의 집으로 들어가는 찻길 앞에서 잠시 망설였다. 쿨빈더의 집을 좀 더 자세히 살펴보고 싶었는데, 그러려면 타람팔네 현관까지 가야 했다. 집에 아무도 없는 것 같긴 했지만 그리 안심되지는 않았다. 그녀의 집은 여전히 위협적이었다. 큰 창문들이 시커먼 눈 같았다. 니키는 마음을 굳게 먹고 좀 더 가보기로 했다. 현관의 차양이 비를 막아주었다. 그곳에서 보니 쿨빈더의 집 2층에 희미하게 침실 조명이 켜져 있는 것 같았다. 니키는 자세히 살펴보려고 눈을 가늘게 떴다. 어느 순간엔가 창문 앞을 지나는 그림자를 본 것도 같았지만, 아마 세찬 바람에 흔들리는 빗줄기였을지도 모른다.

나 대체 여기서 뭐 하는 거지? 차양을 때리는 빗소리를 들으며 서 있던 중 갑자기 그런 의문이 들었다. 설사 쿨빈더가 자신을 집 안에 들인다 하더라도, 서류철을 얌전히 돌려주리라는 보장이 없지 않은가! 사실 그 종이 쪼가리들은 중요한 게 아니었다. 과부들이 몇 번이고 다시 이야기를 들려줄 수 있었다. 녹음본도 있다. 니키는 그저 쿨빈더에게 말해주고 싶었다. 이야기들이 어떻게 나왔는지. 작은 반항으로 시작한 일들이 커져 이제 여자들은 더 큰 부당함에 맞서 싸우게 되었다고. 사실 여전히 자그데브의 친필을 발견한 것 때문에 머릿속이 어지러웠다. 그녀는 그저 쿨빈더를 설득하고 싶었다. 늦지 않았다고, 아직 희망이 있다고.

니키는 차양 밑에서 나와 번화가 쪽으로 걸어갔다. 아마 오늘은 쿨빈더를 만나지 못할 것이다. 너무 성급했다. 일단 조금 진정하게 두자. 아마 지금쯤 화를 삭이고 있겠지. 그녀는 번화가에서 왼쪽으로 틀어 역 쪽으로 걸어갔다. 종이 뭉치가 사라져서 엉덩이에 통통 부딪치는 사첼백의 감각이 평소와는 달리 가벼웠다. 집집마다 따뜻하고 편안한 조명이 새어 나왔다. 집이 그리워졌다. 쏟아지는 비를 맞으며, 대학을 그만두고 도시를 정처 없이 마냥 걸었던 그날을 떠올렸다. 그때 그녀의 얼굴은 내리는 비와 눈물로 흠뻑 젖었다. 그러다 우연히 오라일리스 펍에 들어가게 된 것이다. 숨을 수 있다는 것이, 어딘가에 머무를 수 있다는 것이 너무나도 감사했던 기억.

니키는 발걸음을 멈췄다. 펍! 그래, 오라일리스 펍에서 과부들과 수업을 계속할 수 있을지도 몰라. 그녀는 빗속을 빠르게 걸어가며 휴대폰을 꺼냈다.

"시나, 수업을 계속할 수 있는 장소를 찾았어요. 제가 일하는 오라일리스 펍이요. 평일 저녁에는 대체로 한가하거든요."

"흠, 그 나이 든 편자브 과부들과 펍에서 만나자고 말하는 거예요?"

"저도 좀 이상하다는 건 알지만…."

"지금 그 장면을 상상해보고 있어요."

"저도요." 니키가 말했다. 어이없어하며 들어오지 않겠다고 고집을 부리는 프리탐과 술에 취해 샹들리에에 매달리는 아르빈더가 번갈아 떠올랐다. "들어봐요, 시나. 일단 이야기를 시작하면 우리가 어디 있는지는 그리 문제되지 않을 거예요. 모임을 계속 이어가는 게 중요하죠. 좀 더 나은 장소를 찾을 때까지는 임시로 그곳에서 만나기로 해요."

"몇 명은 내가 태우고 갈 수 있어요. 나머지는 친구들에게 도와달라고 부탁해볼게요. 펍 주소만 알려주면 제가 다 알아서 할게요."

"정말 괜찮으시겠어요?"

"그럼요."

"한 가지 할 말이 더 있는데요." 니키는 그렇게 말한 뒤 잠시 뜸을 들였다. 시나가 썩 좋아하지 않을 말을 이을 참이었다. "자 그데브의 유죄를 입증할 수 있을 것 같아요."

"이봐요, 니키!"

"잠깐만 들어봐요." 시나가 묵살하기 전에 니키는 번진 글씨로 적힌 수강신청서에 대해 급히 설명했다.

"쿨빈더는 뭐래요?" 니키가 말을 마치자 시나가 물었다.

"듣고 싶어 하지 않았어요. 그도 그럴 게 우리 수업 때문에 너무 충격받고 화가 난 상태였으니까요. 저 아직 사우스홀인데요, 쿨빈더를 찾아갈까 하다가 그냥 좀 시간을 주기로 했어요."

"쿨빈더네 근처예요? 그럼 우리 집이랑도 가깝겠네. 이쪽으로 올래요? 지금 비 엄청 퍼붓잖아요."

"그렇게 할게요. 지금 퀸 메리 로드에 있어요. 버스 정류장이 보이고 건너편에 작은 공원이 있네요."

"좋아요⋯. 오! 저기 당신이 보이네요."

"어디 계신 거예요?" 눈을 가늘게 뜨고 주변을 둘러보았으나, 빗줄기 때문에 집 안에 있는 사람들의 형체만 보일 뿐 시나를 찾을 수 없었다.

"길 건너에요. 공원 근처에 살거든요. …잠깐만, 니키! 멈추지 말고 계속 걸어요."

"왜 그래요?"

"그냥 쭉 직진하다가 다음 교차로에서 왼쪽으로 가요."

껄끄러운 느낌이 들었다. 뭔가 불길했다. 시야 끝에서 그림자를 본 것도 같았다. 니키는 속삭여 물었다. "나 혹시 지금 미행당하고 있어요?"

"네."

"누구예요? 알아볼 수 있겠어요?"

"아마 형제회 사람인 것 같아요."

"가서 한마디 해야겠어요."

"바보 같은 짓 하지 말아요!" 시나가 소리쳤다. 그 목소리가 다급하여 니키는 깜짝 놀라고 말았다. "그냥 침착하게 계속 걸어요. 가다 보면 24시간 운영하는 슈퍼마켓이 보일 거예요. 그곳 주차장에서 기다려요. 내가 데리러 갈게요."

"시나, 그럴 필요 없어요. 나 괜찮을 거예요."

"니키…."

니키는 전화를 끊었다. 그녀를 따라오고 있는 남자는 시나의 작고 빨간 피아트를 바로 알아볼 것이다. 차라리 걷는 게 나았다. 니키는 더 빨리 걸었다. 숨이 차올랐다. 누군가 뒤따라오는 소리가 들렸지만 속도를 늦추지도, 돌아보지도 않았다. 그는 니키가 어디로 가는지 확인하기 위해 기다리고 있었다. 니키는 보통 걸음으로 걸으며 그림자를 추적하기 위해 계속 좌우를 주시했다. 마침내 슈퍼마켓으로 이어지는 길을 건너 주차장 쪽 환하고 탁 트인 공간에 멈춰 섰다. 그제서야 뒤를 돌아볼 수 있었다. 젊은 펀자브 남자가 자신을 빤히 쳐다보고 있었다. 심장이 거세게 뛰었지만, 니키는 최대한 차분하게 그를 노려보았다. 결국 그는 몸을 돌려 걸어갔다. 그러나 어깨 너머로 그녀를 흘끔거리는 것은 멈추지 않았다.

13

쿨빈더는 침대에서 몸을 일으켰다. 덮고 있던 이불이 미끄러져 떨어지며 벗은 몸이 드러났다. 그녀는 흠칫 놀라 이불을 다시 가슴팍까지 끌어올리고 겨드랑이 밑에 끼워 넣어 흘러내리지 않게 했다. 다시 침대로 파고드는데, 아랫도리와 종아리가 서늘했다. 쿨빈더는 방 안 여기저기에 마구 벗어 던져놓은 옷가지들을 보며 지난밤 일을 떠올렸다. 살와르는 다리미판에 걸려 있고 상의는 방 한구석에 구겨진 채 나뒹굴고 있었다. 바지, 바지는 어디 갔지? 똘똘 뭉쳐진 채 옷장 아래 던져진 바지는 이제 서서히 똬리를 풀고 있었다.

당혹스러웠다. 쿨빈더는 두 눈을 감으며 생각했다. 오, 내가 무슨 짓을 한 거지? 너무 흥분한 나머지 자제력을 잃다니. 마치 백인 애들처럼! 어젯밤 쿨빈더와 사랍은 서로가 너무 좋아서 들떠 있는 연인들처럼 몸을 포갠 채 위, 아래, 왼쪽, 오른쪽으로, 심지어 비틀어대면서 움직였다. 어쩌다 그렇게 됐을까? 이야기에 지침은 나와 있지 않았지만, 그들은 서로를 뜨겁게 하는 방법을 알고 있었다. 어제를 회상하니 다시금 몸에 전율이 일었지만, 이내 수치심이 밀려들었다.

"근데 내가 왜?"

자기도 모르게 입 밖으로 뱉은 질문이 방 안을 감싼 침묵을 깼다. 왜 그녀가 수치스러워해야 하는 걸까? 그녀는 그런 존재였기 때문이다. 여자, 특히 자기처럼 나이 깨나 먹은 여자는 간밤에 느낀 것과 같은 종류의 쾌락을 탐하면 안 된다고 했다. 사랍을 깊게, 더 깊게 끌어당겼을 때 입은 물론 머리부터 발끝까지, 몸 여기저기에서 통제 불능으로 터져 나왔던 신음 소리가 귓가를 맴도는 듯하여 쿨빈더는 얼굴을 붉혔다. 옆집에서 들었으면 어쩌지? 어젯밤에는 생각지도 못했던 것들을 염려하기 시작했다.

침대 한쪽은 여느 때처럼 비어 있었다. 사랍은 항상 쿨빈더보다 먼저 일어났다. 샤워를 마친 뒤 신문을 들고 거실 소파에 앉는 것이 그의 아침 일과였다. 그는 지금 쿨빈더에 대해 어떻게 생각하고 있을까? 어젯밤 일을 의아해하고 있겠지. 부인이 뭐에 홀려 그런 식으로 자신에게 다가왔는지 궁금해할까? 최악은 그가 부인에게 무슨 문제가 있는 게 아닌가 생각하는 것이다. 사실 섹스에 환장하는 사람이었는데, 이때까지 욕구불만이었던 것 같다고 넘겨짚으면 어떡하지? 그건 너무 수치스러운데. 부끄러운 일이야.

왜?

쿨빈더는 생각했다. *그도 즐겼잖아?* 쿨빈더는 남편이 끙끙거리다 갑작스러운 황홀경에 헉, 하고 숨을 내쉬었던 순간을 떠올렸다. 어젯밤 그와 같은 남자라면, 갑자기 왜 그랬냐고 물으며 부인에게 불만을 품을 리 없었다.

"사랍!" 쿨빈더는 소리 높여 불렀다. 지금 당장 이 문제를 정리하고 싶었다. 어젯밤 있었던 일은 그 이야기의 반작용일 뿐, 그 이상도 이하도 아니라고. 잠시 마음이 흔들렸던 것뿐이라고. 더 길게 설명할 필요도 없었다.

사랍은 대답하지 않았다. 다시 한 번 불렀지만, 마찬가지였다. 쿨빈더는 침대 끝자락에 걸터앉아 다리를 흔들며 이불을 가슴까지 팽팽하게 끌어올렸다. 그리고 문 바깥쪽으로 몸을 기울이고 남편을 불렀다. "부엌에 있어." 그가 대답했다.

무슨 일일까? 쿨빈더는 종종거리며 방 안에 널려 있는 옷을 찾아 걸쳐 입었다. 계단을 내려가는데, 달콤한 향신료 냄새가 희미하게 풍겨왔다. 그녀는 향기를 따라 부엌으로 향했다. 사랍은 스토브 앞에 서 있었다. 그 앞에 있는 주전자가 부글부글 끓고 있었다. 검은 찻잎과 향신료가 한데 섞여 끓어오르고 있었다. *너무 진한데.* 보자마자 그런 생각이 들었지만, 너무 놀란 나머지 아무 말도 할 수 없었다. "당신, 언제 내려와서 차를 끓이고 있었던 거야?"

"지난 이십칠 년 동안 당신이 매일 아침 차를 끓였잖아." 그는 그렇게 말하며 숟가락으로 주전자 안을 휘저었다. "당신이 하는 걸 수도 없이 봤어. 차이 한 잔 정도는 만들 줄 안다고."

쿨빈더는 그 옆으로 가서 스토브 불을 끄며 말했다. "태웠잖아. 가서 앉아 있어. 새로 끓여줄게."

하지만 사랍은 계속 그녀 곁에 머물며 차를 다시 끓이기 위해 찻잎을 덜어내는 그녀를 지켜봤다. 쿨빈더는 고개를 들었다. 사랍이 그녀를 보며 미소 짓고 있었다. "아, 왜 이래!" 쿨빈더는 곧바로 시선을 돌리며 토라진 목소리로 말했다. 사랍은 손을 뻗어 그녀의 얼굴이 자신을 향하도록 했다. 눈이 마주치자 쿨빈더의 입술이 파르르 떨렸다. 둘은 결국 웃음을 터뜨리고 말았다. 온화한 온기가 방 안을 가득 채웠다. 여름이 막 시작되고 있었다. 한참을 그렇게 웃다 겨우 멈췄지만 다시 웃음이 터져 나왔다. 그러다 웃다 못해 울고 있는 자신들을 발견했다. 그들은 그렇게 서로의 눈물을 닦아주었다.

"그 이야기 말이지…." 사랍이 호흡을 가다듬었다. "그 이야기 참…." 그는 행복해 보였다.

14

주차된 차와 나무 들 사이에 안개가 유령같이 걸려 있었다. 니키는 양털 재킷의 깃을 세워 얼굴을 가리고 여느 때처럼 식료품을 사러 슈퍼마켓으로 빠르게 걸어갔다. 장을 다 보고 나오는데 휴대폰이 울렸다.

"아, 언니. 무슨 일이야?"

"들어봐, 나 친구들이랑 점심 먹고 있는데, 키르티 약혼남도 있어. 아 참, 얘네 즉석 미팅으로 만났다고 내가 얘기했니?"

"아니. 잘됐네. 축하한다고 전해줘." 얼굴 위로 떨어지는 빗줄기에 미간이 찌푸려졌다. 니키는 빠르게 집을 향해 걷기 시작했다.

"아, 근데 그것 때문에 전화한 건 아냐. 키르티 약혼남 시라지가 말하기를, 사우스홀 사원에 나이 먹은 아줌마들을 위한 수업이 있대. 뭐 성교육 같은 거라나."

니키는 하마터면 휴대폰을 떨어뜨릴 뻔했다. "성교육?"

"그래서 내가 말했지. 내 동생이 거기서 영어 수업을 하는데 그런 게 있다면 내가 이미 알았을 거라고. 기가 막혀서, 나이 먹은 펀자브 아줌마들을 위한 성교육이라니! 내가 바꿔줄게, 잠깐 기다려봐. 네가 직접 걔한테 말 좀 해줘."

"언니 잠깐만, 나 그 사람이랑 통화하고 싶지 않아. 근데 어디서 그런 얘길 들었대?"

"친구들한테 들었다나 봐. 하여간 가만 보면 남자들 뒷담화가 더 심하다니까."

"무슨 친구들인데?"

"몰라. 걱정하지 마, 니키. 아무도 안 믿으니까. 네 영어 수업 평판에는 아무 문제 없을 거야. 나이 먹은 아줌마들이 둘러앉아서 섹스 이야기를 한다니, 누가 그 말을 믿겠니?"

니키는 과부들을 변호하고 싶었다. 갑자기 거친 바람이 불어와 그녀의 머리카락을 사방으로 날렸다. "시라지한테 말해줘. 네가 잘못 알고 있는 거라고."

"네가 잘못 알고 있는 거라잖아, 시라지." 수화기 너머에서 민디가 말하는 소리가 들렸다. "내 정보원이 준 확실한 정보거든?" 시라지로 추정되는 남자가 말했고, 키르티가 짜증나게 앵앵거리는 소리가 들렸다. "아, 자기야. 그래도 재미있었어."

"시라지한테 똑똑히 말해. *내 학생들은 야한 이야기를 쓰는 거라고. 그분들에게 성교육 따위는 필요 없어. 침대 위에서 일어나는 일에 꽤 정통하시거든. 연륜과 경험에서 나오는 지혜가 있다고.*"

민디는 한참 동안 말이 없었다. 대화 뒤로 들리던 레스토랑의 시끄러운 소음이 점점 멀어지더니 조용해졌다.

"너 다시 말해봐. 잘 안 들려서 지금 밖으로 나왔어."

"다 들었잖아."

"니키, 진심이야? 네가 그 수업을 운영한다고?"

"딱히 수업이라고 부르지는 않을래. 이야기를 나누는 시간에 더 가깝지."

"나이 든 여자들을 모아놓고 무슨 이야기를 나누는데? 섹스 조언?"

"판타지에 대하여."

비명이 들려왔다. 민디를 모르는 사람이라면 기쁨의 환호라고 착각했을 것이다. 니키는 잠시 멈춰 서서 손목에 걸고 있던 쇼핑백을 바닥에 내려놓았다. "언니?" 니키가 머뭇거리며 부르자 갑자기 거칠고 시끄러운 웃음소리가 터져 나왔다.

"믿을 수 없네. 사우스홀의 늙은 비비들이 야설을 쓴다니!"

"언니, 지금 이게 웃겨? 혹시 술 마셨어?"

민디는 낄낄거리다가 목소리를 낮춰 속삭였다. "니키, 나 보통 때는 안 그러는데, 키르티 약혼을 축하하느라 낮술로 샴페인을 좀 마셨거든. 시라지 놈 목소리가 듣기 싫어서 마셔야 했어. 걔는 착하긴 한데 너무 시끄러워. 그 수업 이야기를 하는데, 레스토랑에 있는 모든 사람이 우리를 쳐다보는 것 같더라니까."

"그 루머는 어디서 들은 거래?"

"얘기했잖아, 친구들한테 들었다고."

"이름 들은 거 있어? 혹시 물어봐줄 수 있을까?"

"물어봤는데 그냥 아는 친구들이라고 대충 둘러대더라고. 그래서 지어낸 이야기인 줄 알았지. 다시 물어볼게."

"아니야. 물어보지 마." 니키는 마음을 바꿔 말했다. 시라지에 대해 잘 몰랐기 때문이다. 어쩌면 형제회와 건너건너 연결된 사람일 수도 있었다. 형제회의 뒤를 캐고 있다는 인상을 주고 싶지는 않았다.

"언니, 나 가봐야 해. 장 보고 집에 돌아가는 길이거든. 내가 나중에 전화할게."

"안 돼, 안 돼." 민디가 징징거렸다. "나 네 수업에 대해서 물어보고 싶은 게 너무 많단 말이야. 그리고 나 요즘 만나는 사람 있다? 걔에 대해서 얘기해주고 싶어. 내 생각엔, 운명의 상대를 찾은 것 같아."

"잘됐네, 언니. 엄마도 알아?"

"응. 근데 엄마가 좀 이상하게 굴어."

"어떻게? 엄마도 그 남자 만나봤어?"

"아직. 만난 지 별로 안 됐거든. 엄마 요즘 우울해. 나보고 결혼하지 말라고도 하고. 내가 결혼하고 나면 대화 나눌 사람 아무도 없이 집에 홀로 남는다고."

"말이 그렇지, 그렇게 생각 안 할 거야."

"그런다니까! 이렇게 말했어. *니키가 떠났는데, 너도 못 떠나서 안달이구나. 이제 나는 어떡하니?*"

"엄마도 자유로워지겠지." 그렇게 말했지만, 니키는 생각했다. 엄마는 완벽히 혼자가 되겠지. 대화 나눌 사람도, 긴 저녁 시간의 침묵을 채워줄 사람도 없이.

민디가 딸꾹질을 했다.

"언니 맨정신일 때 얘기하는 게 낫겠다."

"어, 그건 내가 너한테 하는 말인데."

"이젠 아니거든, 이 술꾼아."

민디는 킥킥대면서 전화를 끊었다.

이른 저녁, 니키는 사첼백을 메고 출근하기 위해 집을 나섰다. 여전히 가방은 가벼웠다. 오후에 민디와 나눴던 이야기가 자꾸 떠올라서 그녀는 피식피식 웃으며 계단을 내려갔다. 하지만 모퉁이를 도는 순간, 그 웃음은 싹 사라지고 말았다. 펍 입구에 제이슨이 서 있었다.

"니키, 정말 미안해."

니키가 아무 말 없이 그를 스쳐 지나가자, 제이슨은 문 앞까지 그녀를 따라왔다. "제발, 니키."

"제이슨, 가줘. 나 바빠."

"너한테 할 말이 있어."

"그거 좋네. 나는 입이나 떼볼 수 있으려나?"

"그날 못 온 거 미안해. 전화했어야 하는데… 내가 정신이 하나도 없어서…."

"정신이 하나도 없어서 가장 기본적인 매너를 까먹었다?" 니키가 쏘아붙였다. "문자라도 보낼 수 있었잖아. 십 초밖에 안 걸리는데."

"직접 말하고 싶었어. 정말 미안해, 니키. 그래서 너한테 사과하러 왔어."

니키는 펍으로 들어가며 제이슨의 얼굴을 흘끔 보았다. 미안하다기보다는 지쳐 보였다. 순간 그를 가엾게 여기는 자신이 한심했지만, 내색하지 않기로 했다. "그래서, 무슨 얘기를 하고 싶은 건데?"

"음, 진지하게 앉아서 나눠야 하는 이야기야."

"나 지금은 바빠. 여기서 수업이 있거든. 시나가 일곱 시까지 온다고 했어."

"글쓰기 수업? 여기서 만나?"

니키는 고개를 끄덕였다.

"협회에서 무슨 문제 있었어?"

"쿨빈더한테 들켰어. 수업은 폐강됐어. 나도 해고당했고."

"어떻게 알아챈 거야?"

"그녀가 수업에 몰래 들어와서 모든 걸 들었어. 새로운 수강
생이 많았던 데다가 주의를 기울이지 않았기 때문에 몰랐어. 아
무튼 이야기하자면 길고, 지금 당장 말하고 싶지도 않아. 시나가
여자들을 데려오는 중이야. 몇 분 후면 다들 들이닥칠 거라고."

"그럼 수업 마치고 만날 수 있어? 내가 다시 올게."

"지금 당장은 머리가 복잡해. 너도 그래 보이네."

"기회를 준다면, 너한테 내가 처했던 상황에 대해 설명하고
싶어. 언제 어디로 오라고 말만 해. 거기로 갈게."

"이번이 마지막이야. 아홉 시 반, 우리 집."

"알았어. 꼭 갈게."

니키가 눈썹을 치켜올리자, 제이슨은 다시 한 번 힘주어 말
했다. "꼭 갈게."

예상했던 대로 시나네 그룹이 제일 먼저 도착했다. 하지만
수업을 시작하기로 했던 시간에서 거의 사십오 분이나 흐른 뒤였

다. 여자들은 망설이는 기색으로 입구를 서성거리며 바 안을 들여다보고만 있었다. 불쾌하다는 듯 얼굴을 잔뜩 찡그린 채였다. 시나는 여자들 사이를 비집고 들어와 니키에게 하소연을 늘어놓았다.

"하아, 겁나 힘들었어요. 사우스홀 밖으로 갈 거라고 하니까 질문이 폭발하잖아. 정확히 어디로 가느냐, 런던 어느 지역이냐, 표지판을 못 읽겠는데 우리 지금 어디 있는 거냐. 참다 참다 차를 세우고 말했다니까요. *우리 모두 니키네 펍으로 가는 거예요, 알겠어요? 가기 싫은 사람은 지금 당장 내려서 버스 타고 집으로 가세요!*"

"그랬더니요?"

"그냥 잠자코 따라왔죠, 뭐. 다들 엄청 쫄았어요. 프리탐은 아주 큰 소리로 기도를 하더라니까."

니키는 여자들을 맞이하기 위해 입구 쪽으로 갔다. "여러분, 저예요. 여기까지 와주시다니, 다들 정말 멋져요." 니키는 미소 지으며 말했다.

아르빈더, 프리탐, 비비와 탄비르가 옹기종기 모여 니키를 바라보았다. "이게 다예요?" 니키가 시나에게 속삭였다.

"다음 차가 따라오고 있었는데 길을 잃었을지도 몰라요." 시나가 휴대폰을 쳐다보며 말했다. "아니면 그냥 돌아가기로 했거나요."

"날씨가 끝도 없이 나빠지네요, 그렇죠? 들어오세요. 안쪽은 따뜻하고 안락해요." 과부들은 아무 말도 하지 않았다. 자신감이 흔들렸다. 생각보다 더 어려운 일이 될지도 몰라. "탄산음료와 주스를 드릴게요." 여자들은 여전히 꼼짝도 하지 않았다. "차이도요." 솔직히 그 말은 뻥이었다. 가게에서 파는 얼그레이 차에 우유와 시나몬을 타면 되겠지, 뭐. 비비의 얼굴이 살짝 밝아졌다. 그녀는 손이 시려운 듯 연신 비벼대고 있었다. "밖은 춥잖아요." 니키는 오들오들 떠는 시늉을 하며 말했다. "들어가서 따뜻한 차 마셔요, 우리."

"아냐." 비비가 주저하며 안쪽으로 걸음을 떼려 할 때 프리탐이 말했다. "여긴 펀자브 여자들에게 어울리는 곳이 아니야. 우리는 들어갈 수 없어요."

"저 여기 살아요." 니키가 말했다. "요 위층에서요." 니키는 갑자기 이 낡디낡은 펍에 강한 자부심을 느꼈다. "저는 여기서 이 년 넘게 일했어요."

"우리가 여기 들어간다면 사람들이 쳐다볼 거야." 탄비르가 말했다. "프리탐은 그런 뜻으로 말한 거예요. 우리가 입은 살와르 카미즈를 보고 생각하겠죠. *너네 나라로 돌아가버려.* 꼭 우리가 런던에 처음 왔을 때처럼요."

"그런 말 많이 들었죠. 이제 대놓고 말하는 일은 거의 없지만, 그들의 눈을 보면 알 수 있어요. 여전히 그렇게 생각하고 있다는 걸요." 비비가 말했다.

아르빈더는 불편한 듯 무게중심을 다른 발로 바꾸었다. 떨 떠름한 표정을 보아 그녀 역시 비비의 말에 동의하고 있음을 알 수 있었다. "모두 두려워하시는 거 잘 알아요." 니키가 말했다. "여러분 말씀을 들으니 저도 마음이 많이 아파요. 하지만 제가 이 펍을 수업 장소로 선택한 건 모든 사람을 환영해주는 곳이기 때 문이에요."

비비는 손을 연신 비벼대고 있었다. "우리한테 맥주를 먹이 면 어떡해요?"

"그 누구도 절대 그럴 순 없어요."

"우리가 안 볼 때 우리 찻잔에 알코올을 타면요? 네?"

"그런 일이 일어나지 않도록 제가 주의 깊게 볼 거예요." 니 키는 비비를 안심시켰다.

갑자기 아르빈더가 여자들을 제치고 펍 안으로 들어왔다. 니키가 자신의 설득력에 감탄하려는 순간, 아르빈더가 서툰 영 어로 소리쳤다. "실례합니다. 화장실 부탁할게요. 어디 있어 요?(Excuse me please toilet where?)"

"그러게, 출발하기 전에 물 마시지 말라니까." 프리탐이 투 덜거렸다. "계속 목이 마르다고 불평하더라고."

탄비르가 기침을 했다. "나한테 감기 옮았나 봐. 니키, 차가 있다고 했죠?"

"네."

"한 잔 부탁해요." 탄비르는 그렇게 말하고는 떨고 있는 비비의 어깨에 팔을 둘러 열이 나도록 문질러주었다. "비비, 들어가요. 안은 따뜻할 거예요." 두 여자는 프리탐을 미안하다는 듯 쳐다보고는 펍 안으로 들어갔다.

이제 프리탐만 남았다. "그래, 그래⋯." 그녀가 속삭였다. "날 배신한다 이거지." 니키에게 하는 말인지, 보이지 않는 관객을 위한 것인지 알 수 없었다.

"안에 텔레비전이 있어요." 니키가 말했다.

"그래서요?"

"꽤 괜찮은 영국 드라마도 나오거든요."

그 말에 프리탐이 니키를 바라보았다. "알아듣지도 못할 텐데요."

"프리탐은 화면만 보고도 재미있는 이야기를 만들어내는 재능이 있잖아요. 들어와서 이야기를 들려주시면 어떨까요? 다들 프리탐의 이야기를 정말 좋아하시잖아요!"

"⋯싫어요." 아무 소용없었지만 그래도 프리탐이 몇 초 정도 망설이긴 했다. 니키는 한숨을 쉬었다. "그럼 여기서 기다리실래요? 시간이 좀 걸릴 것 같은데요."

프리탐은 두파타를 고쳐 쓰며 딱딱하게 대꾸했다. "상관없어요."

"그럼 편하신 대로 하세요." 니키는 말했다. 과부들은 입구와 가장 가까운 테이블에 앉아 있었다. 그녀들이 예상했던 대로, 몇몇 손님과 직원들이 즐거움과 호기심이 섞인 눈빛으로 그들을 바라보았다.

"좀 더 조용한 곳으로 갈까요?" 니키는 안쪽 방으로 가자고 제안했다. 홀보다는 조금 덜 북적이는 곳이었다. 아르빈더, 비비와 탄비르는 가방을 꼭 껴안고 니키를 조용히 따라갔다.

그들은 다른 손님과 꽤 떨어진 긴 테이블에 자리 잡았다. 그들 머리 위에 난 창문으로 프리탐의 발이 시야에 들어왔다가 사라졌다. 니키는 아르빈더가 그쪽을 주시하고 있는 것을 보고 물었다. "안으로 들어오라고 다시 얘기해볼까요?"

"됐어. 니키네 이웃들이랑 좀 친해져보라고 하지."

비비가 주변을 둘러보며 말했다. "꼭 이렇게 어두워야 하는 거예요? 어째서 백인 놈들은 동굴처럼 어두운 곳에서 술을 마시는 건지…."

"백인들만 여기 오는 건 아니에요. 인도 사람들도 종종 오는걸요."

"나도 위스키 마셔봤어요. 엄청 심한 감기에 걸렸었는데, 코막힌 데 좋을 거라면서 남편이 조금 줬죠. 좋긴 개뿔, 목이 녹아내리는 줄 알았어." 탄비르가 말했다.

"전 남편이랑 와인을 종종 마셨어요. 의사가 건강을 위해서 맥주 대신 와인을 마시라고 했거든요. 그래서 저도 밤에 한두 잔씩 같이 마시기 시작했죠." 시나가 말했다.

"의사가 그랬다고요? 분명 영국인이었겠지." 비비가 말했다.

시나는 어깨를 으쓱했다. "맞아요. 하지만 그때 술을 처음 마셔본 건 아니에요. 런던 중부에서 일할 때는 일 끝나고 종종 동료들이랑 한잔하러 가기도 했거든요."

벨소리가 울렸다. 모르는 번호로 문자가 와 있었다.

니키, 다시 한 번 진심으로 미안해. 오늘 밤에 다 설명할게.

니키는 고개를 들었다. 이제 여자들은 약 대신 와인을 추천한 의사는 감옥에 보내야 한다며 목소리를 높이고 있었다. 니키는 창밖을 보았다. 프리탐에게 말을 거는 저 남자는 누구지? 그가 입은 바지가 어딘가 낯익었지만 얼굴은 버스 정류장 표지판에 가려 보이지 않았다. 프리탐은 두파타를 펄럭이며 그를 내치고 있었다. "저리 가, 이 멍청아!" 그녀는 악을 썼다. 니키는 바로 자리에서 일어나 밖으로 뛰쳐나갔다. 인종차별주의자의 손자 스티브였다.

"나마스테." 스티브가 니키를 보고 이죽거리며 손을 흔들었다. "나는 그저 이 아가씨를 탄두르 익스프레스 식당으로 데려다주려던 것뿐이라고."

"꺼져, 스티브. 넌 이 펍에 출입 금지잖아."

"그러니까 이렇게 밖에 서 있잖아." 그는 그렇게 말하고는 프리탐에게 허리를 숙여 짐짓 엄숙한 체하며 인사했다. "치킨 티카 마살라."

프리탐은 몸을 돌려 펍 안으로 들어갔다. 니키가 급히 따라가자 그녀는 말했다. "허, 뭐든 웬 미친놈이랑 추운 바깥에 서 있는 것보다는 낫겠지." 그 말에 니키는 활짝 웃으며 프리탐을 껴안았다. "함께해주서서 너무 기뻐요." 그녀는 프리탐을 일행에게 안내했다. 과부들은 프리탐이 들어오는 것을 보고 환호했다. 프리탐은 부끄러운 듯 얼굴을 붉히며 손을 저었다.

"자, 이야기 가지고 오신 분 계세요?" 니키가 물었다.

잠깐 정적이 흐른 뒤 비비가 망설이며 손을 들었다. "여기 오는 길에 떠오른 이야기예요."

"좋아요, 들려주세요." 니키는 그렇게 말하며 의자에 편히 앉았다.

"말 타기를 좋아하는 여자." 비비가 말하자 여자들이 낄낄거렸다.

"혹시 울퉁불퉁한 길에서 릭샤 타는 것도 좋아했대?"

"덜컹거리는 세탁기에 몸을 기대는 건?"

"아, 좀 조용히 해봐." 비비가 단호하게 말했다. "내가 이야기하잖아." 그녀는 목청을 가다듬은 뒤 다시 이야기로 돌아갔다. "말 타기를 좋아하는 여자. 옛날 옛적에 아주 넓은 땅을 가진 여자가 살았다. 그녀의 아버지는 세상을 뜨기 전에 땅을 물려주며 말했다. 돈만 밝히는 사람과는 결혼하지 말아라. 네 땅을 빼앗으려 할 테니….*"

모두가 이야기에 빠져들었는데, 단 한 명, 시나만은 힘없이 니키 옆자리 의자에 고꾸라져 있었다. "시나, 차 끓이는 것 좀 도와주실래요?" 니키가 조용히 묻자 시나는 고개를 끄덕였다. 니키는 시나와 함께 바로 가서 컵이 담긴 쟁반을 준비한 뒤 주전자를 불 위에 올렸다. "뭐 좀 마실래요?" 니키가 물었다.

"와인이 있으면 좋겠어요." 시나는 그렇게 말하며 어깨 너머로 과부들을 흘깃 보았다. 그들은 니키와 시나가 사라진 줄도 모르고 비비의 이야기에 빠져 있었다. 당연히 니키가 시나에게 와인을 따라주는 것도 알아차리지 못했다.

"피곤해 보여요. 괜찮아요?"

"오늘 정신없이 바빴던 데다가, 어젯밤에 잠을 제대로 못 잤거든요. 어제 라훌이랑 얘기를 좀 했어요. 진도가 너무 빠른 것 같다고 했죠."

"그랬더니 뭐라고 하던가요?"

"결과적으론, 괜찮았어요. 우리는 아주 긴 대화를 나눴거든요. 하지만 첫 반응은 좀 놀라웠어요. 굉장히 방어적이었거든요.

나한테 그러더라구요. *당신도 좋아했잖아요!*"

"아, 시나가 자기를 비난하는 줄 알았나 보네요? 나를 너무 막 대하는 거 아니냐, 뭐 그런 식으로?"

"맞아요. 그래서 내가 그랬어요. *그걸 좋아한다고 해서, 천천히 하자고 말할 수 없는 건 아니잖아요, 그쵸?* 그의 얼굴을 보니 당황한 듯했지만, 감동받은 것 같기도 했어요."

"당신이 그에게 생각할 거리를 줬네요."

"재미있는 건 저도 놀랐다는 거죠. 그 말을 하기 전까지, 저도 제가 뭘 말하고 싶은 건지 몰랐거든요. 그래서 그와 대화하길 꺼렸던 거겠죠." 시나는 와인을 몇 모금 더 마시면서 뒤편에 있는 과부들 눈치를 봤다. "이 스토리텔링 수업은 아주 재미있기도 하지만, 내가 원하는 걸 말할 수 있게 가르쳐주는 것 같아요. *내가 정확히 원하는 게 뭔지를요.*"

니키에게도 그런 경험이 있었다. 개리와 빅터에게 맞섰을 때 생각지도 못한 자신감이 솟아올랐던 것이 떠올랐다. "저도 그렇게 생각해요." 니키가 말했다. "사실 그 부분에 대해 더 배울 게 있나 했었거든요." 시나와 미소를 나누며, 니키는 그녀와의 우정에 대하여 깊이 감사했다.

시나가 와인을 다 마신 뒤 둘은 다시 여자들에게 돌아갔다. 니키는 그녀들에게 찻잔을 나눠주었다. 이야기를 차곡차곡 쌓아내는 비비의 눈빛은 마치 꿈꾸는 것 같았다. "참으로 훌륭한 이

종마 위에 다리를 벌리고 앉아, 그녀는 모든 동작을 지시했다. 그의 근육이 그녀 아래에서 굳건하게 움직이며 그녀의 가장 비밀스러운 부분을 자극했…."

그때 다른 펀자브 여자들이 나타나 비비의 이야기는 잠시 끊겼다. 그들은 숨을 헐떡이고 있었지만 자리를 찾은 데 안도하여 펍 안에 있다는 것은 개의치 않는 것 같았다.

"저는 루핀더예요." 한 여자가 말했다.

"저는 조티라고 해요." 다른 여자가 말했다. "만진더도 오고 있어요. 주차할 데를 찾는 중이래요."

"당신들 바로 뒤에서 따라오고 있었는데요, 조티가 아는 사람을 발견하는 바람에 누군지 알아볼 수 있을 때까지 골목에 차를 세우고 기다렸어요." 루핀더 카우르가 말했다.

"오, 누구였는데요? 비밀 연인인가요?" 탄비르가 놀리듯 말했다.

"무슨 소리. 아즈말 카우르의 아들이더라구요." 조티가 말했다.

암, 이 여자들에게는 사우스홀 밖에서도 같은 공동체 사람을 식별할 수 있는 레이더가 있지. 니키가 미소 짓자, 아르빈더가 물었다. "누군지 알아요?"

"아뇨."

"모르는 게 나아요. 글쎄 담배를 피우고 있더라니까요." 조티가 말했다.

여자들은 끌끌 혀를 찼다. "오, 또 시작이네요." 시나가 니키에게 영어로 말하며 눈을 치켜떴다.

"담배라니? 그런 타입 같진 않던데. 사원에서 몇 번 본 적이 있거든." 아르빈더가 말했다.

"부모도 명망 높은 사람들이잖아요. 그의 결혼식 기억나죠? 그런 결혼식은 처음 봤다니까요."

"엄청나게 화려한 결혼식이었죠. 신랑 신부가 모두 맏이였잖아요. 그래서 식을 일주일 내내 했어요." 탄비르가 말했다.

"근데 결혼 생활에 문제가 있었다나 봐요. 제 딸이 일 때문에 여자 쪽 가족의 이웃이랑 가깝게 지내거든요. 여자애가 다시 부모 집으로 돌아갔대요. 그래서 그를 보고 놀랐던 거예요. 그러면 남자도 본가로 돌아가야 할 텐데, 아직 여기서 *남은 일을 처리하고 있다나 봐요.*" 조티가 말했다.

"남자가 어디 출신이랬지? 캐나다 아니었나?" 아르빈더가 말했다.

"캘리포니아요." 탄비르가 말했다. "다들 오해했었잖아요. 기억나요? 여자애 아빠가 "내 딸이 미국놈이랑 결혼한다오." 하는 바람에 다들 백인이랑 결혼하는 줄 알았죠."

"펀자브식 이름이 아니라서 더 그랬어요." 프리탐이 말했다. "제이슨이었죠."

니키는 철렁했다. "제이슨이라고요?" 그녀가 묻자 여자들이 고개를 끄덕였다.

"신부가 참 예뻤어요, 안 그래요? 밝은 피부색에 비해 헤나 문신이 너무 진했는데, 그걸 가지고 다들 놀렸잖아요. 이건 네 남편이 부자가 되고 네 시어머니가 친절할 거라는 뜻이야, 라고." 프리탐이 말했다.

니키는 과부들에게 양해를 구하고 자리를 떴다. 마음 안쪽 어딘가가 움푹 패여 횅한 느낌이었다. 제이슨은 결혼했어. 유부남이었다고. 그녀는 두 가지 선택지를 놓고 고민하고 있었다. 당장 전화해서 나쁜 놈이라고 욕을 퍼붓거나, 그의 번호를 차단해버리는 것. 그는 평생 니키가 그 사실을 어떻게 알았는지 의아해하겠지. 두 가지 장면이 번갈아가며 머릿속에 떠올랐다. 니키가 제이슨과 침대에 누워 그에게 키스하는 동안 그의 아내는 런던의 다른 어딘가에서 괴로움에 짓눌려 있었겠지. 지금처럼 스스로가 한심했던 적이 없었다.

마침내 그녀는 그의 메시지에 답장을 썼다.

– 오지 마. 우린 끝이야.

그리고 망설임 없이 전송 버튼을 눌렀다.

15

.

주방 카운터 위에 놓아둔 휴대폰에서 진동이 울렸다. 모르는 번호였다. 일순간 걱정이 스쳤다. 쿨빈더는 끊기기 직전에 전화를 받고 잠시 아무 말도 하지 않은 채 있었다.

"여보세요?" 구르타지 싱이었다.

"삿 스리 아칼." 쿨빈더는 안도하며 인사를 건넸다. 그러자 그도 빠르게 같은 인사로 답하고 말을 이었다. "당신이 만든 글쓰기 강좌가 오늘은 여태까지 진행되고 있네요."

시계를 보니 아홉 시 십오 분이었다. 수업은 폐강되었지만, 한다 해도 여자들이 교실에 남아 있을 시간은 아니었다. 게다가 그녀는 교실 문을 직접 잠그고 왔다. "오늘 그 강좌는 끝났는데요." 그녀는 '영원히'라고 말하고 싶은 마음을 억누르고 대신 '오늘'이라고 했다.

"그럼 저 불이 이때까지 줄곧 켜져 있었다는 겁니까?"

"불이요?"

"차를 몰고 사원을 지나가다 교실 창문을 봤는데 불이 켜져 있더군요. 우리 예산으로 전기 요금을 낸다는 것 정도는 알고 있지 않나요?"

쿨빈더는 휴대폰을 귀에서 멀리 뗐다. 구르타지가 따져 묻는 소리가 아득하게 들렸다. 항상 해오던 것처럼 교실 문을 잠그기 전에 분명 불을 껐던 것 같은데. 내가 잊어버렸나? 화가 머리 끝까지 난 상태였으니 그랬을 법도 했다. 하지만… 의구심이 밀려와 속이 뒤집어지는 것 같았다. 뭔가 이상했다.

"제가 다시 가서 불을 끄겠습니다."

"한밤중에 집을 나설 필요는 없어요."

당장 가보라고 전화한 거 아니야? "제가 지금 집이라고 말씀드린 적은 없는데요." 쿨빈더는 의미심장하게 대답했다. 내가 지금 어디에 있는지, 뭘 하고 있는지 의문을 갖게 되겠지? 깜짝 놀란 구르타지의 표정이 머릿속에 그려졌다.

쿨빈더는 핸드백을 팔 아래 끼고 넓은 보폭으로 빠르게 걸어 사원으로 향했다. 미행당하고 있을지도 모른다는 생각이 들었지만, 그녀의 피에는 선조로부터 물려받은 당당함이 흐르고 있었다. *시크교도들은 전사란다.* 마야가 아직 꼬마였을 때 쿨빈더는 그렇게 말했다. 순간 마야의 눈이 번뜩였던 것을 기억한다. 덜컥 겁이 나서 곧바로 "하지만 여자들은 여자다워야지."라는 말을 덧붙였던 것도. 이제껏 쿨빈더는 딸의 부재를 짧고 강렬한 불꽃 정도로 여기려 해왔다. 그러나 이제 그 불꽃은 그녀의 마음속에 더 큰 불을 당겼다. 그녀를 거스르는 사람이라면 누구에게나 그 불을 뿜을 준비가 되어 있었다.

밤이었기에 건물은 깜깜했다. 글쓰기 수업이 열렸던 교실과 쿨빈더의 사무실만 빼고. 갑자기 두려움이 몰아쳤지만, 쿨빈더는 꾹 참고 3층 복도까지 이르렀다. "거기 누가 있나요?" 문으로 한 발짝씩 다가가며 외쳤지만, 아무 대답도 돌아오지 않았다. 교실 문에 달린 작은 창밖으로 빛이 새어 나오고 있었다. 쿨빈더는 그 안을 들여다봤다가 큰 충격을 받았다. 누군가 방을 거꾸로 뒤집어놓은 것처럼 엉망이었다. 맥없이 쓰러진 책상과 의자 다리가 천장을 향하고 있었고, 사방에 종이들이 널브러져 있었다. 칠판과 바닥엔 누군가가 빨간색 페인트 스프레이로 선을 죽죽 그어놓았다. 쿨빈더는 블라우스 가슴팍을 움켜잡았다. 심장을 움켜쥘 수는 없으니 심장과 가장 가까운 곳이라도 잡고 싶은 마음이었다. 그녀는 교실을 나와 서둘러 사무실로 향했다.

그곳도 마찬가지였다. 모든 것이 뒤집혀 있었고 물건들도 다 뒤죽박죽이었다. 서류철은 바닥에 내동댕이쳐졌고, 창문 하나엔 금이 가 있었다.

그때 누군가 다가오는 발소리가 들렸다. 쿨빈더는 재빨리 사무실 안으로 들어가서 숨을 곳을 찾았다. 발소리가 점점 커졌다. 쿨빈더는 주변에 보이는 것 중 그나마 가장 묵직해 보이는 사무용 스테이플러를 두 손으로 꼭 쥐었다. 마침내 발소리가 멈췄다. 문간에 나타난 사람은 여자였다. 밑단을 은사슬 모양 자수로 처리한 검푸른색 튜닉을 걸치고 있었다. 어디서 많이 본 사람 같기도 하고 낯설기도 했다.

"세상에, 이게 다 무슨 일이에요?" 여자가 엉망이 된 사무실을 둘러보며 물었다. 그제서야 쿨빈더는 그녀가 만지트 카우르임을 알아보았다. 과부 옷을 벗은 모습이 생소했다.

"누군가가…." 쿨빈더는 난장판을 망연히 가리키며 말했다. 더 이상 할 말이 없었다.

"다른 여자들은 어디 있어요? 멀리 갔다가 오늘 사우스홀에 돌아왔어요. 집에 있는데 교실 불이 켜진 게 보이길래 놀래켜주려고 여기까지 걸어왔어요."

"더 이상 여기서 그 사람들을 만날 일은 없어요. 제가 폐강했어요."

"오, 그렇다면… 결국 아셨군요."

여전히 충격으로 온몸이 굳어 있었지만, 쿨빈더는 난리통

속을 계속 살펴나갔다. 그녀가 항상 자부심을 갖고 앉아 일했던 단정한 책상은 여기저기 부서져 있었다. 서랍도 마치 혓바닥을 내민 것처럼 마구 열려 있었다.

"여길 치우는 것 좀 도와줄래요?" 쿨빈더가 말했다.

"싫어요. 나는 남편을 떠나면서 오늘 하루를 시작했어요. 마무리하는 순간까지 다른 사람이 어지른 걸 치우고 있을 수는 없어요."

쿨빈더는 깜짝 놀라 만지트를 보았다. "남편을요? 제가 알기로 남편께서는…."

만지트는 고개를 흔들었다. "남편이 절 떠났었죠. 그다음엔 내가 다시 돌아오길 바랐고요. 남편 곁에 있는 것이 내 도리라고 생각해서 남편에게 돌아갔죠. 하지만 그는 그저 자기를 위해 밥 해주고 청소해줄 사람이 필요했던 거예요. 도망가버린 두 번째 부인 대신! 그걸 깨닫자마자 가방을 싸서 바로 집으로 돌아왔어요. 기차를 타고 오는 내내 내가 벌인 일에 대해 생각하며 걱정했어요. 하지만 다른 과부들과 니키가 나를 응원해줄 거라고 믿으며 마음을 다잡았죠."

쿨빈더는 후회로 마음이 찢어지는 것 같았다. "여자들이 이 건물에 있었다면 이런 일은 없었을 텐데. 그들을 내치지 말아야 했어요."

만지트는 바닥에 떨어진 서류를 밟으며 다가와 쿨빈더의 어깨를 가볍게 안아주었다. "자책하지 말아요. 이런 미친 짓은 아무도 못 막아요." 그렇게 말하고는 잠시 방을 둘러보았다. "나는 형제회가 멋대로 침입해서 남의 물건을 망쳐놓는 짓보다는 더 존경받을 만한 일을 하는 줄 알았지. 특히 여기는 사원이잖아요."

쿨빈더는 쭈그려 앉아 서류철을 열었다가 안이 축축하다는 것을 알아차리고 움찔했다. 오줌 지린내가 코를 찔렀다. 그녀는 문으로 뒷걸음질 쳤다. 너무 놀란 나머지 눈물까지 났다. 그녀는 미친 듯이 눈가를 훔치고는 생각했다. 만지트의 말은 일리가 있었다. 행실 나쁜 여자들의 차나 집을 뒤집어놓았다면 그러려니 했겠지만, 이곳은 엄연히 신성한 사원의 구역이었다. 선 자리에서 살피니 방 안의 모든 것이 너무나 고의적으로 내던져져 있는 것처럼 보였다. 마치 묻지 마 파손 사건이라는 인상을 주려는 것처럼.

"형제회도 이야기에 대해 아나요?" 만지트가 물었다.

쿨빈더는 천천히 고개를 저었다. "당신 말이 맞아요. 형제회가 이런 짓을 했을 리는 없어요."

"그럼 누굴까요?"

막 대답하려는 순간 책상 오른편 서랍 두 번째 칸이 열려 있는 것이 눈에 들어왔다. 다른 서랍들과 마찬가지로 완전히 텅 비어 있었다. 그 서랍 안에 들어 있던 것은 니키의 이력서와 강사 지원서뿐이었다. 그 전에 들어 있던 먼지가 뽀얗게 앉은 낡은 서류철을 치우고 니키의 지원 서류를 서랍에 챙겨 넣으면서 공식적인 기록물이 생긴 것에 뿌듯해했던 것이 기억났다.

쿨빈더는 사무실 바닥을 샅샅이 살펴보았다. 이력서, 지원서 등 니키의 인적 사항이 담긴 서류는 어디에도 없었다⋯. 목구멍 깊숙한 곳에서부터 불길한 예감이 치솟았다.

"알 것 같아요." 쿨빈더는 말했다.

16

거센 바람이 얼굴을 연신 때려댔다. 니키는 오라일리스 펍 바깥을 서성거리며 벌써 세 대째 담배를 피우고 있었다. 여자들을 펍에 들어오게 하느라 실랑이를 벌인 데다, 제이슨의 정체까지 알게 되었으니 그럴 만도 했다. 남자 몇 명이 근처를 지나갔다. 그중 한 명이 니키를 돌아보며 소리쳤다. "아가씨! 좀 웃어!" 니키는 마침 지나가는 버스 창문을 통해 자신의 표정을 확인할 수 있었다. 잔뜩 화가 나 부루퉁했다. 니키가 노려보자 남자는 옆 친구를 쿡 찌른 뒤 아둔하게 웃으며 사라졌다.

집으로 올라가는 계단에서 휴대폰이 진동했다. 그녀는 잠시 멈춰 서서 전화를 받았다.

"꺼져, 제이슨."

"니키, 제발. 얘기 좀 해."

하마터면 휴대폰을 창문 밖으로 던져버릴 뻔했다. 뭐라도 부숴버리고 싶은 마음을 겨우 참고 계단을 오르며 열쇠를 찾았다. 갑자기 눈물까지 터졌다. 한 손으로 눈물을 닦고 한 손으로는 주머니를 더듬으며 계단을 오르느라 그녀는 타람팔이 서 있는 것도 알아차리지 못했다.

"어…?" 니키는 손등으로 눈물을 닦아내며 입을 열었다.

"니키, 괜찮아요? 무슨 일이에요?"

"이야기하자면 길어요." 니키는 중얼거렸다. *그러는 당신은 대체 여기서 뭐 하는 거야?*

타람팔은 손을 뻗어 니키의 어깨를 꼭 잡았다. "불쌍해라." 일단 그녀의 동정심에 별다른 의도가 느껴지지 않았기에 니키는 약간 마음을 놓았다. 하지만 여전히 곤혹스러움을 감출 수 없었다. 펍에서 수업한다는 소식을 듣고 다시 참여하려는 건가? 있을 수 없는 일이지. 이 상황이 너무 어이없어서 웃음이 터질 뻔했다. 타람팔이 우리 집 현관문 앞에 서서, 유부남 남자친구 때문에 속상해하는 나를 위로해주고 있다니.

"혹시 얘기 좀 할 수 있을까 해서요." 타람팔이 그렇게 말하며 기대하듯 문 쪽을 바라보았다.

"아, 그렇군요…. 음… 그럼요." 니키는 문을 열고 타람팔을 안으로 들였다. "신발 벗지 않으셔도 돼요." 하지만 타람팔은 말하기도 전에 이미 신발을 벗은 상태였다. "그래요…. 편한 대로 하세요." 니키는 스스로 손님을 대하는 데 얼마나 서투른지 새삼 의식하면서 주방에 있는 작은 테이블을 가리켰다. 타람팔은 맨발로 조심스럽게 들어왔다. 그러다 바닥이 삐걱거려서 깜짝 놀란 듯했다. "앉으세요." 니키가 말했지만 타람팔은 계속 서 있었다. 주방 의자에 브래지어가 하나 걸려 있었던 것이다. 타람팔은 니키가 그걸 침실로 가져가 치울 때까지 바라보고 있었다. 라이터랑 담배 한 갑도 있었지만 괜히 치우면 더 주의를 끌 것 같아 그대로 놔두기로 했다.

"니키, 당신이 나에 대해 오해하고 있다고 생각해요." 그들이 함께 자리에 앉았을 때, 타람팔이 말했다.

"그래서 여기까지 오신 거예요?" 니키는 타람팔이 자기 주소를 어떻게 알았는지 궁금했지만, 그녀가 매우 슬퍼 보였기에 물어볼 수가 없었다. "저는 당신에 대해 아무 감정도 없어요."

"아마 다른 과부들이 제가 좋은 사람이 아니라고 말했겠죠. 그건 사실이 아니에요."

"기도해주는 대가로 돈을 받는다던데, 그건 사실인가요?"

"네. 하지만 그들이 절 찾아오는 거예요. 제가 도와주기를 바라면서요."

"제가 들은 얘기랑 좀 다른데요."

타람팔은 꾸중 듣는 학생처럼 시선을 떨구고 발을 이리저리 끌었다. 부도덕한 마야에 대한 원한으로 가득 찬 시어머니의 모습은 어디에도 없었다. 이 순간 그녀는 외롭고, 애처로운 존재일 뿐이었다. 이야기 테이프를 집까지 가져다주고 싶었을 정도로 니키가 안쓰럽게 생각했던 문맹의 과부. "당신이 아무 재주도 없는 과부가 된다면, 어떻게 살아남겠어요? 그래서 제가 영어를 배우기 위해 애썼던 거예요. 취직이라도 해보려고. 당신과 다른 여자들이 날 내쳤지만요."

이건 말도 안 돼. 타람팔이 그저 이 오해를 풀기 위해서 여기까지 왔다고? "그래서 원하는 게 뭔가요, 타람팔?"

"우리가 친구가 됐으면 좋겠어요. 진심으로요. 내가 마야에 관해 한 말들이 당신을 두렵게 했을 거예요. 내가 그녀가 죽기를 바랐다고 생각하잖아요. 그럼 제가 뭐가 되나요? 저는 그저 집안이 평화롭길 바랐어요. 자그데브가 행복하길 원했다구요. 마야가 자살할 거라고는 상상도 못했어요. 쿨빈더는 절대 받아들이지 못하겠지만 말이에요."

"지금 쿨빈더를 비난하시는 건가요? 저기요, 당신 집 지붕 아래에서 그녀의 딸이 죽었어요." 니키가 따져 물었다.

"자살이었죠. 마야는 상태가 좋지 않았어요, 니키. 정신이 이상했다구요." 타람팔은 손가락으로 관자놀이를 툭툭 치며 일부러 고개를 흔들어댔다. 연습한 동작이 아니었다. 타람팔은 자신이 아는 진실을 말하고 있을 뿐이었다. 자그데브가 어떤 이야기를 만들어냈든, 타람팔은 그것을 전적으로 믿고 있었다.

"그날 밤 다른 일이 일어났을지도 모른다고 생각해본 적은 없으세요?"

타람팔은 고개를 저었다. "자그데브는 절대 누군가를 다치게 할 애가 아니에요. 그런 사람이 아니라구요." 그렇게 말하는 눈빛이 빛났다. 입가에 희미하게 미소까지 걸렸다. "그는 좋은 사람이에요."

역겨워. 아들과 며느리 사이에서 잔다는 시어머니의 이야기가 떠올랐다. 타람팔에게 딸이 아니라 아들이 있었다면 마야의 운명은 어떻게 되었을까? 문득 궁금해졌다. 어쩌면 자그데브에 대한 소유욕이 덜했을지도 모른다. 아니 어쩌면 마야는 그녀의 아들 중 한 명과 결혼해야 했을지도.

"저기요, 타람팔이 자그데브를 무척 아낀다는 건 알아요. 하지만 당신이 아는 게 전부는 아니에요."

타람팔은 계속 머리를 저었다. "쿨빈더가 자그데브를 잡으려는 건 순전히 죄책감 때문이에요."

"확실해요? 저는 타람팔이 잘못 생각하고 있는 것 같은데요." 니키는 부드럽게 물었다.

"잘못 생각하는 사람은 니키, 당신이에요." 타람팔은 계속 우겨댔다. "당신이 자그데브에게 해가 될 수 있는 증거를 가지고 있다는 걸 알아요. 하지만 제가 말해줄게요. 당신이 잘못 생각하는 거예요."

"어떻게 아셨어요?"

"저녁 일찍 쿨빈더랑 얘기했거든요. 우리 집으로 와서 경찰서에 갈 거라고 하더라구요. 제가 그러지 못하게 막았어요. 그리고 당신이랑 이야기할 수 있게 집 주소를 알려달라고 설득했죠."

"쿨빈더가 제 주소를 알려줬다구요?" 타람팔을 여기까지 보내다니, 쿨빈더는 대체 무슨 생각이지? 그리고 왜 굳이 타람팔의 집까지 가서 증거를 찾았다고 이야기한 거야? 무언가 앞뒤가 맞지 않았다. "저에겐 그 수강신청서가 없어요. 혹시 그걸 찾으러 오신 거라면요."

그러자 타람팔의 얼굴이 굳어졌다. "그럼 어디 있는데요?"

"쿨빈더한테 있죠. 안 보여주던가요?"

타람팔의 시선이 니키에게서 멀어져 급격히 불안정해졌다. "아니요. 쿨빈더는 당신한테 있다고 했어요. 그걸 원하면 당신이랑 얘기해야 한다고…." 그렇게 말하는 목소리가 떨렸다. *타람팔은 지금 거짓말을 하고 있어.*

니키는 그녀의 수강신청서를 깔끔하게 접어 가방 안에 넣어두었다. 그 가방은 지금 침대 밑에 있었다. 펍으로 수업하러 가기 전에 휴대폰만 꺼내고 발로 차 넣어버렸다. "저한테는 없어요." 니키가 말했다. 타람팔이 집을 두리번거리는 것을 보니 절실하게 찾고 있음이 분명했다. 니키는 자리에서 일어섰다. "이제 가주셔야겠는데요, 비비 타람팔."

"내가 여기까지 왔잖아요. 적어도 차 한 잔은 대접해줘야죠. 나는 당신이 우리 집에 왔을 때 그렇게 해줬잖아요."

"미안한데 차가 없어요. 손님이 올 줄은 몰랐거든요." 너무 무례한가 싶기도 했지만, 이 방문 자체가 너무 불쾌했다. 타람팔은 크게 헛기침을 하더니 고개를 끄덕였다. 그러고는 니키를 지나쳐 현관 쪽으로 걸어갔다. 더 이상 삐걱거리는 마루 따위는 신경 쓰지 않는 듯했다. 신발을 신던 중 그녀가 다시 한 번 헛기침을 하더니 기침하기 시작했다.

"오!" 타람팔이 소리쳤다. "보세요. 빗속을 뚫고 와서인지 기침이 이렇게나 심하네요…." 타람팔은 쿵 소리를 내며 문에 몸을 기대고는 계속 기침을 했다. "그냥 뜨거운 물만이라도 주면 안 될까요?"

프리탐 빰치는 연기였다. "좋아요." 니키는 그렇게 말하고 다시 부엌으로 돌아와 주전자에 물을 채우며 타람팔을 흘끔 바라보았다. 그러자 그녀는 다시 기침을 했다. 타람팔에게 미안한 감정은 조금도 느끼고 싶지 않았다. 니키는 찬장을 열었다. 얼그레이라도 괜찮다면 떠나기 전 차 한 잔 정도는 내줄 수 있었다.

"타람팔, 혹시…." 니키는 뒤를 돌아보았다가 그대로 굳어버렸다. 현관문이 열려 있었고, 타람팔은 바깥으로 몸을 빼고 누군가에게 무어라고 다급하게 속삭이고 있었다. "거기 누가 있어요?" 니키가 묻는 순간, 문이 활짝 열리며 한 남자가 안으로 들어왔다. 그는 타람팔을 거칠게 밀며 발로 문을 닫았다. 비명이 튀어나왔다. 일전에 니키를 따라왔던 그 남자였다.

"뭐 하는 짓이에요?" 숨이 턱 막혀왔다.

"문을 막아." 그가 타람팔에게 말하자 그녀는 재빨리 문을 막아섰다. 남자가 니키에게 손가락질하며 말했다. "소리 질렀다간 각오해." 그가 낮은 목소리로 말했다. "알아들어?" 니키는 재빨리 고개를 끄덕였다. 남자의 어깨 너머로 타람팔이 눈을 크게 뜨고 있는 것이 보였다. 놀라서가 아니라 집중하느라 커진 것 같았다. 그녀가 이 남자를 니키의 집에 들인 것이다. 그렇다면 이 남자는 자그데브임이 분명했다.

"얼마 전 밤에 널 본 적 있어. 너… 나를 미행하고 있었잖아." 아마 니키가 시나에게 수강신청서에 대해 이야기하는 소리를 엿들었을 것이다.

자그데브가 그녀를 노려보았다. "넌 사우스홀에 나타난 순간부터 동네방네 들쑤시고 다니면서 온갖 문제를 일으키고 있지. 과부들한테 지저분한 이야기를 가르치고 싶어 하는 거? 뭐, 좋아. 근데 왜 우리 인생에 끼어들어?" 그는 거기까지 말하고 집 안을 둘러보았다. "간단하게 말할게. 내가 원하는 건 그 서류야. 그걸 내놓으면 너를 그냥 놔줄게."

"내 집에 이렇게 마구잡이로 들어와도 된다고 생각했다면…."

"네가 들어오게 해줬잖아." 자그데브가 문을 가리키며 말했다. "억지로 들어왔다는 증거 있어?"

"그 서류, 나한테 없어." 니키가 말했다. 타람팔은 마치 골키퍼처럼 팔을 벌리고 체중을 한쪽 발에서 다른 쪽 발로 번갈아 옮겨가며 문 앞을 서성이고 있었다. 갑자기 용기가 솟아올랐다. "원한다면 뒤져봐." 니키는 그가 처음부터 침대 아래를 보지는 않길 바랐다. 그래야 시간을 벌 수 있을 테니 말이다.

"이딴 집구석 안 뒤져. 네가 직접 가져와."

"없다니까." 끓고 있는 주전자가 시야에 들어왔다. 자그데브 몰래 조금씩 그쪽으로 다가간다면 주전자를 잡을 수도 있을 것 같았다. 자그데브는 타람팔의 팔을 잡아 의자 쪽으로 끌고 왔다. "타람팔, 여기서 저년 잘 감시해."

타람팔은 그가 지시한 대로 니키 옆에 섰다. 가슴팍 앞에 팔짱을 꼈지만 눈에는 두려움이 서리기 시작했다. 그녀의 뒤로 자그데브가 침실을 뒤지는 소리가 들렸다. "그냥 쟤한테 서류를 줘. 그러면 갈 거야." 타람팔이 속삭였다. "네가 일을 더 어렵게 만들고 있어."

"아직도 저놈이 결백하다고 생각해요? 당신한테 우리 집에 쳐들어올 수 있게 도와달라고 한 거잖아요. 지금은 증거를 없애려고 저러고 있구요."

"너는 쟬 몰라." 타람팔이 말했다. 자그데브가 욕설을 내뱉는 소리가 들렸다. *착한 사위라면 결코 타람팔이 듣는 데서 욕을 하지는 않을 텐데.* 그러고 보니 그는 타람팔을 그냥 이름으로 부른다. 이상할 정도로 친밀했다.

"저놈, 여사님께 그다지 예의 바르게 행동하지 않네요?" 니키가 물었다. 타람팔이 침실을 향해 불안한 시선을 던지는 것으로 보아, 그녀도 그의 이런 모습은 처음임을 짐작할 수 있었다. "그러니까, 아들로서 말이에요."

"내가 말했잖아, 쟨 내 아들이 아니라고." 타람팔이 강하게 반발했다.

"그러니까, 타람팔이 자그데브보다 손윗사람이잖아요."

순간 타람팔이 멈칫했다. "나 쟤보다 고작 열두 살 위야."

설마…? 한 번도 생각해본 적 없는 가설이 머릿속에 자라기 시작했다. 그러다 쨍그랑, 하는 소리에 정신이 들었다. 램프가 떨어진 모양이었다. 덕분에 타람팔의 주의가 흐트러졌다. 니키는 의자를 들어 타람팔을 향해 던지고는 침실로 달려갔다. 타람팔이 곧 니키를 따라왔다. "내 집에서 나가!" 니키는 누군가 듣기를 바라며 소리쳤다.

자그데브가 달려들어 손으로 그녀의 목을 조르기 시작했다. "서류를 내놔." 그가 이를 갈면서 말했다.

니키가 헐떡거렸다. "자그데브, 그만해!" 타람팔이 소리치며 그의 팔에 매달렸다. 그는 니키를 풀어주며 온 힘을 다해 팔을 휘둘러 타람팔을 내동댕이쳤다. 니키는 숨을 크게 들이쉬며 항복한다는 듯 두 손을 들었다. "알았어." 머리를 빨리 굴려야 했다. "부엌 찬장에 있어. 내가 가져올게."

자그데브는 타람팔 옆에 쭈그려 앉았다. "갖고 와." 니키는 다시 떨리는 숨을 들이쉬고 급히 부엌으로 돌아왔다. 주전자가 바로 옆에 있었지만 잠시 주저했다. 자그데브는 강했다. 만약 작전이 실패한다면 그는 그녀를 죽일 것이다. 방금 그녀의 목을 움켜쥐었던 손가락을 생각하면 충분히 알 수 있었다.

"나한테 왜 그랬어?" 타람팔이 훌쩍이고 있었다. 자그데브가 뭐라고 웅얼거리는 것 같았지만 들리지 않았다. 심장이 쿵쾅거렸다. 시간이 별로 없었다. 주전자를 들고 방으로 몸을 돌리는 순간, 니키는 자그데브가 타람팔의 머리카락을 귀 뒤로 쓸어 넘겨주는 것을 보았다. 너무 친밀하고, 또 너무나 명백한 행동이었다.

연인이었어.

이 깨달음이 마치 종처럼 머릿속을 울렸다. 니키는 주전자를 다시 제자리에 놓았다. 타람팔은 그 소리에 놀라, 급히 고개를 들며 자그데브에게서 몸을 뗐다. 그러고는 니키의 시선을 피했다.

"둘이 얼마나 된 거죠?"

"아무 일도 없어." 타람팔은 고개를 저으며 두파타를 끌어다 얼굴을 가렸다. *진짜 좋은 건 나중에 온다니까.* 타람팔은 그렇게 말했었다. 지금처럼 두 뺨을 발갛게 물들이면서.

"그래서 그랬니?" 니키가 자그데브에게 영어로 물었다. "마야가 너희 둘 사이를 알게 돼서?"

자그데브는 놀란 기색을 숨기지 못했다. 여전히 니키의 눈을 노려보고 있었지만 걸려들었음을 알 수 있었다. "걔는 입 닥칠 줄을 몰랐지." 그가 말했다. 타람팔은 둘을 번갈아 보며 대화를 해석하려고 노력했다.

"너희 둘의 명예가 한 여자의 생명보다 더 중요했니? 그래서 마야를 죽였어?"

마야의 이름이 언급되자 타람팔은 긴장했다. 니키는 펀자브어로 말했다. "방금 그가 인정했어, 타람팔. 마야를 죽였다고."

"난 그렇게 말한 적 없어." 자그데브가 이를 갈며 타람팔에게 말했다. "너무 순식간에 일어난 일이었어. 사고였다고."

"그래, 사고였지." 타람팔은 그의 말을 되풀이했지만 혼란스러워 보였다. "근데 그게 무슨 뜻이야? 사고라니?"

"마야는 너희 둘 관계에 대해 알고 있었어."

"너도 입 닥칠 필요가 있겠는데." 무섭게 경고했지만, 자그데브의 얼굴에는 경악이 서려 있었다.

"마야가 알고 있었다고?" 타람팔이 되물었다. 그러고는 두 파타를 가슴 쪽으로 끌어당기며 서둘러 덧붙였다. "나는 남의 남편과 자지 않아. 난 그런 짓 하지 않아."

그래, 아무도 협박하지 않았던 것처럼 말이지. 그 말이 핵심이었다. 그녀가 자신의 결백을 시끄럽게 외친다는 것이 그 말이 진실이라는 증거였다. "그는 살인마야." 니키가 자그데브를 가리키며 말하자 그는 자리에서 일어나 니키에게 다가오기 시작했다. 니키는 부엌 식탁 뒤로 몸을 숨겼다. 매서운 공포에 피가 차갑게 식는 것 같았다.

"자그데브." 타람팔이 부르자 그가 걸음을 멈추고 돌아보았다.

"쿨빈더도 우리에 대해 알았어?" 타람팔이 물었다.

"아니."

"확실해?"

"확실해."

"마야가 쿨빈더에게 우리 관계에 대해 말하려고 했기 때문이야?" 타람팔이 부드럽게 물었다. 자그데브는 다시 니키 쪽으로 고개를 돌렸다. "제발 대답해줘."

"우리 이럴 시간 없어."

"오, 자그데브." 타람팔이 웅얼거렸다. "도대체 왜?"

"마야가 화가 나서 모두에게 말하려고 했어. 난 공동체 내

너의 평판과 이미지를 생각했어. 너한테 그런 일이 생겨서는 안 된다고 생각했다고! 너무 순식간에 일어난 일이야. 마야를 겁주려고 걔 몸에 기름을 부었어. 그랬더니 걔가 그러더라. "넌 절대 못해." 그래서 성냥갑을 들고 걔를 밖으로 끌어냈어. 그냥 겁주려고 했던 것뿐이었는데…."

타람팔이 두려움에 찬 눈빛으로 자그데브를 바라보았다. "너 경찰한테는 집에 없었다고 했잖아."

"타람팔…."

"나한테 거짓말을 했구나."

"저 여자 말은 신경 쓰지 마. 너라면 어떻게 했겠니? 내가 어떻게 하기를 바랐을 것 같아?"

타람팔은 손으로 입을 막았다. 그녀의 눈이 눈물로 반짝였다.

"타람팔, 당신 그것보다는 나은 사람이잖아요. 마야가 죽기를 바랐던 건 아니잖아요. 그렇지 않나요? 저번에 나한테 그렇게 말했잖아요." 니키가 물었다.

"당신도 마야가 우리 인생에서 꺼지기를 바랐잖아. 우리가 함께할 수 있도록 말이야." 자그데브는 발을 들여놓아 타람팔이 자신을 보도록 했다. "달리 무슨 방법이 있었겠어?"

타람팔은 머뭇거렸다. 불명예보다 죽음. 니키는 생각했다. 마야의 목숨보다 타람팔의 평판이 더 중요했을까?

"난 모르겠어." 타람팔이 말했다. 니키에게 하는 말이었다. 그간 타람팔이 니키에게 했던 말 중 가장 솔직한 말이었다. 그녀의 얼굴은 핏기 하나 없이 창백했다. "난, 모르겠어." 그녀는 되풀이했다. 울음 섞인 목소리였다. 꼭 열 살짜리 소녀 같았다.

"타람팔." 자그데브가 곁에 다가가 그녀의 허리를 안았다. "여기서 이럴 필요 없어. 나중에 얘기해도 돼."

타람팔은 입술을 꽉 물고 고개를 흔들었다. 눈물이 바닥으로 뚝뚝 떨어졌다. 자그데브가 그녀의 뺨을 어루만지려고 손을 뻗었다. 순간 타람팔의 마음속 뭔가가 툭 하고 끊어지며 무너져 내렸다. 그녀는 자그데브를 밀쳐내고는 뺨을 세게 때렸다. 천둥같이 큰 소리가 났다.

자그데브와 니키 둘 다 놀랐다. 그는 잠시 얼어붙은 듯 가만히 서 있더니 이내 타람팔의 목을 잡고 흔들어대기 시작했다.

"그만둬!" 니키는 그렇게 소리치며 주전자로 그를 최대한 세게 내리쳤다. 그는 한 끗 차이로 피했지만 뜨거운 물이 등 위로 쏟아졌다. 그는 소리를 지르며 타람팔을 내동댕이치고는 셔츠를 펄럭이며 열을 식히려 했다.

"가요!" 니키는 그렇게 소리치며 그를 밀쳐내고 타람팔의 손을 잡기 위해 몸을 숙였다. 타람팔은 거친 숨을 몰아쉬며 겨우 몸을 일으키려 했지만, 한 발짝 내딛으려는 순간 자그데브가 그녀의 허리를 잡고 바닥에 세차게 내리꽂았다. 니키는 그를 마주 보고 똑바로 서서 뒤로 한 발 떨어지려다가 그만 의자 다리에 걸려 중심을 잃었다. 앞으로 휘청하는 순간, 그의 주먹이 빠르게 날아왔다. 그녀는 부엌 조리대에 머리를 부딪치고 말았다. 콰직, 무언가 깨지는 듯한 소리가 들렸고, 그대로 정신을 잃었다.

쿨빈더와 만지트는 시나가 브레이크를 밟기도 전에 차에 올라탔다. "어, 어! 위험하다고요!" 시나가 소리쳤지만 차를 멈출 여유 따위는 없었다.

"펍이 어디 있었는지 기억해요?" 쿨빈더가 물었다.

"그럼요. 방금까지 거기 있다 온걸요." 시나가 말했다.

"그럼 서둘러요!" 시나가 액셀을 밟았다. 차가 총알처럼 사원 주차장에서 튀어 나가자 쿨빈더는 본능적으로 의자를 꽉 잡았다.

만지트가 전화했을 때, 시나는 다른 과부들을 데려다준 뒤 돌아가는 길이었다. "만지트!" 시나의 목소리가 수화기 너머에서 터져 나왔다. "괜찮아요?"

"나 돌아왔어. 자세한 건 나중에 말하기로 하고, 일단 우리 지금 니키네로 가야 돼."

"니키가 위험해요." 쿨빈더가 덧붙였다. 시나는 아무것도 묻지 않았다.

"오케이. 오 분 안에 갈게요."

사랍에게 태워다 달라고 전화하지 않아도 된다는 것이 다행이었다. 사랍은 말했을 것이다. "쿨빈더, 니키가 위험한 게 확실해? 다시 전화해봐. 요즘 젊은 애들이 전화 잘 안 받는다는 거 알잖아." 지금 시나가 깡그리 무시하며 질주하고 있는 노란 신호도 하나하나 다 지켰을 것이다.

드디어 펍 앞에 도착했다. 시나는 쿨빈더와 만지트를 내려주며 소리쳤다. "빨리 가세요! 저도 얼른 주차하고 들어갈게요." 쿨빈더와 만지트는 펍의 문을 박차고 들어가 서로를 크게 소리쳐 부르며 니키의 집으로 올라가는 계단을 찾았다. 너무나도 다급한 나머지 다른 손님들이 일제히 동작을 멈추고 그들을 쳐다보고 있는 것도 몰랐다.

쿨빈더는 바로 가서 물었다. "니키 집이 어디인지 알죠?"

"이 건물 바로 위층이에요." 바에 있던 여자가 쿨빈더를 재미있다는 듯이 보았다. "니키 엄마세요?"

"어떻게 위로 올라가죠?"

"나가서 왼쪽 문으로 들어가면 되는데 열쇠가 있어야 해요. 열쇠는 거기 사는 사람들만 갖고 있구요. 니키한테 전화해서 문 열어달라고 해야 할 거예요."

"전화해도 안 받아요. 제발요, 위에 나쁜 남자가 있을지도 몰라요."

그러자 여자는 웃음을 참으려는 듯 입술을 깨물었다. 쿨빈더는 그제서야 그녀의 눈에 자신들이 어떻게 보일지 깨달았다. 자기 딸에게 부적절한 일이 벌어지는 것을 막아야 한다며 난리를 치는 정신 나간 두 인도 아줌마. "그는 살인마라구요." 쿨빈더는 절박하게 말했다.

"그럼요, 그렇겠죠. 하지만 아무나 들여보낼 순 없어요, 그러니까…."

그때, 무언가 타는 냄새가 났다. 쿨빈더는 코를 킁킁대며 소리쳤다. "만지트, 무슨 냄새 안 나요?"

만지트가 눈을 크게 떴다. "어머, 이거 연기 아냐?"

"불이야! 나가! 모두들 나가요!" 시나가 펍 안으로 뛰어 들어오며 소리쳤다. 사람들이 밖으로 뛰쳐나가자 바에 있던 여자는 그들을 망연히 바라보았다.

"돈도 안 냈는데!" 여자가 울부짖었다.

쿨빈더는 창문 쪽을 가리켰다. "봐요, 연기 나잖아요! 빨리 열쇠 줘요!"

여자는 눈을 크게 뜨더니 카운터 밑으로 들어가 샅샅이 뒤지기 시작했다. 그러더니 잠시 뒤 의기양양하게 열쇠를 치켜들었다. 쿨빈더는 잽싸게 그 열쇠를 낚아채며 외쳤다. "가자!"

그들은 두파타를 휘날리며 건물 밖으로 달려 나왔다. 더듬거리며 열쇠 구멍에 열쇠를 넣어 돌린 뒤, 문을 박차고 안으로 들어갔다. 계단을 급히 올라가느라 샌들이 벗겨져 아래로 굴러떨어졌다. "니키! 니키!" 그들은 우렁차게 니키를 불렀다. 니키의 집에 가까워질수록 점점 연기가 짙어졌다. 쿨빈더는 연기 속에서 계단 난간을 찾아 잡았다가 열기에 움찔했다. 놀랍게도 문은 잠겨 있지 않았다. 그 나쁜 놈이 불을 붙인 뒤 도망간 것이 틀림없었다.

문을 열자 그들이 서 있는 계단 쪽으로 연기가 쏟아져서 기침이 났다. 쿨빈더는 자욱하게 피어오르는 검은 연기 아래로 몸을 낮추고 앞으로 돌진하며 소리쳤다. "여기 있어요! 니키를 찾아올게요!"

집 안은 불타오르고 있었다. 자욱한 연기 너머로 바닥에 쓰러진 니키가 보였다. 쿨빈더는 몸을 최대한 숙이고 니키의 발목을 잡아당겼다. 연기를 들이마시는 바람에 격한 기침이 터져 나왔다. 어깨가 들썩일 정도였다. 다시 한 번 니키를 잡아당기니 조금씩 움직이는 것이 느껴졌다. 문까지의 거리가 한없이 멀게만 느껴졌지만, 쿨빈더는 온 힘을 다해 니키를 잡아당겼다. 또다시 발작하듯 기침이 터져 나왔다. 뺨 위로 눈물이 흘렀다. 눈이 미친 듯이 따가웠다. 당장이라도 소리를 지르고 싶었다. 그녀는 무릎을 꿇으며 쓰러졌다. 관절을 통해 온몸으로 전해져오는 충격이 마야가 죽었다는 사실을 처음 알았던 순간으로 그녀를 데려다놓았다. *안 돼, 아니야, 안 돼.* 쿨빈더는 울부짖었다. *제발, 제발, 제발….* 시간을 되돌릴 수 있기를 미친 듯이, 질식할 것처럼 절박하게 바랐다. 쿨빈더는 니키를 연신 잡아끌었다. 헛된 짓이라는 것을 알면서도.

그때 누군가가 쿨빈더의 발목을 잡았다. 다른 손으로는 그녀의 허리를 붙잡았다.

"잠깐만! 멈춰!" 니키를 여기 두고 갈 수는 없었다. 빨리 머리를 굴려! 니키에게서는 아무 소리도 들리지 않았다. 고통스러운 자신의 숨소리만 들릴 뿐이었다. 쿨빈더는 두파타를 풀어 니키의 발목에 묶었다. 그리고 마침내 시나와 만지트의 도움으로, 셋은 니키를 문밖으로 끌고 나오는 데 성공했다.

"니키를 구했어!" 쿨빈더는 시나의 목소리를 들으며 의식을 잃었다.

17

가늘게 찡그린 눈에 들어오는 것은 어스름한 그림자뿐이었다. 이따금 말소리가 들렸지만 알아들을 수는 없었다. 누군가가 그녀의 손을 잡았다. 떨리는 눈꺼풀을 밀어 올렸을 때 민디의 목소리가 들렸다.

"쉿, 니키가 깼어."

입원실이 눈부시게 밝아서 머리가 깨질 것 같았다. 니키가 신음하자, 민디가 그녀의 손을 꼭 쥐었다. 민디 옆에서 엄마가 걱정스러운 표정으로 바라보고 있었다. 엄마는 담요 양 끝자락을 잡아 니키의 다리를 덮어주었다. "엄마." 니키는 겨우 그 한마디만 하고 다시 정신을 잃었다.

다시 깨어났을 때는 저녁이었다. 침대 발치에 엄마와 민디가 있었고 그 옆에 경찰관 두 명이 서 있었다. 니키는 어안이 벙벙해서 눈을 깜박거렸다. 꽝 소리를 내며 뒤로 쓰러졌고, 곧 머리를 찌르는 듯한 고통이 뒤따랐지.

"안녕하세요, 니키 씨." 경찰관이 부드럽게 인사를 건넸다. "전 헤이즈 순경이고 여긴 설리번 순경입니다. 혹시 대답하실 수 있다면 몇 가지 질문드릴 게 있습니다."

"저에게 시간을 조금만 더 주세요." 니키가 말했다. 다리에서 느껴지는 통증이 더 심해졌고 아직 정신도 맑지 않은 상태였다.

"아, 그래야죠." 헤이즈 순경이 말했다. "그럼 지금은 이것만 말씀드리겠습니다. 당신 집에 들어왔던 범인이 잡혔고 기소될 예정입니다. 지금 구금되어 있어요. 어떤 일이 있었는지 진술해주실 의향이 있으신지요?"

니키는 고개를 끄덕였다. 순경은 감사하다고 말하고 병실을 떠났다. 니키는 베개에 머리를 묻고 천장을 응시했다. "왜 다리가 아프지?" 그 말에 엄마와 민디의 얼굴에 염려하는 표정이 스쳐 갔다.

"화상을 입었어. 심한 건 아닌데, 당분간 쓰라릴 거야." 민디가 말했다.

"화상? 병원에 얼마나 더 있어야 하는데?"

"의사 말로는 내일 퇴원해도 된다고 하네." 민디는 그렇게 말하며 엄마를 힐끗 쳐다보았다. "우리가 네가 예전에 쓰던 방을 준비…."

그러자 엄마는 갑자기 병실 밖으로 나가버렸다. *왜 저러실까?* 니키는 묻고 싶었다.

민디는 엄마가 문으로 향하는 모습을 바라보다가, 다시 니키의 표정을 살폈다. "엄마는 걱정하지 마. 그래서, 뭐 기억나는 거 없어?"

"그가 나를 때렸고, 그다음에 의식을 잃었어." 니키가 중얼거렸다. 흐릿한 장면들이 조각조각 떠올랐다. "두 명이 있었어."

"그들이 아파트에 불을 질렀어."

"불?" 니키는 몸을 일으키려 애썼다.

"누워 있어." 민디가 니키를 부드럽게 밀어 다시 침대에 누이며 말했다. "그렇게 빨리 일어나려고 하지 마. 이제 다 괜찮아. 그들이 부엌에 불을 지르고 도망갔지. 그래도 부엌 밖으로 번지지는 않았어."

"다행이네." 니키는 화염에 휩싸인 아파트를 상상하며 몸서리쳤다.

"아주 다행이었지. 상황이 더 나빠질 뻔했어. 그분들이 근처에 계셨던 게 다행인 줄 알아. 그분들이 너를 구했다고 경찰이 그러더라고."

"그분들?"

"네 학생들."

"그분들이 거기 있었대?"

"몰랐어?" 민디는 뭐가 뭔지 모르겠다는 표정이었다. "그럼 그분들이 너네 동네에는 무슨 일로 가셨을까?"

니키는 그날의 일을 기억해내려고 애썼다. 그곳에서 수업했던 기억이 어렴풋하게 떠올랐다. 그리고 제이슨 일을 알게 되었지. 하지만 그 시점으로부터 그 남자가 나타나 나를 공격하기까지는 시간 차가 있었을 텐데? 자그데브, 그리고 타람팔. 기억의 파편들이 되살아났다. 과부들은 언제 온 거지? 왜 왔을까? 그들도 경고를 받은 걸까?

"그들은 나를 구하러 왔어." 니키는 말했다. 뜨거운 눈물이 차오르고 있었다.

의사는 쿨빈더에게 연기를 많이 마셔서 고통스러운 거라고 했다. "오늘 밤은 병원에 머물면서 증상을 좀 보도록 하죠. 내일은 퇴원하셔도 됩니다."

의사가 나가자 사랍이 그녀의 손을 잡았다. 그의 눈자위는 빨갛고 축축해져 있었다. "불 속에 뛰어들다니, 도대체 무슨 생각이었던 거야?" 그가 물었다. 뭔가 말하려고 입을 열었지만 목이 바싹 말라 있었다. 그래서 그녀는 협탁 위에 놓인 물병을 가리켰

443

다. 사랍은 컵에 물을 담아 건네고는 그녀가 목을 축일 때까지 기다렸다.

"마야 생각이 나서."

"죽을 뻔했다고." 그는 목구멍에서부터 치밀어 오르는 감정을 이기지 못하고 손으로 얼굴을 감쌌다. 그는 흐느껴 울고 있었다. 그의 부인 때문에, 그의 두려움 때문에, 그의 딸 때문에. 눈물은 쿨빈더의 팔을 타고 흘러 그녀의 옷소매를 적셨다. 여전히 정신이 아득했다. 사랍을 위로하고 싶었지만 그저 겨우 그의 손을 붙잡을 뿐이었다.

"니키는 어때?"

사랍이 고개를 들며 눈물을 닦았다. "니키는 괜찮아. 방금 니키 언니랑 복도에서 얘기하고 왔어. 좀 다치긴 했지만 금방 나을 거야."

쿨빈더는 베개에 머리를 묻으며 눈을 감았다. "신이시여, 감사합니다."

다음 질문을 건네고 싶었지만 용기가 나지 않았다. 그러나 사랍은 쿨빈더의 눈빛을 보고 이미 이해한 듯했다. "그 사람들 체포됐어. 니키 어머니가 말해주더라. 경찰이 기소하기 전에 니키한테 몇 가지 묻고 싶어서 찾아왔었대. 지금은 일단 니키 집에 침입하고 가해한 것 때문에 구금되어 있대."

"마야 일에 대해서는…?"

"사건을 다시 들여다보려는 모양이야." 사랍이 말했다. "그 놈, 꽤 오랫동안 감옥에 있어야 할지도 몰라."

이번에는 쿨빈더가 울음을 터뜨렸다. 사랍은 안도의 눈물이라고 생각했으나, 오해였다. 쿨빈더는 그 청년을 축복했던 순간을 생각하고 있었다. 비록 괴물로 밝혀지긴 했으나 한때 자신의 아들이라 생각했던 그를.

18

벽에 포스터를 붙였다 떼며 생긴 테이프 자국, 서랍 위에 놓인 오래된 사진 액자. 어린 시절 쓰던 침실에는 여전히 사춘기의 흔적이 남아 있었다.

침대 다리 뒤에 담뱃갑을 붙여놓곤 했었는데, 어느 날 바닥에 떨어져 있는 것을 보고 벨크로 테이프로 업그레이드했었지. 문득 혹시 지금도 그 담뱃갑이 남아 있을까 싶었다. 침대 옆에 쭈그리고 앉아 침대 다리와 벽 사이 좁은 공간으로 손을 뻗었는데, 누군가 계단으로 올라오는 소리가 들렸다. 황급히 팔을 빼려 했지만 팔꿈치 부분이 걸려버렸다. 어느새 문간에 도착한 엄마가 마치 벌레처럼 바닥에 웅크리고 있는 니키를 한심하게 바라보았다.

"어… 내가 귀걸이를 떨어뜨려서…." 하지만 엄마의 냉랭한 얼굴은 이미 다 알고 있는 듯했다. 엄마는 니키의 팔을 꺼내주고는 자리를 떴다. 니키는 엄마를 따라 계단을 내려가 부엌으로 갔다.

"엄마."

"듣기 싫다."

"엄마, 제발." 얼마나 이래야 할까? 오늘 아침 퇴원한 이후로 엄마는 그녀를 쳐다보지도 않았다.

엄마는 부산스럽게 움직이며 지난밤 씻어놓은 접시들을 정리하기 시작했다. 그녀가 아침마다 늘상 하는 일이었다. 접시들이 서로 부딪치며 덜거덕거렸고 찬장 문이 쾅 소리를 내며 닫혔다. 니키는 소리를 지르고 싶었다. *젠장! 나도 성인이라고!*

"엄마, 담배에 대해서는 내가 미안해."

"내가 고작 담배 때문에 이러는 것 같니?"

"물론 아니겠죠. 이사 나간 거, 펍에서 일한 거, 그리고… 전부 다. 모든 게 엄마가 나한테 원한 것들이 아니라서 미안해."

"거짓말했잖아." 엄마가 니키를 노려보며 말했다. "네가 가르치던 그 수업 말이다. 여자들에게 읽고 쓰는 법을 가르치는 수업이라고 해놓고서는 알고 보니 뭐…?" 그녀는 할 말을 잃은 듯 고개를 저었다.

"엄마, 그들 중 몇 분은 남편과 즐겁게 지낸다는 건 어떤 느낌일까 궁금해하며 결혼 생활을 했대. 다른 분들은 남편과 나눴던 친밀함이 그리워서 자기 경험들을 털어놓고 싶었던 거야."

"그래서 네가 끼어들어서 이야기를 쓰게 하면 세상을 구할 수 있다고 생각한 거냐?"

"내가 그분들한테 무슨 이야기를 쓰게 해요? 나는 아무것도 강요한 적 없어요." 니키가 정정했다. "그분들은 강해. 억지로 뭔가를 하도록 강요할 수 없는 사람들이야."

"너는 그런 식으로 다른 사람들의 사생활에 관여할 권리가 없어. 봐, 네가 어떤 문제를 일으켰는지."

"난 아무 문제도 일으키지 않았어요."

"그 남자가 널 공격했잖아. 네가 자꾸 자기를 건드리니까."

"그건 수업이랑 아무 관련이 없어요. 마야랑 관련된 일이지. 그 남자가 죽인 마야."

"네가 처음부터 아무 상관하지 않았다면…."

"그래서 내가 자초한 일이라고요?"

"그렇게 말한 적 없다."

"그럼 뭐 때문에 이렇게 화가 난 건데요?"

엄마는 청소를 시작할 것처럼 행주를 들었다가 다시 집어던져버렸다. "네가 이중생활을 하잖아. 나는 항상 모든 일을 마지막으로 알게 되지. 너는 언제나 나한테 뭔가를 숨겨."

"엄마, 나는 엄마한테 솔직해지는 법을 모르겠어."

"넌 생판 모르는 사람들이랑 개인적인 이야기를 하느라 시간을 다 보냈어. 그 사람들한테는 잘만 솔직해지잖아."

"내가 이 집에서 마지막으로 솔직하게 말했을 때, 난 엄마 아빠랑 싸웠고 집을 나갔죠. 내가 남들이 나한테 원하는 걸 원하지 않는다는 이유로 다들 나를 이기적이라고 몰아붙였잖아."

"우린 너한테 가장 좋은 길이 뭔지 아니까."

"아니. 모르는 것 같아."

"네가 뭘 하는지 말해줬다면, 나는 그게 얼마나 위험한 짓인지 알려줬을 거야. 네가 그 말을 들었다면 그 남자가 널 쫓아오는 일도 없었을 거고. 말해봐. 너 죽을 뻔했어. 사우스홀에서 네가 시작한 모든 일이 정말 그만큼 가치 있는 일이었어?"

"하지만 그 여자들이 날 구하러 왔다고요. 쿨빈더까지 왔어. 난 그들이 자기 목숨을 걸고 날 구하러 와줄 만큼 가치 있는 일을 한 거라고 생각해요. 엄마, 나는 사우스홀에서 단순히 나쁜 짓을 시작한 게 아니야. 그 일을 그만둘 생각도 없어요. 우리 수업은 여자들에게 그들도 받아들여지고 지지받을 수 있다는 사실을 알려주었어요. 난생처음으로 가장 사적인 이야기를 공개적으로 나누었고, 자신이 혼자가 아니라는 걸 알게 된 거야. 난 그들이 그 사실을 발견하게 도와준 거고, 나 또한 그들에게서 많은 것을 배웠어요. 그 여자들은 불의를 봐도 고개를 돌리는 사람들이었어요. 간섭하거나 경찰을 찾아가는 건 부적절하다고 배웠으니까. 그런 그들이 내가 위험에 빠졌을 때는 주저하지 않고 스스로 위험 속에 발을 들였어. 싸울 수 있다는 걸 알게 된 거예요."

니키는 숨도 쉬지 않고 그 모든 말을 뱉어냈다. 엄마가 말을 끊을지도 모른다고 생각했기 때문이었지만, 예상 밖으로 엄마는 아무 말도 하지 않았다. 매서운 눈길도 누그러졌다. "그래서 네 아빠가 너보고 좋은 변호사가 될 거라고 말했던 거다." 이런 말도 덧붙였다. "우리 딸은 모든 일에서 논리를 찾아낼 수 있지, 네 아빠가 항상 그랬어."

"하지만 내가 변호사가 되고 싶어 하지 않는다는 사실은 납득시키지 못했죠."

"아빠도 결국에는 설득당했을 거야. 너를 평생 안 보고 살 수는 없었을 테니까."

니키는 고백했다. "난 항상 생각했어. 내가 우리 사이에 이 영원한 침묵의 벽을 만들었다고. 아빠는 나한테 화가 난 채 돌아가셨으니까."

"아빠는 화난 채 돌아가시지 않았어."

"엄마는 몰라요."

"아빠는 행복해하면서 돌아가셨단다. 내가 보장해." 처음에는 엄마 눈이 눈물 때문에 반짝이는 거라고 생각했다. 하지만 자세히 살피니 입꼬리가 미세하게 올라가 있었다.

"무슨 뜻이에요?"

엄마는 미소 짓고 있었다. 뺨이 붉어진 것 같기도 했다. "아빠가 침대에서 돌아가셨다는 말은 잠이 든 상태에서 세상을 떠났다는 뜻이 아니었어. 그건…." 엄마는 거기까지 말하고 헛기침을 했다. "아빠는 격렬한 행위를 하다가 세상을 떴단다. 침대에서."

갑자기 이해가 되었다. "그럼 아빠에게 심장마비가 일어난 건… 엄마 아빠 두 사람이…." *격정적인 섹스를 했기 때문이라는 거야?* 니키는 차마 거기까지 말하지는 못하고 손만 힘없이 펄럭였다.

"격렬했지."

"나한테 그런 것까지 말하지 않아도 돼요."

"아가, 네가 자책하는 걸 더 이상 두고 볼 수가 없었어. 아빠는 네가 자퇴하기 전부터 심장에 문제가 있었어. 괴로움이나 실망 때문에 죽은 게 아니야. 네가 그렇게 생각하는 건 마지막으로 본 아빠의 모습이 침울했기 때문이야. 하지만 인도에서 아빠는 모든 상황을 새로운 관점으로 생각하기 시작했어. 어느 날 오후에 친척들을 만나러 갔는데 삼촌 하나가 인도 교육 체계가 영국보다 훨씬 뛰어나다고 자랑을 하더라고. 너도 우리 친척들이 어떤 사람들인지 알잖아. 모처럼 만날 때마다 서로 자랑하느라 바쁜 거. 아무튼 삼촌이 말하길 자기 딸 라빈은 아직 초등학생인데도 학교에서 내주는 숙제가 얼마나 복잡한지 모른대. 그러면서 이러더라고. 라빈네 학교에 다니는 학생들은 분명 다 성공할 거야. 내가 그 이상 뭘 더 바라겠어? 그 말을 듣더니 아빠가 그랬어. 난 내 딸들에게 성공에 있어서는 자기만의 기준을 따르라고 가르쳤어."

"아빠가 그렇게 말했다고요?"

엄마는 고개를 끄덕였다. "내 생각엔 본인도 그렇게 말해놓고 놀랐던 것 같아. 네 아빠는 절대 고향에 가서 외국에서 성공했다고 자랑하는 타입이 아니었잖아. 그런데 그날 뭔가가 바뀌었어. 영국이라는 나라가 우리에게 준 가장 중요한 기회는 선택권이었어. 아빠는 삼촌한테 그렇게 말하기 전까지는 그 사실을 깨닫지 못하고 있던 거야."

니키가 그렁그렁한 눈을 깜빡이자 엄마가 다가왔다. 얼굴을 쓰다듬는 엄마의 손길에 니키는 꺽꺽거리며 오열하기 시작했다. 아주 어렸을 때 이후 이렇게 울어본 적이 없었다. 니키는 따뜻한 눈물이 고인 엄마의 손바닥 위에 얼굴을 묻고 계속 울었다.

저녁에 올리브가 찾아왔다. 어깨에는 학생들이 제출한 에세이 과제물이 잔뜩 든 커다란 천 가방을 메고, 손에는 니키의 물건들을 담은 박스를 들고 있었다. 한참 운 탓에 니키의 얼굴은 부어 있었다. "오늘은 좀 감정이 격해진 날이었어." 니키가 말했다.

"이번 주 내내 힘들었을 것 같아. 어떻게 지내고 있어?"

"아직 두통이 있어. 일단은 자꾸 생각하지 않으려고 노력 중이야." 하지만 매일 밤마다 찾아오는 악몽을 피할 수는 없었다. 목을 옥죄어오던 손아귀와 발을 집어삼키던 불꽃. 니키는 진저리를 쳤다. 꿈속에서 그녀는 결코 구조되지 못했다. 뜨거운 열기로부터 벗어나려고 발버둥치다가 창문으로 뛰어내리기도 했다. 그리고 바닥에 처박혀서 죽고 마는 결말에 깜짝 놀라 깨곤 했다. 그럴 때면 공포와 분노로 온몸이 떨렸다.

"뭐 좀 도울 일이 있을까 해서 어젯밤 잠깐 펍에 들렀어. 천장만 빼면 펍 자체에는 큰 피해가 없어. 하지만 건강과 안전 문제 때문에 잠깐 문을 닫아야 했대."

"샘은 괜찮아?"

"응. 그럭저럭 지내고 있어. 보험사에서 피해와 영업 손실에 대해 보상해줄 거래."

"그 펍의 모든 문제를 해결하려면 바닥까지 불태우고 다시 시작하는 수밖에 없어 보였는데. 아니면 그냥 손해를 감수하고 떠나든가."

"글쎄. 딱히 바닥까지 불탄 것도 아니고, 심각하게 걱정할 상황도 아니야. 샘은 너를 걱정한다구. 계속 나한테 물어보길래 오늘 널 보러 간다고 했지. 애정과 위로의 말을 전해달래." 올리브는 그렇게 말하고는 집을 살펴보았다. "여기 오니까 옛날 생각 나네."

"그치." 니키가 한숨을 쉬며 말했다.

"이곳에서 보낸 유년 시절이라면 그리 나쁘지 않았을 것 같은데?"

그들이 서 있는 곳에서 아빠의 오래된 소파가 보였다. "그래. 그렇게 나쁘지 않았어." 니키는 말했다.

올리브는 가방에서 봉투를 하나 꺼내 니키에게 건넸다. "자, 너한테 꼭 전해주라고 신신당부하더라."

샘이 마지막 월급을 보냈구나, 니키는 생각했다. 그러나 봉투 안에 든 건 편지였다. *사랑하는 니키에게*로 시작해서 *사랑하는 제이슨으로부터*로 끝나는 편지.

"못 보겠어." 니키는 올리브에게 편지를 다시 돌려주었다.

"니키, 그냥 읽어보기만 해."

"무슨 일이 있었는지 알기나 해?"

"응, 알아. 널 보려고 매일 밤 펍으로 와서 길 잃은 강아지처럼 어슬렁거리더라. 샘이랑 나한테 네 주소를 알려달라고 하는데 우리가 거절했어. 대신 편지는 전해주겠다고 했지."

"걔 결혼했어."

"이혼했지. 널 만나기 전에 이혼신고를 했대. 자기 말을 증명하려고 펍에 이혼증명서까지 가져와서 보여줬다니까. 내가 보장할 수 있어."

"그럼 왜 그 사실을 숨긴 건데?"

올리브는 그저 어깨를 으쓱했다.

"여전히 말이 안 돼. 다 정리된 관계였다면, 항상 걸려오던 전화는 뭔데? 갑자기 왜 그렇게 사라진 건데?"

"아마 여기에 다 설명해놨을 거야." 올리브가 편지를 가리키며 말했다. "적어도 읽어는 줘라."

"넌 대체 누구 편이니?"

"나? 난 항상 진실의 편이지. 마치 너처럼. 진실은 그가 너무 겁을 먹은 나머지 바보처럼 행동했다는 거야. 니키, 걔한테 설명할 기회를 줘. 너네 둘이 같이 있을 때 진심으로 행복해 보였단 말이야. 바보 같은 짓을 하긴 했지만 나쁜 사람은 아닌 것 같아."

니키는 편지를 받았다. "혼자 있을 때 읽어야 할 것 같아."

"그래. 그럼 난 이만 가볼게. 이 지긋지긋한 에세이들을 첨삭해야 해서." 올리브는 가방을 들고 일어서며 니키의 이마에 입을 맞췄다. "넌 내가 아는 사람 중에 가장 용감해."

그날 니키는 저녁 식사를 마친 뒤 바로 침대로 들어갔다. 올리브가 가져온 박스 안에 베아트릭스 포터 전기가 들어 있었다. 니키는 그 책을 펼쳐 읽으며 다시금 차 얼룩이 있는 베아트릭스 포터의 일기와 스케치 책을 생각했다. 하늘은 이미 어두웠고 가로등의 호박색 불빛이 희미하게 빛나고 있었다. 니키의 가방은 트레이닝복과 몇 권의 책 밑에 깔려 있었다. 니키는 박스를 옆으로 밀어두고 턱까지 이불을 끌어당겼다. 아직은 박스 안에 있는 물건들을 정리할 힘이 없었다. 내가 가진 모든 것이 고작 박스 하나에 다 담긴다고 생각하니 우울했다.

옷장 위에 제이슨의 편지가 있었다. 하지만 그 봉투를 여는 생각을 할 때마다 뱃속이 움찔 아파와 이불 속으로 더 파고 들어가게 되었다. 편지 속에는 이 세상 모든 사과란 사과는 다 들어 있겠지만, 그녀는 아직 마음의 준비가 되어 있지 않았다.

19

사원에서 오전 기도를 마치고 집으로 돌아가는 길, 하늘은 구름으로 빽빽해서 마치 돌로 만들어진 것처럼 보였다. 영국에 처음 왔을 때는 이런 날씨를 얼마나 싫어했는지. *대체 해는 어디 있는 거야?* 쿨빈더와 사랍은 서로 쳐다보며 그렇게 물었다. 그리고 마야가 태어났다. "*여기 있었네.*" 사랍은 그렇게 말하곤 했다. 품 안에 마야의 작은 몸을 안고 어를 때마다 그의 얼굴에 떠오르는 미소가 영원할 것 같았다.

쿨빈더가 집에 도착했을 때, 사랍은 앞마당에서 한 남자와 이야기를 나누고 있었다. 디네시 수리점의 디네시 샤르마였다. "안녕하세요." 쿨빈더가 인사를 건넸다.

시크교도가 아님에도 그는 두 손바닥을 모아 "삿 스리 아 칼."이라고 인사했다. 그런 모습이 마음에 들었다. 쿨빈더는 차를 마시겠냐고 물었다.

"아니요. 괜찮습니다. 잠깐 견적을 내느라 들렀습니다."

"우리 우편함이랑 이것저것 손보려고 견적을 부탁드렸거든. 방충망 경첩도 헐거워졌는데, 내가 눈이 안 좋잖아. 드릴 쓰기가 좀 그렇더라고."

"아, 그럼 일들 보세요." 말하는 순간 맞은편 집 창문 안에서 무언가 움직이는 형체가 보였다. 숨이 막혔다. *타람팔이 저 집에 있는 거야?* 아니, 그럴 리 없다. 빛 때문에 착각한 게 분명했다. 그날 밤 타람팔은 그녀가 런던에서 아는 유일한 피난처인 이 집으로 도망쳐왔다. 그리고 다음 날 사라져버렸다. 타람팔이 택시에 짐가방을 잔뜩 싣는 걸 목격했다는 이웃도 있었고, 그녀가 지금 인도에 있다는 소문도 들렸다. 모두 짐작일 뿐이었다. 자그데브에게 불리한 증언을 꺼렸다는 이야기도 들렸지만, 법정에서 필요한 경우 다시 그녀를 소환할 수도 있다고 했다. 사람들은 타람팔에 관해 끊임없이 이야기해댔다. 어쩌면 그녀가 여러 번 바람을 피웠을 수도 있고, 어쩌면 그녀의 딸들도 케말 싱의 자식이 아닐지 모른다고. 사실일 리 없는 말들이었다. 사원 안에서 떠도는 소문들은 원래 과장되는 경향이 있는 데다가 타람팔이 사라졌다는 안도감까지 더해져 더욱 부풀려졌을 가능성이 높았다. 누군가 쿨빈더에게 그런 정보를 전달할라치면, 그녀는 공손하면서도 단호하게 거절하곤 했다. 타람팔의 이야기가 공동체 안에서 그런 식으로 소비되는 것을 결코 원치 않았기 때문이다. 마야의 죽음에 대해 믿지 않으려 했던 것이야말로 타람팔이 평생 수치스러워해야 할 일이었다.

쿨빈더는 팔 아래에 서류철을 낀 채로 다시 집을 나와 안셀 로드를 걸어갔다. 줄지어 선 집들을 지나가며 그곳에 사는 사람들에 대해 생각했다. *저 집에 사는 사람들도 이 이야기를 읽었을까? 그들의 인생도 바뀌었을까?* 조용히 내리는 안개비가 쿨빈더의 머리카락에 마치 보석처럼 잔뜩 붙어 있었다.

복사집에는 젊은 남자 두 명이 일하고 있었다. 쿨빈더는 문나 카우르의 아들에게 곧장 다가갔다. 몇 달 전에 전단지를 복사하러 왔을 때보다 키가 더 자란 듯했다. 어깨가 더 벌어졌고 행동거지도 자신감에 차 있었다. 쿨빈더 앞에 줄 서 있던 남자가 순서를 양보해주려 했으나, 그녀는 정중히 거절하고 대신 문나 카우르의 아들을 유심히 바라보았다.

"안녕." 차례가 되었을 때 쿨빈더는 경쾌하게 인사했다.

"안녕하세요." 그가 시선을 아래로 고정하고 주문지를 뜯어내며 말했다. "복사하시게요?"

"응, 부탁할게. 좀 부수가 많아서 이따 다시 가지러 올게."

쿨빈더는 서류철을 그의 앞에 내밀었다. "백 부 복사 부탁해. 스프링 제본으로."

청년이 고개를 들고 쿨빈더의 눈을 바라보았다. 쿨빈더는 애써 따뜻하게 미소 지으려 했지만 심장이 빠르게 뛰기 시작했다. "그건 힘들 것 같은데요." 그가 말했다.

"이따 다시 온다니까."

청년은 쿨빈더 쪽으로 서류철을 밀어내며 말했다. "전 이 이야기들을 복사할 수 없어요."

"그럼 매니저랑 얘기할게."

"제가 이곳 매니저구요, 다시 말씀드릴게요. 딴 데 가서 알아보세요."

쿨빈더는 까치발을 하고 이 청년 뒤쪽에 있는 다른 누군가를 부르려고 했다. 그러나 지금 이 아이보다도 더 힘이 없어 보이는 아주 어린 소말리아 출신 남자 직원뿐이었다. 쿨빈더는 다시 청년을 보며 물었다. "너 이름이 뭐니?"

그는 쿨빈더를 뚫어져라 쳐다보다가 말했다. "아카시요."

"아카시, 나 네 엄마를 알아. 네가 나한테 이렇게 버릇없이 굴었다는 걸 너희 엄마가 알면 뭐라고 하시겠니?"

그렇게 말하면서도 쿨빈더는 아무 소용 없다는 걸 알았다. 이곳에서는 예의보다 앞서는 어떤 다른 도덕적인 의무가 있는 듯했다. 아카시는 잠깐 몸을 뒤로 젖혔다. 순간 쿨빈더는 그가 자신에게 침을 뱉으려는 줄 알았다.

"이딴 이야기들이 우리 공동체를 얼마나 망치고 있는지 아십니까? 내가 복사본을 만들어주면 더 많은 집에 퍼뜨릴 게 아니냐고요." 아카시가 씩씩거렸다.

"난 아무것도 망치지 않아." 쿨빈더는 말했다. 진실이 밝혀지고 있었기 때문이다. "우리를 망치는 건 너랑 너같이 편협한 생각을 가진 패거리들이지." 형제회는 이런 식으로 추종자들을 모으는구나. 쿨빈더는 새삼 생각했다. 몇 달 전만 해도 아카시는 소심한 청년이었다. 문나 카우르가 아르바이트라도 시켜서 사람들과 어울리는 법을 배우도록 해야겠다고 말했던 것이 떠올랐다. "어떤 여자애가 자신감 없는 남자랑 결혼하고 싶어 하겠냐고!" 문나 카우르는 그렇게 말하곤 했다. 지금 이 남자애의 자신감은 높아지다 못해 끓어 넘칠 지경이었다.

그때 다른 손님이 들어왔다. 더욱 심하게 난리를 친다면 이 남자애가 자신을 달래기 위해 복사를 해주지 않을까, 쿨빈더는 잠깐 생각했다. 하지만 의미 없는 일이었다. 결국 돌아서는데, 유리문에 비쳐 보이는 그의 시선에 경멸이 가득했다. 쿨빈더는 재빨리 그를 위해 기도했다. *그가 모든 일에 있어 균형과 절제를 찾을 수 있기를, 다른 이들이 만들어내는 소음이 아니라 그 자신의 소리를 들을 수 있기를.* 소음. 그것이 바로 형제회가 만들어낸 것이었다. 그들은 사우스홀을 쿵쿵 짓밟으며 소리 지르고 다녔다.

그러나 다른 여자들과 함께 니키를 구출해낸 그 사건 이후로, 쿨빈더는 더 이상 형제회가 두렵지 않았다. 요즘엔 순찰한답시고 번화가를 어슬렁거리는 수도 좀 줄어든 듯 했다. 아까 사원에서는 그들 중 한 명이 부엌에 있는 여자들을 감시하는 대신 배식 봉사를 하는 것도 보았다. 제대로 된 시크교도처럼. "이제 우리가 조금 무서운가 봐요." 만지트가 말했다. 하지만 생각해보자. 저들은 항상 무언가를 두려워하고 있었던 것이 아닌가? 이제 그들은 여자들의 힘을 알게 된 것이다. "이제야 우리를 좀 존중하게 된 거죠." 쿨빈더가 정정하자 만지트는 고개를 끄덕이며 그녀의 손을 꽉 잡았다.

쿨빈더는 밖으로 나와 휴대폰을 꺼내 니키의 전화번호를 찾았다.

"여보세요."

"나 쿨빈더예요."

잠시 정적이 흘렀다. "삿 스리 아칼, 쿨빈더 선생님."

"삿 스리 아칼. 잘 지내요? 좀 괜찮아요?"

"저는… 네, 저는 괜찮아요." 니키는 그렇게 말하며 조금 어색한 듯 웃었다. "선생님은요?"

"잘 있어요. 집으로 돌아왔나요?"

"네. 집에 온 지 며칠됐네요."

"한동안 본가에 머물 거죠?"

"그럴 것 같아요. 전에 살던 집으로는 못 돌아가겠어요."

"화재 때문에 피해가 컸나요?"

"그건 그리 중요하지 않아요. 중요한 건, 제가 선생님 덕분에 살아 있다는 거죠. 선생님은 제 생명의 은인이에요. 사실 제가 먼저 전화드리고 싶었는데, 감사하다고 해야 할지, 죄송하다고 해야 할지 모르겠더라구요…."

"나한테 미안해할 건 없어요."

"아니에요. 제가 그분들께 읽기와 쓰기를 가르치고 있다고 당신을 속였잖아요. 정말 죄송합니다."

쿨빈더는 잠시 머뭇거렸다. 사과받자고 전화한 건 아니었지만, 어쨌든 기분은 좋았다. "그래요, 그래요. 하지만 다 지난 일이에요. 이미 엎질러진 물이라구요." 쿨빈더는 이 영어 속담을 기억해내서 기분이 좋았다.

"그렇게 말씀해주시니 감사합니다."

"사실인걸요. 만약 니키가 글자 쓰는 것만 연습시켰다면 그 여자들은 그런 이야기를 만들어내지 못했을 거예요." 그랬다면 얼마나 큰 손해인가. 이런 생각을 아까 그 복사집 아들한테 그대로 전달할 수 있다면 얼마나 좋을까. "나도 몇 개 읽었어요." 쿨빈더는 한마디 더 덧붙였다.

"어떠셨어요?" 걱정이 묻어나는 목소리였다.

"불타는 건물에 들어가 당신을 구할 만큼 좋은 이야기들이었어요."

그러자 니키는 호탕하게 웃었다. 마야의 자유분방한 웃음을 똑 닮은 소리였다. *치아를 드러내면 안 돼.* 마야가 십 대일 때 쿨빈더는 그렇게 호통쳤었다. *남자들이 널 가벼운 애로 생각할 거야.* 쿨빈더 역시 어머니로부터 같은 꾸지람을 받았다. 이제 그녀는 니키와 이 멋진 안도감 속에서 기쁨과 웃음을 함께 나누고 있다.

"더 많은 사람과 이 이야기를 나누고 싶어요. 우리 수업을 알고 있는 여자들에 한정하지 말구요."

"동감이에요."

"사우스홀에 있는 복사집에 제본을 맡기려고 했는데 카운터 보는 남자가 주문을 못 받겠다고 하더라구요. 혹시 니키네 근처에 복사집이 있나요? 제가 돈을 지불할게요. 스프링도 달아서 제본합시다. 표지를 디자인해줄 사람을 찾아볼 수도 있고요."

"정말 괜찮으신가요? 일이 더 커질 수도 있을 텐데요." 쿨빈더는 걱정 섞인 니키의 목소리에 놀라는 한편, 감동받았다.

"네. 정말 그렇게 하고 싶어요."

쿨빈더는 가슴에 서류철을 껴안고 집으로 돌아왔다. 디네시는 보이지 않았고 우체통은 땅에서 뽑혀 풀밭 위에 누워 있었다. "집배원 아저씨보고 어디에 편지를 꽂으라고 하지?" 쿨빈더가 사람에게 물었다.

"딱 하루만이야. 디네시가 내일 다시 온대." 사룝은 그렇게 말하며 서류철을 바라보았다. "그걸 가지고 뭘 하려고?"

"두고 보면 알아." 쿨빈더가 말하는 순간, 타람팔의 집에서 불이 깜빡였다.

"저기 누가 있나?" 그녀는 타람팔의 집을 고갯짓하며 물었다. "자꾸 뭐가 보이는 것 같아."

"좀 전에 형사들이 왔다 갔어. 아마 그 사람들일 거야."

그러나 창가에 있던 형체는 마치 유령처럼 슬그머니 움직였다. 쿨빈더는 귀신을 믿지 않았지만 잠깐이나마 그 집에 자유로워지고 싶어 하는 영혼이 있는 것이 아닐까 생각했다.

"모든 게 변하고 있네." 지난 저녁, 식사를 하다가 쿨빈더는 그렇게 말했다. 사룝은 고개를 끄덕였다. 쿨빈더가 명확히 말하지 않았기에 그는 그녀가 계절의 변화를 말하는 것이라고 생각했다. 분명 날이 따스해지고 있었다. 곧 있으면 저녁 아홉 시까지 해가 떠 있을 것이고 거리는 초저녁까지 아이들 뛰어노는 소리로 가득 찰 것이다. 이윽고 엄마들이 집에 들어오라고 부르면, 아이들은 "엄마, 조금만 더 놀게요!"라고 외치겠지. 쿨빈더도 그들과 같은 마음이 될 것이다. 그로부터 오 분 뒤면 아이들은 길 아래까지 도착해 해머스미스로 향하는 버스와 패딩턴역을 떠나는 기차를 보게 될 것이다. 그러고 나면 그들은 집으로 돌아가겠지만, 머릿속으로는 언젠가 이 거대하고 경이로운 도시를 항해할 계획을 세울 것이다. 온 *세상이 무해한 흥분으로 가득 찰 거야.* 쿨빈더는 커피 테이블 위에 서류철을 올려놓고 현관으로 갔다.

"이 시간에 어딜 가려고?" 사랍이 물었지만 답하지 않았다. 그녀는 길을 건너 타람팔의 집 주차장을 향해 걸어갔다. 태양이 구름 사이로 나와 하얀 집들을 잠시나마 관대하게 비춰주고 있었다. 쿨빈더는 창문 안쪽을 유심히 들여다보았다. 이웃들의 시선이 느껴졌다. 수군거리는 소리가 들리는 듯했다. 도대체 저 인간이 뭘 찾으러 온 거야?

살짝 벌어진 커튼 틈 사이로 보이는 것은 현관 복도와 층계참뿐이었다. 창문가에 보이던 환영은 그저 태양의 장난이었다. 계절이 바뀌는 시기에 태양이 자신이 있어야 할 자리를 헷갈려하며 들락날락한 탓이다. 마치 열이 싹 내리는 것처럼 전신에 안도감이 일었다. 쿨빈더는 손가락 끝에 입을 맞추고는 잠시 창문에 가져다 댔다.

마야, 이제야 너를 보내줄 수 있을 것 같구나.

20

퇴근 시간. 직장인 무리가 열차 안을 가득 메웠다. 니키는 수많은 인파와 함께 거의 쏟아지듯 지하철에서 내렸다. 민디가 역에서 기다리고 있었다. 글리터로 장식한 목선이 가슴 바로 위쪽까지 브이자로 파여 도발적인 검은 원피스를 입고 있었다.

"오, 신경 좀 썼네?"

"그치? 조만간 그 일이 있을 것 같아."

"무슨 일?"

민디가 니키에게 기대어 속삭였다. "섹스."

"아직 안 잤어?"

"일단 주변 사람들한테 인정부터 받아야지."

"그래서 내가 인정해주면, 주문하는 동안 화장실 가서 하고 오려고?"

"저질." 민디가 화를 냈다.

"그 남자가 매력적으로 느껴지지 않아?"

"느껴져. 근데 결혼도 안 할 놈이랑 자고 싶지는 않다고. 그리고 혹시라도 내가 못 본 단점을 네가 찾아낸다면, 약혼하는 것도 다시 생각해볼 거야."

"내 동의 따위 필요 없다는 거 알지? 몇 번이나 얘기했잖아. 다른 사람 생각은 신경 쓰지 않아도 된다고."

"하지만 난 신경 쓰여! 넌 아직 몰라, 니키. 중매결혼은 전적으로 선택에 달려 있어. 넌 그렇게 생각하지 않는다는 걸 알지만, 틀렸어. 물론 나 스스로도 결정할 거야. 단지 거기에 가족들의 선택도 포함하고 싶은 거고."

민디는 거기까지 말하고 어딘가를 향해 손을 흔들었다. 처음에는 한 무더기의 독일인 백패커들밖에 보이지 않았지만, 이윽고 그들 사이에서 깡마른 남자 한 명이 나타났다. 니키도 아는 사람이었다. "세상에, 나 저 남자 기억나." 니키가 민디를 보며 말했다. "저 남자, 결혼 게시판에서 언니 프로필 보고 연락한 거지?"

"어떻게 알아?"

"언니 프로필 붙이고 있을 때 저 사람을 만났었어. 저 사람은… 오, 안녕하세요!"

"안녕하세요." 란지트가 놀란 듯 초조하게 웃으면서 말했다. "민디의 동생이군요."

"니키라고 해요. 우리 전에 본 적 있죠?"

민디는 둘을 번갈아 바라보았다. "니키가 게시판에 내 프로필을 붙이고 있을 때 만났다면, 당신이 내 프로필을 본 첫 번째 남자겠군요?" 민디의 눈빛이 호감으로 빛났다.

"먼저 들어가세요. 저는 조금 있다가 들어갈게요." 식당 앞에서 니키가 말했다.

니키는 민디와 란지트가 들어갈 때까지 기다린 뒤 담배에 불을 붙였다. 사람들은 비에 젖어 반짝이는 거리 위를 빠르게 걸어갔다. 그들의 대화와 웃음소리가 자동차 소리에 섞여들었다. 니키는 휴대폰을 꺼내려다가 그만두었다. *그에게 전화할 생각 따위 하지 마.* 그러고는 반만 태운 담배를 던져버리고 레스토랑으로 들어갔다.

자리에 앉자 웨이터가 음료 주문을 받으러 왔다. "와인 한 병 시켜서 나눠 마실까요?" 니키가 물었다.

민디가 란지트를 바라보며 말했다. "고맙지만 안 마실래."

"란지트는요?" 니키가 물었다.

"저는 술을 안 마십니다."

"오, 알겠어요. 그럼 저 혼자 다 마시죠." 그 말에 웃는 사람은 웨이터뿐이었다. "농담한 거예요. 탄산수나 한 잔 주세요. 감사합니다."

"글라스 와인 마셔도 돼." 민디가 말했다.

"괜찮아." 니키가 말했다. 민디의 어깨는 안도한 듯 살짝 내려가 있었다.

집으로 돌아오는 지하철 안에서 둘은 란지트에 관해 아무런 말도 하지 않았다. 니키는 민디가 란지트를 어떻게 생각하는지 물어오기를 참을성 있게 기다렸다. 그러나 둘이 집에 도착해 각자의 방에 들어갈 때까지 민디는 아무것도 묻지 않았고, 니키는 참다못해 침대 위에 가방을 던져버리고 화장실에 있는 민디를 찾아갔다.

"프라이버시 좀 존중해줄래?" 민디가 눈화장을 지우며 말했다.

"내가 란지트를 어떻게 생각하는지 왜 안 물어봐?"

"이젠 별로 안 궁금해서." 민디는 그렇게 말하며 클렌징 티슈로 감은 두 눈꺼풀 위를 문질러댔다.

"언제는 내 인정이 필요하다며?"

"솔직히 말해서, 물어보기 좀 그래."

"왜?"

"너 음식 나오기 전까지 한마디도 안 했잖아. 란지트가 이것저것 물어봐도 단답만 하고."

"그런 남자한테는 할 말이 없어."

"그런 남자라니?"

"알잖아."

"말해줘, 제발."

"꽤 보수적인 것 같았어."

"그게 뭐 어때서?"

니키는 민디를 물끄러미 바라보았다. "내가 술을 마시려고 할 때마다 그렇게 불편한 심기를 드러내실 건가? 나한테 담배 냄새가 나면 코를 찡그리겠지? 방탕한 여동생이 된 기분이라고. 가족 이름에 먹칠을 하는."

"그도 고치려고 노력하고 있어. 보수적인 집안에서 자라서 그래. 네가 술집에서 일하고 숙식한다고 했을 때 놀라긴 했어."

"이야기 수업에 대해서도 알아?"

"알지."

"뭐래?"

"불편해했어."

"놀랍지도 않네."

"중요한 건, 그도 노력하고 있다는 거야. 나를 너무 사랑하기 때문에 너그러워지려 한다고. 그저 시간이 필요할 뿐이야."

"왜 그렇게 시간과 노력이 필요한 사람을 만나려고 하는 거야? 이미 준비된 사람을 만날 수도 있잖아."

"그가 중요시하는 전통적인 가치에도 좋은 점이 있어. 가족을 위할 줄 알고 존경심이 있지. 니키, 넌 다른 사람들이 편협하다고 말하지만, 너야말로 세상을 살아가고 사랑에 빠지는 방법은 단 하나뿐이라고 생각하잖아. 너같이 살지 않는 사람들은 다 잘못하는 거고."

"아니야, 그렇지 않아!"

민디는 클렌징 티슈를 쓰레기통에 던져버리더니 니키를 밀치고 니키의 방으로 들어갔다. 그러고는 옷장 위에 있던 편지를 집어 들어 니키의 얼굴에 대고 흔들었다. 니키는 편지를 빼앗으려고 안간힘 쓰며 소리를 질렀다. "뭐 하는 짓이야, 언니?"

"나 이거 버릴 거야."

"돌려줘."

"뭐라고 쓰여 있는지, 누가 보냈는지는 모르겠지만, 이 편지가 널 미치게 만드는 게 확실해."

"그 편지는 아무 상관도 없⋯."

"네가 뭔가 불안정한데 이 편지랑 상관이 있는 것 같다고. 너 이거 볼 때마다 항상 찡그리잖아. 꼭 지금처럼. 마치 한 걸음 떨어져서 귀를 막고 라라라 노래 부르는 것 같다고. 읽어. 아니면 내가 버려버릴 줄 알아."

민디는 편지를 니키의 침대 위로 집어던지고는 자기 방으로 들어가 문을 쾅 닫았다. 니키는 당황해서 말을 잃은 채 침대 위에 풀썩 주저앉았다. 창밖으로 자동차가 천천히 지나갔다. 전조등 불빛 때문에 천장에 그림자가 드리워졌다. 민디가 자기 방에서 발을 끌며 돌아다니는 소리가 들렸다.

"언니?"

"왜."

"아무것도 아니야."

한동안 말이 없더니 "멍청이."라는 답이 돌아왔다. 니키는 히죽 웃으며 그들 방 사이에 있는 벽으로 다가갔다. 니키가 어릴 때 하던 것처럼 발꿈치로 벽을 쾅 차니 민디가 손으로 벽을 두드려서 화답했다. 그러다 민디 쪽이 갑자기 조용해졌다.

"저기," 민디가 말했다.

"응." 니키가 답했다.

"늦게까지 깨어 있네." 목소리가 달달한 것을 보니 니키한테 하는 말이 아니었다. 은밀히 킥킥 웃는 소리가 들려왔다. 란지트와 통화 중인 듯했다. 니키는 다리를 천천히 들고 마지막 한 방을 먹이려다가, 그러지 않기로 했다. 대신 책상 위에 놓인 편지 봉투를 들고 숨을 깊게 들이마신 뒤, 편지를 열었다.

사랑하는 니키에게

상처받았을 거라고, 나를 역겨워하고 있을 거라고 생각해. 당

연한 일이야. 너에게 거짓말을 했으니까. 내 결혼과 이혼에 대해 말할 기회가 많았지만 숨겼어. 나에 대해 뭐라고 할지 두려웠거든.

모두가 내 결혼은 실패했다고 생각해. 나는 그 사실을 받아들이기 위해 사투했어. 나는 가족에 대해서 실패했고, 어른으로서도 실패했다고.

나는 너에게 설명할 의무가 있다고 생각하지만, 이걸 읽을지 말지는 전적으로 네 선택이야.

몇 년 전 대학을 졸업하고 일을 시작하자마자 부모님은 내가 빨리 결혼하기를 바라셨어. 장남으로서 집안에 기강을 세우기를 바라셨나 봐. 매일 일 마치고 집에 돌아오기가 무섭게 중매 사이트에서 추려낸 신붓감 명단을 들이미셨지.

그중 누구와도 만나지 않으려 했어. 난 조금 더 자유롭게 살고 싶었거든. 아직 결혼하기는 이르다고 생각했기에 부모님과 정말 끊임없이 다퉜어. 결국 집을 나와 독립했지. 그런데 엄마가 암 진단을 받으셨어. 엄마는 끝없는 검사와 항암 치료에 지쳐갔고, 압박이 다시 시작됐지. 아빠, 고모, 삼촌, 심지어 어린 동생들까지 내가 이 분위기를 바꿔주길 원했어. 원하는 건 명쾌했지. 결혼해라. 그래서 엄마 마음을 조금이라도 편하게 해드리려.

그렇게 인터넷으로 수닛을 만났어. 그녀는 런던에 살고 있었기 때문에, 우리는 한동안 스카이프 화상 통화와 이메일을 통해 서로를 알아갔지. 그러다 마침내 그녀를 만나러 런던에 가기로 했어. 나는 그 만남을 교제를 시작하는 단계라고 생각했는데, 가족들은 약혼이 확정된 것으로 여기더라. 내 감정에 확신이 없었지만 그들이 만드는 상황에 휩쓸려 갔던 것 같아. 가족들에게 그녀를 좋아한다고 말했어. 그건 사실이었어. 수닛은 예쁘고 똑똑하고 친절한 사람이야. 전통을 중요하게 생각하고 중매결혼을 하고 싶어 했어. 결혼하자고 말하지 못할 이유가 하나도 없었지. 무엇보다 엄마 건강이 점점 위중해졌기에 시간이 없었어. 결혼을 준비하면서 불안해지는 순간들도 있었지만, 서로를 알아가는 건 결혼하고 난 뒤에 해도 된다고 생각하면서 불안을 떨쳐버렸어. 우리 부모님도 중매결혼을 했고, 여전히 인도에서는 수많은 커플이 그렇게 결혼하잖아. 나라고 안 될 게 뭐가 있겠어? 우리는 그럭저럭 잘 어울렸고, 무엇보다 양가가 행복해했으니까. 엄마는 여전히 건강이 좋지 않았지만, 적어도 내가 약혼해서 행복해하시는 것 같긴 했어. 아빠도 나랑 더 이상 싸우지 않았지. 우리 가족 모두에게 평화로운 시기였어. 이 평화를 지키고 싶은 마음에 난 너무나도 불행한 일들을 자초했어.

결혼하고 나서 수닛과 내가 여러 가지 생각지도 못했던 면에서 안 맞는다는 걸 알게 됐어. 먼저 성적인 측면에서 그랬는데, 무시해버렸어. 우리 문화에서는 그게 중요한 이혼 사유가 아니니까. 또 수닛은 바로 아이를 갖기를 원했는데, 나는 시간을 갖자고 했어. 수닛은 친척들이 자기 부모에게 언제 손주를 보냐고 계속 물어보는 데 압박을 느꼈나 봐. 나는 압박에 못 이겨서 아이를 갖자는 거냐, 부모를 만족시키기 위해 우리 행복을 포기할 수는 없다고 화를 냈어. 그렇게 말하면서도 그녀를 그런 상황으로 몰고 간 것에 대해 죄책감을 느꼈지.

우리는 점점 서로에게 지쳐갔고 작은 일에도 쉽게 싸웠어. 결국 수닛이 먼저 이혼하자고 하더라. 그녀는 젊은 나이에 이미 쇠약해졌고 점점 냉소적으로 변하고 있었어. "넌 이미 내 인생에서 이 년이나 잡아먹었어. 더 이상 시간 낭비하게 하지 마." 수닛이 그렇게 말하기 전까지는 내가 얼마나 그녀를 붙잡고 있었는지 몰랐어. 이혼녀가 되어 본가로 돌아가는 건 우리 문화에서 받아들이기 힘든 일이야. 각자의 부모님께 우리의 이혼을 알리는 건 정말 끔찍한 일이었지. 우리 엄마는 그때 방사선 치료 경과가 좋았는데, 우리 소식을 듣고 다시 상태가 나빠졌어. 엄마는 한동안 침대에 누워만 있었고 아빠는 내 전화를 받지도 않았어. 수닛네도 마찬가지였지.

이혼 절차를 진행하면서 작은 셰어하우스에 들어갔어. 캘리포니아로 돌아가야겠다고 생각하고 있었지만, 가족을 다시 마주하는 것은 내게 너무 어려운 일이었어.

그러던 어느 날 마침내 아빠가 내 전화를 받았어. 엄마 치료 경과가 좋다고 알려주시더라. 그래서 감사드리려고 사원에 갔던 거야. 그날 널 만났지. 그런데 수닛네 상황이 최악이었어. 수닛의 아버지는 교민사회에서 면을 잃었다는 사실에 씁쓸해하고 괴로워하시다가 마침내 나와 우리 가족에 대해 인신공격을 시작했어. 딸 때문에 마음고생이 심하셨겠지. 그건 나도 이해해. 하지만 아무리 그래도 내 형제들에 대해서까지 끔찍하고 상처되는 말을 뿌리고 다니실 수는 없어. 이 헛소문들은 캘리포니아에 있는 우리 가족의 귀까지 들어갔어. 우리 가족의 명예를 더럽히려는 목적이었지. 나 때문에 다시 적당한 사윗감을 찾을 수 없게 됐으니까. 이 방법이 통하지 않으니까 나를 고소하려고 했어. 내가 수닛과 이혼해서 그 가족에게 돌이킬 수 없는 피해를 입혔다고 말이야. 수닛은 자기 아빠가 벌이는 일에 가담하지 않았지만 딱히 말리지도 않았지. 이건 모두가 지는 게임이었어. 다들 상처받고 있었어.

내가 너와 함께 있을 때 종종 급하게 받으러 갔던 전화들은 우리 엄마나 동생, 혹은 수닛의 아버지나 그의 변호사(나중에 알고 보니 인도의 그저 그런 대학에서 법학 학위를 딴 삼촌이더라고.)에게서 온 거였어. 항상 무슨 일이 생기는데, 다 내 책임 같았지. 아주 긴 대화를 나누고 협상하면서 모두를 달래야 했어. 내 일보다 이 불을 끄는 데 더 매진했고, 상상할 수도 없을 정도로 감정적인 협박을 받았어.

이제 나는 부모님께 수닛을 사랑하지 않았다고 말할 수 있게 됐어. 너와 사랑에 빠지면서 이건 완전히 다른 감정이라는 걸 알게 됐거든. 하지만 니키 너를 이 모든 일에 엮여들게 하고 싶지는 않았어. 내가 너에게 관심이 없어서 거리를 두려는 것처럼 보였겠지만 전혀 아냐. 우리가 가까워지면 상황이 나빠질 것 같아서 두려웠어. 널 우리 집에 데려오는 걸 꺼렸던 이유도 누군가 우리를 보고 소문을 퍼뜨려서 너를 이 일에 끌어들일까 봐 두려웠기 때문이야.

니키, 너에게 진실을 털어놓지 못한 건 순전히 내 비겁함 때문이야. 너 없는 매 순간마다 후회하고 있어. 그렇게 여러 차례 거짓말을 하고 사라져버렸으면서도 아무 설명도 하지 않은 건 정말 이기적이고 진실되지 못한 행동이야. 너는 처음 만났을 때부터 나에게 마음을 열었는데, 나도 처음부터 너에게 모든 사실을 털어놓았어야 해. 진심으로 미안해, 니키. 차마 바랄 수 없는 일이지만, 혹시라도 내게 다시 기회를 준다면, 나는 네 신뢰를 얻기 위해 무슨 일이라도 할 거야.

사랑하는 제이슨으로부터

21

아침 공기가 상쾌했다. 기분 좋은 바람이 불어와 손을 간질였다. 니키는 기차에서 어제자 신문을 집어 들고 괜히 바쁜 척 이미 지나간 기사들을 읽었다.

노팅힐역에 도착했을 때까지도 상점들은 닫혀 있었다. 한 무리의 관광객들이 포토벨로 마켓으로 흘러 들어갔다. 그들은 파스텔톤으로 칠한 집 앞에서 포즈를 취하면서 사진을 찍었다.

니키는 반대 방향에 있는 극장으로 향했다. 그때 그녀와 제이슨이 미처 보지 못했던 프랑스 영화가 여전히 상영 중이었다. 영화 시작까지 삼십 분이나 남아 있었기 때문에 그녀는 느긋하게 걸었다. 신호등 앞에 섰을 때 미국인 가족 여행객이 그녀에게 하이드 파크가 어디냐고 물었다. 손가락으로 방향을 알려주었지만 그들은 커다란 지도를 펼쳐 들고는 위치를 딱 찍어달라고 했다. 니키가 지도를 들여다보며 현재 위치를 파악하고 있을 때 갑자기 거센 바람이 불어 지도 가운데 부분이 찢어지고 말았다. "아, 우리가 찾아볼게요." 엄마로 보이는 여자가 말했다. 그녀는 지도를 돌려받아 접으며 말했다.

"여행 내내 필요한 건데."

"아, 그러세요?" 니키는 머쓱하게 말했다. 니키로부터 멀어져가면서 여자가 자기 남편되는 이에게 말했다. "이러니 현지인한테 물어봐야 하는 건데."

너무나 무례한 말이었기에 말문이 막혔다. 그 남편이 돌아서서 니키에게 미안하다는 듯 목례를 했다. 니키는 계속 걸어나갔지만 아까 그 여자를 쫓아가서 한마디 해주고 싶은 마음이 굴뚝 같았다. *네. 제가 바로 그 현지인이에요. 알아봐주셔서 감사합니다!* 분한 마음에 정신이 팔려 들르려고 했던 샐리스 서점을 지나쳐 길 끝까지 와버렸다는 것을 깨달았다. 니키는 다시 돌아서 걸으며 담배에 불을 붙였다. 무식한 관광객이 영국인으로서의 내 자존심을 상하게 했으니까 담배 한 대 정도는 태워도 되겠지.

니키는 유리창으로 서점 안을 들여다보았다. 습관적으로 뒤쪽에 있는 할인 코너부터 훑는데, 갑자기 창문 앞으로 얼굴 하나가 불쑥 나타났다. 니키는 깜짝 놀라 뒤로 물러나다가 담배를 바닥에 떨어뜨리고 말았다. 지난번 왔을 때 대화를 나눴던 직원 여자였다. 그녀는 신난 표정으로 창문을 두드리며 니키에게 안으로 들어오라고 손짓했다. 니키는 담배를 비벼 끄고 서점으로 들어갔다.

"놀래켜서 미안해요." 여자가 웃으면서 말했다.

니키는 어색하게 웃었다. 이제 가방에는 딱 담배 두 대뿐이었다. 그것들을 다 피우면 담배를 끊을 작정이었다. 반밖에 피우지 않은 담배가 보도 위를 나뒹굴고 있는 모습을 생각하니 슬픔이 밀려왔다.

"당신이 맞는지 확인하고 싶었어요. 니키 씨 맞죠? 전 한나예요." 계산원은 그렇게 말하고 갑자기 카운터 뒤로 사라졌다. 그리고 잠시 후 다시 나타나서 니키에게 책 한 권을 내밀었다. *베아트릭스 포터의 일기와 스케치*.

"어머나." 니키는 책에 손을 뻗다가 멈칫했다. 숨이 막혔다. 그 책을 집어 들기가 겁날 정도였다. 그녀는 조심스럽게 표지를 열었다. 제일 처음 보이는 그림은 베아트릭스 포터의 초상화였다. 그녀의 통통한 얼굴은 약간 갸우뚱했고, 굳게 닫힌 작은 입술에서는 장난기가 느껴졌다. "도대체 이걸 어디서 찾아낸 거예요?" 니키는 물었다.

"특별 주문이었죠. 인도에서 온 거예요."

표지 상단 모서리 쪽에 작은 나뭇잎 크기의 차 얼룩이 남아 있었다. 그녀가 오래전 델리에서 보고 그토록 갖고 싶어 했던 바로 그 책이었다. "믿을 수 없어요." 니키는 그렇게 말하며 지갑에서 카드를 꺼내 한나에게 건넸다. 그러자 한나는 손사래를 치면서 말했다.

"어떤 멋진 신사분이 이미 결제하셨어요."

"누가요?"

"그분이 이 책을 주문하셨어요. 굳이 우리를 거칠 것 없이 그분 댁이나 니키 씨 댁으로 바로 도착하도록 하시는 게 어떨지 여쭸는데 그분이 니키 씨가 이곳을 지나가게 될 수도 있으니까 여기 둬야 한다고 하셨어요. 니키 씨를 놀래켜드리고 싶으셨나 봐요. 다른 손님이 사 가면 안 되니까 카운터 밑에 두고 창밖으로 당신이 지나가지는 않나 바라보곤 했죠. 저녁에 교대하는 남자 직원들에게도 그렇게 하라고 알려주었는데, 글쎄 맘에 드는 여자를 서점으로 꾀어내는 구실로 사용하지 뭐예요…."

한나의 설명이 멀게 들렸다. 머릿속에 남는 것은 '신사'라는 단어 하나뿐이었다.

그 말을 떠올리면 실크로 만든 높은 중절모를 쓴 얼굴 없는 남자 후원자의 이미지가 떠오르지만, 니키는 그가 제이슨이라고 확신했다. 델리 코넛플레이스에 있는 모든 서점에 전화를 걸었을 그를 생각하니 숨이 가빠왔다.

"정말 고맙습니다." 니키는 약간 얼떨떨한 채로 책을 가슴에 꼭 끌어안고 밖으로 나왔다. 프랑스 영화는 포기하기로 하고 극장을 지나쳤다. 공원으로 이어지는 길에 나무들이 아늑하게 그늘을 드리우고 있었다. 니키는 아침 햇빛의 온기를 느끼기 위해 그림자 사이를 디디며 걸었다. 하이드 파크 정문으로 들어서니 바깥의 혼잡함이 사라졌다. 니키는 공원을 잠시 걷다 켄싱턴 궁전 맞은편에 있는 벤치에 앉았다. 견고한 책의 감촉이 느껴졌다. 니키는 표지를 손으로 쓸어본 후 코 가까이에 대고 냄새를 맡았다. 그녀는 항상 이 책을 찾고 싶어 했지만, 막상 찾게 되면 이 책을 놓고 아빠와 싸웠던 것이 떠올라 죄책감을 느끼지 않을까 두려워했었다. 하지만 지금 그녀는 눈을 감은 채 오로지 제이슨만 생각하고 있었다. 첫 데이트 때 그가 입었던 남색 스웨터, 오라일리스 펍에 걸어 들어오는 그를 보고 심장이 거세게 뛰어서 속이 뒤집힐 것 같았던 기억. 니키는 책장을 천천히 넘기며 글자와 스케치를 꼼꼼히 훑었다. 매끄러운 종이 위의 작품들이 특유의 질감을 가지고 살아 있는 느낌이었다. 마치 베아트릭스 포터의 마음속에 들어와 있는 것처럼. 제이슨은 이 책을 갖는 것이 니키에게 얼마나 큰 의미인지 알고 있었다.

관광객들이 일정한 속도로 유유히 조깅하는 사람들과 개를 산책시키는 사람들 사이를 파고들었다. 녹색이 선명한 공원, 크고 멋진 돔형 건물, 뾰족한 교회 첨탑과 도시를 순환하는 검정색 택시들. 사람들이 런던에 바라는 모든 것이 여기 있었다. 장엄하면서도 신비로운 광경이었기에 어떻게든 서둘러 이 도시의 일부가 되고자 하는 마음을 이해할 수 있었다. 과부들이 생각났다. 이 나라에 대해 아는 것이 거의 없는 채로 먼 길을 떠나왔는데, 오고 난 후 알 수 없는 것이 더 많아진 그녀들. 그들에게 영국은 곧 더 나은 삶을 의미했기에 치열하게 매달렸지만 삶은 생각과 달랐고, 그들은 내내 외국인으로 남았다.

니키는 휴대폰을 꺼내 전화를 걸었다.

"이제 담배가 딱 두 대 남았는데 이것들만 다 피우고 나면 이제 영원히 끊을 거야." 그녀가 말했다. "나랑 같이 해보는 거야. 알겠지?"

제이슨이 숨을 길게 내쉬었다. 마치 그녀가 전화할 때까지 숨을 참고 있었던 것처럼. "한 대는 내 몫으로 남겨놔줘." 상쾌한 아침 공기를 들이마시며 천천히 자전거 페달을 밟는 노인들을 바라보며, 니키는 지금 하이드 파크에서 그를 기다리고 있다고 말했다. 그녀는 더 이상 그리워할 수 없을 만큼 그가 보고 싶었고, 지금 당장 그와 다시 시작하고 싶었다.

22

새 사무실은 근사했다. 쿨빈더는 머리 받침대와 바퀴가 달린 의자에 앉아 있었다. 널찍한 창문 너머로 보이는 푸르른 여름 하늘은 완벽한 사각형이었다. 이곳에서는 예전에 있던 건물이 보이지 않았는데, 쿨빈더는 자신이 그곳을 그리워한다는 사실에 놀랐다. 비좁고 케케묵은 곰팡이가 있는 데다 대대적으로 수리해야 하는 곳이었지만 적어도 협회 남자들과 옆방에 붙어 있지 않아도 됐으니까. 지금 그들은 쿨빈더의 방문이 열려 있을 때마다 마치 흥미로운 전시에 초대받기라도 한 것처럼 그녀를 물끄러미 바라보곤 했다. 나이 든 펀자브 비비들을 모두 모아 시크교 협회에 미팅을 요구하는 그녀를 말이다.

여성 센터 기금을 마련하는 건 무리한 요구가 아니야, 당연한 요청이지. 가정폭력 피해자들에게 무료 법률 자문 서비스를 제공하고 여성들이 성희롱 당하지 않고 마음 편히 운동할 수 있는 헬스장을 만드는 일이잖아. 쿨빈더는 자기 말을 듣고 남자들이 보였던 반응을 떠올리며 피식 웃었다. "필요한 만큼 시간을 두고 우리 요구를 천천히 생각해보세요. 그리고 저는 이제부터 모든 회의에 참석할 예정입니다. 남자들끼리 랑가르홀에 모여 즉흥적으로 결정을 내리는 일은 두 번 다시 없을 거라는 뜻이에요. 아시겠어요?" 누구도 반박하지 못하자 쿨빈더는 고개를 끄덕이며 말했다. "좋습니다. 그럼 우리 모두 동의한 거네요."

가볍게 노크하는 소리가 들렸다. "들어오세요." 쿨빈더가 말했지만 그 사람은 계속 밖에 선 채 조금 더 크게 문을 두드렸다. 새 사무실의 두꺼운 문은 외부 소음을 차단해주지만 그녀의 목소리 역시 바깥으로 잘 전달되지 않는다는 단점이 있었다. "들어오세요!" 쿨빈더가 소리치자 문이 열렸다.

"니키!" 책상으로 다가오는 니키를 보고 쿨빈더는 읽던 신문을 급히 덮었다. 자리에서 일어나 니키를 안으며 그녀가 항상 메던 우체부 가방 대신 책으로 불룩한 백팩을 메고 있다는 사실을 알아차렸다. "열심히 공부하는 모양이군요."

"몇 주 뒤면 대학 수업이 시작돼요. 오랫동안 학교를 떠나 있었더니 진도를 따라가는 게 보통 일이 아니더라고요."

"금방 적응할 거예요."

"새로 배워야 할 게 좀 있어요. 과정이 약간 다르거든요."

사회 정의에 관한 법학 전공에 편입을 제안받았을 때 니키는 몹시 흥분했다. "마야 같은 여성들에게 일어났던 일을 방지하는 데 도움이 되고 싶어요." 니키가 쿨빈더에게 전화로 입학 소식을 알려왔을 때, 쿨빈더의 가슴은 자부심으로 부풀어 올랐다. 니키는 쿨빈더의 관심이 미치지 않는 분야에서 자신의 방식으로 여성의 권리를 주장하고 있었다. "굴샨과 카리나의 죽음처럼 풀리지 못한 사건들도 많을 거라고 생각해요. 그녀들의 죽음을 생각하며 과연 이 폭력이 계속되어도 되는지 의문을 제기하는 사람들이 없어요. 어쩌면 우리가 굴샨과 카리나 사건이 재조사되는 계기를 만들 수 있을지도 몰라요. 우리 공동체 같은 데서 명예살인에 대해 터놓고 대화할 수 있는 여러 가지 방법들을 강구하고 있어요." 우리 공동체라. 쿨빈더는 목이 메었다.

"새로운 소식 있어요?" 니키가 신문에 고갯짓하며 물었다.

"전혀요." 쿨빈더는 한숨을 쉬었다.

"시간이 걸릴 거예요. 기다리는 게 좀 힘드시겠지만요."

자그데브는 재판을 앞두고 있었다. 그게 그들이 아는 전부였다. 새로운 소식을 알기 위해 매일 신문을 확인했지만 매번 실망감을 떨쳐내야 했다. 니키가 타람팔의 수강신청서를 증거로 제출했을 때 그가 곧장 감옥으로 처박히길 바라기도 했다. 그의 필적과 완벽하게 일치하는데, 무엇을 더 심문해야 하는가? 변호사들은 정당한 법 절차이며 쿨빈더가 과정을 받아들여야 한다고 설명했다. 적어도 지금 그녀와 사람에겐 변호사가 있었다. 굽타 변호사와 법무관이 마야 사건에 대해 무료로 싸우겠다고 나섰다. 그들은 쿨빈더에게 승산이 충분하고, 때가 오면 자그데브의 변호단을 이길 자신이 있다고 말했다. 쿨빈더는 크게 감사했지만, 그들이 아무 대가도 받지 않는다는 사실이 마음에 걸렸다. 굽타 변호사가 사회봉사의 일환이라고 설명했지만 말이다. 그래서 일주일에 한 번씩은 번화가에 있는 그의 사무실에 가서 라두를 한 상자씩 전해주고 왔다.

니키가 의자를 당겨보며 말했다. "좋은 사무실이네요. 저번 것보다 훨씬 넓고요."

쿨빈더도 다시금 사무실을 둘러보았다. "고마워요." 자랑스러운 듯 말하고는 손으로 매끄러운 책상 위를 살짝 훑었다.

"좀 신나는 소식이 있어요." 니키가 말했다.

"언니가 약혼했군요."

"아니요, 아직. 만나는 사람이 있긴 하지만요."

"오, 괜찮은 남자인가요?"

"네. 꽤 괜찮아요. 언니도 행복해해요."

"잘됐네요." 쿨빈더는 살짝 실망했다. 런던에서 결혼식에 참석한 지 꽤 오래되지 않았나. 모처럼 금 장신구를 해볼 수 있었을 텐데. "그럼 그 신나는 소식이 뭔가요?"

니키는 숨을 크게 들이마셨다. "우리 이야기가 책으로 나올 거예요."

쿨빈더는 니키를 말없이 바라보았다. 농담하는 게 분명했다. "이야기요? 이 이야기 말이에요?" 쿨빈더는 책상 위에 놓인 제본 책자를 가리켰다. 손을 타는 바람에 가느다란 스프링이 엉성하게 풀려 있었다. 사우스홀과 그 외 여러 지역에 복사본들이 많이 퍼져 있었지만, 이것은 원본이었다.

"네. 그 이야기들이요. 아마 더 모일 것 같아요. 제미니북스에서 펀자브 과부들의 야설을 출판하고 싶어 해요!" 니키는 가방을 열고 종이 한 묶음을 꺼내 쿨빈더에게 건넸다. 쿨빈더는 이해할 수 없는 특수용어와 복잡한 문장들로 가득한 출판계약서였다. 쿨빈더는 일단 안경을 꺼내 쓰고 마치 그들의 조건을 다 따져보겠다는 듯이 조항 하나하나를 손가락으로 짚어 내려갔다.

"어떤 언어로 출판한답니까?" 쿨빈더가 물었다.

"구르무키어 판본과 영어 판본을 둘 다 내겠대요. 제가 이야기는 지금도 쓰이고 있고 계속 나올 거라고 했더니 시리즈로 내고 싶대요."

"멋진 뉴스군요. 이곳에 몇 권 두고 사람들에게 빌려줘도 될까요?"

"그럼요! 사람들이 책을 살 수도 있구요, 출판 수익은 여성

센터 기금으로 써도 좋을 것 같습니다."

"오, 니키. 이건 약혼 소식보다 훨씬 좋은 소식이네요."

"그렇게 생각해주시니 감사해요." 니키가 웃으며 말했다.

"여성 센터 이야기가 나와서 말인데요, 내 제안에 대해 생각 해봤나요?"

일주일 전, 쿨빈더는 니키에게 전화해 몇 가지 강의를 맡아 줄 수 있냐고 물었다. 주저하는 기색으로 보아 아무래도 거절할 것 같긴 했다.

"좋은 기회라고 생각해요. 하지만 올해 해야 할 공부랑 제가 멀리 살고 있다는 점을 생각하면, 어려울 것 같아요."

"어디에 살고 있어요?"

"엔필드요."

"엄마랑 같이?"

"잠시 동안만요. 아마도 내년부터는 친구 올리브랑 같이 살 게 될 것 같아요."

"그럼 더더욱 직업이 필요하겠네요." 쿨빈더는 니키에게 짚 어주었다. "월세가 비싸잖아요." 니키도 그렇게 생각했지만, 이 제는 여성 센터 강사직에 지원하는 사람들이 충분히 많았다. 교 민사회에 소문나면서 유능한 강사들이 매일 사무실로 전화를 걸 어 자리가 있는지 물어봤다.

"그분들은 당신을 원해요." 쿨빈더가 조용히 말했다.

"저도 그분들이 그리워요. 여전히 연락하고 있구요. 방금 랑가르홀에서 아르빈더와 만지트, 프리탐을 만났어요. 나중에 시나랑 커피를 마시기로 했구요."

"정기적으로 만날 수도 있을 텐데요. 시나는 인터넷 수업을 맡기로 했어요. 다른 사람들도 등록했구요."

"지금 당장은 공부에 집중해야 해요. 이런 상황만 아니면 무조건 하고 싶죠."

쿨빈더는 충분히 이해할 수 있었다. 니키는 가방 안에 있는 책들을 읽어야 했고, 시간이 얼마나 걸릴지는 아무도 몰랐다. 그러나 쿨빈더에게는 젊은이들에게 의무감을 불러일으키는 마지막 비장의 카드가 남아 있었다. 쿨빈더는 갑자기 움찔하며 블라우스의 가슴팍을 움켜쥐었다.

"괜찮으세요?" 니키가 물었다.

"아, 저요? 아무것도 아니에요." 쿨빈더는 그렇게 말하고 고통스러워하는 척하며 몸을 꼿꼿이 폈다. 확실히 효과가 있었다. 니키의 얼굴이 근심으로 가득 찼으니까.

"제가 병원으로 모실까요?"

"아, 그럴 필요까지는 없어요. 그냥 역류성 식도염이 도졌을 뿐이에요. 가끔 이럴 때가 있어요. 나이 들수록 더 심해지네요." 사실 쿨빈더는 의사로부터 새로운 약을 처방받아서 이제는 속이 더부룩해지거나 트림하는 일 없이 아차르를 먹고 싶은 만큼 실컷

먹을 수도 있었다.

"아… 그것 참 안됐네요…."

"가끔 집에 틀어박혀서 쉬어야 할 때가 있어요. 수업을 누구에게 부탁해야 할지 걱정이 되긴 하지만 말이죠…."

"혹시… 수업을 일요일에 할 수도 있나요?"

"오, 아니에요. 무리하지 말아요. 공부해야죠."

"일요일에는 여기 올 수 있어요."

쿨빈더는 보지 않아도 이곳의 시간표를 꿰뚫고 있었다. 일요일은 보통 사원에서 결혼식이나 특별 기도회가 열리기 때문에 수업을 잡지 않았다. "게다가 일요일 수업은 강사비도 없어요."

"그럼 주지 마세요. 무급으로 봉사할게요. 영어 작문이나 회화 수업을 열면 어때요? 다들 잠깐 들를 수 있지 않을까요?"

"니키한테 그런 것까지 부탁할 수는 없어요…."

"시간을 내보죠. 아무래도 제가 여기 있어야 할 것 같아요. 쿨빈더는 건강을 돌보세요."

"그냥 제 위장 문제일 뿐인걸요."

"알아요. 우리 엄마도 편두통이 있거든요." 니키가 능글맞게 말했다. "나랑 말싸움할 때면 갑자기 아프기 시작했다가, 엄마가 이기면 씻은 듯이 사라지죠."

쿨빈더는 니키에게 희미한 미소를 보내다가 그 말을 듣고 움찔했다.

니키가 떠난 뒤, 쿨빈더는 창가에 섰다. 여기서 보면 사우스홀에서의 삶이 미니어처처럼 축소되어 보인다. 사람들과 차와 나무가 손바닥 안에 다 들어올 것 같다. 남자들이 회의 때마다 고압적인 태도를 보이는 이유를 알 것 같았다. 이곳에서 아래를 내려다보고 있으니 세상이 대수롭지 않아 보인다. *주차된 자동차 사이를 유령처럼 오가는 저 과부들을 봐. 종이 조각처럼 구겨질 것 같아.* 쿨빈더는 잠시 사무실을 피곤한 눈빛으로 둘러보았다. 그리고 마음먹었다. 서류 작업은 이곳에서 하더라도 나머지 대부분의 시간은 저 땅 위에 있는 여자들과 보내리라고. 지금 당장 시작하자.

가방을 들기 위해 창문에서 한 발짝 물러서려던 순간, 저 멀리 조그맣게 주차장을 가로지르는 니키의 모습이 보였다. 젊은 남자가 그녀를 기다리고 있었다. 아마도 제이슨 밤라겠지. 과부들로부터 둘이 다시 만난다는 소식을 들었다. 그들은 팔다리를 부딪치며 장난스럽게 인사를 했다. 제이슨이 귓가에 대고 뭐라고 속삭이자 니키는 고개를 젖히고 크게 웃었다.

쿨빈더는 사원 쪽으로 돌아서서 재빨리 이 모든 행복에 감사하는 기도를 드렸다. 연결되어 있다는 느낌, 키스를 기대하는 마음, 벗은 허벅지를 쓰다듬는 사람의 손길. 때로 아주 작게 느껴지는 그 짧은 순간들이 모여 평생의 행복을 이루리라.

역자의 말: 야설로 대동단결!

이 소설은 런던에 살고 있는 인도 펀자브 지역 교포들의 이야기입니다. 시크교도인 이들 펀자브 교포 1세는 런던 외곽에 그들만의 작은 인도를 만들어 살았습니다. 하지만 시간이 흐르면서 기성세대의 견고한 전통을 흔드는 새로운 가치관들이 이민자 공동체로 유입되고, 갈등이 시작됩니다. LA로 이주한 1세대 한국 교민들도 코리아 타운을 형성하여 전화를 받을 때 "Hello."라고 말할 필요조차 없이 살았던 역사가 있기에, 우리에게도 익숙한 이야기일 거라고 생각했습니다. 그러나 사별한 인도 출신 여성들과 야설이라니? 경계에 있는 사람들의 이야기에 항상 매력을 느끼는 우리였지만, 이번 이야기는 책장을 펼치기 전까지 예측하기가 쉽지 않았습니다.

소설 초반에는 세대와 문화 사이의 충돌로 촉발된 갈등이 주인공 니키의 사적인 문제로 보입니다. 하지만 니키가 주류 사회에서 소외된 나이 든 인도 여성, 그것도 남편을 잃은 여성들과 함께 자신들의 속살을 내보이는 이야기를 쓰기 시작하며 이야기는 반전에 반전을 거듭하는 급물살을 탑니다.

이들이 쓰는 야설 내용은 상상 이상으로 농밀하고 도발적입니다. 직접 경험과 성적 판타지 사이 그 어딘가를 가끔은 '하드코어'하게, 가끔은 시적으로 써 내려갑니다. 그러자 신기한 일이 일어납니다. 끓어오르는 욕망을 글로 풀어내고 나니, 그들의 인생에도 변화가 생기기 시작한 것입니다!

소설의 원제는 'Erotic Stories for Punjabi Widows'입니다. 직역하면 '펀자브 과부들을 위한 야설'쯤이 되겠네요. 한국어로 번역하여 출간하는 이 책에서는 원제의 '펀자브(Punjabi)'라는 단어를 빼게 되었습니다. 그 단어가 '터번' '향신료' '시크교 예배당'과 같이 신비롭고 이국적인 이미지를 연상시킨다는 장점도 있지만, 그 단어를 빼면 한국 독자들이 이야기 속 주인공들과 더욱 벽없는 공감대를 형성할 수 있으리라고 생각했기 때문입니다. 기성 가치들로 인해 자신의 욕망을 꺾거나 숨길 수밖에 없었던 모든 이에게 이 소설이 보편적인 카타르시스를 제공할 것이라 믿습니다.

그래서인지 이 소설이 출간되자마자 〈마션〉〈델마와 루이스〉 리들리 스콧 감독의 제작사에서 영화 판권을 확보했다고 하는데요, 과연 이 풍성한 이야기의 재미에 매료된 사람이 우리뿐만은 아니구나 하며 무릎을 쳤습니다. 완벽한 짝을 찾는 언니를 못마땅하게 바라보는 시니컬한 젊은 여성의 전형적인 로맨틱 코미디로 시작해서, 29금의 농밀하고 은밀한 야설과 여러 세대 여성들을 아우르는 특급 수다에 이어 명예살인이 연관된 스릴러적 요소까지. 이런 이야기는 우리나라에서 드라마로 만들어져도 좋겠다는 생각이 들었습니다. 멋진 할머니들이 잔뜩 나오고 그 모두가 주인공이 되는 건강하고 야한 드라마, 벌써부터 재미있네요!

이 소설을 번역하여 출간하는 데 지대한 응원을 보내주신 선우미정 편집주간님과 꼼꼼하고 시원시원하게 작업해주신 이수연 편집자님께 특별한 감사를 드립니다.

작은미미와 박원희, 우리 두 사람이 힘을 모아 인도와 관련한 책을 번역한 건 두 번째입니다. 한국과 인도가 보다 친해지길 바라는 마음으로, 앞으로도 다양한 문화를 서로 재미있게 이해할 수 있는 작업을 계속해나가고 싶습니다.

그럼 여러분도 뜨거운 야설로 이열치열하는 여름을 보내보시면 어떨까요?

작은미미, 박원희